Im letzten Teil der Seifenblasen - Trilogie müssen Kyle Wallace und Sophie Borough noch einige Hürden überstehen. Ihr Leben und das ihres Sohnes Sam nimmt eine neue Wendung - Sophie ist schwanger.

Sie müssen die Probleme einer Schwangerschaft bewältigen, die Dämonen der Vergangenheit endgültig vertreiben und beweise das sie wirklich zusammengehören.

Werden sie es schaffen und endlich am Ziel ihrer Träume ankommen?

Stefanie Schwellnus wurde 1985 geboren und lebt, zusammen mit ihrer Familie, in einem kleinen Dorf in Sachsen.
Ihre ersten Arbeiten hat sie auf fanfiktion.de unter dem Pseudonym Skyla of the Moors veröffentlicht. Dies ist ihr vierter Roman und der letzte Teil der "Seifenblasen"-Trilogie.

Bereits erschienene Titel:

Holidays	ISBN 978-3-7322-9414-5
Liebe ist eine Seifenblasen	ISBN 978-3-7347-3860-9
Seifenblasen können platzen	ISBN 978-3-7386-3399-3

Stefanie Schwellnus

Manche Seifenblasen fliegen weiter

Roman

Bibliografische Information der Deutschen Nationalbibliothek:
Die Deutsche Nationalbibliothek verzeichnet diese Publikation in der Deutschen Nationalbibliografie; detaillierte bibliografische Daten sind im Internet über http://dnb.dnb.de abrufbar.

© 2016 Stefanie Schwellnus

Cover: Rene Brunnlieb

Herstellung und Verlag: BoD – Books on Demand, Norderstedt

ISBN: 978-3-7412-6326-2

Es ist nicht wichtig, ob man gewinnt oder verliert, sondern das man kämpft.

Für Alle, die gekämpft haben.

Kapitel 1 – Positiv oder Negativ?

Wie in Zeitlupe hebt sie die Hand, in der sie den Test hält und dreht ihn um. Das Herz schlägt mir bis zum Hals. Haben Kyle und Mom doch Recht? Bin ich vielleicht schwanger? Möglich wäre es ja, immerhin haben wir auf die Verhütung verzichtet.

Kyle nimmt meine Hand. Ich kralle mich förmlich an ihm fest. Ich kann ihn nicht ansehen, mein Blick ist an diesen Test geheftet, den meine Mutter immer noch nicht komplett umgedreht hat. Wieso dauert das so lange?

Nach einer gefühlten Ewigkeit hat sie es geschafft und sieht als Erste das Ergebnis. Ich kneife meine Augen zu. Ich hab Angst vor dem Ergebnis.

Ich höre einen schrillen Schrei und fühle, wie sie mir um den Hals fällt.

„Oh Spätzchen.", schluchzt sie mir ins Ohr. Ich lasse Kyles Hand los und nehme meine Mutter in den Arm, die mittlerweile vor dem Sessel kniet. Mit vor Schreck geweiteten Augen starre ich auf ihren Hinterkopf. Hilflos sehe ich Kyle an. Er scheint auch nicht zu wissen, was das zu bedeuten hat.

„Was ist denn hier los?", fragt mein Vater von der Tür her und ich wende mich ihm zu. Im ersten Augenblick sieht er uns fragend an, aber dann fällt sein Blick auf meine schluchzende Mutter. Sofort zeichnet sich Besorgnis auf seinem Gesicht ab. Schnell kommt er zu uns herüber geeilt.

„Sandra?", fragt er ängstlich und legt ihr seine Hand auf ihre Schulter. Mom löst sich von mir und fällt ihm um den Hals. Er ist so überrascht, dass er die Balance verliert und, mit ihr im Arm, auf dem Boden landet.

„Oh Mitchell.", schnieft sie.

„Was ist denn los? Bitte rede doch mit mir." Eindringlich redet er auf sie ein.

„Oh Mitchell." Sie weint noch immer. Dad versucht, sie irgendwie zu trösten.

„Kennst du das Ergebnis?", fragt Kyle mich leise. Bedauernd schüttle ich den Kopf.

„Sandra, was ist denn passiert?" Langsam scheint er zu ihr durchzudringen.

Mom hebt ihren Kopf von seiner Brust und setzt sich auf. Ohne ein Wort zu sagen hält sie ihm den Schwangerschaftstest hin. Der Knoten in ihrem Nacken hat sich gelöst und einzelne Strähnen sind total zerzaust.

Mein Vater wird auf der Stelle blass und kleine Schweißtröpfchen bilden sich auf seiner Stirn.

„Bist du dir sicher? Die Ärzte haben doch gesagt, dass du keine Kinder mehr bekommen kannst. Sie sagten, Sophie wäre schon ein Wunder gewesen.", stammelt er. Dabei starrt er unentwegt das Stäbchen an.

Eine kleine Vorahnung steigt in mir auf und ich spüre ein kleines Flattern in meiner Magengegend. Gedanken drängen auf mich ein, aber ich schiebe sie zurück in den hintersten Winkel meines Kopfes. Ich kann sie und all die Gefühle erst zulassen, wenn ich diesen verdammten Test gesehen habe.

„Mitchell!", lacht meine Mutter und schlägt ihm auf den Oberarm. Dann rappelt sie sich auf und zieht Kyle und mich auf die Füße, um uns ganz fest zu umarmen.

„Ich freue mich so für euch.", murmelt sie. Das Flattern in meiner Magengegen verstärkt sich.

„Zeig mit den Test.", bitte ich sie heiser. Mit einem breiten Grinsen reicht sie ihn mir.

Mit zitternden Fingern greife ich danach. Ich spüre, wie Kyle hinter mich tritt und seine Arme um meine Taille schlingt. Mom hat mir den Test so gegeben, das ich nur die Rückseite erkennen kann. An dem Wackeln des Schwangerschaftstestes merkt man, wie nervös ich bin. Kyle löst eine Hand von meiner Taille und legt sie auf meine.

„Zusammen. Okay?" Ich kann die Anspannung in seiner Stimme hören. Langsam drehen wir gemeinsam den Schwangerschaftstest um. Wie blind sehe ich auf das Sichtfeld. Ich muss mehrmals blinzeln, bis ich die Bilder in meinem Kopf verarbeiten kann. Tränen treten in meine Augen und lassen meine Sicht verschwimmen.

„Zwei Striche.", krächze ich.

„Ja.", sagt Kyle atemlos und drückt mir seine warmen, weichen Lippen auf den Hals „Ja, zwei Striche.", murmelt er an meiner Haut und vergräbt sein Gesicht in meinem Haar.

„Kann mich bitte jemand aufklären?" Verwirrt sieht mein Vater zwischen uns hin und her. Unweigerlich muss ich grinsen.

„In ein paar Monaten wirst du wieder ein Enkelkind schaukeln dürfen.", erklärt ihm Mom unter Tränen.

„Sophie ist tatsächlich schwanger?" Er kann es nicht glauben.

„Aber der Test vor zwei Wochen war doch negativ."

„Es war einfach zu früh dafür." Meine Mutter erklärt ihm in geschluchzten Worten unseren Morgen. Ich drehe mich in Kyles Armen und schlinge meine um seinen Hals.

„Hey Daddy.", flüstere ich. Ich sehe ihn an und dabei schlägt mein Herz höher. Der Unglauben ist ihm deutlich ins Gesicht geschrieben, aber in seinen Augen leuchtet schon die Liebe und das Glück über den kleinen Knopf in meinem Bauch.

„Hey Mommy.", murmelt er und gibt mir einen innigen Kuss, in den er all seine Liebe legt. Immer und immer wieder treffen sich unsere Lippen. Das Flattern in meinem Inneren nimmt zu, bis ein ganzer Schwarm Schmetterlinge in mir herum flattert.

„Wir bekommen ein Baby!", stelle ich atemlos fest. Sanft streichle ich ihm über die Wange. Kyle schließt die Augen und schmiegt sein Gesicht gegen meine Hand. Auch wenn es nur eine kleine Geste ist, so drückt sie doch so Vieles aus. Er wischt mir mit den Daumen meine Tränen weg.

„Darf ich meine kleine Tochter umarmen?", fragt mein Vater hinter uns. Schnell löse ich mich von Kyle. Kaum sind seine Arme verschwunden, nehmen die von Dad mich in Beschlag. Er selber wird von meiner Mutter umarmt.

„Du bist wirklich schwanger?"

„Ja Daddy. Du wirst wieder Grandpa." Neue Tränen laufen mir wieder über die Wange.

„Ich freue mich so für euch." Fest, aber nicht zu fest, drückt er mich an sich und gibt mir einen Kuss auf den Scheitel.

„Darf ich auch?" Lächelnd gibt mich Dad frei und ich falle meiner Mutter um den Hals.

„Du glaubst gar nicht, wie glücklich ich gerade bin.", schluchzt sie.

„Ich kann es gar nicht richtig glauben." Auch wenn ich das Ergebnis gesehen habe und in meinem Bauch Millionen Schmetterlinge herum flattern, ist es noch nicht ganz bis in mein Hirn vorgedrungen.

„Das wird schon noch."

Ich werfe Kyle, über Moms Schulter hinweg, einen Blick zu. Zum wiederholten Mal nimmt mein Vater ihn in den Arm und schlägt ihm auf die Schulter.

„Da müsst ihr jetzt nach einem größeren Haus Ausschau halten." Mein Vater trägt ein seliges Lächeln zur Schau.

„Noch ist es nicht hundert prozentig. Ich war noch nicht beim Arzt." Langsam kehrt mein Denken zurück.

„Na dann, mach dich zu deinem Frauenarzt.", drängelt mein Vater. Ich verziehe das Gesicht. Der Tag war, bis auf das Ergebnis des Schwangerschaftstests, ziemlich beschissen und ich brauche heute keinen Arzt mehr, der mit kalten Händen zwischen meinen Beinen herum fummelt. Kyle sieht meinen Gesichtsausdruck und dass sich in mir schon wieder ein Sturm zusammen braut.

„Ähm... Das muss warten. Wir haben in einer Stunde den ersten Besichtigungstermin."

„Was? Das ist wichtiger als das genaue Wissen darüber, ob Sophie schwanger ist?" Entgeistert sieht er ihn an.

„Mitchell, sie wird gleich am Montag zum Frauenarzt gehen. Heute ist Samstag. Lass sie die Besichtigungen wahrnehmen. Wir wissen doch jetzt, dass sie schwanger ist und Sophie wird jetzt dementsprechend auf sich aufpassen und Kyle auf die beiden.", springt meine Mutter in die Bresche. Erleichtert atme ich auf. Denn auf eine neue Auseinandersetzung habe ich keine Lust. Es ist verdammt anstrengend, schlecht drauf zu sein, wenn man es eigentlich nicht sein will. Aber die Hormone in meinem Körper führen ein Eigenleben und scheren sich einen Dreck darum, was ich will und was nicht.

„Na gut. Aber du passt auf meine Kleine auf!", gibt mein Vater klein bei und fuchtelt ermahnend mit seinem Zeigefinger vor Kyles Gesicht herum.

„Mach ich. Ich passe auf Beide auf." Ernst nickt er.

„Komm, wir lassen sie alleine." Immer noch laufen meiner Mutter Tränen über die Wangen. Bei ihr haben sich richtig die Schleusen geöffnet. Liebevoll legt Dad seinen Arm um sie. Gemeinsam verlassen sie das Arbeitszimmer.

Kyle steht fünf Schritte von mir entfernt und überwindet diese schnell, um mich in seine Arme zu reißen. Stürmisch küsst er mich. Lachend hebt er mich hoch und dreht sich mit mir im Kreis.

„Freust du dich?", frage ich überflüssigerweise.

„Soll das ein Scherz sein? Ich bin der glücklichste Mann der Welt! Sam wird sich auch riesig freuen." Strahlend sieht er mich an.

„Gut, das passt. Denn ich bin die glücklichste Frau auf der Welt. Aber ich glaube, wir müssen los, oder?" Kyle sieht bedauernd auf seine Armbanduhr.

„Wenn wir pünktlich da sein wollen, dann ja."

Er nimmt meine Hand und wie meine Eltern verlassen wir gemeinsam das Arbeitszimmer. Den Schwangerschaftstest habe ich auf dem Schreibtisch meiner Mutter liegen gelassen. Da kann sie im Laufe des Tages noch ein bisschen die zwei kleinen, blauen Linien anhimmeln, ehe ich ihn mir heute Abend zurückhole.

„Wo müssen wir hin?" Wir sitzen in Kyles Audi und fahren langsam die Auffahrt herunter.

„Rüber nach Downtown. Der Makler hat am Telefon nicht wirklich viel über das Haus verraten. Nur mir die Adresse gegeben und gemeint, dass er sicher ist, dass das unser Traumhaus wäre."

„Dann lassen wir uns mal überraschen.", murre ich.

„Nicht gleich wieder mürrisch werden, Schatz."

„Das sind die Hormone."

„Irgendwie habe ich die Befürchtung, dass deine Hormone jetzt wohl für die nächsten Monate die Ausrede für alles Mögliche sein werden.", seufzt er. Ich kann mir ein Grinsen nicht verkneifen.

„Richtig geraten, Mr. Wallace. Aber ich verspreche dir hier und jetzt, dass ich meine Macken nur im Notfall auf die Hormone schieben werde."

„Und wie oft wird es solche Notfälle geben?" Er scheint noch nicht überzeugt zu sein.

„Oft. Sorry." Entschuldigend lächle ich ihn an und etwas zögernd erwidert er es. Liebevoll legt er seine Hand auf meinen Bauch und streichelt sanft darüber. Ich schließe die Augen und genieße seine zarten Berührungen.
Noch ist mein Bauch flach. Hoffentlich liebt er mich auch noch, wenn ich dick und kugelrund bin und er mir die Schuhe zubinden muss, weil ich meine Füße nicht mehr sehen kann und meine Arme zu kurz sind, als dass ich an meine Schnürsenkel gelangen könnte.

„Hey Sophie, wach auf. Wir sind da.", höre ich Kyles sanfte Stimme. Ich öffne meine Augen und sehe mich verwirrt um. Ich habe gar nicht gemerkt, dass ich eingeschlafen bin. Müde reibe mir die Augen und vertreibe die Schleier.

„Komm, wir sehen uns das Haus an." Er steigt aus und öffnet mir die Beifahrertür, um mir aus dem Auto zu helfen. Als Erstes nehme ich den salzigen Geruch des Meeres wahr. Aber es mischt sich auch der harzige Duft von Nadelbäumen dazu. Ich schließe die Augen und atme tief diese wunderbare Mischung ein. „Komm.", sagt er sanft, packt meine Hand und zieht mich neben sich. Ich öffne wieder die Augen und verliebe mich sofort.

„Das ist das Haus, das ich dir im Internet gezeigt habe.", hauche ich.

„Sieht ganz so aus.", murmelt Kyle wenig erfreut. Mein verzückter Gesichtsausdruck verunsichert ihn sichtlich. Er malt sich bestimmt schon die schlimmsten Szenarien aus.

Ich lasse meinen Blick über das Haus und den Teil des Grundstückes schweifen, den ich von meiner derzeitigen Position aus sehen kann.

Hinter uns erstreckt sich ein Wald und die Nadelbäume ragen hoch in den Himmel. Vor uns steht das Haus. Obwohl ich schon einige Bilder im Internet gesehen hatte, ist es in Natura viel umwerfender. Es ist ein altes Backsteinhaus und die Front ist teilweise mit Holz verkleidet, das dank der feuchten Seeluft einen silbrigen Touch bekommen hat. Das Fundament besteht aus großen, unregelmäßigen Feldsteinen. Die zahlreichen Fenster sind weiß. Über dem Eingang befindet sich ein weißer Balkon und um ihn herum ranken sich ein paar Grünpflanzen. Der Audi steht in einer kleinen Auffahrt direkt vorm Waldrand. Bis zur Tür müssen wir über eine kleine Steintreppe und einen Weg aus grobem Stein gehen. Neben der Treppe erstrecken sich Blumenbeete, in denen die ersten Narzissen blühen. An den Weg grenzen saftig grüne Rasenflächen an.

Die Eingangstür öffnet sich. Der Makler kommt heraus und läuft uns entgegen. Er ist ein Mann mittleren Alters und schiebt eine kleine Wohlstandswampe vor sich her. Durch seine Größe und den Walrossbart sieht er auf den ersten Blick ziemlich Angst einflößend aus. Aber sobald er den Mund öffnet, man seine tiefe

Stimme und sein dröhnendes Lachen hört, muss man ihn einfach mögen. Er ist einer der gutmütigsten Menschen, die ich jemals kennengelernt habe.

„Hallo Miss Borough.", begrüßt er mich und hält mir seine riesige Pranke hin.

„Hallo Mr. Watson." Ich schüttle seine Hand.

„Hallo Mr. Wallace.", begrüßt er Kyle.

„Hallo Mr. Watson." wieder werden Hände geschüttelt.

Der Makler dreht sich um und deutet zum Haus hinüber.

„Also. Das wäre jetzt ein Objekt, das in Ihre neuen Budgetzahlen passen würde.", erklärt er und ich bin total verwirrt. Neue Budgetzahlen? Ich sehe zu Kyle rauf, aber er beachtet mich nicht. Ich merke, wie ich sauer auf ihn werde. Wir hatten abgemacht, dass wir alles zusammen entscheiden wollen, was mit unserer Haussuche zusammen hängt. Wir hatten uns nach ewigen Diskussionen auf ein Budget von knapp viereinhalb Million geeinigt und jetzt stehen wir hier. Langsam fallen mir die Zahlen ein, die ich vor einigen Wochen im Internet gelesen habe.

„Wollen wir hinein gehen?", fragt Mr. Watson und reißt mich damit aus meinen Grübeleien.

Ich nicke ein wenig abwesend. Kyle nimmt meine Hand und gemeinsam folgen wir ihm.

Der Eingangsbereich ist weiß und lichtdurchflutet. Eine geschwungene Treppe führt nach oben und ich kann direkt in den nächsten Raum sehen. Ich lasse die Hand los und gehe in den Raum, in den ich gerade sehen konnte. Er ist riesig und die ganze hintere Wand wird von Fenstern eingenommen. Mehrere Türen sind geöffnet und ich habe ungehinderte Sicht auf eine schöne Terrasse und den Garten. Gleich hinter der Wiese liegt der Lake Michigan. Es ist ein atemberaubender Ausblick. Die Sonne lässt das Wasser glitzern und man kann die Schreie der Möwen hören.

Mein Blick streift über den Garten, der in zwei unterschiedliche Ebenen geteilt ist, die durch eine Steintreppe verbunden sind.

Wie schon im Vorgarten sind auch hier links und rechts neben der Treppe Blumenbeete, in denen Frühlingsblumen blühen. Durch eine der großen Türen trete ich hinaus und atme diese wunderbare Mischung aus Seewasser und Harz ein. Es vermittelt mir sofort ein Gefühl von zu Hause.
Ich will, dass unsere Kinder in diesem Garten herum tollen. Ich will, dass wir mit unseren Verwandten und Freunden auf der Terrasse Barbecues veranstalten und vor allem will ich in dieser Küche stehen, dessen Wand aus grobem Stein besteht und will dort für alle Kochen. Im Winter soll ein gemütliches Feuer in dem riesigen Karmin lodern. Ich will, dass in der Ecke neben der Fensterfront jedes Jahr unser Weihnachtsbaum steht und seinen unvergleichlichen Duft verströmt, dass unsere Kinder dort mit leuchtenden Augen ihre Geschenke auspacken.

Nachdem ich meinen Streifzug durch das Erdgeschoss beendet habe, gehe ich über die geschwungene Treppe nach oben. Ich lasse meine Hand über das kühle Holz des Geländers streifen. Ich habe keine Ahnung, wo Kyle und Mr. Watson abgeblieben sind. Es ist mir im Moment auch ziemlich egal. Ich bin froh darüber, dass ich allein und ohne Gequatsche dieses wundervolle Haus erkunden kann.
Im oberen Stockwerk befinden sich zwei Badezimmer und vier Schlafzimmer. Alle Räume haben einen wunderbaren Ausblick. Aber nur vom größten Schlafzimmer aus hat man einen unvergleichlichen Blick über den See.
Ich kann es gar nicht fassen, dass wir uns immer noch in Chicago befinden. Trotzdem habe ich das Gefühl, als wären wir ganz weit weg vom Trubel der Stadt.
Ich gehe auf den Balkon des Schlafzimmers und lehne mich an das Geländer. Von unten dringen die Stimmen der Männer nach oben. Sie betreten gerade den Garten und unterhalten sich über Quadratmeterzahlen und jede Menge anderes Zeug, für das ich mich im Moment nicht interessiere.

Noch ein letztes Mal lasse ich mein Blick über das Meer und den Garten streifen. Vielleicht sollte ich langsam wieder nach unten gehen.

Sie sind immer noch im Garten und Kyle betrachtet, die Hände in den Taschen seiner Jeans, die Rückseite des Hauses. Seine Stirn ist gefurcht und meine Zuversicht, dass das unser Haus werden könnte, schwindet ein wenig. Er war ja schon vor ein paar Wochen nicht unbedingt begeistert.

„Hey", melde ich mich leise zurück. Er legt einen Arm um meine Taille und zieht mich an seine Seite.

„Na, Miss Borough, was sagen Sie zu diesem Schmuckstück?", fragt mich Mr. Watson mit blitzenden Augen.

„Es ist ein Traum, aber ich bin mir nicht sicher, ob es wirklich unser Haus ist." Ich kann sehen, dass sich Kyles Mundwinkel ganz sacht nach oben ziehen. Es ist nur eine kleine Bewegung, aber die zeigt eindeutig, dass er mein kleines Schauspiel durchschaut. Kann er ja auch, nur der Makler sollte es nicht merken. Auch wenn er ein sehr netter Mensch ist, so ist er doch mit Leib und Seele Verkäufer und will natürlich so viel Geld wie möglich aus seinen Kunden quetschen.

„Miss Borough, das ist ein ideales Haus für eine Familie. Sie sind hier in fast unberührter Natur und dennoch ist es nur ein Katzensprung bis in die City."

„Das mag sein. Aber achtmillionenzweihunderfünfzigtausend Dollar ist schon verdammt viel Geld."

„Da Ihr Budget bei achteinhalb Millionen liegt, ist es doch voll drin."

„Mag sein. Aber nur weil wir es uns leisten könnten, heißt das noch lange nicht, dass wir es uns auch leisten wollen."

Kurz schaut mich Mr. Watson perplex an. Aber dann fängt er dröhnend laut zu lachen an. In einem nahen Busch beginnt ein Vogel, empört zu zwitschern.

„Sie sind eine gute Verhandlungspartnerin. Wie viel wollen Sie denn für das Haus bezahlen?"

„Keine Ahnung. Wir wissen ja noch nicht einmal, ob wir es überhaupt wollen. Ich meine, in der derzeitigen Wirtschaftslage ist es schon recht riskant, so viel Geld auf einmal auszugeben."

„In Ordnung. Ich mache Ihnen einen Vorschlag. Ich werde mit den Besitzern reden, was sich an dem Preis machen ließe und Sie geben mir bis morgen Abend Bescheid, ob Sie das Haus nehmen oder nicht."

„Einverstanden." Wir besiegeln unseren Deal mit einem Handschlag. Ich lege einen Arm um Kyles Taille. Wir verabschieden uns von Mr. Watson und gehen zurück zum Auto.

„Und? Was sagst du? Wobei ich glaube, dass ich dich nicht mehr fragen muss. Ich habe deinen Blick gesehen. Das ist für dich dein Traumhaus.", sagt er als wir wieder in seinem Auto sitzen.

„Ja, das ist es. Aber erstens, was sagst du dazu und zweitens, seit wann ist das Budget so angehoben?" Ich bin sauer und er soll es auch merken.

„Entschuldigung, dass ich dir nichts davon gesagt habe. Aber ich wusste, dass das dein Traumhaus ist und ich will, dass du glücklich bist. Ich bin der Meinung, dass du das nur in dem Haus sein kannst, in das du dich auf Anhieb verliebst. Deine Augen hatten richtig gestrahlt als wir angekommen sind. Zu deiner anderen Frage, es ist wirklich schön."

„Aber es kostet über acht Millionen.", wende ich ein.

„Ich weiß und glaub mir, es kostet mich verdammt viel Überwindung, um über meinen Schatten zu springen.", seufzt er und reibt sich über die leicht gefurchte Stirn. Mein Herz beginnt wie wild zu schlagen.

„Heißt das, du bindest mich in die Finanzierung mit ein, so wie ich es von Anfang an wollte?", frage ich ihn hoffnungsvoll. In Gedanken schweife ich kurz in die Vergangenheit ab. Immer wieder hatten wir heftige Diskussionen, wenn es um die Finanzierung unseres Hauses ging. Kyle wollte unbedingt alles alleine zahlen und ich wollte mich beteiligen, schließlich soll es ja unser Haus werden. Um des Friedens willen hatte ich dann eingelenkt, habe seinem vorsintflutlichen Plan zugestimmt und jetzt bin ich natürlich umso mehr erfreut, zu hören, dass er das von mir ursprünglich geforderte Budget genommen hat. Ich beuge mich zu ihm hinüber und gebe ihm einen Kuss.

„Danke.", flüstere ich ihm zu und fahre mit meinen Fingern über seine Stirn, um sie zu glätten.

„Gern geschehen. Auch wenn es mir anders herum lieber gewesen wäre."

„Ach komm. Wir leben im einundzwanzigsten Jahrhundert. Da können wir das ruhig zusammen bezahlen. Es wird nicht gleich der Dorfälteste auftauchen und dich an den Pranger stellen. Aber ein bisschen böse bin ich dir schon." Schmollend lehne ich mich wieder in meinen Sitz zurück und verschränke die Arme vor der Brust.

„Warum?" Erstaunt sieht er mich an.

„Du hast es ohne mich entschieden. Außerdem hast du mich angelogen. Du hast behauptet, du wüsstest nicht, um welches Objekt es sich handeln würde. Aber du hast es ganz genau gewusst."

„Schuldig im Sinne der Anklage und ich entschuldige mich bei dir. Aber ich hatte gehofft, dass ich dir damit eine Freude machen könnte."

„Es sei dir verziehen."

„Danke. Soll ich die anderen Besichtigungen absagen?" Er ist schon dabei sein Handy aus seiner Hosentasche zu angeln.

„Ich weiß nicht." Nachdenklich kratze ich mir am Hals. Erstaunt hält Kyle in der Bewegung inne.

„Kapier ich jetzt nicht. Ich denke das Haus gefällt dir."

„Tut es ja auch und ich würde sofort einziehen. Aber der Preis ist schon heftig."

„Ich kenne dich gut genug, um zu wissen, dass du in Gedanken schon alles einrichtest. Egal was für ein neues Angebot uns die Besitzer unterbreiten, wir werden zustimmen. Habe ich Recht?"

„Erwischt. Aber wenn wir noch ein bisschen sparen können, ist das doch ganz gut." Verschlagen grinsen wir uns an.

„Soll ich nun die anderen Termine absagen?" Ich nicke und er beginnt, zu telefonieren. In der Zwischenzeit sehe ich mir noch einmal unser Haus aus der Ferne an. Es wird schön sein, wenn die Räume von fröhlichem Lachen erfüllt sind und die Kinder durch den Garten tollen. Vielleicht können wir uns einen Hund kaufen.

Nachdem er sein Handy in das Ablagefach der Mittelkonsole geschmissen hat, startet Kyle den Motor und wir fahren zurück in Richtung City. Ich hole tief Luft und wappne mich für das, was gleich kommen wird. All die letzten Wochen haben wir es verdrängt und wir haben die Haussuche immer wieder als Grund vorgeschoben. Aber jetzt können wir es nicht mehr.
„Kyle?"
„Ja?"
„Kannst du bitte runter zum Lake Michigan fahren?"
„Klar, warum?"
„Wir müssen endlich reden." Er holt tief Luft und stößt sie seufzend wieder aus, ehe er nickt.
Die Fahrt verläuft schweigend. Wir haben Beide Bammel vor diesem speziellen Gespräch. Aber wir müssen es führen, ob wir wollen oder nicht und vor allem jetzt, wo wir wissen, dass wir wieder Eltern werden, ist es umso wichtiger, dass wir es klären.
Kyle muss drei Runden auf dem Parkplatz drehen, ehe wir eine freie Lücke finden. Bis jetzt war ich mit ihm immer nur abends oder nachts hier, am Tag aber noch nie. Es ist ein sehr schöner Strand und ich mag ihn sehr. Aber nach der Trennung habe ich diesen Ort gemieden, wie der Teufel das Weihwasser.
Hand in Hand gehen wir zum Wasser. Die leichte Brise lässt unsere Kleidung und unser Haar flattern. Kurz vorm Wasser bleibt er stehen und lässt meine Hand los. Seine steckt er tief in die Hosentaschen, sein Blick ist starr nach draußen auf den Horizont gerichtet.
„Du weißt, dass wir eine Entscheidung treffen müssen. Wir können es nicht länger vor uns her schieben. Wenn wir es immer

wieder hinaus zögern, wird es ja auch nicht besser.", sage ich schließlich.

„Ich weiß, dass du Recht hast. Aber am liebsten würde ich mich weiter davor verkriechen.". seufzt er.

„Du weißt aber auch, dass ich dir beistehe. Du musst da nicht alleine durch. Aber je länger wir warten, desto schlimmer wird es werden."

„Ich weiß." Kyle fährt sich mit der Hand durch die vom Wind zerzausten Haare.

„Also, wann wollen wir es in Angriff nehmen?"

„Ich habe keine Ahnung. Zumal ich noch nicht einmal weiß, wie ich es ihnen sagen soll."

„Du sollst es ihnen ja auch nicht sagen, sondern wir. Auch wenn es ein blöde Situation ist und alles andere als angenehm ist, stehe ich dir bei. Ich bin doch erst schließlich Schuld an allem."

„Fang nicht schon wieder damit an, Sophie."

„Ist ja gut. Aber trotzdem müssen wir langsam mal zu Potte kommen. Glaubst du, deine Eltern würden uns vor Freude strahlend um den Hals fallen?"

„Sie werden mich verteufeln."

„Wenn, dann werden sie mich verteufeln. Dir werden sie nur böse sein. Aber das verfliegt. Sie werden dich weiterhin lieb haben. Wann?"

„Ich weiß es nicht. Aber du hast Recht, wir gurken jetzt schon so lange um dieses Thema herum und besser oder leichter wird es auf keinen Fall." Er dreht sich zu mir um und schlingt seine Arme um mich. Seine Wange kommt auf meinem Scheitel zum Liegen. Immer wieder haben wir es verdrängt. Immer wieder haben wir neue Ausflüchte gefunden, um uns nicht damit beschäftigen zu müssen, dass seine Eltern noch überhaupt nichts wissen. Seit Wochen verkriecht er sich vor ihnen. Wenn sie ihren Sohn mal am Telefon erwischet hatten, dann hat er sie mit fadenscheinigen Ausreden abgewimmelt.

„Wann Kyle?!", dränge ich ihn.

„Sophie, ich weiß es nicht. Am liebsten hätte ich es schon hinter mir. Aber da ich es nicht habe und da noch durch muss, am liebsten nie."

„Aber das geht nicht."

„Heute Abend?", antwortet er schließlich nach einem tiefen Seufzer.

„Meinst du nicht, das ist ein bisschen kurzfristig?", frage ich ihn zweifelnd.

„Kannst du dich mal entscheiden? Erst soll ich es meinen Eltern sagen und jetzt wo ich mich entschieden habe, ist es dir zu kurzfristig." Verzweifelt verdreht er die Augen zum Himmel.

„Ich bin schwanger. Ich darf Meinungssschwankungen haben. Die Hormone, du weißt schon."

„Da hätten wir es. Die Hormone werden als Ausrede benutzt."

„Aber wenn es doch so ist."

„Ich liebe dich.", meint er lächelnd.

„Ich dich auch."

„Heute Abend?"

„Ja. Soll ich mitkommen?"

„Nein. Ich muss da erst einmal alleine durch. Aber danke."

„Aber wenn etwas sein sollte, dann rufst du mich an. Okay?"

„Ja, mach ich. Versprochen."

Wir gehen noch ein wenig am Strand spazieren. Als sich mein Magen meldet und nach Nahrung verlangt, holen wir uns einen kleinen Imbiss. Mit Heißhunger verschlinge ich das Sandwich in Rekordzeit und ich schiele auf das in Kyles Hand.

„Noch Hunger?", fragt er mich grinsend. Beschämt nicke ich.

„Hier." Er hält mir sein halbes Sandwich hin. Ich schnappe es mir und beiße genüßlich hinein.

Er legt seinen Arm um mich und wir machen uns auf den Weg zurück zum Wagen.

„War das bei Sam auch so?", will er wissen.

„Nein, die typischen Heißhungerattacken hatte ich erst im achten Monat. Die ersten vier Monate hatte ich so gut wie nichts bei mir behalten. Dann war ja noch der Krankenhausaufenthalt. Da wurde ich ja mehr oder weniger über Infusionen ernährt." Bei der Erwähnung des Anfangs der Schwangerschaft mit Sam versteift sich Kyle neben mir. Irgendwann werde ich mit ihm noch darüber reden müssen. Aber momentan er hat noch ziemlich viele Probleme damit und seine Schuldgefühle machen ihm zu schaffen.

Ich lehne meinen Kopf an seine Schulter.

„Irgendwann müssen wir auch darüber noch reden."

„Ich weiß."

Ich würde gern seine Stimmung aufhellen, denn der Abend wird noch hart genug. Leider habe ich keine Ahnung, wie ich das anstellen soll.

Wir sind am Auto angekommen und er hält mir die Tür auf, damit ich einsteigen kann.

Auf dem Heimweg klammern wir das bevorstehende Gespräch mit seinen Eltern aus und konzentrieren uns auf das Haus.

„Lass mich raten, du richtest schon alles in Gedanken ein."

„Mag sein. Aber ich will das mit dir zusammen machen. Außerdem haben wir den Vertrag noch nicht unterschrieben. Es könnte noch so viel passieren."

„Was denn? Solche Töne aus deinem Mund?" Liebevoll lächelt er mich an, während er den Wagen sicher durch die Straßen steuert.

„Hormone."

„Aha. Also bekomme ich meine Sophie, die ich über alles liebe, erst in, keine Ahnung, sieben bis acht Monaten wieder?"

„Zwischendurch wird sie ab und zu mal vorbei schauen."

„Na da bin ich ja beruhigt."

„Hallo! Wir sind wieder da.", rufe ich, kaum das wir den Hausflur betreten.

„Sophie? Kyle? Seid ihr das?", höre ich meinen Vater rufen.

„Ja, sind wir.". Wir gehen ihn suchen und finden ihn, zusammen mit Mom und Sam, auf der Terrasse. Vor jedem von ihnen steht ein großes Eis.

„Hallo.", begrüße ich alle mit einem Kuss, wobei ich Sam einen besonders Dicken auf die Wange drücke. Was er mit einem verzogenen Gesicht quittiert, ihn abwischt und dann weiter sein Eis löffelt.

„Hey Dad. Spielen wir nachher noch eine Runde Fußball?"
„Klar Großer. Iss dein Eis auf und dann kann es losgehen."
„Wie lief die Besichtigung und vor allem, warum seid ihr schon wieder da?" fragt meine Mutter.

„Sag ich dir gleich.", wende ich mich an sie und dann noch einmal kurz an Kyle. „Solltest du nicht besser anrufen?" Beklommen nickt er, steht dann aber auf, um in den Garten zu gehen, damit er ungestört telefonieren kann.

„Wenn muss er denn anrufen?", will Dad wissen.
„Seine Eltern.", flüstere ich ihm zu. Wir wollen nicht, dass Sam in die Sache mit Kyles Eltern hinein gezogen wird. Er soll nicht merken, wenn es zu Problemen und Stress kommt.

„Aha. Wann wollt ihr zu ihnen?", fragt er genauso leise. Um Sam abzulenken beginnt meine Mutter mit ihm über irgendeinen Comic zu reden.

„Er fährt heute Abend. Gerade kündigt er seinen Besuch an."
„Was ist mit dir? Fährst du nicht mit?"
„Nein, er will erst mit ihnen alleine reden. Aber wir haben ausgemacht, dass er mich anruft, wenn es Probleme gibt."
„Du weißt schon, dass er dich nicht anrufen wird? Er ist in gewisser Weise wie deine Brüder."
„Ich weiß. Aber es ist schön, dass ich mir vorgaukeln kann, dass er mich anrufen würde, wenn es Probleme gibt."
„Wenn ihr Hilfe braucht, dann sagt Bescheid."
„Danke Daddy." Ich gebe ihm ein Küsschen auf die Wange.
Kyle kommt wieder zu uns zurück und setzte sich neben mich. Er versucht, ein fröhliches Gesicht zu machen, aber ich kann ihm

seine Anspannung ansehen. Sanft lege meine Hand auf seinen Oberschenkel und streiche beruhigend darüber.

„Also, warum seid ihr schon wieder da?", fragt mein Vater lauter, um meiner Mutter zu zeigen, dass das Gespräch mit mir beendet ist.

„Wir haben ein Haus gefunden.", verkünde ich strahlend.

„Das ist toll. Habt ihr schon unterschrieben?" Er klingt nicht unbedingt sehr erfreut.

„Nein. Sophie will noch um den Preis feilschen, als wären wir auf einem türkischen Basar."

„Warum das?"

„Warum nicht? Wenn wir so ein bisschen sparen können. Außerdem muss Sam ja auch zustimmen."

„Was?", fragt unser Sohn, nachdem er unsere Blicke bemerkt hat.

„Wir haben ein Haus gefunden und du sollst es dir ansehen."

„Wenn es sein muss.", stöhnt er.

„Sag mal, was ist denn mit dir los?", will ich von ihm wissen.

„Nix."

Ich werfe Kyle einen Blick zu und er nickt nur kurz, um mir zu zeigen, dass er mit Sam beim Fußball spielen darüber reden wird. Mit gerunzelter Stirn sehe ich meinem Sohn dabei zu, wie er sein Eis löffelt. Irgendetwas hat er, aber immer wenn ich ihn darauf anspreche, fängt er an zu mauern. Hoffentlich bekommt Kyle etwas aus ihm heraus.

„Los Dad, ich bin fertig." Sam schiebt sich den letzten Löffel Schokoeis in den Mund und springt auf, um in den Garten zu rennen. Kyle gibt mir einen Kuss und begibt sich dann zu Sam.

„Wie ist das Haus? Wo ist es?" Mom beginnt Fragen abzufeuern.

„Du kennst es."

„Ich kenne es?"

„Ja. Erinnerst du dich an das eine Haus, das ich dir auf dem Laptop gezeigt hatte?"

„Ja. Das? Das habt ihr euch heute angesehen?"

„Genau." Ich kann mein breites Grinsen nicht verbergen.
„Das ist ein sehr schönes Haus. Also hatte er doch ein Einsehen?"
„Ja. Wir finanzieren es gemeinsam."
„Fein. Aber jetzt mal zu einem anderen Thema. Was ist mit seinen Eltern?"
„Er fährt heute Abend zu ihnen und spricht mit ihnen. Sam und ich bleiben zu Hause."
Nachdenklich nickt meine Mutter. Auch sie weiß, dass jetzt noch einmal eine schwierige Phase auf uns zukommen wird.

Kapitel 2 – Das Gespräch

Tief seufzend lässt er sich auf die Couch im Wohnzimmer fallen und platziert seine überkreuzten Knöchel auf dem Couchtisch davor. Ich stelle den Ton der Sitcom ab. Er ist nur mit seinem dunkelblauen Bademantel bekleidet und kleine Wassertropfen lösen sich von den Spitzen seiner nassen Haare und laufen ihm über Gesicht und Hals.
„Wo ist Sam?", frage ich ihn.
„Er wollte duschen gehen. Er hat genauso viel geschwitzt, wie ich."
„Dass ihr es auch immer gleich übertreiben müsst.", tadele ich ihn mit einem Lächeln und atme tief den Geruch seines Duschgels ein.
„Wir haben nicht übertrieben. Wir ..."
„Ja, ich weiß, ihr seid ehrgeizig.", unterbreche ich ihn.
„Du hast es erfasst meine Schöne." Lachend gibt er mir einen Kuss auf den Mundwinkel.
„Nun sag schon, was ist mit unserem Sohn los."
„Da kommst du nie drauf."

„Aber was ist es?! Ich will wissen, was ihm in den letzten Wochen die Laune vermiest hat."

„Erst wollte er es mir nicht sagen."

„Aber er hat es dir gesagt und wenn du jetzt die Güte hättest, es mir zu sagen?"

„Ich bin mir da nicht so sicher, ob ich es dir sagen darf. Immerhin bist du eine Frau und das war ein Gespräch unter Männern."

„Kyle! Ich mache mir Sorgen um ihn. Ich will sofort wissen, was ihn bedrückt.", fordere ich ihn aufgebracht auf.

„Okay. Ich sag es dir. Aber nur unter der Bedingung, dass du Sam gegenüber deine Klappe hältst."

„So schlimm?" Angst schnürt mir die Kehl zu. In meinem Kopf laufen die verschiedensten Horrorszenarien ab.

„Wie man es nimmt." Ich kann echt nicht verstehen, warum Kyle immer noch so grinst.

„In Ordnung. Ich verspreche dir, dass ich ihm gegenüber den Mund halten werde. Nun aber raus mit der Sprache."

„Er ist der Meinung, dass er nicht groß genug wäre."

„Bitte was? Sam ist schon größer als die meisten Jungs in seinem Alter." Ein wenig verwirrt sehe ich Kyle an. Ich zweifle gerade echt an seiner geistigen Zurechnungsfähigkeit.

„Ich meine nicht seine Körpergröße"

„Was denn dann? Du verwirrst mich gerade total. Ich habe keine Ahnung, wie ich deine Aussage einordnen soll und wie das mit Sams Grübeleien zusammenhängt?"

„Er ist der Meinung, dass er...", er deutet auf seinen Schritt „... zu klein ist." Schlagartig laufe ich bei seinen Worten rot an. Hätte ich lieber nicht gefragt. Verdammte Neugier! Das ist ein Detail, das ich über meinen Sohn absolut nicht wissen will.

„Du überlegst gerade, ob du das wirklich wissen wolltest, oder?", fragt er mich und ich nicke stumm. Mein Blick ist nach wie vor auf seinen Schritt gelenkt.

„Aber... er ...ist doch noch im Wachstum.", stammle ich und laufe noch mehr an. Wie komme ich nur aus dieser Sache wieder raus?

„Das habe ich ihm auch gesagt."

„Vor allem, wie kommt er auf so eine sinnlose Idee?"

„Sportunterricht.", antwortet mir Kyle schlicht. Ich sehe ihm ins Gesicht. Er amüsiert sich königlich über mein Unbehagen.

„Du musst dich darum kümmern." Auf keinen Fall werde ich mit Sam ein Gespräch über seinen kleinen Freund führen. Da würden mich keine zehn Pferde dazu bringen.

„Warum ich und nicht du?" Man kann ihm genau ansehen, dass er mich aufziehen will und sich daran erfreut, wie ich mich winde.

„Weil Sam dein Sohn ist und du bist ein Mann."

„Ach und dein Sohn ist er plötzlich nicht mehr?", fragt er feixend.

„So habe ich das nicht gemeint. Aber du als Mann verstehst ihn da bestimmt besser als ich als Frau. Außerdem kann ich mir vorstellen, dass es Sam nicht ganz so angenehm sein könnte, wenn seine Mutter plötzlich ankommt und ihn darauf anspricht, warum er denke, dass sein Penis zu klein wäre."

„Gutes Argument. In Ordnung, ich übernehme das. Aber sollte das hier...", er streichelt über meinen flachen Bauch „... ein Mädchen werden, dann übernimmst du solche Gespräche."

„Das wäre nur fair." Erleichtert gebe ich Kyle einen Kuss. An so etwas habe ich bei weitem nicht gedacht. Ich hatte mir alle möglichen Szenarien ausgemalt, vom verliebt sein, über Mobbing und was weiß ich nicht noch alles. Aber diese Sache habe ich bei Gott nicht in Betracht gezogen und jetzt wo ich es weiß, fällt mir eine tonnenschwere Last vom Herzen.

Ich kuschele mich an ihn und genieße seinen warmen Atem, der mir über das Gesicht weht.

„Es war für mich damals oberpeinlich, als mein Dad mit mir das erste Mal über Sex reden wollte. Jetzt weiß ich, dass es für ihn auch nicht unbedingt ein Zuckerschlecken war."

„Danke."

„Passt schon. Schließlich geht es um unseren Sam."

Eine Weile sitzen wir aneinander gekuschelt da und verfolgen die tonlosen Bilder der Sitcom, die über den Fernseher huschen.

„Wann musst du los?", frage ich schließlich in die Stille hinein.

„In zwanzig Minuten." Seine Unbeschwertheit von eben ist verflogen und der bedrückte und grüblerische Kyle ist wieder da.

„Du willst nicht."

„Ja, aber ich muss." Damit steht er auf, gibt mir noch einen Kuss auf die Stirn und geht dann ins Schlafzimmer, um sich anzuziehen. Ich schalte mir den Ton wieder an und versuche mich so, ein wenig abzulenken.

Eine viertel Stunde später kommt er wieder zu mir. Er trägt eine dunkle Jeans und einen grauen Pullover. Der Duft seines Aftershaves steigt mir in die Nase und ich presse unwillkürlich meine Schenkel zusammen. Dieser Geruch geht mir sofort zwischen die Beine.

„Dafür habe ich jetzt keine Zeit mehr.", grinst er. Anscheinend muss man meinem Blick ansehen, was ich gerade von ihm will.

„Schade.", murmle ich.

„Wenn ich wieder da bin.", raunt er mir ins Ohr und beißt mir sanft ins Ohrläppchen. Ich brenne schon wieder vor Verlangen und alles, was ich Zustande bekomme, ist ein stummes Nicken.

„Ich sag noch Sam tschüss und dann mach ich mich los."

„Okay. Ich wünsch dir viel Glück."

„Danke, das werde ich brauchen. Wenn ich bis Mitternacht nicht wieder lebend aufgetaucht bin, dann ruf mal durch und wenn ich nicht ran gehe, schick einen Suchtrupp los, die sollen meine Leiche suchen." Ich weiß, dass es nur ein Scherz sein soll, aber ich finde ihn im Moment nicht besonders lustig.

„Bis bald und komme in einem Stück zu uns zurück." Ich küsse ihn noch einmal ausgiebig und wir lassen unsere Zungen tanzen. Schließlich löst er sich wiederstrebend von mir.
„Bis dann, Süße. Ich liebe dich."
„Ich dich auch.", flüstere ich. Die Tränen wollen mir in die Augen steigen, aber ich zwinge sie zurück. Scheiß Hormone! Kyle drückt mich noch einmal an sich und geht dann, um sich von Sam zu verabschieden. Ich lasse mich wieder auf die Couch fallen und ziehe die Beine nah an meinen Körper heran. Ich höre seine tiefe Stimme, wie er unserem Sohn eine gute Nacht wünscht. Ich höre seine Schritte die Treppe nach unten und das Aufheulen des Motors, das Knirschen des Kieses unter den Rädern und dann herrscht Stille. Tief atme ich durch. Hoffentlich läuft das Gespräch halbwegs gut. Auch wenn er es nie direkt gesagt hat, aber er vermisst seine Eltern und er wünscht sich, dass auch sein Vater mit Sam zusammen Fußball spielt, so wie es meiner tut.

„Mom?" Sams Stimme reißt mich aus meinen Grübeleien. Er steht direkt vor mir und sieht mich ein bisschen verlegen an. Ich klopfe auf die Couch neben mich. Zögernd setzt er sich zu mir. Ich schlinge meine Arme um ihn und ziehe ihn an mich. Im ersten Moment versteift er sich ein wenig und verpasst mir damit einen Stich. Dann aber entspannt er sich und kuschelt sich an seine Mom.

„Was denn, mein Kleiner?", frage ich ihn, da er nicht weiter gesprochen hat.

„Dad hat es dir gesagt, stimmt's?" Ich vergesse immer wieder, dass unser kleiner Mann viel mitbekommt.

„Ähm... Ja." Es würde nichts bringen, ihn anzulügen. Er wäre nur bitterlich von mir enttäuscht. Hoffentlich ist er es jetzt nicht von seinem Dad, dass dieser nicht dicht gehalten hat. Sam seufzt und nickt dann.

„Sei ihm aber nicht böse. Ich habe ihn überredet."
„Ist schon gut."

„Aber keine Angst. Ich werde ganz bestimmt nicht mit dir darüber reden. Offiziell weiß es nur dein Dad und ich bin völlig ahnungslos."

„Gut."

„Ich nehme an, du bist nicht deswegen zu mir gekommen, oder?"

„Mmh."

„Willst du mit mir darüber reden?" Liebevoll streiche ich ihm über die blonden Haare.

„Ich… also… du… und… Dad…" stammelt er vor sich hin und er wagt es nicht, mich anzusehen.

„Sam, du kannst mit mir über alles reden, dass weißt du. Also raus mit der Sprache, was hast du auf dem Herzen?"

„Du und Dad, ihr seid nicht verheiratet."

„Das stimmt." Ich ahne worauf er hinaus will, aber ich will es aus seinem Mund hören, nicht, dass ich mich irre.

„Warum?"

„Warum wir nicht verheiratet sind?"

„Mmh."

„Dein Dad hat mich bis jetzt nicht gefragt."

„Wenn er dich fragen würde, was würdest du ihm antworten?"

„Dass ich ihn gerne heiraten würde. Ich liebe deinen Vater und ich will den Rest meines Lebens mit ihm und dir verbringen. Wenn er der Meinung ist, dass er mich heiraten möchte, dann würde ich mich sehr darüber freuen. Aber dein Dad ist jemand, den man nicht drängen darf."

„Verstehe. Aber warum bist du in letzter Zeit immer so sauer auf ihn?"

„Oh Sam." Tränen steigen mir in die Augen und hastig wische ich sie weg.

„Du bist immer so böse auf ihn und ich habe Angst, dass ihr euch trennt und…", er lässt seinen Satz unbeendet und ich drücke ihn fest an mich. Es schnürt mir die Kehle zu, ihn so zu sehen. Er macht sich so viele Gedanken über unsere Beziehung. Er hat Angst, dass etwas nicht in Ordnung ist und dabei bin ich momentan einfach nur hormongesteuert."

„Ich werde dir jetzt ein kleines Geheimnis verraten. Eigentlich wollten dein Dad und ich es dir gemeinsam sagen, aber ich denke mal, du kannst es jetzt schon wissen."

„Was denn?"

„Was hältst du davon, ein großer Bruder zu sein?" Ich habe meine Wange auf seinen Kopf gelegt. Ich sacke ein wenig nach unten weg, als Sam sich ruckartig unter meiner Wange weg zieht. Aus weit aufgerissenen Augen sieht er mich an.

„Ich…", stammelt er und ich sehe ihn ein wenig ängstlich an. Für ihn bedeutet es auch eine riesen Umstellung. Schließlich ist er dann nicht mehr unser einziges Kind. Er muss dann quasi seine Eltern teilen.

„Ich bekomme ein Geschwisterchen?", fragt er perplex und ich nicke etwas beklommen, dann erhellt sich sein Gesicht unter einem freudigen Strahlen und er fällt mir um den Hals. Überglücklich drücke ich meinen Erstgeborenen an mich.

„Ihr müsst uns gleich lieb haben.", flüstert er an meiner Schulter.

„Klar mein Kleiner. Das können wir dir hoch und heilig versprechen."

„Gut. Aber warum bist du immer so sauer auf Dad?" Er klettert auf meinem Schoß und rollt sich zusammen.

„Das sind die Hormone. Die bringen bei deiner Mom im Körper ganz schön viel durcheinander und ich weiß manchmal selber nicht, warum ich so reagiere, wie ich reagiere."

„Aha. Ich bin dann also ein großer Bruder."

„Genau und ich würde mich freuen, wenn du uns dann mit dem Baby helfen würdest."

„Klar, mach ich. Das machen doch große Brüder, oder? Max hat Tante Molly und Onkel David ja auch mit Jessy geholfen." Bei seinen Worten muss ich grinsen. Die beiden Kinder meines Bruders sind gerade einmal ein Jahr auseinander und Sam war damals selber noch ein Kleinkind

„Genau. Ich habe dich lieb Sam." Es würde nichts bringen, ihn zu korrigieren. Darum lasse ich ihn einfach in dem Glauben.

„Ich dich auch. Ihr trennt euch also nicht?"

„Nein mein Schatz. Dein Dad und ich haben uns sehr lieb und wir werden zusammen bleiben. Außerdem haben wir ein Haus gefunden."

„Können wir nicht bei Granny und Grandpa wohnen bleiben?" Aus großen Augen sieht er zu mir hoch.

„Das würde aber zu viert ganz schön eng werden. Meinst du nicht auch? Du müsstest dann dein Zimmer teilen. Außerdem ist unser neues Zuhause nicht so weit weg von deinen Großeltern und deine Cousinen und dein Cousin wohnen auch gleich in der Nähe."

„Muss ich auf eine andere Schule."

„Nein, wir werden dich weiterhin jeden Morgen zu deiner Schule bringen." Ich spüre wie er erleichtert ausatmet.

„Das hat dich ganz schön belastet, hab ich Recht? Ich meine, zusammen mit der anderen Sache."

„Mmh."

„Wollen wir und die Simpsons ansehen?", frage ich ihn, um ihn ein bisschen abzulenken. Ich glaube wir haben Beide genug Neuigkeiten für einen Abend erfahren.

„Ja."

Schweigend sitzen wir auf der Couch, wobei nur ich darauf sitze. Denn Sam hat sich auf meinem Schoß zusammen gerollt. An dem gleichmäßigen Heben und Senken seiner Schultern kann ich erkennen, dass er eingeschlafen ist. Ich könnte ihn wecken und er würde sich in sein Zimmer schleppen, um da weiter zu schlafen. Aber ich genieße gerade diese Kuscheleinheit viel zu sehr, als dass ich es übers Herz bringen könnte. Ich werde einfach hier sitzen bleiben, ein wenig fernsehen und auf Kyles Rückkehr warten.

„Hey." Kyles sanfte Stimme dringt zu mir durch und ich spüre, wie mir das Gewicht von den Beinen genommen wird. Langsam öffne ich die Augen. Ich kann gerade noch sehen, wie sein breiter Rücken aus dem Wohnzimmer verschwindet. Ächzend richte ich mich auf und bewege vorsichtig meinen Kopf hin und her. Mir tun sämtliche Knochen weh.
Verschlafen reibe ich mir die Augen und versuche, halbwegs klar im Kopf zu werden. Ein Blick auf die Uhr verrät mir, dass es kurz nach elf ist. Ich muss also keinen Suchtrupp los schicken, um seine Leiche aufspüren zu lassen.
Er kommt wieder zu mir ins Wohnzimmer und schließt leise die Tür hinter sich. Er sieht müde und geschafft aus. Dem Ausdruck in seinen Augen zufolge, ist es alles andere als gut gelaufen.
Schwer seufzend setzt er sich neben mich auf die Couch, legt den Kopf nach hinten an die Lehne und schließt die Augen. Es interessiert mich brennend, wie es gelaufen ist, aber ich will ihn nicht drängen.
Zaghaft lege ich meine Hand auf seine.
„Nun frag schon.", murmelt er mit geschlossenen Augen, während er seine Finger zwischen die meinen schiebt. Ich kann ihm anmerken, dass er nicht über das Passierte reden will, aber er es tun wird, wenn ich ihn darum bitte.
„Du willst nicht darüber reden, also lasse ich es."
„Schon gut. Früher oder später müssen wir es doch tun, warum dann nicht auch noch heute Abend?", sagt er bitter. Er versetzt mir damit einen kleinen Stich. Ich komme mir ausgeschlossen vor und der deutliche Widerwillen in seiner Stimme macht es auch nicht besser.
„Na gut. Wie ist es gelaufen?" Angespannt warte ich auf seine Antwort.
„Beschissen.", meint er schließlich und wieder hört man ihm an, dass er nicht reden will. Es macht mich wütend. Es geht schließlich uns beide etwas an.
„Lass gut sein." Ich entziehe ihm meine Finger und stehe auf, um ins Bett zu gehen.

„Sophie warte!", ruft mir Kyle nach. Aber ich höre nicht auf ihn und gehe weiter ins Bad, um mich umzuziehen.

„Scheiße!", flucht er und folgt mir.

Ich ziehe mir gerade das T-Shirt aus, als er den Raum betritt. Durch den Badezimmerspiegel sucht er meinen Blick, aber ich halte meinen starr auf das Spiegelbild der Waschbeckenarmaturen gerichtet. Scheinbar in aller Ruhe beginne ich mit meiner Abendroutine. Er lässt mich machen, lehnt aber mit verschränkten Armen an der Wand gegenüber und beobachtet mich.

Ohne weiter auf ihn zu achten, mache ich das Licht im Bad aus und lasse ihn im Dunkeln stehen.

Tief in mir weiß ich, dass mein Verhalten total übertrieben ist, aber ich kann im Moment nicht anders. Ich kann schlecht aus meiner Haut heraus. Ich bin eine Gefangene meiner Schwangerschaftshormone.

„Kannst du mir bitte verraten, was das da gerade sollte?" Er folgt mir wieder. Genervt zerrt er sich den Pullover über den Kopf. Aufgebracht funkelt er mich an und wartet auf meine Reaktion. Aber ich antworte ihm nicht. Stattdessen drehe ich ihm den Rücken zu und kuschle mich unter meine Bettdecke. Ich höre das Rascheln seiner Sachen und das Klappern seiner Gürtelschnalle. Kurze Zeit später schlüpft er neben mir unter die Decke. Besitzergreifend schlingt er seinen Arm um meine Taille und dreht mich auf den Rücken. Ich versuche, mich dagegen zu wehren, aber kräftemäßig bin ich ihm einfach unterlegen.

„Du wolltest reden, also reden wir. Ich kapiere nicht, warum du so austickst."

„Du willst doch eh nicht mit mir reden! Dir ist es doch lieber, mich auszuschließen!", gifte ich zurück. Meine Augen beginnen unheilvoll zu brennen.

„Sophie, das stimmt doch nicht. Interpretiere doch jetzt nicht wieder irgendwelche Dinge in mein Verhalten, die nicht da sind. Der Abend lief echt beschissen und ich wollte einfach mal zehn Minuten Ruhe." Kyle stützt sich auf einem Arm ab und sieht mich von oben herunter an.

„Fein, da hast du ja jetzt die ganze Nacht Zeit. Denn ich habe jetzt keine Lust, mit dir zu reden. Ich bin müde und würde jetzt gerne schlafen." Ich will mich wieder von ihm weg drehen, aber er lässt es nicht zu. Er nimmt mein Kinn in seine Hand und hält meinen Kopf fest. Sanft legen sich seine Lippen auf meine. Fest nehme ich mir vor, den Kuss nicht zu erwidern, aber als seine Zunge vorsichtig und bittend über meine Unterlippe streicht, kann ich einfach nicht wiederstehen. Ich liebe es einfach viel zu sehr, ihn zu küssen. Leider weiß er das auch und er benutzt diese Geheimwaffe gerne gegen meinen Groll und meine schlechte Laune. Seufzend schlinge ich meine Arme um ihn und ziehe ihn zu mir nach unten.

Viel zu schnell unterbricht er unseren Kuss, reibt seine Nasenspitze an meiner und entlockt mir damit ein kleines Lächeln.

„Bist du jetzt bereit, mit mir zu reden?" Er sieht mir direkt in die Augen und ich nicke stumm.

„Gut.", sagt er und legt sich zurück auf den Rücken, wobei er mich in seine Arme zieht. Mein Kopf kommt an seiner Schulter zum Liegen.

„Es lief echt beschissen.", murmelt er. Ich will mich aufrichten und ihm ins Gesicht sehen, aber Kyle drückt mich wieder nach unten an seine Seite. „Bleib bitte liegen."

„War es wirklich so schlimm?"

„Nein, schlimmer. Mein Vater ist ausgerastet. Mom hat einen Weinkrampf bekommen als ich ihnen offenbart habe, dass ich nicht mehr mit Kendra verlobt bin und es keine Hochzeit geben wird."

„Hast du ihnen nicht erzählt, was sie damals zu dir gesagt hat und dass sie und ihr Vater an deinem Rausschmiss schuld waren?"

„Doch, aber sie wollten mir kein Wort glauben. Für sie ist Kendra die perfekte Schwiegertochter und sie konnten oder wollten es nicht glauben, was ich ihnen gesagt habe. Sie wussten ja auch nichts von dem ganzen Drama in der Firma. Für sie bin ich im Moment der größte Idiot auf Gottes Erde."

„Das tut mir leid.", murmle ich und ich fühle mich schuldig. Auch wenn Kendra eine verwöhnte Schlampe ist, so bin doch ich diejenige, die Schuld an Kyles Misere trägt.

„Muss es nicht. Sie werden sich schon wieder beruhigen. Es war einfach ein Schock für sie.", seufzt er und streichelt mir unablässig über den Rücken.

„Das ist noch nicht alles, oder?"

„Nein."

„Du willst nicht darüber reden?"

„Ja, aber da es um dich, Sam und Knöpfchen geht, muss ich es dir sagen."

„Knöpfchen?", frage ich belustigt.

„Ja, wir können es ja nicht ständig *es* nennen."

„Gefällt mir." Ich streiche über meinen Bauch „Knöpfchen. Aber zurück zu dem Gespräch mit deinen Eltern."

„Sie ..." Schwer atmet er durch.

„Ich werde es schon verkraften. Glaub mir, ich habe mir alle möglichen Szenarien ausgemalt."

„Sie ... sie wollen mit Sam und dir nichts zu tun haben.", platzt er schließlich heraus und mein Herz rutscht mir in die Schlafanzughose.

„Sie wollen...?", stammle ich.

„Ja."

„Ich meine, mit mir okay. Ich habe echt tierischen Mist gebaut. Aber warum Sam? Er ist ihr Enkel und er kann doch überhaupt nichts dafür das seine Mutter so eine Idiotin ist."

„Hey, hör auf so von dir zu reden." Kyle gibt mir einen Kuss auf den Scheitel. „Sie haben gesagt, dass sie ihn nicht kennen würden und in ihren Augen ist er nicht ihr Enkel." Jetzt kann ich meine Tränen nicht mehr zurück halten und schon wenige Augenblicke später tropfen die ersten auf seine nackte Haut.

„Süße, nicht weinen, bitte." Er drückt mich fester an sich. „Sie werden schon noch zur Vernunft kommen und wenn nicht, haben sie Pech. Dann müssen sie damit klar kommen, dass sie ihren Sohn nicht mehr zu Gesicht bekommen werden."

„Das kannst du nicht machen! Du liebst deine Eltern."

„Schon, aber du, Sam und Knöpfchen, ihr seid mein Leben und ich werde euch nicht aufgeben, nur weil sie das wollen. Ich bin alt genug, um zu wissen, mit wem ich mein Leben verbringen will."

„Bis vor kurzen wolltest du dein Leben noch mit Kendra verbringen."

„Ich plädiere auf einen Zustand geistiger Umnachtung. Aber seien wir mal ehrlich. Im Grunde habe ich nie aufgehört, dich zu lieben. Ich habe mich nur viele Jahre vor meinen Gefühlen hinter Wut und verletztem Stolz versteckt."

„Ich liebe dich auch." Ich drücke ihm einen Kuss auf die nackte Brust. Sofort bildet sich eine Gänsehaut unter meinen Lippen, was ich mit einem zufriedenen Lächeln quittiere.

„Ich habe ihnen gesagt, dass sie zwei Möglichkeiten haben. Entweder akzeptieren sie Sam als ihren Enkel und dich als die Frau an meiner Seite und die Liebe meines Lebens, oder sie müssen damit leben, dass sie ihren Sohn heute Abend das letzte Mal in Natura gesehen haben."

„Was haben sie dazu gesagt?" Ein wenig fürchte ich mich vor seiner Antwort. Kyle kann sehr stur sein und von irgendwem muss er es ja haben.

„Ich habe es ihnen im Gehen gesagt. Ich war schon auf dem Weg zur Tür, weil ich mir ihre Vorbehalte nicht länger anhören wollte und mein Vater hat mir noch hinterher gebrüllt, dass ich nicht wieder kommen bräuchte, wenn ich jetzt gehen würde. Ich habe dann nur noch gesagt, dass ich damit seine Antwort hätte und bin gegangen."

„Und deine Mutter?"

„Sie hat geschwiegen und sich der Hausbar gewidmet."

„Oh Mann."

„Genau. War nicht schön. Können wir jetzt schlafen? Ich bin echt erledigt."

„Klar." Ich gebe Kyle noch einen Kuss und kuschle mich wieder in seine Arme. Er streichelt noch meinen Rücken, aber nach und nach werden seine Bewegungen langsamer und hören schließlich ganz auf. An seinen ruhigen und gleichmäßigen Atemzügen merke ich, dass er eingeschlafen ist. Vorsichtig richte ich mich auf und sehe in sein Gesicht. Er sieht so friedlich aus, wenn er schläft. Zaghaft streiche ich mit den Fingerspitzen über seine stoppelige Wange. Seine Lippen verziehen sich zu einem zufriedenen Lächeln. Seufzend lege ich mich wieder neben ihn und versuche, Schlaf zu finden. Aber mir gehen so viele verschiedene Gedanken durch den Kopf und ich komme einfach nicht zur Ruhe. Er darf seine Eltern nicht für mich aufgeben und sie müssen Sam als ihren Enkel akzeptieren. Zumal Knöpfchen ja auch ihr Enkel oder ihre Enkelin ist.

Seufzend schwinge ich meine Beine aus dem Bett, was Kyle mit einem Grummeln quittiert. Auf leisen Sohlen schleiche ich zu meinem Schreibtisch und mache die Schreibtischlampe an. Fieberhaft suche ich nach einer Lösung. Aber das einzige, was mir einfällt, ist ihnen einen Brief zu schreiben.

Ich krame unser Firmenpapier hervor und einen Stift und beginne einen Brief an seine Eltern zu schreiben. Ich schreibe ihnen die ganze schonungslose Wahrheit, schreibe ihnen, dass er selber nichts von Sam wusste und dass sie ihren Sohn nicht für meine Fehler büßen lassen sollen. Zum Schluss fahre ich meinen Laptop hoch und drucke ein paar Fotos von Sam aus. Fotos, die ihn als Baby zeigen und sein Heranwachsen bis heute dokumentieren. Dann kommt mir noch eine Idee und ich schreibe ihnen in einem P.S., dass ich schwanger bin und schleiche mich runter ins Moms Arbeitszimmer. Wie erwartet liegt auf ihrem Schreibtisch der Schwangerschaftstest. Ich schnappe ihn mir und gehe wieder nach oben. Dort mache ich ein Foto und drucke es ebenfalls aus. Nach einer kurzen Recherche im Internet finde ich ihre Adresse heraus. Schnell schreibe ich sie auf einen Umschlag und stecke alles hinein. Wieder schleiche ich mich nach unten. Ich lege ihn auf den Küchentisch, mit der Bitte an meine Eltern, ihn morgen früh per Boten weg zu schicken.

Etwas ruhiger gehe ich zurück ins Bett. Ich kuschle mich an Kyle. Zum Glück finde ich dann doch noch in den Schlaf.

Kapitel 3 – Frauengespräch

„Morgen.", murmle ich und tapse noch leicht verschlafen in die Küche.

„Guten Morgen, Spätzchen.", begrüßen mich meine Eltern. Herzhaft gähne ich und halte mir erst im letzten Moment eine Hand vor den Hund.

„Sorry."

„Möchtest du was essen und einen Kaffee?", fragt Mom und steht auch schon auf. Mein Magen nimmt mir die Entscheidung ab und meldet sich lautstark zu Wort.

„Gerne. Aber ich nehme einen Tee. Kaffee schmeckt mir im Moment nicht." Verschlafen reibe ich mir meine Augen.

„Eier und Toast, oder etwas anderes?"

„Nein, Eier und Toast sind in Ordnung."

„Kommt sofort."

„Danke Mom."

„Schlecht geschlafen?" Mein Vater legt mir eine Hand auf den Arm.

„Es geht. Ich habe nicht so viel geschlafen wie ich gerne hätte. Zu viele Gedanken."

„Ist Kyle noch zurück gekommen?", will Dad wissen und stellt einen Teller vor mich hin.

„Ja, er schläft noch und ich lasse ihn auch ausschlafen. Das war anstrengend genug für ihn. Er braucht den Schlaf. Wo ist Sam?"

„Der ist schon drüben bei Wil."

„Ach ja. Sie hatten sich ja zum Fußball spielen verabredet."

Wil Gambanie ist Sams bester Freund und wohnt gleich nebenan. Die Beiden haben schon in Windeln zusammen gespielt. Wenn wir umgezogen sind, müssen wir es dann irgendwie auf die Reihe bekommen, dass Sam seinen besten Kumpel auch weiterhin sehen kann. Aber irgendwie werden wir das schon meistern.

„Wie lief es mit seinen Eltern?" Besorgt sieht Mom mich an und streichelt mir mit dem Handrücken über die Wange.

„Nicht gut. Gar nicht gut. Wenn ich ihn richtig verstanden habe, dann wollen sie weder Sam noch mich kennenlernen und sie wollen, dass Kyle wieder zurück zu Kendra geht. Das Ende vom Lied ist, dass er und sein Vater sich angebrüllt haben und hat ihn vor die Wahl gestellt - entweder ich oder die Eltern…"

„Gott. Da haben wir eine Katastrophe kaum hinter uns gebracht, da kommt auch schon die Nächste."

„Du sagst es Mom. Sein Vater ist wie Dad, Rich und David."

„Bitte?", schnaubt mein Vater in seinen Kaffee

„Du bist ruhig, Mitchell. Sophie hat Recht. Kyles Vater legt das gleiche Verhalten an den Tag, wie ihr."

„Ist der Brief schon weg?" Neugierig sehe ich mich um, kann den weißen Umschlag aber nirgends entdecken.

„Ja, das habe ich gleich nach dem Aufstehen erledigt. Verrätst du uns, was es für einer war?"

„Ich habe gestern einen Brief an Kyles Eltern geschrieben. Ich habe ihnen die ganze Wahrheit offenbart und dass sie auf mich wütend sein sollen und nicht auf ihren Sohn und Enkelsohn."

„Weiß er von dem Brief?" Ein wenig besorgt sieht meine Mutter mich an.

„Nein. Er hatte schon geschlafen. Bis jetzt gab es keine Gelegenheit, es ihm zu sagen."

„SOPHIE!", brüllt es von oben.

„Komm Mitchell, ich zeige dir, wo das neue Rosenbeet hin soll." Mom packt Dads Hand und zwingt ihn, aufzustehen und ihr zu folgen.

„SOPHIE! Wo bist du?!", höre ich wieder Kyle schreien und ich kann seine Schritte auf der Treppe hören.

Ich atme noch einmal tief durch. Die Liebe meines Lebens hört sich eindeutig wütend an.

„Küche.", rufe ich ihm zu und nehme den Teebeutel aus meiner Tasse. Vorsichtig nippe ich an dem heißen Kräutertee. Nicht gerade leise kommt Kyle herein gepoltert. Seine Haare sind wunderbar sexy vom Schlaf verstrubbelt und er trägt noch seine Pyjamahose, was mir einen ungehinderten Blick auf seinen heißen Oberkörper verschafft. In der Hand hält er sein Handy und funkelt mich wütend an.

„Morgen.", begrüße ich ihn mit einem kleinen Lächeln.

„Woher wissen meine Eltern, dass du schwanger bist?", fragt er mich betont ruhig. Aber ich sehe seine angespannten Kiefermuskeln.

„Von mir. Ich habe ihnen einen Brief geschrieben.", antworte ich, vermeide es aber ihn anzusehen. Kurierdienst sei Dank haben sie ihn auch schon bekommen. Mit der Post hätte es sicher ein paar Tage gedauert. Was, näher betrachtet, vielleicht gar nicht so schlecht gewesen wäre. Denn plötzlich kommt mir der spontane Einfall nicht mehr so gut vor.

„Toll! Wirklich toll! Ich durfte mich gerade am Telefon von meinem Vater beschimpfen lassen, was für ein miserabler Sohn ich doch sei und dass ich schon wieder zu dämlich zum Verhüten war.", motzt er mich voll.

„Ich könnte dir jetzt sagen, dass es mir leid tut, aber das tut es nicht. Deine Eltern haben kein Recht dazu, dich aus ihrem Leben auszuschließen. Du bist ihr Sohn und Sam ist ihr Enkel und laut den beiden blauen Strichen auf dem Schwangerschaftstest ist Knöpfchen auch ihr Enkelkind. Sie können mich gerne ausschließen. Aber nicht euch drei!", fahre ich ihn an. Ich will nicht, dass Kyle für mich seine Eltern aufgibt.

„Glaubst du nicht, ich hätte das alleine hinbekommen?" Genervt reibt er sich die gefurchte Stirn.

„Du hast mir bei meinen Eltern beigestanden und ich helfe dir jetzt mit deinen. Wir sind ein Team." Ich nehme die Hand von seiner Stirn und verschränke seine Finger mir meinen.

„Was habe ich dir da schon geholfen? Ich war so dämlich, mich von dir zu trennen. Schon wieder."

„He, wir haben uns doch geeinigt, dass wir darüber nicht mehr reden. Aber bitte lass mich dir mit deinen Eltern helfen."

„Ich will dir den Stress nicht zumuten. Du brauchst Ruhe."

Bevor ich darauf etwas erwidern kann, klingelt sein Handy, welches zwischen uns auf dem Küchentisch liegt. Mit gefurchter Stirn nimmt er es in die Hand und geht ran.

„Wallace.", meldet er sich. Die Furchen auf seiner Stirn vertiefen sich noch mehr und sein Blick bohrt sich in meinen.

„Ähm… ja, warte, ich gebe sie dir.", murmelt er in das Handy und reicht es mir.

„Wer?", frage ich ihn flüsternd

„Meine Mutter."

„Sophie Borough.", melde ich mich.

„Hallo Miss Borough. Hier ist Shila Wallace, Kyles Mutter" Es ist irgendwie eigenartig, ihre Stimme zu hören und dass sie mich siezt, ist noch eigenartiger. Wir waren ja schon mal beim du, aber das war vor vielen Jahren.

„Ähm… Guten Morgen Mrs. Wallace. Was kann ich für Sie tun?", frage ich verwundert. Kyle steht auf, um sich eine Tasse Kaffee einzuschenken. Aufmerksam beobachtet er mich.

„Ich… ich möchte mich bei Ihnen für die Fotos bedanken und wollte Sie fragen, ob Sie Zeit hätten, sich mit mir zum Lunch zu treffen.", stottert sie und ich bin erst einmal sprachlos. Ich hätte jetzt mit allem gerechnet, aber nicht damit, dass sie sich mit mir zum Lunch treffen will.

„Darf ich fragen, warum?"

„Ich nehme an, mein Sohn hat Ihnen erzählt, was gestern vorgefallen war."

„Ja, hat er.", antworte ich ein wenig unfreundlich.

„Mein Mann ist immer noch sehr aufgebracht, aber ich will nicht, dass meine Familie auseinander bricht."

„Das kann ich verstehen. Aber ihr Mann…" Shila Wallace unterbricht mich.

„Das würde ich gerne mit Ihnen beim Lunch besprechen. Haben sie Zeit?"
„Ja."
„Gut. Kennen sie Giannies?
„Ja, ich weiß welches Restaurant Sie meinen."
„Wie wäre es mit ein Uhr?"
„Das würde mir passen."
„Gut, Miss Borough. Aber bitte ohne Kyle. Er ist genauso stur wie sein Vater und ich bin der Meinung, wir Frauen müssen das in die Hand nehmen."
„Da bin ich der gleichen Meinung wie Sie. Bis um eins dann."
„Bis dann.", verabschiedet sie sich und ich lege das Handy wieder auf den Tisch.
„Was ist um eins?", will Kyle sofort wissen.
„Da treffe ich mich zum Lunch mit deiner Mutter."
„Bitte was?" Erstaunt sieht er mich an.
„Du hast schon richtig gehört." Ich schmiere mir ein wenig Quittengelee auf mein Toast und beiße hinein.
„Ich komme mit."
„Nein, tust du nicht. Du kannst mich höchstens fahren, mehr aber auch nicht."
„Du glaubst doch nicht im Ernst, dass ich dich mit meiner Mutter über mich reden lasse?" Aufgebracht fährt er sich durch die Haare, stößt sich dann von der Küchenzeile ab und setzt sich wieder zu mir an den Tisch.
„Kyle, bitte lass mich mit ihr reden. Was hast du schon zu verlieren?"
„Du hast schon Recht. Die ganze Sache ist nur…" Er beendet den Satz nicht.
„Ich weiß. Lass mich mit ihr reden. So wie sie sich am Telefon angehört hat, will sie dich nicht verlieren. Vielleicht könnte sie auch deinen Vater umstimmen und Sam lernt doch noch seine Großeltern kennen.", versuche ich ihn aufzumuntern.

„Okay. Ich fahr dich hin und du meldest dich, wenn ich dich abholen soll.", seufzt er und nimmt einen großen Schluck von seinem Kaffee.

„Das wird schon." Ich streiche ihm durch das Haar.

„Ich hoffe, du hast Recht" Mein armer Kyle. Das Ganze macht ihm tierisch zu schaffen und ich hoffe, dass seine Mutter und ich eine Lösung finden werden. Er hatte immer ein inniges Verhältnis zu seinem Vater. Immer wenn ich seinen Blick sehe, wenn mein Vater etwas mit Sam unternimmt, versetzt es meinem Herz einen Stich. Er wünscht sich, dass auch seiner ein inniges Verhältnis zu unserem Sohn aufbaut.

„Wann kommt dein Gips ab?", unterbricht Kyle das Schweigen. Ich richte meinen Blick auf meinen Arm. In den letzten Wochen hat er ganz schön gelitten. Das ehemalige Weiß ist einem schäbigen Grau gewichen. Meine Familie hat so manche bunte Verzierung hinterlassen. Sogar Richard hat sich durchgerungen und hat mir ein Strichmännchen in knalligem Rot gemalt. Mein Zeigefinger streicht über das grüne Herz, in dessen Inneren die Buchstaben S+K geschrieben stehen. Das hat mir Kyle darauf gemalt, kurz nachdem wir beschlossen hatten, uns nach einem Haus umzusehen.

„Sophie?", fragt er und legt mir seine Hand unter das Kinn, um es anzuheben, damit ich ihn ansehe. Ich erwache wie aus einem Traum. Ich habe gar nicht bemerkt, dass ich total in meine Erinnerungen abgedriftet war.

„Alles gut?" Besorgt sieht er mich an.

„Ja, ich habe nur daran gedacht, wie viel Spaß ihr alle immer hattet, auf meinem Gips herum zu kritzeln."

„Die Kids hatten echt viel Spaß an dem Nachmittag. Ich weiß noch, wie du Rich mit deinem klein-Mädchen-Blick angesehen hast, um ihn weich zu kochen, damit er dir auch was darauf malt."

„Ja, er hat sich stundenlang geweigert, einen Stift in die Hand zu nehmen und dann malt er mir ein Strichmännchen."

„Nicht alle sind große Künstler.", lacht Kyle und streicht jetzt ebenfalls über das Herz, das über meinem Handgelenk ist.
„Du hast meine Frage noch nicht beantwortet. Wann hast du den Termin?"
„Am Mittwoch sollte eigentlich erst einmal geröntgt werden."
„Na, das können deine Ärzte aber vergessen. Du bist schwanger."
„Das musst du mir nicht sagen. Ich spüre es ja wohl am deutlichsten von allen."
„Ich weiß, Süße."
„Ich werde morgen früh mal anrufen und es den Ärzten mitteilen, dass ich momentan nicht alleine in meinem Körper bin. Dann müssen sie entscheiden, wie sie weiter machen."
„Wann wollen wir es David, Rich und Co sagen?"
„Ganz traditionell bei einem Samstagabend Familiendinner."
Ich grinse ihn an. Das wäre das erste Familiendinner seit dem großen Desaster.
„Vielleicht läuft das dann besser als das Letzte."
„Wird es schon." Ich gähne herzhaft. So langsam muss ich mal wieder richtig schlafen.
„Müde?"
„Mmh." Ich rücke meinen Stuhl herum und lehne meinen Kopf an seine Schulter. Erleichtert schließe ich die Augen.
„Komm, ich bring dich ins Bett."
„Aber ich treffe mich nachher mit deiner Mom."
„Bis dahin ist noch Zeit. Da kannst du ruhig noch zwei Stunden schlafen. Denk dran, du bist nicht mehr alleine."
Er steht auf und nimmt mich auf seine Arme. So lange wie er mich noch anheben kann, muss ich es in allen Zügen genießen. Wenn ich dann die Ausmaße eines Regenfasses habe, muss ich alleine watscheln. Schon auf dem Weg nach oben werde ich vom Schlaf übermannt und ich merke gar nicht, wie er mich auf das Bett legt und die Decke über mir ausbreitet.

Mit klopfendem Herzen stehe ich vor Giannies und sehe den Rücklichtern von Kyles Audi nach. Auf der Herfahrt hat er mich fünf Mal gefragt, ob er nicht lieber mitkommen soll. Aber so süß und lieb sein Angebot auch ist, ich muss da alleine durch. Außerdem kann ich ja abhauen, wenn es mir zu bunt werden sollte.

Ich atme noch einmal tief durch und betrete dann das kleine, gemütliche italienische Restaurant. Wenn man hier kurzfristig einen Tisch haben will, dann muss man schon ganz dick mit Paolo Giannie, dem Besitzer, befreundet sein. Anscheinend ist das Shila Wallace. Wie sollte sie sonst so kurzfristig an einen Tisch gekommen sein? Wie erwartet, ist das Restaurant, das im Stil von Venedig eingerichtet ist, proppenvoll.

„Guten Tag. Kann ich Ihnen helfen?", begrüßt mich eine Empfangsdame. Ihr roter Zweiteiler sieht sehr schick aus.

„Ja, ich bin mit Mrs. Wallace verabredet.", antworte ich ihr. Sie nickt kurz und winkt einen der Kellner heran. Kurz spricht sie mit ihm. Mit einem leichten Nicken bedeutet er mir, ihm zu folgen und er führt mich an einen versteckten Tisch im hinteren Teil des Restaurants.

Kyles Mutter erhebt sich, als ich an den Tisch heran trete.

„Danke, dass Sie Zeit gefunden haben, Miss Borough.", begrüßt sie mich und drückt mir leicht die Hand. „Bitte nehmen Sie Platz." Sie deutet auf den Stuhl gegenüber und ich setzte mich. Nachdem ich dem Kellner meinen Getränkewunsch mitgeteilt habe, macht er sich geschäftig auf den Weg und ich warte nervös ab, dass Kyles Mutter zu reden beginnt.

Nervös spielt sie am Stiel ihres Weinglases herum. Ich habe den Eindruck, als überlege sie, wie sie am besten beginnen könnte. Leise seufzend lässt sie von ihrem Glas ab und beginnt, in ihrer großen, schwarzen Handtasche zu wühlen. Kurze Zeit später fördert sie einen Umschlag zu Tage. Ich muss nicht lange überlegen, um den zu erkennen, in dem mein Brief an sie steckte. Was auch keine große Kunst ist, denn immerhin prangt groß unser Firmenlogo darauf.

„Ich möchte mich bei Ihnen für die Fotos bedanken.", beginnt sie leise und holt sie aus dem Umschlag heraus. Bedächtig breitet sie sie vor uns auf dem Tisch aus. Der Zeigefinger ihrer rechten Hand streicht über ein Bild von Sam und Kyle beim Fußball spielen im Park. Es ist das gleiche Bild, das auch auf meinem Schreibtisch im Büro steht.

„Mein Mann wollte die Bilder noch nicht einmal sehen. Er ist sehr aufgebracht müssen Sie verstehen." Noch immer ist ihr Blick auf die Fotos gerichtet.

„Das kann ich gut verstehen. Immerhin bin ich daran schuld, dass Sie so lange nichts von ihrem Enkel wussten."

„Wir waren ganz schön geschockt, als uns Kyle erzählte, dass er einen Sohn hat und der Schock wurde größer, als er sagte, dass Sie die Mutter sind."

„Ich habe von der Schwangerschaft erst erfahren, als wir schon getrennt waren."

„Das hat er uns erzählt. Mein Sohn hat Sie gestern sehr leidenschaftlich verteidigt."

„Ich liebe ihn.", platze ich heraus. Es ist mir wichtig dass sie weiß, dass ich sehr tiefe Gefühle für Kyle hege.

„Wirklich? Warum haben Sie ihn dann damals betrogen und ihm nichts von seinem Sohn erzählt?" Sie sieht mich an und ich kann den Vorwurf in ihren Augen nur zu deutlich sehen.

„Ich habe ihn nie betrogen. Diese ganze Geschichte basiert auf einem Lügenmärchen, was andere um uns herum gesponnen haben."

„So in etwa hat er sich auch ausgedrückt. Warum habt ihr Beiden euch das gefallen lassen?"

„Keine Ahnung. Wir waren jung und naiv. Damals hätte ich mir das nie eingestanden, aber jetzt sieht es anders aus. Wie viel hat Kyle Ihnen je darüber erzählt?"

„Als Sie sich von ihm getrennt hatten, hat er sich in Schweigen gehüllt. Es war nichts aus ihm heraus zu bekommen. Von einem Tag auf den anderen war unser fröhlicher Sohn verschwunden und wir hatten einen jungen, verbitterten Mann, der sein Studium schmeißen wollte, damit er wieder durch die Weltgeschichte gondeln konnte. Wir haben immer wieder versucht, mit ihm zu reden. Aber immer, wenn wir es versuchten, hat er das Weite gesucht. Kerry hat uns schließlich gesagt, dass es zwischen euch vorbei wäre. Sie hat es uns auch eher widerwillig erzählt. Kurz nachdem er Kendra kennengelernt hatte, hat er uns erzählt, dass Sie ihn mit seinem damals besten Freund betrogen hätten." Sie macht eine kurze Pause. Ich muss die aufkeimende Wut herunter schlucken. „Erst gestern Abend haben wir von ihm die ganze Geschichte erfahren. Er hat uns erzählt, dass Sie ihm nie untreu gewesen wären und dass er derjenige war, der betrogen hat."

„Glauben Sie es ihm?"

„Auch wenn Kyle als Jugendlicher die eine oder andere Notlüge benutzte, so würde er uns in so einer wichtigen Angelegenheit nie belügen."

„Gut."

„Mein Mann und ich waren so froh, als er uns Kendra vorstellte. Endlich haben wir unseren Sohn wieder verliebt gesehen und wir waren sehr glücklich, als die Beiden ihre Verlobung bekannt gegeben hatten."

„Aber dann mussten Sie erfahren, dass es keine Hochzeit geben wird."

„Ja. Mathew war sehr wütend und jetzt, wo ich eine Nacht darüber schlafen konnte, muss ich gestehen, dass ich sehr froh darüber bin."

Erstaunt sehe ich sie an und ein kleines Lächeln huscht über ihre feinen Züge. Sie greift nach meiner Hand und drückt sie leicht.

„Wenn mein Sohn von Ihnen spricht, dann leuchten seine Augen. Wenn er von Kendra sprach, oder die Beiden zusammen da waren, dann fehlte dieser ganz besondere Ausdruck. Bitte tun Sie ihm nicht weh. Er könnte es nicht ertragen, wenn er wieder so verletzt werden würde."

„Ich liebe Kyle von ganzen Herzen. Ich will mein Leben mit ihm verbringen."

„Gut. An Ihren Augen sehe ich, dass Sie es ehrlich meinen. Aber warum haben Sie ihm seinen Sohn verschwiegen?" Eindringlich sieht mich Shila an.

„Ich war wütend und verletzt und…" Tränen steigen in meine Augen und ich wische sie hastig weg.

„Schon gut. In gewisser Weise verstehe ich Ihre Beweggründe." Sie sieht wieder nach unten auf die Fotos „Er sieht wirklich wie sein Vater in dem Alter aus. Wie kann mein Mann nur daran zweifeln?", spricht sie mehr zu sich, als zu mir.

„Woran zweifeln?", frage ich alarmiert.

„Dass es sich wirklich um Kyles Kind handelt. Ich nehme an, er hat Ihnen gesagt, dass mein Mann einen Vaterschaftstest verlangt?"

„Nein, das hat er mir verschwiegen.", presse ich zwischen zusammen gebissenen Zähnen hervor. Kyle wird nachher sein blaues Wunder erleben! Ich bin wütend, verletzt und einfach nur enttäuscht. Es sieht ein Blinder mit einem Krückstock, dass Sam der Sohn seines Vaters ist.

„Wie dem auch sei. Den können wir uns sparen. Verstehen sich die Beiden?" Sie deutet auf Kyle und Sam.

„Sie sind ein Herz und eine Seele. Ganz so, als würde es die verpassten Jahre nicht geben." Dennoch sind sie da und werden es auch immer bleiben. All das nur, weil ich nicht über meinen Schatten springen konnte.

„Das ist schön. Ihrem Brief und dem Foto…" Sie deutet auf das Bild des Schwangerschaftstest „… entnehme ich, dass Sie schwanger sind."

„Ja und bevor Sie fragen, Kyle ist der Vater."

„Das dachte ich mir. Sie gehören nicht zu dem Typ Frau, die sich immer einen neuen Mann anlacht."

„Ich habe nie aufgehört, ihn zu lieben.", murmle ich leise.

„Das hat mir meine Tochter heute Morgen auch gesagt, als ich mit ihr telefoniert habe und ihr erzählt habe, dass ich mich mit Ihnen treffe."

„Seien Sie Kerry bitte nicht böse."

„Sie kann für ihre Fehler selber einstehen.", antwortet sie mir knapp. Himmel, was habe ich nur für ein Chaos angerichtet? Auch wenn Shila Recht hat, so bin ich doch die Ursache, dass Kerry momentan jede Menge Ärger an der Backe hat. „Es beruhigt mich ungemein, dass Sie ihn so sehr lieben. Es wärmt mir das Herz, zu sehen, wie er strahlt, kaum dass auch nur Ihr Name gefallen ist."

„Aber jetzt arbeiten Sie gegen ihren Mann."

„Ja, weil ich nicht möchte, dass meine Familie auseinander bricht. Sie kennen Kyle, Sie wissen, wie er tickt. So ist auch mein Mathew - stur wie ein Esel."

„Meine Brüder und mein Vater sind auch so.", lache ich auf.

„Mein Mann sagt immer, die Männer der Boroughs sollte man auf keinen Fall unterschätzen."

„Nein das sollte man nicht. Ihr Mann und mein Bruder Richard sind Geschäftspartner, wenn ich mich richtig erinnere."

„Ja. Wie hat Ihre Familie, nach all den Jahren, auf Kyle, reagiert?"

Ich erzähle ihr die ganze Geschichte mit unserem Familienessen und wie sich mein Vater und meine Brüder gegen Kyle gesträubt haben und wie Mom, Molly und Lisa alles getan haben, um uns zu helfen.

„Wenn ihr das geschafft habt, dann werden wir meinen Mann auch noch klein kochen."

„Ich weiß, dass Kyle sich wünscht, dass Sie und ihr Mann ein gutes Verhältnis zu Sam und Knöpfchen aufbauen."

„Knöpfchen?" Erstaunt sieht mich Mrs. Wallace an.

„Kyle hat unserem zweiten Kind diesen Spitznamen gegeben, weil er der Meinung ist, dass es schon jetzt einen Namen verdient."

„Das ist sehr süß."

„Wollen Sie Sam kennenlernen?", frage ich aus einer inneren Eingebung heraus.

„Gerne. Aber ich will erst meinen Mann umstimmen. Nur ist er sehr wütend auf unseren Sohn und auch verletzt, weil er Sie vorgezogen hat."

„Hat Kyle Ihnen erzählt, wie er Sam das erste Mal getroffen hat?"

„Nein, dazu kamen wir nicht. Er und mein Mann haben sich fast den ganzen Abend angebrüllt und es sind manche böse Worte gefallen, die ihnen sicherlich heute schon leidtun. Aber diese beiden Sturköpfe sind einfach viel zu stolz, um es zuzugeben."

„Kyle hat Sam das erste Mal bei einem Fußballspiel kennen gelernt. Nächsten Sonntag sind wir und meine Familie im Park zum Fußball spielen verabredet. Was halten Sie davon, wenn Sie und Ihr Mann auch dazu kommen?"

„Die Idee ist nicht schlecht. Aber wenn Ihre Familie mit da ist… ich weiß nicht."

„Mein Vater und meine Brüder haben das schon hinter sich und können vielleicht anders auf Ihren Mann einwirken, als wir es tun und außerdem sind die Kinder da. Glauben Sie, er würde vor ihnen ausfallend werden?"

„Er liebt Kinder und ich fände es wundervoll, Sam kennenzulernen."

„Also nächsten Sonntag im Park?"

„Ja, wir werden da sein. Um wie viel Uhr?"

„So gegen vierzehn Uhr werden wir da sein."

„Gut. Danke das Sie meinem Sohn wieder glücklich machen." Bei ihren Worten klopft mein Herz vor Freude. Es tut gut, wenigstens sie überzeugt zu haben und wer weiß, vielleicht schaffen wir es auch, Mathew Wallace umzustimmen.

„Gern geschehen." Wir lächeln uns Beide an und ich schicke Kyle schnell eine Nachricht, dass das Gespräch mit seiner Mutter beendet ist.

„Möchten Sie noch etwas?" Sie deutet auf mein leeres Geschirr.

„Nein Danke. Ich sollte mich langsam auf den Heimweg machen."

„Das sollte ich auch. Mein Mann wird sich wundern, wo ich bleibe. Ich habe ihm gesagt, dass ich nur einen kleinen Spaziergang mache."

Gemeinsam treten wir nach draußen in den warmen Frühling.

„Wo steht ihr Wagen?"

„Kyle kommt mich gleich abholen. Wollen Sie mit mir warten?", frage ich seine Mutter. Er kann ruhig ein paar nette Worte mit ihr wechseln. Zaghaft nickt sie. Shila ist eine starke Frau, aber die ganze Sache nimmt sie sehr mit, genauso wie ihren Sohn.

Fünf Minuten später hält er vor uns am Straßenrand und steigt mit einem grimmigen Gesichtsausdruck aus. Seine Mutter steht wie ein kleines Häufchen Elend neben mir und knetet ihre Hände.

„Mom.", begrüßt er sie kühl. Ich kann sehen, dass es nur Fassade ist und er schwer schluckt.

„Kyle, es tut mir leid.", murmelt sie und wirft sich schluchzend in seine Arme, die er gerade noch ausbreiten kann, um sie aufzufangen. Ein wenig hilflos steht er da und sieht mich an. Aber ich streiche nur tröstend über ihren den Rücken. Nach ein paar Minuten hat sie sich wieder beruhigt und gibt ihm einen Kuss auf die Wange. Zum Abschied drückt Shila ihn fest an sich und wendet sich zum Gehen. Kurz bevor sie um die nächste Ecke biegt, dreht sie sich noch einmal um und winkt uns zu. Wir erwidern ihren Gruß und dann ist sie weg.

„Was war das denn?", fragt Kyle verdattert und sieht mich fragend an.

„Wir haben deine Mutter auf unserer Seite."

„Aha."

„Mehr hast du nicht dazu zu sagen?" Vorwurfsvoll sehe ich ihn an.

„Im Moment nicht. Das hat mich gerade doch ein bisschen überfallen." Verlegen kratzt er sich am Hinterkopf.

„Deine Eltern kommen am Sonntag mit in den Park.", informiere ich ihn. Es ist besser wenn er eingeweiht ist und ich ihn nicht ins offene Messer laufen lasse. So kann er sich seelisch und moralisch darauf vorbereiten.

„Na super.", murmelt er und hält mir die Beifahrertür auf, damit ich einsteigen kann.

„So Wallace.", sage ich zu ihm, als er sich hinter das Steuer schwingt.

„Was habe ich jetzt verbrochen?", seufzt er und legt den Kopf an die Kopfstütze. Abwartend sieht er zu mir hinüber.

Ich schließe kurz meine Augen und atme tief durch, denn ich habe keine Lust, mich jetzt mit ihm zu streiten.

„Warum hast du mir nicht erzählt, dass dein Vater einen Vaterschaftstest verlangt?", antworte ich ihm schließlich. Ich sehe Kyle forschend ins Gesicht. Im Grunde kann ich mir schon denken, warum er es getan hat, aber irgendwie will ich es aus seinem Mund hören.

„Für mich hat es keine Relevanz, ob mein Vater einen Vaterschaftstest verlangt. Ich bin Sams Dad. Selbst wenn es diese offensichtliche Ähnlichkeit zwischen uns nicht gäbe, wäre er mein Sohn." Er greift nach meiner Hand und verschränkt seine Finger mit meinen, um dann unsere Hände anzuheben und einen Kuss darauf zu drücken. „Sei mir nicht böse." In seine Augen tritt ein flehender Ausdruck.

„Keine Angst, die anfängliche Wut auf dich ist verflogen. Ich war nur etwas geschockt, als deine Mutter mir davon erzählte. Irgendwie kam ich mir verraten vor, weil du es nicht erwähnt hattest."

„Ich kenn dich Süße. Hätte ich dir davon erzählt, dann hättest du dich maßlos aufgeregt und das ist nicht gerade gut in deinem Zustand."

„Ich weiß. Sorry." Etwas beschämt sehe ich nach unten auf meinen Bauch. Ich hasse diese Hormone jetzt schon und ich muss sehr viel Zeit damit verbringen. Kyle tut mir jetzt schon leid, denn er wird den Hauptteil meiner Launen ertragen müssen.

„Du hast allen Grund dazu, sauer auf mich zu sein. Aber ich freue mich darüber, dass du dich wieder beruhigt hast." Da ich ihn immer noch nicht ansehe, legt er mir die Finger der anderen Hand unter das Kinn und hebt es an. Ein verschmitztes Lächeln liegt auf seinen Lippen.

„Ich liebe dich und deine Launen.", sagt er leise und beugt sich dann zu mir herüber, um mich zu küssen. Sanft streichen seine Lippen über meine. Seine Zunge bittet um Einlass. Ich komme ihr mit meiner entgegen. Seufzend löse ich meine Hand aus seiner und lege sie ihm in den Nacken. Bestimmt ziehe ich ihn noch näher an mich heran. Kyle legt mir einen Arm um die Schultern und drückt mich an sich. Unsere Zungen werden in ihrem Tanz wilder und übermütiger.

Ein energisches Klopfen unterbricht unseren Kuss. Mit einen verärgerten Gesichtsausdruck, der deutlich seinen Unmut über diese Störung zeugt, drückt er einen Knopf an der Fahrertür und die Scheibe auf der Fahrerseite fährt fast geräuschlos nach unten. Draußen vor dem Auto steht eine alte Frau, die mir irgendwie bekannt vorkommt.

„Kann ich Ihnen helfen?", murrt er nicht gerade freundlich.

„Jungchen, ich mag zwar alt sein, aber ich bin nicht von gestern. Nur ein kleiner Tipp, sucht euch ein Zimmer.", gackert die Alte. Mir liegt es auf der Zunge, woher sie mir bekannt vorkommt, aber ich komme nicht drauf. Ist das jetzt etwa schon die Schwangerschaftsvergesslichkeit?

„Ähm... Bitte was?" Kyle scheint auch so verwirrt zu sein, wie ich.

„Ich habe ja nix dagegen, aber die meisten Menschen würden es nicht so gerne sehen, wenn Sie Ihre Freundin hier auf offener Straße flachlegen."

Mit bleibt vor Verblüffung der Mund offen stehen.

„Das geht Sie ja wohl nichts an!", schleudert er ihr entgegen.

„Ist schon gut, Jungchen. Aber wie ich sehe habt ihr zwei meinen Ratschlag befolgt.", lacht sie und hinkt, auf ihren Stock gestützt, weiter.

„Also..." Sprachlos schüttelt er den Kopf und ich breche in schallendes Gelächter aus. Denn plötzlich ist mir eingefallen, woher sie mir so bekannt vorkommt. Während Kyle das Fenster wieder nach oben fahren lässt, sieht er mich verständnislos an. Ich muss so heftig lachen, dass mir inzwischen die Tränen über das Gesicht laufen und mein Bauch auch schon weh tut.

„Sag mal, was ist denn jetzt mit dir los?", fragt er und betrachtet mich skeptisch, während ich von immer neuen Lachkrämpfen geschüttelt werde.

„Schaffst du es wenigstens, dich anzuschnallen? Mir wird das gerade ein bisschen blöd, dir beim Lachen zuzusehen."

Etwas umständlich komme ich seiner Bitte nach. Er fädelt den Audi in den Verkehr ein. Langsam beruhige ich mich und ich streiche mir japsend die letzten Lachtränen aus den Augen.

„Sagst du mir jetzt, was so ungemein erheiternd war?"

„Kam dir die alte Frau nicht bekannt vor?"

„Sag mir jetzt nicht, du hast wegen der schrulligen Alten so gelacht?", fragt er mich etwas genervt.

„Die habe ich heute das erste Mal gesehen."

„Nein hast du nicht."

„Sophie, rede endlich Klartext. Ich habe heute echt keinen Nerv mehr für irgendwelche Ratespielchen."

„Kannst du dich noch an die alte Frau aus der Notaufnahme erinnern?"

„Ähm… Ja, so dunkel."

„Das war die Gleiche."

„Aha und was daran war jetzt so lustig?" Verständnislos sieht er kurz zu mir herüber.

„Na dass es die Frau war." Ich merke wie sich ein neuer Lachanfall ankündigt und ich kämpfe ihn schnell nieder. Kyle guckt mich jetzt schon so mürrisch an. Wenn ich jetzt wieder anfange zu lachen, redet er heute kein Wort mehr mit mir.

„Na wenn du meinst.", murmelt er und es herrscht Schweigen. In dieser Zeit atme ich mehrmals tief durch. Aber ab und zu entschlüpft mir noch ein Kichern, was er mit einem genervten Schnauben quittiert. Besänftigend streichle ich ihm durch das kurze Haar in seinem Nacken.

Irgendwann erkundigt er sich, wie das Gespräch mit seiner Mutter lief und ich erzähle es ihm. Dass ich seine Eltern mit in den Park eingeladen habe, findet er jetzt nicht so toll. Aber nach einer kurzen und recht heftigen Diskussion hat er ein Einsehen und gibt mir murrend Recht. Kyle muss seine Wut auf seinen Vater zurück stellen. Denn in erster Linie geht es um Sam und darum, dass er seine anderen Großeltern kennenlernt. Wir haben jetzt eine Woche Zeit, ihn darauf vorzubereiten.

Der Sonntagnachmittag verläuft dann eher ruhig. Da mein Vater sich in seinem Arbeitszimmer verkrochen hat, um sich auf eine wichtige Besprechung am Montag vorzubereiten, erzähle ich nur kurz meiner Mom, wie es lief.
Sam und Kyle haben im Garten ihre übliche Runde Fußball gespielt und ich habe es mir auf einem der Liegestühle bequem gemacht.
Jetzt lümmle ich hier auf der Couch im Wohnzimmer und sehe mir eine Liebesschnulze an. Kyle sitzt neben mir an seinem Laptop und schnaubt ab und zu abfällig über den Film. Für ihn ist das alles unrealistischer Schund. Aber ich liebe solche Filme. Klar sehe ich mir mit ihm zusammen auch seine Actionfilme an, aber mein Herz schlägt für diese Schnulzen. Es ist immer wieder schön, wenn ich am Ende nach Herzenslust heulen kann.
„Wie lange musst du noch arbeiten?", schnurre ich ihm ins Ohr und male mit meinem Zeigefinger kleine Kreise auf seine Brust.
Mit erhobener Augenbraue sieht er erst auf meinen Finger und dann in mein Gesicht. Unter gesenkten Lidern hervor sehe ich ihn an, während ich leicht auf meiner Unterlippe herum kaue.
„Was machen wir, wenn ich dir sage, dass ich fertig bin?" Sein Mund verzieht sich zu einem sexy Lächeln.
„Hm... wie wäre es mit ein bisschen spielen?"
„An welches Spiel hast du dabei gedacht?" Er klappt seinen Laptop zu und stellt ihn auf dem Couchtisch ab. Dann legt er seine Hände auf meine Hüften und hebt mich auf seinen Schoß.

„Es gibt da dieses eine Spiel für zwei Personen. Aber man muss dafür vollkommen nackt sein.", raune ich ihm ins Ohr. Meine Lippen zeichnen eine feuchte Spur von seinem Ohr über seinen Kiefer bis auf seine Lippen. Meine Zunge muss nicht lange um Einlass betteln. Sie kann sofort mit seiner spielen. Der Film ist völlige Nebensache geworden.

„Dann solltest du das vielleicht ausziehen.", murmelt er an meinem Mund und seine Finger finden den Saum meines T-Shirts, ziehen es mir über den Kopf. Da ich inzwischen recht geschickt darin bin, Kyle auch mit meiner Gipshand seiner Klamotten zu entledigen, sitzt er in null Komma nix ebenfalls mit nacktem Oberkörper da. Mit einer schnellen Bewegung begräbt er mich unter sich auf der Couch und er zieht eine heiße und prickelnde Schneise von meinem Hals, über die Schlüsselbeine und Brüste bis zum Bund meiner Schlafhose. Ich winde mich stöhnend und nach Atem ringend unter ihm. Aber er hat kein Erbarmen. Immer wenn ich um Erlösung bettele, grinst er an meiner Haut.

Er hakt seinen Zeigefinger in den Bund meiner Schlafhose ein und zieht sie mir langsam aus, wobei er jeden frei gewordenen Zentimeter Haut mit seinen Lippen, seiner Zunge und seinen Zähnen erkundet.

„Kyle bitte…", bettle ich und vergrabe meine Finger in seinen Haaren.

„Was denn? So ungeduldig heute?", flüstert er mir ins Ohr. Als er mir sanft in die Schulter beißt, schreie ich leise auf vor Lust. Ich kann sein Lächeln an meinem Hals spüren.

Seine Hände wandern unablässig über meinen Körper. Ich stehe lichterloh in Flammen und weiß weder, wo oben oder unten, noch links und rechts ist. Alles was ich machen kann, ist, mich seiner überaus süßen Folter zu ergeben.

„Bitte…", keuche ich wieder, nachdem seine Zunge das pochende Zentrum meiner Lust erreicht hat.

„Oh Gott!", stöhne ich auf, als seine Zunge in mich eindringt.

„Es reicht, wenn du mich Kyle nennst.", murmelt er an meiner Klitoris und sein heißer Atem verursacht lauter Stromstöße, die durch mein Inneres rauschen, um dann wieder zwischen meinen Beinen zu enden. Ich spüre, wie sich meine Muskeln um seine Zunge schließen und wie sich ein Orgasmus anbahnt. Ich wölbe in meiner Leidenschaft den Rücken und recke mich seinem kundigen Mund entgegen. Er aber scheint andere Pläne zu haben, denn er lässt von mir ab. Ein empörter Laut entschlüpft mir. Breit grinst er auf mich herunter, während er sich seiner Hose entledigt.

Dann liegen seine Lippen wieder auf meinen und seine Knie drücken meine Beine auseinander, um sich platzieren zu können. Mit einer schnellen Bewegung seiner Hüften dringt er in mich ein. Wohlig seufze ich auf, da ich endlich meine Erfüllung finde. Es überwältigt mich jedes Mal aufs Neue, wenn ich Kyle in mir fühle. Mit sanften und geschmeidigen Bewegungen zieht er sich aus mir zurück, um dann wieder in mich hinein zu gleiten.

Ich gebe mich voll seinen Stößen hin und ich spüre seinen abgehackten Atem an meinem Ohr. Seine Bewegungen werden schneller und härter und wir treiben unaufhörlich unserem Orgasmus entgegen. Meine Muskeln beginnen wieder, sich zusammen zu ziehen. Er presst seine Lippen auf meine, um unser lautes Aufstöhnen zu dämpfen, als wir Beide unsere Erlösung finden. Verschwitzt bricht er auf mir zusammen und drückt mich mit seinem Gewicht in die weichen Polster der Couch.

Glücklich schlinge ich meine Arme um ihn und genieße die Nachwehen meines Orgasmus. Ich lächle an seinem Haar und drehe ein wenig meinen Kopf, um ihn küssen zu können.

Nach unserem Liebesspiel auf der Couch trägt mich Kyle in die Dusche und ich komme erneut in den Genuss seiner Zungenfertigkeiten.

Total ermattet liege ich in meinem Bett und schlafe, an seine breite Brust gekuschelt, ein.

Endlich schlafe ich eine Nacht wieder richtig durch, aber leider werde ich am nächsten Morgen sehr unsanft geweckt.

Kapitel 4 – Schwangerschaftsbeschwerden

Das Gefühl von Übelkeit weckt mich am Morgen und ich schaffe es gerade noch bis vor die Toilette, ehe ich mich heftig übergeben muss. Mein Magen krampft sich immer wieder auf das Erbärmlichste zusammen.
Sanfte Hände streichen mir meine langen Haare aus dem Gesicht und fassen sie zu einem Zopf in meinem Nacken zusammen.
Mir tränen die Augen, der Schweiß steht mir auf der Stirn und ich zittere am ganzen Körper. Erschöpft greife ich nach der Spülung, aber Kyle kommt mir zuvor. Ich sinke auf die Fersen zurück.

„Hier.", sagt er leise und hält mir mein Zahnputzglas mit frischem, kaltem Wasser entgegen. Meine Hände zittern stark, als ich danach greife. Das Wasser schwappt gefährlich, also schließt er seine Hand um meine und ist mir beim Ausspülen meines Mundes behilflich.

„Tut mir leid.", murmle ich und lehne mich an die Badschränke. Kyle setzt sich neben mich und zieht mich in seine Arme. Seine Hände reiben meine kalten Arme.

„Süße, ich bin ja wohl dafür verantwortlich, dass es dir nicht gut geht."

„Nein. Dafür ist Knöpfchen zuständig. Aber es ist mir nicht gerade angenehm, wenn du mir beim Kotzen zuguckst." Ich schließe die Augen und atme tief durch. So schnell wie die Übelkeit erschienen ist, so schnell macht sie sich gerade auch wieder vom Acker.

„Ich kann dir im Moment nicht sehr viel helfen. Du bist die von uns Beiden, die unser Baby austrägt. Da kann ich dir doch wenigstens die Haare halten, wenn du dich übergeben musst." Er gibt mir einen sanften Kuss auf die Schläfe.

„Ich finde es trotzdem nicht sehr erbaulich, wenn ich dabei Zuschauer habe. Man sollte eigentlich meinen, ich hätte mich schon daran gewöhnt, aber es ist immer wieder aufs Neue schrecklich."

„Wie war das bei Sam?"

„Ich habe mich vier Monate lang jeden Morgen übergeben müssen und manchmal auch noch im Laufe des Tages. Ich bete inständig, dass es bei der Schwangerschaft nicht ganz so wird. Lieber werde ich doppelt so fett als mit Sam, als das jeden Tag über Wochen mitmachen zu müssen."

„Ich wünschte, ich könnte es dir abnehmen."

„Schon gut. Ihr Männer seid immer so wehleidig. Da würde ja den ganzen Tag nichts rumkommen, wenn ihr den Morgen über der Toilettenschüssel beginnen würdet." Lächelnd streiche ich ihm über den Oberschenkel.

„Na Danke aber auch. Aber wahrscheinlich hast du Recht. Ach und übrigens, du wirst nicht fett. Ich bin mir sicher, dass du mit jedem einzelnen Tag schöner werden wirst."

„Warten wir es ab." Ich rapple mich vom Boden auf und beginne, mir meine Zähne zu putzen. Ich muss diesen widerlichen Geschmack loswerden. Als ich fertig bin, schlinge ich meine Arme um seinen Nacken und drücke endlich meine Lippen auf seine.

„Danke."

„Jeden Tag wieder.", gibt er grinsend zurück.

Wir ziehen uns schnell an und während Kyle schon nach unten geht, wecke ich unseren Sohn.

Wie immer liegt er breit ausgestreckt in seinem Bett und seine Decke hat den Dienst quittiert und fristet ihr Dasein auf dem Fußboden.

„Sam. Aufstehen." Sanft rüttle ich seine Schulter. Aber er brummt nur, genau wie sein Vater. Grinsend beuge ich mich über ihn und drücke ihm einen Kuss auf die vom Schlaf gerötete Wange.

„Ich komme gleich.", nuschelt er und wischt sich mit der Hand über die Wange.

„Soll ich dir Sachen raus legen?"

„Mach ich selber.", murmelt er und vergräbt sein Gesicht im Kissen. Langsam muss ich mich daran gewöhnen, dass er in wenigen Jahren ein Teenager sein wird.

„Gut. Was willst du zum Frühstück?"

„Mmh.", brummt er ins Kissen. An seinem Tonfall erkenne ich, dass er noch ziemlich verschlafen ist.

„Also das Übliche?"

„Mmh."

„Ich gebe dir zehn Minuten."

„Bis gleich Mom."

Mit einem Lächeln gehe ich zu seinem Fenster und drücke den Knopf für das Rollo, das sofort beginnt, sich geräuschvoll nach oben zu bewegen. Gequält stöhnt er auf, aber ich kenne kein Erbarmen.

Die Sonnenstrahlen dringen durch das Fenster und erhellen das Zimmer. Sam brummt noch lauter. Nur gut, dass sein Bett soweit vom Knopf für das Rollo entfernt steht, dass er aufstehen müsste, um es wieder zu schließen.

Zufrieden gehe ich nach unten in die Küche. Meine Eltern sind auch schon auf den Beinen und sitzen zusammen mit Kyle am Tresen.

„Morgen.", begrüße ich sie. An ihren Blicken kann ich schon erkennen, dass er geplaudert hat.

„Seht mich nicht so an. Ihr wisst ganz genau, dass das normal ist.", sage ich gleich, bevor sie mir ihr Mitleid entgegen bringen können. Es gehört nun einmal zu manchen Schwangerschaften dazu und ich muss das jetzt nicht jeden Tag durchkauen müssen.

„In Ordnung. Wir halten den Mund.", sagt mein Dad beschwichtigend und widmet sich wieder seiner Zeitung. Er trägt schon einen grauen Maßanzug mit roter Krawatte und weißem Hemd. Anscheinend muss er heute zeitig los, denn sonst zieht er sich seinen Anzug erst nach dem Frühstück an.

„Ei, Toast und Kaffee?", fragt Mom. Sie ist schon aufgesprungen und zur Küchenzeile geeilt.

„Toast und Tee. Danke. Wie sieht es am Samstag mit einem Familiendinner aus?", will ich wissen, während sie geschäftig vor sich hin werkelt.

„Das ist eine wundervolle Idee. Wollt ihr es da deinen Geschwistern sagen?" Mom ist sofort Feuer und Flamme. Sie freut sich immer riesig, wenn sie uns alle an einem Tisch hat.

„Ja, aber auch Kerry." Ich nicke und beiße in das trockene Toast, das sie eben vor mich gestellt hat.

„Natürlich. Sie gehört doch auch dazu. Ich kümmere mich um alles."

„Musst du nicht, ich kann doch auch was machen."

„Spätzchen, das einzige, was du machen musst ist, auf dich und das Baby aufzupassen. Fährst du heute zum Frauenarzt?"

„Aber wenn es dir zu viel wird, dann sag Bescheid. Ich bin schließlich nur schwanger und nicht krank. Ja, Kyle und ich bringen Sam in die Schule, dann fährt er mich zum Arzt und anschließend in die Agentur."

„Rufst du mich an, wenn du beim Arzt fertig bist?"

„Kann ich machen."

Seufzend faltet mein Vater seine Zeitung zusammen und trinkt den Rest seines Kaffees aus.

„Ich muss jetzt los. Um neun beginnt das Meeting.", verkündet er und gibt dann meiner Mutter den üblichen innigen Abschiedskuss. Kyle schlägt er, wie jeden Morgen, auf die Schulter und ich bekomme einen Kuss auf den Scheitel. Mein Freund ist inzwischen quasi bei uns eingezogen. Seine Wohnung sieht ihn nur noch, wenn er noch ein paar Dinge holt. Selbst seine Playstation steht schon bei mir. Auf ihr liefert er sich mit Sam immer spannende Matches.

„Ruf mich auch an, wenn du beim Arzt fertig bist. Der Bigboss ist selber vor einer Woche Großvater geworden, er wird Verständnis haben." Er winkt uns kurz von der Küchentür aus zu und verschwindet dann im Flur.

„Guten Morgen Sam." hören wir ihn sagen.

„Morgen Grandpa."

Mom stellt ihm eine Schüssel mit Cornflakes hin und noch etwas verpeilt beginnt er, zu frühstücken.

„Morgenmuffel.", grinst Kyle in seine Kaffeetasse. Woraufhin uns unser Sohn böse anblickt.

Nach dem Frühstück und nachdem wir unser ganzes Zeug für den Tag zusammen gesammelt haben, machen wir uns auf den Weg.

Vor Sams Schule herrscht wie immer reger Betrieb.

„Mach's gut und viel Spaß in der Schule.", verabschieden wir unseren Sohn.

„Bis heute Nachmittag, Mom und Dad.", antwortet er uns fröhlich. Wir warten noch kurz, bis er bei seinen Freunden angelangt ist und sie sich lachend begrüßen. Dabei fällt mein Blick auf eine Gruppe von sieben oder acht Mädchen. Lachend stoße ich Kyle an.

„Guck mal. Ich glaube unser Sohn hat schon die ersten Verehrerinnen." Ich zeige auf die Mädchen, die Sam und seinen Freunden immer wieder Blicke zuwerfen und dann kichern.

„Sieht ganz so aus." Wir grinsen uns Beide an. Wenn die Mädels schon jetzt hinter ihm her sind, was wird das dann erst, wenn er ein Teenager von sechzehn oder siebzehn Jahren ist? Ich sehe schon jetzt die Scharen von verliebten Mädchen vor unserem Haus stehen.

„Unser Sohn hätte schon längst seinen Kopf vergessen, wenn er nicht angewachsen wäre.", murmelt Kyle und greift nach hinten auf den Rücksitz und zerrt Sams Sporttasche nach vorn.

„Soll ich sie ihm bringen oder willst du?", frage ich ihn. Bis jetzt bin ich Sam immer nachgegangen. Aber ich finde, Kyle kann das auch mal machen.

„Ich geh schon.", murmelt er, denn er hat meinen Blick gesehen. Er hat ihm eindeutig zu verstehen gegeben, dass er aussteigen wird. Seufzend macht er sich auf den Weg.

Mein Blick gleitet zurück zu den Mädchen, die jetzt mit offenen Mündern da stehen und Kyle nicht aus den Augen lassen. Ich kann sie voll verstehen. Mein Freund ist schon eine wunderbare Erscheinung. Er trägt heute eine klassische, schwarze Anzugshose. Sein Jackett liegt auf dem Rücksitz. Die Ärmel seines weißen Hemdes hat er bis zu den Ellenbogen nach oben gerollt und es spannt sich wunderbar sexy um seine breiten Schultern. Seine Haare sind leicht mit etwas Gel verwuschelt. Geschmeidig geht er vor Sam in die Hocke und mein Blick ist an seinen knackigen Hintern fest getackert. Wohlig seufze ich auf, denn dieser heiße Arsch und auch der dazu gehörige Mann gehört mir. Ich sehe zurück zu den Mädchen. Jetzt himmeln sie Sam und Kyle ganz offen an. Ich kann richtig sehen, wie sie in eine Traumwelt abdriften. Kyle richtet sich wieder auf und verwuschelt Sam die Haare, was unser Sohn nicht ganz so toll findet und ihn wütend anfunkelt, während er seine Haare wieder in Ordnung bringt. Ach, meine beiden Männer. Ich liebe sie abgöttisch.

Plötzlich schiebt sich ein dürrer Körper in mein Blickfeld und legt allzu vertraut eine Hand auf Kyles Oberarm. Mein Blick verdüstert sich augenblicklich. Denn die Hand und der dürre Körper gehören zu einer der Single Müttern, die sich an jeden halbwegs vernünftig aussehenden Vater heran werfen. Kurzerhand schnappe ich mir die Autoschlüssel und steige aus. Schnell verriegele ich den Audi und gehe rüber zu Kyle, der höflich die Frau vor ihm anlächelt. An seiner gerunzelten Stirn kann ich sehen, dass es ihm ganz und gar nicht gefällt, dass dieses Weibsstück ihre Finger auf seinem Arm hat.

Das Klappern meiner grauen Stilettos geht in dem allgemeinen Schulhoflärm unter. Kyle bemerkt mich. Das Verlangen blitzt in seinen Augen auf. In dem grauen Ralph Lauren Kleid sehe ich einfach heiß aus. Die Tussi bemerkt, dass sie nicht mehr seine volle Aufmerksamkeit hat und sieht mich giftig an. Ihr Blick scheint mir zuzuschreien, dass sie diesen Mann zuerst entdeckt habe. Da sie keine Mutter von Sams Freunden ist, gehe ich nicht davon aus, dass sie weiß, dass sie gerade da mit meinem Mann anbandelt. Ich beschließe ihr einen reinzuwürgen.

Verführerisch lächelnd halte ich Kyle die Hand hin.
„Hi, ich glaube wir kennen uns noch nicht. Ich bin Sophie Borough.", hauche ich. Im ersten Moment sieht er mich verwirrt an, dann aber scheint er zu verstehen und grinst mich an. Ein schneller Blick auf Sam zeigt mir, dass er und seine Freunde uns nicht beachten.
Kyle macht seinen Arm von dieser Schlampe frei und ergreift, genauso flirtend, meine Hand.
„Hallo. Ich bin Kyle Wallace." Innerlich klatsche ich vor Freude in die Hände. Die Tussi scheint ihre Felle davon schwimmen zu sehen, denn sie hält ihre Hand Kyle entgegen.
„Ich bin Suzi Winter.", versucht sie einen erneuten Flirt.
„Kyle Wallace.", antwortet er kühl und schüttelt kurz ihre Hand, ehe er sich mir wieder zuwendet.
„Geht Ihr Kind auch hier auf die Schule?", fragt er mich mit seiner tiefen sexy Stimme.
„Ja und ich nehme mal an, Ihres auch."
„Genau. Ich habe meinem Sohn gerade noch seine Sportsachen gebracht."
„Sie haben auch einen Sohn, ich auch.", sage ich begeistert. In seinen Augen blitzt der Schalk und ich kann sehen, dass ihm unsrer kleines Schauspiel richtig Spaß macht. Die Tussi schnaubt empört neben uns und tippt mit ihren Pfennigabsetzten auf den Asphalt.
„Das ist jetzt vielleicht ein wenig ungewöhnlich. Aber darf ich Sie küssen?", fragt mich Kyle und ich höre wie sie neben uns empört nach Luft schnappt.

„Ich würde Sie sehr gerne küssen, Mr. Wallace." Daraufhin beugt er sich nach vorn und gibt mir einen der Küsse, bei denen mir immer die Knie weich werden und ich in seinen Armen dahinschmelze.

„Also das ist doch…", empört sie sich. Die Mädchengruppe, die uns die ganze Zeit beobachtet hat, seufzt entzückt auf.

„Dad!", ruft Sam hinter uns. Kyle löst sich grinsend von mir.

„Ja?", fragt er und dreht sich halb zu ihm um, ohne mich aus dem Arm zu lassen.

„Müssen du und Mom unbedingt hier vor meinen Freunden knutschen?", fragt er sauer. Grinsend sehe ich zu der Singlemom, die wie ein Fisch auf dem Trockenen aussieht. Immer wieder öffnet und schließt sie ihren Mund. Ihr Blick huscht zwischen Sam, Kyle und mir hin und her. Ich löse mich aus seinem Arm und gehe die drei Schritte zu ihr.

„Finger weg von meinem Mann!", warne ich sie leise. Ein wenig verschreckt nickt sie und dreht sich um, um das Weite zu suchen.

Ich gehe zurück zu Kyle, der mich verliebt angrinst.

„Das hat Spaß gemacht.", flüstert er mir zu und küsst mein Ohr.

„Mir auch. Du hast Sam seinen Fanclub streitig gemacht.", raune ich ihm zu.

„Er wird einen neuen finden. Schließlich ist er mein Sohn." Selbstgefällig grinst er mich an.

„Bye Sam.", rufe ich unserem Sohn zu. Er dreht sich noch einmal kurz um und hebt seine Hand. Ich kann ihm ansehen, dass ihm das Verhalten seiner verknallten Eltern peinlich ist.

„Na los. Lass uns fahren. Ehe wir für noch mehr Aufsehen sorgen.", meint Kyle zu mir und wir wenden uns zum Gehen. Als wir an der Mädchengruppe vorbei gehen, zwinkert er ihnen zu.

„Ladies.", grüßt er sie und schenkt ihnen sein unwiderstehliches Lächeln.

„Du hast sie gerade zu den glücklichsten Mädchen der Welt gemacht."

Er antwortet nicht darauf, sondern gibt mir einen Kuss. Aus den Augenwinkeln sehe ich, dass uns sämtliche weiblichen Wesen ansehen. Oder besser gesagt, sie himmeln Kyle an und ich bin die Glückliche, der sein Herz gehört.

Die Praxis meines Frauenarztes ist zum Glück noch recht leer und ich muss nicht lange warten, ehe mein Name aufgerufen wird.

„Guten Morgen Miss Borough. Schön Sie wieder zu sehen.", begrüßt mich Dr. Freyday. Sie ist eine Frau in den Fünfzigern und ich bin bei ihr in sehr guten Händen. Sie hat schon die Schwangerschaft mit Sam festgestellt und begleitet.

„Hallo."

„Wie kann ich Ihnen behilflich sein?"

„Sie könnten mir meine Schwangerschaft bestätigen." Ich strahle sie glücklich an.

„Na da wollen wir mal sehen.", sagt sie und deutet auf den Untersuchungsstuhl. „Machen Sie sich unten rum bitte frei." Ich komme ihrer Aufforderung nach und klettere auf den Stuhl. Über einen Fernseher, der an der gegenüberliegenden Wand hängt, kann ich die Ultraschalluntersuchung mit verfolgen.

„Herzlichen Glückwunsch, Miss Borough.", gratuliert sie mir wenige Minuten später. Mir laufen Glückstränen über das Gesicht. Sie zeigt auf das Ultraschallbild und erklärt mir alles. Sie deutet auf meine Gebärmutter und zeigt mir die Fruchthöhle und auf einen kleinen Punkt, der zu pulsieren scheint.

„Da haben wir auch schon einen Herzschlag.", sagt sie und ich muss vor Rührung schlucken.

„Wie weit bin ich?", krächze ich.

„Ich denke mal, dass Sie sich in der fünften Schwangerschaftswoche befinden. Hier." Sie reicht mir ein Taschentuch und ich putze mir die Nase. Ich kann wieder von dem Stuhl klettern. Nachdem ich mich angezogen habe, setze ich mich zu ihr an den Schreibtisch.

„Ich nehme mal an, dass diese Schwangerschaft unter einem günstigeren Stern steht als die Erste?" Prüfend sieht sie mich an und ich nicke.

„Gut. Der Vater weiß es schon?"

Wieder nicke ich.

„Sie sollten mit ihrem Sohn ausführlich über die Thematik Geschwister sprechen. Für manche Kinder ist es schwierig zu begreifen, dass ihr Geschwisterkind einen anderen Vater hat."

„Oh nein! Es ist derselbe Vater.", sage ich schnell.

„Sind Sie wieder mit Sams Vater zusammen?"

„Ja. Wir haben unsere Differenzen bereinigt."

„Na umso besser. Soll ich Ihnen die Ultraschallaufnahmen ausdrucken? Für Männer ist es immer ein bisschen unbegreiflich, dass da ein kleiner Mensch im Bauch ihrer Partnerin heran wächst."

Begeistert nicke ich. Sie erklärt mir noch die üblichen Dinge, auf was ich besonders Acht zu geben habe und gibt mir auch noch einige Broschüren mit. Sie stellt mir noch den Mutterpass aus und drückt ihn mir, zusammen mit den Bildern und den Broschüren, in die Hand.

Bei der Sprechstundenhilfe mache ich gleich noch die nächsten Termine aus und auch sie gratuliert mir zu meiner Schwangerschaft. Als ich das Wartezimmer betrete, muss ich grinsen. Kyle tigert unruhig durch den Raum.

„Das macht er schon die ganze Zeit und treibt uns Anderen in den Wahnsinn." Gutmütig lächelt mich eine ältere Frau an und deutet auf Kyle, der jetzt stehen geblieben ist und mich voller Spannung ansieht.

„Hi Daddy.", sage ich nur. Er kommt zu mir herüber und zieht mich stürmisch in seine Arme.

„Hi Mommy.", murmelt er am meinem Hals. Schweigend stehen wir in einem vollen Wartezimmer und werden lächelnd von den wartenden Frauen beobachtet.

„Hier." Sanft löse ich mich aus seiner Umarmung und halte ihm die Ultraschallbilder hin.

„Ich muss mich setzten.", murmelt er und sieht ein bisschen blass um die Nase aus. Die Dame, die mich auf den tigernden Kyle aufmerksam gemacht hatte, steht auf. Sanft drücke ich ihn auf den freien Platz. Seine Hände zittern leicht, während er weiter auf die Aufnahme sieht.

„Herzlichen Glückwunsch, meine Liebe.", sagt die Dame und sieht uns strahlend an.

„Mein Mann ist bei meiner ersten Schwangerschaft in Ohnmacht gefallen, als er davon erfuhr. Das wird schon Kindchen." Gutmütig tätschelt sie meinen Arm und geht dann, da sie gerade aufgerufen wurde.

„Wow.", haucht Kyle.

„Alles in Ordnung?", frage ich ihn und bin jetzt schon ein bisschen besorgt, da er immer noch ziemlich blass ist.

„Ja, alles gut. Ich bin nur so überwältigt. Ich meine, jetzt dieses Bild hier zu sehen, das macht es sehr real."

„Ich weiß, was du meinst." Er blickt von unten zu mir auf und schlingt einen Arm um meine Hüften. Sanft zieht er mich an sich heran und drückt mir einen Kuss auf meinen, noch flachen, Bauch.

„Ich liebe dich, Sam und Knöpfchen." Er presst erneut seine Lippen auf den Stoff meines Kleides.

„Wir drei lieben dich auch."

Um uns herum seufzen die Frauen und ich kann mein Grinsen nicht verbergen.

Im Auto rufe ich Mom und Dad an. Sie sind auch total aus dem Häuschen. Mit einem seligen Lächeln auf den Lippen fährt mich Kyle in die Agentur.

Marie ist mit ihrem Mann und ihrer Tochter im Urlaub. Also schmeiße ich momentan alles alleine. Es war schon gut, dass wir uns diese Woche möglichst frei gehalten haben. Die nächsten Tage habe ich endlich mal wieder Zeit, all den lästigen Bürokram aufzuarbeiten.

Tief durchatmend stehe ich in unserem Ausstellungsraum. Der Duft der vielen Blüten erinnert mich immer an einen Blumenladen. Dieser Geruch ist einfach herrlich. Eigentlich mag ich es, hier auch einmal alleine zu sein. Aber gerade heute fühle ich mich sehr verloren. Ich würde jetzt gerne mit meiner besten Freundin zusammen sitzen und ihr von der Schwangerschaft erzählen. Leider werde ich mich bis nächste Worte gedulden müssen. Am Telefon will ich es ihr nicht sagen. Ich will es mir mit ihr oben gemütlich machen, zusammen mit Tee und einen Stück Kuchen und ihr alles haarklein berichten. Um mich abzulenken, gehe ich nach oben in mein Büro und mache mich an die Arbeit.

Am Nachmittag rufe ich bei meinem Chirurgen durch und unterrichte ihn von meiner Schwangerschaft. Ob er den Gips auch ohne Röntgenkontrolle entfernt oder lieber erst noch ein wenig warten will, entscheidet er dann bei meinem Termin. Ich kann es gar nicht mehr erwarten, bis ich wieder beide Hände normal benutzen kann.

Der Rest des Montags verfliegt ganz schnell und auch der Dienstag hat es eilig. Am Mittwoch wird dann doch endlich der Gips entfernt. Der Arzt ist der Meinung, dass alles gut verheilt ist. Am Anfang ist es schon ein bisschen ungewohnt. Ich hatte mich an das zusätzliche Gewicht gewöhnt. Er gibt mir die beiden Hälften und ein Rezept für Physiotherapie mit nach Hause. Der Donnerstag und Freitag vergehen auch wie im Flug und jetzt stehe ich hier im Bad in einem langen, schwarzen Kleid mit dünnen, strassbesetzten Trägern und mache mich für das Familiendinner fertig. Immer wieder wandert meine Hand auf meinen Bauch.
Kyle gesellt sich zu mir an den Spiegel. Er trägt ein hellblaues Hemd, mit dunkelblauen Nadelstreifen und eine dunkelgraue Anzugshose.
„Du siehst wunderschön aus.", sagt er leise, legt von hinten seine Hände auf meine und knabbert vorsichtig an meinem Hals.

„Danke. Du siehst auch sehr sexy aus."

„Bist du scharf auf mich?", fragt er mich neckend, während seine Zunge über die Stelle streicht, an der er gerade noch geknabbert hat. An meinem Hintern spüre ich seine wachsende Erregung.

„Ich bin genauso scharf auf dich, wie du auf mich.", murmle ich und drücke meinen Hintern an seine Erektion und wiege meine Hüften von links nach rechts. Heiser stöhnt er an meinem Hals auf.

Durch das geöffnete Badezimmerfenster hören wir Motorengeräusche und das Knirschen des Kies unter Rädern.

„Wir müssen aber leider nach unten. Sie sind da.", sage ich bedauernd. Wie auf Bestellung hören wir das Zuschlagen von Autotüren und die Stimmen von Molly, Lisa, Richard, David, den Kids und Kerry. Kyles Schwester hat zwar ein eigenes Auto, aber sie hasst es bei Dunkelheit zu fahren. Ein Stück weit kann ich sie verstehen. Ich mag es auch nicht unbedingt. Aber es geht nicht soweit, dass ich mich strikt weigere, bei Nacht zu fahren. Zum Glück liegt ihre Wohnung auf dem Weg meiner Geschwister. So nimmt sie einer immer mit. Da sie zur Familie gehört, machen sie das natürlich gern. Meine Brüder haben sogar einen Beschützerinstinkt ihr gegenüber entwickelt.

„Schade. Aber aufgeschoben ist nicht aufgehoben." Kyle dreht mich in seinen Armen und küsst mich leidenschaftlich. Keuchend lösen wir uns voneinander. Wenn wir hier nicht aufhören, gibt es kein Halten mehr. Sanft schiebe ich ihn aus dem Badezimmer. Gemeinsam und Händchen haltend gehen wir nach unten.

Gerade, als wir die Treppe nach unten kommen, öffnet Mom die Tür. Jessy, Max und Lena kommen als erste ins Haus gestürmt und überfallen meine Mutter. Wie jedes Mal geht sie auf die Knie und schlingt laut lachend ihre Arme um ihre Enkelkinder. Das gleiche Spiel wiederholt sich dann mit meinem Vater.

„Hi Mom.", begrüßt David sie und umarmt sie.

„Hallo mein Junge. Wie geht es dir?"

„Alles super.", antwortet er ihr und reicht sie an Molly weiter, damit er Dad begrüßen kann. Anschließend kommt mein großer Bruder zu mir, während hinter ihm auch Kerry, Lisa und Richard rein kommen.

„Hi, kleine Schwester.", begrüßt er mich und gibt mir einen Kuss auf die Schläfe.

„Hi, großer Bruder." Ich verschwinde fast in seiner Umarmung.

„Wie geht es dir?", erkundigt er sich

„Könnte nicht besser sein." Aber er zieht skeptisch die Augenbrauen zusammen.

„Sicher? Du bist ein bisschen blass."

„Ja, ganz sicher."

„Na wenn du meinst." So richtig überzeugt ist er nicht. Aber wie soll ich denn auch aussehen, wenn ich mich jeden Morgen übergeben muss? Vor einer halben Stunde habe ich auch noch über der Toilettenschüssel gehangen.

„David, mach Platz.", drängt Kerry und schiebt meinen Bruder weiter zu Kyle, damit sie mich umarmen kann.

„Hallo Sophie."

„Hi." Kurz sieht sie mir prüfend ins Gesicht, nickt dann nur und geht weiter.

„Hi, großer Bruder.", begrüßt sie Kyle und ich muss grinsen, da ich diese Bezeichnung auch immer für meine Brüder benutze. Aber das ist wahrscheinlich so ein typisches großer Bruder–kleine Schwester-Ding.

„Sophie." holt mich Molly wieder zurück aus meinen Gedanken und schnell drehe ich mich um, um sie zu umarmen.

„Hallo."

„Alles in Ordnung?" Langsam geht mir diese Musterung auf die Nerven und ich habe noch nicht einmal alle begrüßt.

„Ja.", lächle ich. Sie kann ja nichts dafür, dass sich alle Sorgen um mich machen, weil ich ein bisschen blass bin.

„Gut.", murmelt sie. Auch Lisa sieht mir prüfend ins Gesicht, als sie mich kurz umarmt.

Jetzt ist Richard an der Reihe. Bevor er mich in seine Arme schließt, hält er mich auf Armeslänge von sich entfernt und mustert mich mit zusammen gezogenen Augenbrauen. Unwillkürlich muss ich meine Augen verdrehen. Ob es je eine Begegnung mit ihm geben wird, bei der er sich keine Sorgen um mich macht? Wahrscheinlich nicht. Er mustert mich schon seit über 30 Jahren, da wird er so schnell auch nicht damit aufhören.

„Bevor du etwas sagst. Mir geht es gut.", komme ich ihm zuvor. Er öffnet seinen Mund, schließt ihn dann aber gleich wieder. Schließlich nimmt er mich in die Arme und küsst meinen Scheitel. Neben meinen Brüdern und Kyle komme ich mir wie ein Zwerg vor, auch wenn ich High Heels trage. Was soll das dann werden, wenn ich nur noch Sneakers trage?

„Du bist blass.", stellt er dann doch fest. Es sollte sicherlich ganz nüchtern klingen, aber ich höre trotzdem die Sorge aus seiner Stimme.

Lachend schlage ich ihm auf die Schulter.

„Mir geht es gut Rich, wirklich." Dann gebe ich ihm einen Kuss auf die frisch rasierte Wange und mache mich daran, meine beiden Nichten und meinen Neffen zu begrüßen. Wie immer quatschen sie alle gleichzeitig auf mich ein.

Aus dem Augenwinkel sehe ich die Begrüßung zwischen Richard und Kyle. So ganz warm sind sie immer noch nicht miteinander geworden, aber es ist schon besser. Inzwischen geben sie sich schon mal die Hand und nicken sich nicht nur zu. Das ist bei meinem Bruder schon ein erstaunlicher Fortschritt.

„Tante Sophie!", kreischt mir Lena ins Ohr und ich zucke kurz zusammen.

„Ja Schätzchen?"

„Deine Hand ist wieder heile." Ihr kleines Gesicht strahlt und sanft streichelt sie über meine rechte Hand.

„Ja, da ist alles wieder ganz."

„Da kannst du jetzt wieder Blumen und Feen für mich malen."

„Klar. Soll ich dir welche nach dem Essen malen?"

„Ja!" Aufgeregt hüpft sie auf und ab und klatscht in die Hände. Ihre beiden Zöpfe wippen dabei fröhlich mit. Ich gebe ihr noch einen Kuss und schon rennt sie zu den anderen Kindern, die schon ihren Abend planen. Da darf die kleine Lena auf keinen Fall fehlen.

Etwas wackelig kämpfe ich mich wieder auf die Beine und schwanke ein wenig. Rich taucht neben mir auf und nimmt meinen Arm, um mir zu helfen.

„Danke.", murmle ich, da mir jetzt doch ein wenig schummrig ist.

„Hast du heute schon genug gegessen?", erkundigt er sich.

„Ja." Ich muss ihm ja jetzt nicht auf die Nase binden, dass ich fast alles wieder ausgekotzt habe. Er würde sich nur noch mehr Sorgen machen.

„Kommt Kinder, wir trinken erst einmal etwas. Das Essen braucht noch einen Augenblick.", ruft uns Mom und lächelt mich kurz an. Wir haben im Vorfeld ausgemacht, dass Kyle und ich es unseren Geschwistern vor dem Essen sagen wollen.

Nach und nach leert sich der Flur und alle gehen rüber in das Wohnzimmer. Im Kamin knistert ein Feuer und verbreitet eine sehr gemütliche Stimmung.

„Geht es?" Kyle steht hinter mir und reibt meine kalten Arme. Ich nicke nur. Wir betreten als letzte den Raum.

Mom und Dad sind schon voll damit beschäftigt, die Drinks zu verteilen. Die Kinder haben alle schon ein großes Glas Orangensaft vor sich stehen. Molly, Kerry, Lisa und Mom halten ein Champagnerglas in den Händen. David und Richard haben je ein Bier, wobei Dad auch eines an Kyle reicht. Mir gibt er ein Champagnerglas voll Wasser. Sich selbst schenkt er einen seiner sehr guten Whiskys ein.

Kyle grinst mich von der Seite an und küsst mich kurz.

„Soll ich oder willst du?", fragt er mich flüsternd

„Ich habe es deinen Eltern gesagt, also darfst du es meinen Geschwistern sagen.", raune ich ihm zu und er nickt kurz. So richtig behagt ihm das nicht. Denn er muss erst einmal tief durchatmen und einen großen Schluck aus seiner Bierflasche nehmen. Mom und Dad sehen uns auch schon voller Erwartung an. Kyle räuspert sich. Ich hake mich bei ihm unter und drücke, Mut machend, seinen Oberarm.

„Ähm... Darf ich kurz um eure Aufmerksamkeit bitten.", beginnt er schließlich und nachdem ihn alle Erwachsenen erwartungsvoll ansehen, fährt er fort.

„Sophie und ich haben euch heute hier her gebeten, weil wir euch etwas wichtiges mittzuteilen haben." Ich lasse meinen Blick über die Anwesenden schweifen. Die Kinder hocken zusammen und spielen. Die Frauen sitzen auf der Couch. Dad lehnt entspannt am Kamin. David nuckelt an seinem Bier rum und Rich sieht uns grübelnd an. Wahrscheinlich überlegt er gerade, was wir zu sagen haben.

Kyle löst meinen Arm von sich, stellt seine Bierflasche auf dem Tisch ab und tritt dann hinter mich. Dann legt er sein Kinn auf meinem Kopf ab und verschränkt seine Finger mit meinen. Vorsichtig legt er sie dann auf meinen Bauch.

„Was ich mit der Geste sagen will ist, dass Sophie schwanger ist und wir im Januar nächsten Jahres dann zu viert sein werden." Ich strahle wie ein Honigkuchenpferd in die Runde. Ganz kurz starren uns unsere Geschwister an, aber dann kreischt Molly und stürzt auf uns zu. Sie schlingt ihre Arme um uns.

„Oh Gott, das ist so toll!", freut sie sich. Bei ihr und David habe ich mir die meisten Sorgen gemacht. Denn ich bin mir sicher, dass die Neuigkeit die alten Erinnerungen an Maddy wieder richtig aufleben lassen.

Auch Lisa drückt mich ganz fest an sich. Ihr Bauch ist uns dabei etwas im Weg.

„Herzlichen Glückwunsch.", flüstert sie mir zu und reicht mich dann an ihren heißgeliebten Ehemann weiter.

„Du wirst also wieder Mutter.", murmelt er an meinem Ohr und drückt mich vorsichtig an sich.

„Ja. Freust du dich für mich?"

„Natürlich Kleines. Du bist eine wundervolle Mutter."

„Danke.", schluchze ich. Es bedeutet mir wahnsinnig viel, dass er sich mit mir freut.

„Na toll Rich. Ich darf jetzt einer verheulten Sophie gratulieren.", mault David und zieht mich aus den Armen unseres Bruders in seine.

Ich klammere mich an ihn und schluchze in seinen Pullover.

„He Sophie. Hör auf zu weinen.", versucht er mich zu trösten, aber ich kann nicht. Ich bin so glücklich dass sich meine Familie mit uns freut.

„Komm, hör auf zu weinen."

„Das sind die Hormone. Außerdem bin ich so froh darüber, dass ihr euch mit uns freut.", schluchze ich an seiner Brust.

„Ja, ja die Hormone. Kyle tut mir jetzt schon leid. Ich weiß noch, wie du während der Schwangerschaft mit Sam drauf warst. Wir konnten dich ja mit Molly vergleichen und du warst eindeutig schlimmer. Für sein Seelenheil wäre es besser, wenn die Schwangerschaft weniger turbulent abläuft."

„Hoffen wir es.", schniefe ich.

David lässt mich los und reicht mir ein Taschentuch, damit ich mir die Tränen abwischen kann.

„Habt ihr schon Ultraschallbilder?", fragt Kerry aufgeregt. Ihr Bruder greift in seine Gesäßtasche und holt die Bilder hervor. Er hat sie schon seit Montag und weigert sich, sie heraus zu geben. Stolz zeigt er es in die Runde. Kerrys Hände zittern leicht, als sie es ihm abnimmt. Verstohlen wischt sie sich Tränend der Rührung aus den Augen. Ich kann nicht anders und muss sie einfach umarmen. Gemeinsam heulen wir unser Glück in die Welt hinaus.

„Wenn ihr wollt, können wir jetzt essen.", verkündet Mom, als wir uns wieder etwas beruhigt haben.

„Hoffentlich behältst du es dieses Mal bei dir.", raunt mir Kyle zu, als er am Tisch meinen Stuhl zurückzieht, damit ich mich setzten kann.

„Hoffen wir das Beste.", flüstere ich, als ich mich setze. Aber als die Vorspeise serviert wird, gerät meine Zuversicht arg ins Wanken. Kaum steigen die Essensgerüche in meine Nase, merke ich, wie es mir langsam schlecht wird. Ich nehme einen großen Schluck Wasser, um das Übelkeitsgefühl zu vertreiben. Zum Glück hilft es etwas. Aber die Lust am Essen ist mir vergangen. Ich esse nur die Hälfte von meinem Salat und bin froh, als der Gang abgeräumt wird. Als Mom die Kartoffeln, das Gemüse und den Braten auftischt, beginnt das Spiel von vorne. Ich bekomme nur eine ganz kleine Portion herunter.

Die Anderen beobachten mich die ganze Zeit aufmerksam und ihre Mienen werden immer besorgter. Nur gut, dass mich keiner darauf anspricht. Vor dem Dessert kapituliere ich dann komplett und muss rennen, dass ich es bis zu einer Toilette schaffe.

Kyle eilt mir sofort hinterher. Ich habe ihm schon so oft gesagt, dass ich es nicht mag, wenn er mir dabei zusieht. Aber er ist der Meinung, dass er vom Anfang der Schwangerschaft bis zum Ende für mich und Knöpfchen da sein will und da gehöre das nun einmal dazu. Erschöpft lehne ich mich an ihn und schließe die Augen. Mit einem kalten Waschlappen streicht er mir über die Stirn.

„Auch wenn du es vielleicht nicht wahr haben willst, aber sich so oft übergeben zu müssen ist doch nicht normal."

„An mir ist im Moment überhaupt nichts normal.", schnaufe ich und rapple mich auf, um mir meinen Mund auszuspülen.

Meine Beine zittern, als mich Kyle zurück ins Esszimmer führt. David und Richard springen sofort von ihren Stühlen auf und schieben mir einen Stuhl hin, auf den mich alle Drei gleichzeitig drücken. Rich geht vor mir in die Hocke und nimmt mein Kinn in seine Hände. Er zwingt mich quasi, ihn anzusehen.

„Das wievielte Mal war das heute?", fragt er direkt.

„Mach dir keine Sorgen. Es ist alles gut.", antworte ich matt. Er ist mit meiner Antwort alles andere als zufrieden, also stellt er die Frage Kyle und mein verräterischer Freund antwortet auch noch.

„Wenn ich alle mitbekommen habe, dann war das eben das fünfte Mal." Ich stöhne auf und verfluche ihn insgeheim. Er hat ja keine Ahnung, was er damit gerade angerichtet hat.

„Du legst dich sofort hin und morgen fährst du zum Arzt.", bestimmt mein Bruder und erhebt sich.

„Du übertreibst.", murmle ich kraftlos.

„Ich übertreibe?!", fährt er mich aufgebracht an.

„Richard!", ruft Mom ihn zur Ordnung und er fährt sich mit der Hand durch die Haare.

„Sorg dafür, dass sie sich hinlegt!", weist er Kyle an und wieder fällt mir mein Geliebter in den Rücken. Ohne mit der Wimper zu zucken hebt er mich auf seine Arme.

„Mom?", fragt Sam besorgt und taucht neben uns auf.

„Ihr geht es nicht besonders gut und sie muss sich ein bisschen hinlegen.", antwortet Kyle und dreht sich um, um zu gehen.

„Dein Vater übertreibt.", rufe ich Sam über Kyles Schulter hinweg. Dieser schnaubt nur.

„Kann ich mich nicht wenigstens auf der Couch im Wohnzimmer ausruhen? Endlich sind alle mal wieder da. Ich will jetzt nicht ins Bett.", murre ich und ziehe eine Schnute.

„Du bleibst aber auf der Couch!? Wenn du was willst, dann sagst du einem von uns Anderen Bescheid, hast du mich verstanden?" Eindringlich sieht er mich an.

„Jawohl Herr Oberst.", lache ich und salutiere, woraufhin Kyle die Augen verdreht und mich küsst. Sanft setzt er mich auf der Couch ab und breitet eine Decke über mich aus, ehe er sich neben mich setzt und mir seine Oberschenkel als Kissen anbietet, was ich natürlich sehr gerne annehme.

Kurz nach uns kommen auch die Anderen und sind sehr erstaunt, mich zu sehen. Rich zieht sauer seine Augenbrauen zusammen und funkelt uns, aus zusammen gekniffenen Augen, wütend an.

„Beruhig dich wieder! Ich habe Kyle versprochen, hier liegen zu bleiben. Ihr dürft mich dann bedienen. Endlich seid ihr alle mal wieder da und ich will jetzt nicht ins Bett. Ich will noch Zeit mit euch verbringen.", versuche ich ihn zu beschwichtigen. Mein großer Bruder schließt kurz die Augen und geht dann vor mir auf die Knie, so dass sein Gesicht direkt vor meinem ist. Besorgt sieht er mich an. Sanft streichelt er mir über die Wange.

„Was soll ich nur mit dir machen?", murmelt er und ich grinse ihn an.

„Aber du gehst morgen zu einem Arzt"

„Morgen ist Sonntag."

„Na und? Ich kann dir jeden Arzt deiner Wahl morgen hierher bestellen.", gibt er ungerührt zurück.

„Aber wir wollten morgen alle in den Park und außerdem kommen Kyles Eltern auch und das lasse ich mir nicht nehmen", sage ich trotzig. Richard verdreht die Augen und erhebt sich dann.

„Mom und Dad kommen morgen auch?", fragt Kerry erstaunt, die es sich an meinen Füßen bequem gemacht hat.

„Sophie hat sich in den Kopf gesetzt, Dad umzustimmen.", brummt Kyle.

„Na dann viel Glück.", murmelt sie und sieht mich skeptisch an.

„Das wird schon. Außerdem werdet ihr mir alle helfen."

„Was macht dich da so sicher?", fragt David. Ich muss den Kopf drehen, um ihn in dem Sessel sitzen zu sehen.

„Die Tatsache, dass ich deine über alles geliebte Schwester bin, dazu schwanger und du mir im Moment keinen einzigen Wunsch abschlagen kannst."

„Okay, erwischt.", grinst er.

Der Abend wird dann noch ganz lustig. Sam kommt immer wieder zu mir und fragt, ob es mir gut geht und alle kümmern sich wunderbar um mich. Kyle und Richard haben irgendwann angefangen, über Autos zu diskutieren. Lisa, Molly, Kerry und ich haben uns über Schwangerschaften, Babys und Co unterhalten, während Dad und David in ein Gespräch über Sport vertieft sind. Irgendwann bin ich dann eingenickt und Kyle hat mich ins Bett getragen.

Den Sonntagmorgen beginne ich wie jeden in dieser Woche, nur mit dem Unterschied, dass es Kyle nicht merkt. Er hat gestern mit Dad, David und Richard das eine oder andere Mal auf seine erneute Vaterschaft angestoßen. Außerdem haben wir verkündet, dass wir am Mittwoch den Kaufvertrag für unser eigenes Haus unterschreiben werden. Richard und David waren ganz aus dem Häuschen, als sie erfuhren, dass unser neues Domizil nicht sehr weit von ihren Häusern entfernt ist. Wir haben sogar dann noch festgestellt, dass es über den Strand nur ein paar hundert Meter bis zu ihren ist.
Kyle murmelt nur irgendetwas Unverständliches vor sich hin, als ich wieder zu ihm ins Bett krabble und zieht mich in seine Arme. Tatsächlich schlafe ich noch einmal ein.

Die Sonne scheint wunderbar herrlich vom Himmel und die Männer und Jungs stürmen gleich los zum Fußball spielen, als wir an unserem üblichen Picknickplatz ankommen. Wir Frauen und die Mädchen breiten die Decken aus. Wir packen die Picknickkörbe aus, Lena und Jessica beginnen mit ihren Puppen zu spielen, während wir Frauen unsere Männer anhimmeln und das Spiel ihrer Muskeln genießen. Kerry verdreht dabei immer wieder gespielt genervt die Augen. Sie sagt zwar immer, dass sie allein glücklich ist und keinen Mann braucht, aber in einer schwachen Stunde hat sie mir einmal gestanden, dass sie sich manchmal einfach eine starke Schulter zum Anlehnen wünscht.
Wir sind seit etwa einer Stunde im Park, als ich aus den Augenwinkeln Kyles und Kerrys Eltern entdecke. Shila hat es tatsächlich geschafft, ihren Mann hier her zu lotsen.
Ich hebe meine Hand, um ihnen zuzuwinken, aber sie sehen es nicht. Ihrer beider Augen sind auf ihren Sohn und Sam gerichtet,

die sich gerade ein erbittertes Duell mit Dad und David liefern. Als ob Kyle den Blick seiner Eltern spüren würde, sieht er auf und bleibt wie angewurzelt stehen. Seine Brust hebt und senkt sich schnell. Jeder seiner Muskeln ist angespannt. Die Anderen bemerken seine Haltung und halten in ihrem Spiel inne. Auch sie blicken den Neuankömmlingen entgegen. Sam schaut seinen Vater fragend an. Mr. Wallace, Matthew, setzt sich in Bewegung und geht auf meine beiden Männer zu. Da Kyle genauso einen ausgeprägten Beschützerinstinkt hat, wie die Männer meiner Familie, schiebt er Sam an den Schultern hinter seinen Rücken. Wobei ich nicht glaube, dass Mr. Wallace ihm etwas antun würde. Dann passiert etwas, mit dem ich nicht gerechnet habe. Er hebt die Arme und zieht Kyle in eine Umarmung. Perplex steht er da, erwidert aber schließlich die Geste seines Vaters. Eine Weile stehen sie scheinbar reglos da. Shila geht auf ihren Mann und ihren Sohn zu. Auch wenn ich sie nur von hinten sehe, erkenne ich ihre Gerührtheit. Kyle löst sich von seinem Vater und drückt sie fest an sich.

Vorsichtig schiebt er seine Mutter wieder von sich und legt seine Hände auf Sams Schultern. Er sagt etwas zu ihm. Leider bin ich zu weit entfernt, um auch nur ein Wort verstehen zu können. Ich denke, dass er ihm gerade erklärt, dass das seine Großeltern sind. Zögernd schüttelt er ihre Hände. Sam weiß zwar, dass sie heute kommen würden, aber sie jetzt vor sich stehen zu haben ist wahrscheinlich ein bisschen viel für ihn.

Ihnen werden noch die Männer meiner Familie vorgestellt, ehe sie zu uns hinüber kommen. Nervös erhebe ich mich und wische meine nassen Hände an der Jeans ab. Tief atme ich ein und aus, um mein wild klopfendes Herz zu beruhigen. Mr. Wallaces Blick ist direkt auf mich gerichtet. Erleichtert stelle ich fest, dass keine Feindseligkeit darin liegt.

Ich stoße die angehaltene Luft mit einmal aus und dann zieht es mir die Füße weg und ich versinke in völliger Dunkelheit.

Kapitel 5 - Schock

Sie umhüllt mich wie ein schützender Kokon. Ich fühle mich wunderbar leicht und bin völlig frei von irgendwelchen Sorgen. Aber nach und nach bekommt mein Kokon Risse, durch die Geräusche, Gerüche und Licht fallen.

Ich spüre, wie meine Hand gehalten wird und wie mir Kyles Geruch, ein Gemisch aus Mann, Waschpulver und Aftershave, in die Nase steigt. Er bewirkt, dass sich die Risse verbreitern und immer mehr Eindrücke von außen auf mich einströmen.

Tief atme ich seinen Duft ein. Er vermittelt mir ein Gefühl von Heimat und nach Hause kommen. Aber etwas ist anders. Ein anderer Geruch vermischt sich mit dem von Kyle und verpestet die Luft. Ich kenne ihn nur zu gut und augenblicklich beschleunigen sich meine Atmung und mein Herzschlag. Panik steigt in mir auf. Ich will meine Augen öffnen. Aber es geht nicht. Der Griff um meine Hand verstärkt sich und jemand legt mir zwei Finger an die Halsschlagader.

„Was ist mit ihr?", höre ich eine Stimme. David? Oder doch Richard? Ich weiß es nicht.

„Sie wird wach.", höre ich Kyle. „Hoffentlich merkt sie nicht sofort, dass sie im Krankenhaus ist." Krankenhaus?! NEIN! Ich will hier weg! Sofort!

Ich will schreien, aber es geht nicht. Mein Mund bewegt sich genauso wenig, wie meine Augenlider.

Einzelne Bilder zucken vor meinem inneren Auge auf. Einzelne Gesichter tauchen auf und verschwinden wieder. Aber die Angst bleibt. Ich fühle mich gefangen. Die Gesichter verschwinden und werden durch einen Monitor ersetzt. Er piept rhythmisch und zeichnet gleichmäßige Linien. Daneben steht ein anderes Gerät, das ebenfalls Linien zeichnet. Es ist das CTG und zeigt den Herzschlag des Babys.

„Was willst du damit sagen?", dringt wieder eine Stimme an mein Ohr. Richard.

„Sie hat panische Angst vor Krankenhäusern. Aber wahrscheinlich wird sie es riechen." Kyle! Ich bin so erleichtert. Er ist bei mir. Er wird auf mich aufpassen und mich beschützen. Ich muss aufwachen. Ich will ihn sehen! Ich will, dass er mich in den Arm nimmt!

Ich stemme mich gegen den Kokon. Tatsächlich werden die Risse immer breiter und immer mehr Licht dringt zu mir vor. Irgendwie schaffe ich es endlich, meine Augen zu öffnen.

Er sitzt neben mir, aber sein Blick ist auf einen Punkt auf der anderen Seite gerichtet. Ich liege in einem Krankenhausbett. Etwas steckt in meinem rechten Arm.

„Kyle.", flüstere ich und ich bin unendlich froh darüber, dass auch meine Stimme mir gehorcht. Sein Kopf ruckt zu mir herunter. Unsere Blicke treffen sich.

Er beugt sich zu mir herunter und küsst mich. Der Kuss ist sanft, aber dennoch voller Leidenschaft und Liebe.

„Du bist wieder bei uns.", murmelt er an meinen Lippen. Als er sich von mir löst, sehe ich Erleichterung in seinem Gesicht. Seine wundervollen Hände streichen über meinen Kopf, die Stirn und Wangen.

„Sophie.", höre ich David seufzen und er taucht hinter Kyle auf. Er steht auf und macht für meinen Bruder Platz, der mich gleich in den Arm nimmt.

„Ich geh den anderen Bescheid sagen und hole den Arzt zurück.", murmelt Kyle und fährt sich mit einer Hand über das Gesicht.

„Wo ist Sam und ist mit Knöpfchen alles in Ordnung?", krächze ich.

„Keine Sorgen. Er wartet draußen mit den Anderen und soweit es auf dem Ultraschall zu erkennen war, ist das Baby putzmunter.", beruhigt mich David.

„Hey großer Bruder.", murmele ich und streiche ihm über seine gefurchte Stirn. Er schließt seine Augen und lehnt seinen Kopf gegen meine Hand.

„Wie geht es dir, Kleines?" Sorgenvoll sieht er mich an.

„Ich weiß es nicht. Ich will nach Hause. Was ist eigentlich passiert?" Es kostet mich sehr viel Beherrschung um nicht jeden Moment aus dem Bett zu springen.

„Es ging alles sehr schnell. Shila und Matt waren gekommen. Wir waren alle auf den Weg zu dir und plötzlich verdrehst du die Augen und klappst weg. Matt konnte dich gerade noch auffangen, sonst wärst du ungebremst auf dem Boden aufgeschlagen." David streicht mir eine Strähne aus dem Gesicht.

„Kyle hat da vorhin was erwähnt. Er meint, du hast Angst vor Krankenhäusern. Stimmt das?"

Ich kann ihn nicht ansehen, starre auf meine Finger und nicke nur.

„Warum hast du nie etwas gesagt?" Er klingt vorwurfsvoll.

„Ich weiß auch nicht. Irgendwie hat es sich nie ergeben, dass ich es euch sage. Ich wollte nicht, dass ihr euch noch mehr Sorgen um mich macht. Auch wenn ihr es damals versucht habt, es zu verbergen, habe ich es trotzdem in jedem einzelnen eurer Blicke gesehen."

„Aber Kyle hast du es erzählt." Wieder höre ich den Vorwurf nur allzu deutlich.

„Nicht direkt. Als er mit mir in der Notaufnahme wegen meiner Hand war, hat er es gemerkt. Später hat er mich dann ausgequetscht."

„Ich wünschte trotzdem, du hättest es mir erzählt.", sagt er leise.

„Tut mir leid, wirklich." Ich habe in den letzten Jahren so viele Fehler gemacht. Leider kann ich sie nicht mehr alle gut machen. Es bleibt mir oft nur, dass ich mich entschuldige und darauf zu hoffen, dass man meine Entschuldigung annimmt.

„Schon gut, Kleines. Ich werde jetzt mal zu Kyle gehen. Die Anderen werden den Armen wahrscheinlich gerade förmlich mit ihren Fragen überfallen." Er drückt mir einen Kuss auf die Stirn und verlässt dann das nüchterne, weiße Zimmer.

Ich liege auf dem Rücken. In meiner rechten Hand steckt eine Infusionsnadel, an die ein Tropf angeschlossen ist, durch den eine klare Flüssigkeit in meinen Körper rinnt.
Ich drehe den Kopf nach rechts und sehe Richard am Fenster stehen. Ich habe ihn gar nicht bemerkt. Er hat mir den Rücken zu gedreht. Mit den Händen stützt er sich auf der Fensterbank ab. Ich kenne meinen Bruder und ich sehe an seiner Körperhaltung, dass er gerade mit sich kämpft, dass ihn etwas beschäftigt.
„Rich?", rufe ich ihn leise.
„Ich dachte immer, dass du zu mir kommst, wenn du Probleme hast.", antwortet er. Ich kann seine Gefühlswelt an seiner Stimme nicht erkennen. Sie ist viel zu beherrscht. Das könnte bei Richard so gut wie alles bedeuten.
„Ich habe dir schon vor ein paar Wochen von meiner Angst erzählt. Aber du warst zu wütend, als das du es wahrgenommen hättest."
Er dreht sich um und sieht mich verwirrt an.
„Wirklich?", fragt er erstaunt.
„Ja."
„Aber trotzdem hast du das schon seit Jahren!", donnert er los. Aufgebracht fährt er sich durch die Haare.
„Es tut mir leid. Aber du hattest zu dem Zeitpunkt genug andere Sorgen, da wollte ich dich nicht auch noch mit meinem Scheiß belasten."
„Sophie, ich bin dein Bruder!" Aufgebracht kommt er zu meinem Bett und setzt sich auf die Kante.
„Das weiß ich. Aber um dein Label stand es nicht unbedingt gut und brauchte deine ganze Aufmerksamkeit."
„Mann Sophie! Irgendwann bringst du mich ins Grab!", sagt er schon etwas sanfter und nimmt meine Hand in seine.

„Nein, das schaffst du schon alleine mit deinem Beschützerinstinkt." Ich lächle ihn etwas schwach an. Er holt tief Luft, um dann mein Lächeln zu erwidern.

„Vermutlich hast du Recht. Aber bitte rede mit mir. Wenn dir irgendetwas auf dem Herzen liegt, dann rede mit mir, bitte."

„Okay. Ich will nach Hause." Ich streiche ihm durch das volle Haar.

„Du wirst wohl noch ein paar Tage bleiben müssen."

„Nein!", rufe ich und versuche mich aufzurappeln.

„Vorsicht. Beruhig dich und leg dich wieder hin." Sanft drückt er mich an Schultern zurück auf die Matratze.

„Rich, ich will hier raus!" Ich fange an zu weinen „Das erinnert mich alles an die schlimme Phase während der Schwangerschaft mit Sam.", schluchze ich weiter.

Bevor er etwas darauf antworten kann, fliegt die Tür auf und Sam kommt herein gestürmt.

„Mommy!", ruft er und schmeißt sich in meine Arme. Rich lässt meine Hand los, damit ich meinen kleinen Jungen fest an mich drücken kann.

„Sammy.", murmle ich und streiche ihm durch die weichen Haare. Tief atme ich seinen Geruch ein.

„Geht es dir wieder gut?" Mit weit aufgerissenen Augen sieht er mich an.

„Soweit ja."

„Ich hatte so große Angst um dich. Du bist einfach umgefallen und dann kam der Krankenwagen und hat dich mitgenommen." Tränen laufen ihm über das Gesicht. Ich wische sie mit dem Zeigefinger weg.

„Nicht weinen mein Kleiner.", murmle ich und drücke ihn fest an mich.

„Ich hab dich lieb, Mommy."

„Ich habe dich auch lieb." Ich drücke einen Kuss auf seinen Haarschopf.

Nach und nach kommen auch Lisa, Molly, Kerry, David, Kyle und Mr. Wallace rein. Als letztes betreten meine Eltern den

Raum. Mom ist kreidebleich und mein Vater sieht auch nicht besser aus.

„Dad.", flüstere ich und strecke meine Arme aus. Sam kuschelt sich an meine Seite. Dad übergibt Mom an Richard und kommt dann endlich zu mir, damit ich ihn in die Arme nehmen kann.

„Spätzchen. Was machst du wieder für Sachen?", murmelt er und drückt mich fest an sich.

„Wenn ich das wüsste, Dad. Mich hat es genauso überrascht wie euch wahrscheinlich."

„Ich hatte gehofft, das nie wieder miterleben zu müssen und dann machst du es wieder."

„Tut mir leid."

Er löst sich von mir. Nach und nach werde ich von den anderen umarmt.

Als letztes ist Kyles Dad an der Reihe. Besorgt sieht er mich an.

„Hallo Sophie. Ich will mich bei dir entschuldigen." Etwas verlegen sieht er mich an. Vor Erstaunen mache ich große Augen.

„Aber wieso? Ich habe doch all die Jahre..." Er hebt eine Hand, um mich zu unterbrechen.

„Das ist jetzt nicht wichtig. Ich war so engstirnig und wollte mir noch nicht einmal die Bilder, die du uns geschickt hast, ansehen. Ich hätte fast meine Familie zerstört und ich bin froh darüber, dass du uns in den Park eingeladen hast. Auch wenn der Ausgang nicht ganz so schön war. Aber ich will dir von ganzem Herzen danken. Du hast uns diesen wunderbaren Enkel geschenkt und in ein paar Monaten schenkst du uns noch ein Enkelkind. Danke", murmelt er und wischt sich verlegen eine Träne aus den Augenwinkel. Ich bin sprachlos vor Rührung und strecke nur meine Arme aus, um ihn an mich zu drücken.

„Es ist schön, dass Sie gekommen sind Mr. Wallace."

„Nenn mich bitte Matt. Immerhin gehörst du zu unserer Familie."

Kyle, der sich etwas im Hintergrund hält, sieht um Jahre gealtert aus. Die letzten Tage und die Sorge um mich haben sich tief in ihn hinein gegraben. Matt löst sich von mir und umarmt seinen Sohn, klopft ihm auf den Rücken, ehe er dann wieder zu Shila geht. Kerry legt ihre Wange an seinen Arm und ich kann sehen, dass sie ein 'Danke' murmelt.

Leise klopft es an der Tür. Bevor jemand etwas sagen kann, öffnet sie sich und ein junger Mann in einem weißen Kittel betritt den Raum.

„Mir wurde gesagt, dass Sie wach sind, Miss Borough.", begrüßt er mich und arbeitet sich durch die Anwesenden.

„Dürfte ich Sie kurz bitten, das Zimmer zu verlassen. Ich muss mit meiner Patientin reden.", sagt er in die Runde. Langsam wenden sie sich zum Gehen, aber ich halte sie auf.

„Nein. Das ist alles meine Familie. Sie können ruhig hören, was Sie mir zu sagen haben. Ich würde es ihnen sowieso nachher sagen, also können sie es auch gleich erfahren.", werfe ich ein. Dr. Sung zuckt nur mit den Schultern und kommt dann zu meinem Bett.

„Erst einmal möchte ich Ihnen sagen, dass es ihrem Baby soweit gut geht. Ich habe mich mit Ihrem Freund unterhalten. Er hat mir erzählt, dass Sie unter ungewöhnlicher Übelkeit und Erbrechen leiden. Da Sie ja schon während Ihrer ersten Schwangerschaft hier bei uns in Behandlung waren, habe ich mir Ihre alte Patientenakte angesehen. Die extrem hohe, emotionale Belastung, der Sie während der ersten Schwangerschaft ausgesetzt waren und die wir damals als Ursache für Ihre Übelkeit und das Erbrechen diagnostiziert haben, können wir dieses Mal ausschließen." Er macht eine kurze Pause. Ich nicke beklommen, denn ich habe keine Ahnung, worauf er hinaus will.

„Wir haben Ihr Blut gründlich untersucht und konnten nichts Ungewöhnliches feststellen. Daraufhin haben wir noch einmal eine Ultraschalluntersuchung gemacht, aber dieses Mal mit einem 3D-fähigen Gerät. Dabei haben wir festgestellt, dass sich der Mutterkuchen ein wenig gelöst hat. Das ist jetzt zwar keine Erklärung für Ihre Übelkeit und das Erbrechen, aber etwas, was wir auf alle Fälle im Auge behalten müssen." Bei seinen Worten rutscht mir das Herz vor Schreck in die Hose. Schützend lege ich die Hände auf meinen Bauch.

„Was bedeutet das jetzt?", fragt Kyle, der an meine Seite gekommen ist. Auch ihm steht die Sorge ins Gesicht geschrieben.

„Das bedeutet, dass sie sich unbedingt schonen muss. Sie befindet sich erst am Beginn der Schwangerschaft und die Gefahr einer Fehlgeburt ist mit dieser Komplikation um ein Vielfaches angestiegen."

„Oh Gott." Tränen schießen mir in die Augen.

„Ganz wichtig ist eine kontinuierliche und engmaschige Kontrolle und Überwachung, sowie absolute Ruhe – Keine Aufregung, keinen Stress."

„Keine Arbeit.", wirft Dad ein.

„Genau. Ich spreche hiermit auch ein absolutes Beschäftigungsverbot aus. Das erhalten Sie dann auch noch schriftlich. Auch wenn es hart werden wird, aber sie werden wohl die ganze Schwangerschaft über liegen müssen. Nur ganz kleine Spaziergänge sind erlaubt."

„Keine Sorge, wir werden dafür sorgen, dass sie sich schont.", sagt mein Vater. Ich weiß jetzt schon, dass sie mir nicht von der Seite weichen werden.

„Was Ihre Ohnmacht angeht, wurde diese durch den Flüssigkeitsmangel hervorgerufen. Darum ist es jetzt auch wichtig, dass wir Ihrem Körper genug Flüssigkeit und auch Vitamine und Mineralien zuführen. Dazu ist der Tropf da."

„Wann kann sie nach Hause?" Ich bin so froh, das Rich daran denkt. Ich bin im Moment nicht in der Lage, etwas zu denken.

„Das lässt sich schlecht sagen. Es könnte gut sein, dass wir sie morgen nach Hause entlassen können, es kann aber auch passieren, dass sie die gesamte Schwangerschaft über hier bei uns bleibt."

„Nein!", flüstere ich und sehe mich panisch um. Ich kann hier nicht bleiben.

„Wir werden sie heute mit nach Hause nehmen.", bestimmt mein großer Bruder. Mom sieht ihn entgeistert an.

„Richard! Hast du dem Arzt überhaupt zugehört?"

„Ja, habe ich Mom und ich habe auch meiner Schwester zugehört. Glaubst du sie kann sich hier entspannen und ausruhen, wenn sie die ganze Zeit von ihrer Angst gepackt wird. Es ist sicherlich nicht unbedingt gut, wenn sie ständig daran denken muss, was während der Schwangerschaft mit Sam war." Aufgebracht fährt er sich durch die Haare.

„Sophie? Stimmt das?", fragt mich Mom. Statt zu antworten, nicke ich nur. So viele Ängste strömen auf mich ein. Ich will unser Baby nicht verlieren! Ich darf es nicht verlieren. Das würde ich nicht aushalten. Genauso wenig wie der Rest der Familie. Wir können nicht noch ein Mitglied gehen lassen.

„Dr. Sung, wie können wir es bewerkstelligen, das wir sie heute mit nach Hause nehmen können?"

„Ich muss dazu sagen, dass ich gegen eine Entlassung wäre, aber das Argument ihres Sohnes ist nicht von der Hand zu weisen. Ihre Tochter muss sich entspannen können. Am besten wäre ein Liegendtransport. Außerdem ich würde ich die Beauftragung einer ambulanten Krankenschwester empfehlen. Auch benötigt sie einen Gynäkologen, der mit einem portablen Ultraschallgerät Hausbesuche durchführt und eine Hebamme zur Unterstützung des Arztes wäre auch nicht schlecht. Denn der Arzt könnte nicht jeden Tag nach ihr sehen."

„Gut.", meint Richard und zieht sein Blackberry aus der Hosentasche. Schnell verlässt er den Raum um zu telefonieren. Ermattet schließe ich die Augen und wünsche mich nach Hause. Es ist für mich gerade sehr schwierig, die gehörten Informationen zu verarbeiten. Ich bin hin und her gerissen. Würde ich hier bleiben, hätte ich eine engmaschige Überwachung, würde aber die ganze Zeit mit der Vergangenheit konfrontiert werden. Würde ich nach Hause gehen, wäre das Risiko höher, dass bestimmte Veränderungen nicht entdeckt werden, aber ich könnte mich entspannen und die nötige Ruhe finden.

Ich halte meine Augen geschlossen. Tief atme ich durch um mein aufgewühltes Inneres ein wenig zu beruhigen. Immer wieder streiche ich mit meiner Hand über meinen Bauch. Seit sich Dr. Sung verabschiedet hat, herrscht bedrückendes Schweigen. Ich öffne die Augen und sehe Kyle neben meinem Bett stehen. Seine Miene ist beherrscht und unergründlich, aber seine Augen verraten ihn. In ihnen sehe ich dieselbe Angst und dieselben Sorgen, die auch mich gepackt haben. Sie lassen uns nicht mehr aus ihrem stählernen Griff. Langsam setzt er sich auf den Rand des Bettes, Sam hat sich noch näher an mich heran gekuschelt. Er versteht sicher nicht alles, was eben gesagt wurde. Wir werden es ihm morgen in Ruhe erklären müssen. Er soll verstehen, dass wir jetzt ganz besonders vorsichtig sein müssen. Meine beiden Männer legen ihre Hände mit zu meiner auf den Bauch. Mit meiner anderen freien Hand streiche ich über Kyles Wange. Zitternd atmet er ein.

„Mom? Was ist mit Tante Sophies Baby?", höre ich Jessy leise flüstern. Ich wende den Blick von meinen Männern ab und sehe rüber zu meiner Nichte, die neben Molly steht und ihre Mutter fragend ansieht. Sie erwidert meinen Blick geschockt und besorgt.

„Dem Baby geht es gut, mein Schatz. Aber wir müssen jetzt ganz besonders gut auf die Beiden aufpassen und ihnen viel helfen."

„Okay.", meint Jessy schlicht. Aufmunternd lächelt sie mich an. „Alles wird wieder gut, Tante Sophie." Sie sagt es mit solch einer Überzeugung, dass es mir richtig warm ums Herz wird. Sie gibt mir wieder etwas Zuversicht zurück. Auch wenn die Angst schier überwältigend ist, darf ich mich davon nicht gefangen nehmen lassen. Ich muss daran glauben, dass alles gut werden wird.

Die Tür öffnet sich wieder und Richard kommt herein. Seine Stirn ist gefurcht. Die Haare sind zerzaust, aber es liegt ein entschlossener, fast schon grimmiger Zug um seinen Mund. Schweigend geht er zu Lisa und nimmt seine Tochter auf den Arm, während er den anderen Arm seiner Frau um die Taille schlingt. Lena schmiegt ihren kleinen Kopf an seine Schulter und er legt seinen an ihren. Lisa und die Kinder sind sein Ein und Alles, genau wie Sam, Knöpfchen und Kyle für mich.

„Wir sollten euch jetzt besser ein wenig allein lassen.", krächzt meine Mutter. Ihre Stimme ist rau und ich kann die unterdrückten Tränen in ihren Augen sehen. Der Arm meines Vaters streicht rhythmisch über ihren Rücken. Vielleicht um sich auch selber ein bisschen zu beruhigen.

„Sam? Komm, wir lassen deinen Eltern ein paar Minuten.", meint David. Er tritt an mein Bett heran und drückt Kyle die Schulter. Mir gibt er einen Kuss auf den Scheitel. Dann greift er mit seinen starken Armen nach meinem Sohn und nimmt ihn hoch. Sam ist zwischen bleiben und gehen hin und her gerissen. Das Gehörte überfordert auch ihn.

„Ich will bei Mom bleiben.", sagt er leise aber bestimmt.

„Ist schon gut. Ich passe auf Mom und Knöpfchen auf. Geh ruhig mit deinem Onkel den Süßigkeitenautomaten plündern.", sagt Kyle. David nickt zustimmend.

„Deine Mom wird heute Abend wieder zu Hause sein." Ich habe nicht gemerkt, wie Rich zu uns gekommen ist. Damit lässt er sich schließlich doch überzeugen. Nur gut, dass das Band unserer Familie so stark ist, denn ich wüsste nicht, was ich jetzt machen würde, wenn sie nicht wären. Ich kann mich immer auf sie verlassen. Das gibt mir ein unendliches Gefühl der Sicherheit. Langsam und vorsichtig verabschieden sie sich von mir und sie versichern mir, dass sie alle warten werden, um mich nach Hause zu begleiten. Molly und David sehen uns mitfühlend an. Sie können am aller Besten nachempfinden, welche Angst wir gerade durchstehen.

Schließlich ist nur noch Kyle bei mir. Seine große, warme Hand liegt immer noch auf meinem Bauch. Wieder atmet er zitternd ein und ich spüre, dass er die Mauer nicht länger aufrechterhalten kann. Sanft streiche ich über seine Wange. Das gibt ihm den Rest. Mein großer, starker Mann bricht weinend zusammen.

Auch ich kann nicht länger. Unsere Tränen strömen ungehindert und wir halten uns gegenseitig tröstend im Arm.

Als die Flut unserer Tränen versiegt ist, lächelt er mich etwas verlegen an. Aber es geht uns sichtlich besser. Jetzt, wo der erste Sturm der Gefühle weniger geworden ist, können wir beginnen, zu reden.

„Sorry.", murmelt Kyle und wischt sich über die Augen.

„Entschuldige dich nicht für deine Tränen. Du liebst Knöpfchen genauso sehr wie ich und warum solltest du dann nicht auch weinen?" Mein Daumen streicht über die feuchte Spur.

„Aber eigentlich wollte ich doch stark für dich sein."

„Es bringt mir aber nichts, wenn du deine Sorgen und Ängste in dich hinein frisst. Wir werden einfach gemeinsam stark für unser Baby sein."

„Ich bin froh, dass Richard da ist."

„Ich auch. So richtig habe ich es noch nicht registriert, was der Arzt alles gesagt hat. Aber eines weiß ich, ich werde alles tun, damit Knöpfchen bei uns bleibt." Entschlossen sehe ich ihn an.

„Und ich helfe dir dabei. Wie ich unsere Familien kenne, werden sie dir in den kommenden Monaten nicht von der Seite weichen."

„Das habe ich schon befürchtet. Ich weiß jetzt schon, das sie mir früher oder später auf die Nerven gehen werden, aber sie meinen es nur gut."

„Ja."

„Ich bin froh, dass ich nach Hause darf."

„Mir wäre es zwar lieber, wenn du noch ein bisschen hier bleiben würdest, aber Rich hat Recht. Es ist nur unnötiger Stress für euch beide, wenn du dich hier nicht wohl fühlst." Sanft legt er seine Lippen auf meine und küsst mich zärtlich. Viel zu schnell löst er sich von mir und haucht einen Kuss auf meinen Bauch.

„Ich werde auf dich und Mommy aufpassen. In neun Monaten kommst du dann gesund und wunderschön auf die Welt.", sagt er zu meiner noch nicht vorhandenen Rundung.

„Wir werden in nächster Zeit ganz schön viel zu regeln haben.", seufze ich.

„Mach dir da mal keine Sorgen drum. Ich mach das schon."

„Vergiss es Kyle! Wenn du denkst, dass ich die nächsten Monate tatenlos herum sitze, dann hast du dich definitiv geschnitten."

„Du musst dich ausruhen!" Fest presst er die Lippen zusammen.

„Das werde ich ja auch, aber wenn ich den ganzen Tag nichts mache, da habe nach spätestens zwei Wochen einen Lagerkoller und ich laufe Amok. Das wäre garantiert auch nicht förderlich."

„Sophie", sagt er seufzend und kratzt sich am Hinterkopf.

„Kyle ich brauche eine Beschäftigung und du wirst mir helfen, sie zu finden."

„Im Prinzip verstehe ich dich ja, aber ich will nicht, dass du dich überanstrengst."

„Ich verspreche dir, dass ich es nicht übertreiben werde."

Es klopft leise und Rich steckt seinen Kopf zur Tür herein.

„Habt ihr kurz Zeit?", fragt er uns. Wir nicken zustimmend, woraufhin er hereinkommt, sich einen Stuhl nimmt und sich neben uns setzt.

„In einer halben Stunde ist der Krankenwagen da. Die Sanitäter werden dich dann nach Hause bringen. Ab morgen früh hast du rund um die Uhr eine erfahrene Krankenschwester an deiner Seite und zwei Mal in der Woche wird deine Gynäkologin nach dir sehen. An den restlichen Tagen wird eine Hebamme vorbei kommen." In einer normalen Situation würde ich seine Bevormundung hassen. Aber ich bin gerade so unendlich dankbar, dass er so ist, wie er ist.

„Danke.", murmelt Kyle.

„Du wirst dich schonen und ausruhen.", sagt mein großer Bruder bestimmt zu mir.

„Werde ich machen, aber ich brauche auch eine Beschäftigung."

„Vergiss es."

„Richard! Ich laufe sonst Amok und das ist garantiert nicht gut."

„Wir werden dich schon alle ablenken."

„Du glaubst doch nicht wirklich, dass ich euch alle ständig um mich haben will. Ich weiß die Situation ist ernst. Aber ich bin dennoch kein rohes Ei und ich muss mich irgendwie ablenken."

„Wir werden sehen.", sagt er ausweichend und erhebt sich, um wieder den Raum zu verlassen.

„Er macht sich nur Sorgen.", nimmt Kyle ihn in Schutz.

„Ich weiß. Es war damals echt hart, als Maddie gestorben ist. Ich will nicht das durchmachen müssen, was Molly und David erlebt haben."

„Wir werden das schaffen, wir müssen das einfach schaffen." Entschlossen küsst er mich.

„Wir werden in neun Monaten unser Knöpfchen in den Armen halten und sie wird uns lauthals anbrüllen." Zuversichtlich lächeln wir uns an. Wir müssen unsere Sorgen und Ängste in den Hintergrund stellen und unsere Hoffnung nach vorn.

Wieder klopft es, dieses Mal ist es Dr. Sung. Er erklärt uns noch einmal ausführlich, auf was wir zu achten haben. Dann muss ich noch dafür unterschreiben, dass ich auf eigenen Wunsch entlassen werde. Als er gerade das Zimmer verlässt, kommt Rich zurück. Im Schlepptau hat er zwei Sanitäter, eine Trage und eine Krankenschwester.

Die Krankenschwester ist noch recht jung. Sie starrt Kyle und Richard einen Moment lang an. Als dann auch noch David das Zimmer betritt, ist sie vollkommen mit der Situation überfordert.

„Ähm... könnt ihr alle noch mal raus gehen?", frage ich und ernte verständnislose Blicke.

„Warum?", fragt David schließlich. Typisch Männer, das Offensichtliche haben sie bis jetzt übersehen.

„Ich trage Krankenhauskluft. Erstens lässt die sich am Rücken nicht richtig schließen und zweitens will ich in meinen eigenen Klamotten nach Hause fahren."

„Oh.", kommt es von all den Männern hier im Raum. Ich kann mir nur gerade so ein Grinsen verkneifen. Die Krankenschwester ist immer noch damit beschäftigt, meinen Freund und meine Brüder anzustarren.

„Soll ich dir helfen?", fragt Kyle.

„Ich werde Miss Borough behilflich sein." Die Krankenschwester hat ihre Stimme wieder gefunden, auch wenn eine verräterische Röte ihre Wangen überzieht.

„Los raus." Ich wedle mit meinen Hände, um sie zu verscheuchen. Nicht ohne Murren verlassen sie mein Zimmer.

Ich weiß nicht so richtig, ob ich sie bemitleiden, oder ob ich sauer auf sie sein soll, weil sie Kyle so angestarrt hat. Aber wer kann es ihr verübeln? Er ist ein sexy Mann.

Geräuschvoll atmet sie aus, als sich die Tür hinter den Männern geschlossen hat.

„Ich weiß. Ihre Präsenz kann einen überfordern." Ich lächle sie an. Ihre Augen sind vor Schreck ganz groß.

„Ich... ich...also... es...", stottert sie.

„Schon gut." Ich winke ab. An ihrer Stelle würde es mir wahrscheinlich genauso gehen.

„Darf ich Sie etwas fragen?" Schüchtern lächelt sie mich an.

„Klar. Was wollen Sie wissen?" Hoffentlich fragt sie mich jetzt nicht, wer von ihnen noch zu haben ist.

„Wie halten sie das mit drei Männern aus? Sie scheinen ja auch voneinander zu wissen." Die Röte in ihrem Gesicht wird intensiver. Sprachlos sehe ich sie an und breche dann in lautes Gelächter aus.

„Sie glauben ich wäre mit allen Drei gleichzeitig zusammen?"

„Ähm... Ja. Sind sie das nicht?"

„Nein. Der Kerl, der an meinem Bett saß, ist mein Freund und Vater meiner Kinder. Die anderen Beiden sind meine Brüder."

„Oh. Ich...es...also...", stottert sie wieder. Es ist ihr sichtlich peinlich.

„Machen Sie sich keinen Kopf. Aber das hat mich auch noch keiner gefragt."

„Sind ihre Brüder noch zu haben?" Meine Worte scheinen sie etwas ermutigt zu haben. Wenn ich für jedes Mal, wenn mir diese Frage gestellt wird, einen Dollar bekommen hätte, dann hätte ich jetzt ein paar Millionen auf dem Konto.

„Sorry. Beide sind glückliche Ehemänner und Väter."

„Schade. Warum müssen die guten Männer immer vergeben sein?", murmelt sie und macht sich dann an meiner Infusion zu schaffen. Es ziept ein bisschen als sie die Nadel aus meiner Hand zieht. Aber ich verkneife mir heute das Fluchen. Sie ist mir beim Umziehen behilflich und als ich soweit fertig bin, öffnet sie wieder die Tür. Mit gesenktem Blick geht sie an Kyle und meinen Brüdern vorbei, wobei die Drei sie überhaupt nicht beachten.

„Fertig?", fragt Richard.

„Was?", will Kyle wissen, da ich so vor mich hin grinse.

„Wir vier führen jetzt eine heiße Beziehung.", lache ich und alle sehen mich ungläubig an. Wobei der Blick der Sanitäter am besten ist.

„Gut. Dann komm mal du scharfes Weib.", lacht David.

„Wenn hier einer von uns Drei sie jetzt auf die Liege legt, dann bin ich das, schließlich bin ich der Vater.", geht Kyle auf den Spaß ein.

„Bei dem vielleicht, aber das Nächste ist dann von mir.", gibt David zurück, während er auf meinen Bauch deutet.

„Ihr seid krank.", lacht Richard und schüttelt amüsiert den Kopf.

„Was denn? Du bist doch nur neidisch." David lacht so laut, dass man es wahrscheinlich im ganzen Krankenhaus hören kann.

„Bin ich nicht. Meine Frau reicht mir. Was ich dir auch empfehlen würde oder glaubst du echt, Molly würde es gut heißen, wenn du es mit deiner Schwester treiben würdest?"

„Okay, jetzt wird es abstoßend.", lache ich.

„Sie haben einen seltsamen Humor", erklärt Kyle grinsend den verdutzten Sanitätern, die jetzt nur die Köpfe schütteln.

Schließlich hebt er mich hoch und legt mich auf der Trage ab. Einer der Sanitäter deckt mich zu und schnallt mich fest. Dann geht es los. Draußen auf dem Flur stehen tatsächlich noch alle. Mit meiner Familieneskorte verlasse ich das Krankenhaus und werde in den wartenden Krankenwagen geschoben. Kyle steigt ebenfalls ein. Nachdem sich einer der Sanitäter hinter das Steuer geschwungen hat und der andere Sanitäter sich vergewissert hat, dass ich auch sicher angeschnallt bin, geht es ab nach Hause.

„Brauchst du noch etwas, Schätzchen?" Mom streicht mir eine Strähne aus dem Gesicht. Ich schüttle den Kopf und lasse den Blick durch den Raum schweifen. Seit zwei Stunden bin ich jetzt wieder zu Hause und ich habe schon die erste Diskussion mit den Männern hinter mir. Sie wollten mit aller Macht, dass ich mich in ein Bett lege! Soll ich da etwa versauern? Mit Hilfe meiner Verbündeten, habe ich dann durchgesetzt, dass ich erst einmal hier unten auf der Couch, im Wohnzimmer, liegen kann. Der Arzt hat ja gesagt, ich soll liegen bzw. sitzen und mich wenig bewegen. Aber er hat nicht gesagt, wo.
Nun liege bzw. sitze ich hier unten auf der Couch. Die Stimmung ist etwas gedrückt, was ja kein Wunder bei den Nachrichten heute ist.
Leise unterhalten wir uns. Aber es gibt wenig Lachen und selbst die Kinder sind recht ruhig. Sam schielt immer wieder zu mir herüber. Kyle und ich müssen heute Abend noch einmal in aller Ruhe mit ihm über die Geschehnisse des Tages sprechen. Er soll es verstehen und sich keine Sorgen machen. Es reicht, dass wir Erwachsenen das machen. Unser Sam soll weiter unbeschwert seinen Tag leben.

„Wir müssen für dich eine Beschäftigung finden.", reißt mich Molly aus meinen Gedanken. Alle stimmen ihr nickend zu. Während der Heimfahrt ist mir schon der eine oder andere Gedanke gekommen. Aber meine Ideen werden den Anderen ganz und gar nicht gefallen.

„Ich habe auch schon darüber nachgedacht.", antworte ich.

„Und? Was ist dabei heraus gekommen?" Den warnenden Unterton in Kyles Stimme kann ich ganz genau hören.

„Ich kann mich ein bisschen um die Büroarbeit kümmern. Mit meinem Laptop kann ich ja zum Glück auch bequem von zu Hause aus arbeiten."

„Vergiss es!", rufen er und meine Brüder aus einem Mund und erschrecken damit die Kinder. Tadelnd sehe ich sie an. Ich habe es gewusst und ich verdrehe meine Augen zur Decke.

„Ich bin Teilhaberin einer Firma und wir planen nun einmal Hochzeiten. Ich kann Marie damit nicht alleine lassen. Im Moment stehen keine Feiern an, da sie ja noch im Urlaub ist. Aber selbst wenn sie dann wieder da ist, kann sie nicht alles alleine ausrichten. Wie soll sie das denn schaffen? Sie kann doch schlecht die Gespräche führen, die Torten backen, neue Rezepte entwickeln und dann auch noch den ganzen Verwaltungsmist und die Organisation machen. Sie ist auch nur ein Mensch und sie hat auch eine Familie. Ich kann sie da nicht hängen lassen.", argumentiere ich. Leider sehe ich, dass ich gegen eine Wand rede. Alle sehen mich mit verkniffenen Gesichtern an und schütteln die Köpfe. Selbst von meinen verbündeten Frauen kann ich keine Hilfe erwarten. Ich sehe ihnen an, dass ich von ihnen in dieser Sache keinen Beistand bekommen werde. Resigniert seufze ich auf.

„Habt ihr einen besseren Vorschlag?", frage ich in die Runde und bin gespannt, was sie zu sagen haben.

„Da ich ja immerhin stiller Teilhaber bin, habe ich auch noch ein Wörtchen mitzureden.", meldet sich Richard.

„Du hast überhaupt kein Mitspracherecht. Wie du schon gesagt hast, du bist STILLER Teilhaber." Trotzig verschränke ich die Arme vor der Brust.

„Das ist mir im Moment scheißegal!", braust er auf.

„Daddy! Das darf man nicht sagen.", ruft Lena quer durch den Raum und sieht ihren Vater tadelnd an. Sie sieht dabei so süß aus. Es ist so herrlich, mit anzusehen, wie Richard Borough unter dem Blick seiner kleinen Tochter einknickt. Er arbeitet täglich mit den Musikgrößen dieser Welt zusammen, aber in den Händen seiner Tochter wird er weich wie Butter. Sie kann ihm fast alles aus dem Kreuz leiern. Wenn Lisa nicht manchmal dem ganzen Einhalt gebieten würde, dann würde er Lena nach Strich und Faden verwöhnen und ihr alles durchgehen lassen.

„Deine Tochter hat Recht." Lisa küsst ihm auf die Wange.

„Sorry.", murmelt er zerknirscht, um dann gleich wieder mich böse anzufunkeln.

„Na gut, an was hast du gedacht?", fordere ich ihn auf. Ich kann mir ja zumindest seinen Vorschlag, soweit er überhaupt einen hat, anhören. Denn ich habe keine Lust, mit ihm zu streiten.

„Wir werden eine Unterstützung für Marie suchen. Ihr seid die angesagteste Agentur in ganz Chicago. Da sollte sich eine gute Assistenz finden lassen."

„Dein Glück, dass du es jetzt so ausgedrückt hast und nicht Ersatz gesagt hast. Da gibt es aber noch ein anderes Problem."

„Das da wäre?"

„Wir wollen expandieren."

„Seit wann das denn? Davon hast du gar nichts erzählt?" Erstaunt sieht er mich an. Auch die anderen sind erstaunt, schließlich ist es das erste Mal, dass ich es erwähne. Normalerweise würde ich so etwas auch nicht vor der versammelten Familie besprechen. Aber ab heute gelten andere Umstände. Früher oder später hätten sie es sowieso erfahren.

„In den letzten drei Monaten haben wir ein paar Anfragen aus Los Angeles und San Francisco erhalten, die wir leider ablehnen mussten. Es waren schon recht lukrative Kunden und wir fanden es schade, dass wir diese nicht annehmen konnten. Also sind wir auf die Idee gekommen, in L.A. eine Zweigstelle zu eröffnen, um uns in den dortigen Markt einzubringen. Wir wollen sehen, ob es uns nicht auch an der Westküste gelingt, einen Ruf aufzubauen. Aber wenn, dann sollten wir es bald tun. Der Sommer kommt. Das ist unsere Hauptsaison und das wäre ein guter Moment, um uns ein Stück vom dortigen Kuchen zu holen.", erkläre ich ihm.

„Wenn Marie wieder da ist, werde ich mich mit ihr treffen und dann alles besprechen. Ich werde mich mit ihr zusammen um eure Zweigstelle kümmern."

„Vergiss es! Die Agentur ist wie ein Baby für mich und du weißt, dass es die Verwirklichung meines Traumes ist. Ich werde an der Expansion mitarbeiten. Punkt!" Ich hoffe, dass ich ihm unmissverständlich klar gemacht habe, dass ich in dieser Thematik nicht mit mir verhandeln lasse.

„Das kannst du gleich vergessen.", murrt Kyle.

„Ich glaube, ich habe mich ein bisschen falsch ausgedrückt. Ich will mitreden und auch mitentscheiden. Schon klar, ich darf mich nicht überanstrengen, aber ich darf doch wohl mein Hirn einsetzten. Vielleicht habe ich ja auch ein paar Ideen und wenn ich nur die Dekorationen für den neuen Laden aussuche. Das ist mir egal. Aber ich will nicht vollkommen ausgeschlossen werden."

„Ich halte das für keine gute Idee.", meint Rich und sieht mich eindringlich an.

„Ein bisschen kann sie doch mitentscheiden. Es gibt doch bestimmt etwas, das Sophie tun könnte.", springt mir Shila zur Seite und bekommt einen giftigen Blick von ihrem Mann und ihrem Sohn.

„Mom, sie soll sich ausruhen!"

„Mein Junge. Ich mache mir genauso Sorgen um die Beiden, wie ihr alle hier. Aber es ist keinem geholfen, wenn sie sich den ganzen Tag langweilt und womöglich in Depressionen verfällt."

„Er kann gerade nicht rational handeln.", sagt Kerry, bevor Kyle etwas sagen kann.

„Als Maddie geboren wurde und dann auf der Intensivstation lag und wir jeden Tag gehofft und gebetet haben, dass sie es schafft, war das Schlimmste für mich, dass ich nichts tun konnte. Ich war so oft wie es ging bei ihr im Krankenhaus, aber in den Stunden, in denen ich zu Hause war, war es sehr schlimm, wenn ich nichts zu tun hatte. Ich weiß, das kann man jetzt nicht so richtig miteinander vergleichen. Aber ich kann sie verstehen.

Auch nach dem Kaiserschnitt, als ich den ganzen Tag liegen musste und nichts tun konnte und durfte, ist mir schon nach einem halben Tag die Decke auf den Kopf gefallen. Sie soll sich schonen, aber sie braucht eine Aufgabe. Wir machen uns alle Sorgen um sie und es wird ständig jemand bei ihr sein, der darauf achten wird, dass sie sich nicht zu sehr anstrengt. Also gebt ihr um Gottes Willen etwas.", erzählt Molly traurig. Das ist das erste Mal, dass sie über die Zeit nach Maddies Geburt spricht. David steht hinter ihr und hat sie mit dem Rücken an seine Brust gezogen. Sanft reibt er ihre Arme. Sie sind Beide sehr blass. Dankbar lächle ich sie an. Sie und mein Bruder verstehen das am besten.

„Ich muss ihr Recht geben. Wir müssen dafür sorgen, dass sich Sophie wohl fühlt und wenn es der Mummy gut geht, dann geht es dem Baby auch gut. Sie ist soweit vernünftig, dass sie auf sich Acht geben wird. Sie weiß, wann es zu viel wird. Wir sollten ihr da auch ein Stück weit vertrauen.", sagt Lisa.

Rich sieht sie eine Weile lang an. Früher habe ich diese stumme Kommunikation zwischen den Beiden bewundert, aber mit Kyle geht es mir genauso. Manchmal reicht ein Blick in die Augen des Anderen aus, um zu wissen, was er denkt.

„Na gut. Aber wenn es zu viel wird, dann hörst du auf. Haben wir uns da verstanden?" Mit erhobenen Zeigefinger sieht er mich an. Schnell nicke ich. Wieder ein kleiner Sieg.

Mom und Shila bereiten uns zum Dinner Sandwiches zu. Da ich auf der Couch im Wohnzimmer sitze, wird das Dinner kurzerhand dorthin verlegt. Dank der Medikamente, die ich im Krankenhaus bekommen habe, bleibt es sogar drin.

Nach dem Essen verabschieden sich dann nach und nach Kyles Eltern und meine Brüder samt Familien. Alle drücken mich an sich und kündigen für den nächsten Tag entweder ihren Besuch oder ihren Anruf an. Ich merke auch, dass ich richtig müde bin. Als ich das zweite Mal hinter vorgehaltener Hand gähne, bringt mich Kyle nach oben. Sam trottet hinter uns her und verschwindet in seinem Zimmer, ohne ein Wort gesagt zu haben.

„Holst du ihn her? Wir müssen mit ihm reden. Er macht sich viel zu viele Sorgen." Er nickt kurz und verschwindet, um kurze Zeit später mit Sam im Schlapptau wieder aufzutauchen.

„Komm her.", sage ich unserem Jungen und klopfe auf die Mitte des Bettes. E legt sich neben mich und kuschelt sich in meinen Arm. Kyle legt sich ebenfalls zu uns und stützt den Kopf auf der Hand ab.

„Du machst dir Sorgen?", beginne ich unser Gespräch. Beklommen nickt Sam. Er spielt mit dem Zipfel meines Kopfkissens.

„Das musst du nicht."

„Aber dir und dem Baby geht es nicht gut.", murmelt er. Sein Blick ist nach wie vor auf meinen Bauch gerichtet.

„Im Moment geht es uns gut.", versichere ich ihm.

„Es geht Mom gut und auch deinem Geschwisterchen. Sie muss sich nur ganz viel ausruhen, damit das so bleibt.", sagt Kyle.

„Ich will nicht, dass euch etwas passiert." Ich sehe, wie er sich verstohlen eine Träne weg wischt.

„Nicht weinen, Sam. Es wird alles wieder gut.", sage ich mit zugeschnürter Kehle. Ich muss gegen die Tränen ankämpfen. Kyle hat es ebenfalls gesehen und muss hart schlucken. Wir müssen für unsere beiden Kinder stark sein. Wenn wir alleine sind, können wir unseren Tränen freien Lauf lassen, aber nicht vor Sam.

„Ich habe Angst.", sagt er so leise, dass ich ihn fast nicht verstanden hätte.

„Das musst du nicht. In acht oder neun Monaten wirst du dann dein Geschwisterchen im Arm halten. Bis dahin kannst du Mom helfen. Sie wird von uns allen Hilfe brauchen und wenn du dich dadurch besser fühlst, kannst du mit helfen, dass es ihr und Knöpfchen gut geht. Okay?" Kyle streicht durch Sams Haare und er nickt. Dann hebt er seinen Kopf an und bringt sein Gesicht ganz nah an meinen Bauch heran.

„Ich habe dich lieb und ich werde auf dich aufpassen.", sagt er leise. Ich muss erneut die Tränen nieder kämpfen. Er ist schon jetzt ein ganz toller, großer Bruder.
Er legt sich zurück in meinen Arm und wir kuscheln schweigend miteinander. Der Tag hat an unseren Nerven gezehrt.

„Hey Süße, aufwachen.", murmelt Kyle an meinem Ohr und küsst sanft meine Schläfe. Verschlafen öffne ich meine Augen und reibe mir den Schlaf aus dem Gesicht. Ich liege allein im Bett. Die Sonne scheint zum Fenster herein. Er hockt neben dem Bett und sein Gesicht ist auf der Höhe von meinem.
„Morgen.", krächze ich verschlafen.
„Morgen Süße. Wie geht es dir?"
Ich überlege kurz und horche in mich hinein, ehe ich ihm antworte.
„Noch ein bisschen müde, aber sonst ganz gut. Wie spät ist es denn?"
„Wir haben gleich Neun."
„Ist Sam schon in der Schule? Und was machst du noch hier?"
„Ja, ich bin gerade wieder zurückgekommen. Wir wollten dich nicht wecken. Ich habe meiner Sekretärin gesagt, dass ich heute von zu Hause aus arbeite. Meine Termine habe ich alle verschoben. Ich war vorhin nur schnell noch in der Firma, um den Papierkram zu holen."
„Aha und warum hast du mich geweckt?"
„Deine Gynäkologin ist da und würde dich gerne untersuchen."
„Oh."
„Soll ich sie holen? Sie wartet im Wohnzimmer."
Ich nicke und versuche schnell, mein Haar ein wenig in Ordnung zu bringen, während Kyle die Ärztin holt. Ich sehe bestimmt schrecklich aus. Ich trage immer noch meine Klamotten von gestern und da ich mich nicht gewaschen habe, stinke ich bestimmt. Aber das kann ich jetzt nicht ändern.

Die Schlafzimmertür öffnet sich wieder. Kyle lässt sie herein und will gerade gehen, aber ich halte ihn auf.
„Bleib hier.", sage ich zu ihm. Leise schließt er die Tür und setzt sich auf die Bettkante.
„Guten Morgen, Miss Borough.", begrüßt mich meine Ärztin freundlich.
„Guten Morgen."
„Was machen Sie denn für Dinge? Ich habe ihnen ein Mittel gegen die starke Übelkeit mitgebracht." Sie legt eine Schachtel mit Tabletten auf meinen Nachtschrank. „Wie geht es Ihnen heute Morgen?"
„Bis jetzt ganz gut."
„Na das ist doch schon mal gut. Ich habe schon die Untersuchungsergebnisse und Aufnahmen aus dem Krankenhaus erhalten. Aber ich würde gerne noch einen weiteren 3D-Ultraschall machen.", sagt sie und beginnt, einen großen Koffer zu öffnen, den sie am Fußende des Bettes gestellt hatte.
„Warum?", fragen Kyle und ich gleichzeitig alarmiert und ich greife nach seiner Hand.
„Mir erscheinen die Aufnahmen nicht sehr eindeutig. Laut den Befunden wurde eine geringe Plazentaablösung diagnostiziert, aber ich bin damit nicht einverstanden und würde darum gerne noch einmal nachsehen. Hatten Sie irgendwelche Blutungen?"
Ich bin total verwirrt und mein Herz schlägt zum Zerspringen schnell. Meine Hand krallt sich in Kyles.
„Nein, nicht dass ich wüsste. Wenn ich welche gehabt hätte, dann hätte ich das an meinem Slip sehen müssen, aber da war nichts.", antworte ich ihr. Sie nickt nur und beginnt mit ihrer Untersuchung.
„Na dann schauen wir mal. So… da haben wir schon mal den schönen Herzschlag.", erklärt sie und zeigt auf die kleine, flimmernde Blase.

„Das ist ganz schön schnell.", meint Kyle gerührt. Er sieht unser Knöpfchen das erste Mal live und es muss ein sehr schöner Moment für ihn sein.

„Das ist ganz normal so und wir müssen uns keine Sorgen machen. Je kleiner der Körper, desto schneller der Herzschlag. Also kein Grund zur Sorge, das sieht alles wunderbar aus. Dann sehen wir mal weiter." Sie beginnt, in einer Mappe zu blättern, die auf ihrem Schoß liegt und fördert mehrere Aufnahmen zu Tage. Immer wieder huscht ihr Blick zwischen dem Blatt und dem Monitor hin und her, während sie die richtige Einstellung sucht. Grimmig schüttelt sie ihren Kopf.

„Unfähige Idioten.", murmelt sie. Ich halte den Atem an, was hat das zu bedeuten?

Nach einer gefühlten Ewigkeit beendet sie die Untersuchung.

„Das muss gestern ein ganz schöner Schock für Sie gewesen sein.", sagt sie und wir nicken beklommen. Kann sie bitte mal zum Punkt kommen?

„Ich weiß ja nicht, wo der sogenannte Arzt sein Studium absolviert hat, aber er muss die Approbation im Lotto gewonnen haben. Ich kann keinerlei Anzeichen für eine Plazentaablösung erkennen. Denn wenn es wirklich eine gegeben hätte, dann hätten Sie Blutungen gehabt und ich müsste etwas auf dem Ultraschall sehen können, aber da ist nichts. Ihre Gebärmutter, ihre Plazenta und das Baby sehen aus, wie aus dem Lehrbuch.", sagt sie lächelnd und mir entgleisen alle Gesichtszüge.

„BITTE WAS?!", rufe ich.

Kapitel 6 – Alles anders als gedacht

„Was bedeutet das jetzt?", fragt Kyle ganz verdattert. Seine Hand hält meine und drückt sie. Mein Herz rast und am liebsten würde ich aufspringen und jemandem das Leben zur Hölle machen.

„Wenn wir jetzt mal die starke Übelkeit ausklammern, dann ist alles, wie bei einer normalen Schwangerschaft. Was Sie essen und trinken sollten und was nicht, dürfte Ihnen bekannt sein. Auch all die kleinen Dinge, rund um eine Schwangerschaft, hatten wir schon in meiner Praxis besprochen. Ich wüsste jetzt nicht, was ich Ihnen Neues raten soll."

„Das bedeutet also, sie kann ihren Alltag in dem Sinne wieder aufnehmen?"

„Sie sollte sich dennoch schonen, aber grob gesagt, ja."

„Ich verstehe das nicht. Warum hat er uns so eine schreckliche Diagnose gestellt?", beteilige ich mich an dem Gespräch. Die Wut brodelt weiter in mir, aber bevor ich diesem Schwein von einem Arzt den Kopf abreiße, will ich Antworten.

„Das kann ich Ihnen auch nicht so richtig sagen. Da müssten Sie noch einmal mit dem Arzt reden, der Sie untersucht hat. Aber eigentlich holt man, bei nicht eindeutigen Untersuchungsergebnissen, einen erfahrenen Kollegen hinzu. Anscheinend ist das hier nicht passiert. Ich nehme an, dass Sie an einen geraten sind, der gerade frisch abgeschlossen hat und sich hervortun wollte. Leider schießen diese Menschen sehr oft über das Ziel hinaus und verbreiten unnötig Sorgen, rufen Ängste hervor." Beruhigend streichelt sie mir über das Bein. Das Ganze ist für mich einfach nur unbegreiflich.

Meine Ärztin erklärt uns noch, wie ich die Tabletten einzunehmen habe und verabschiedet sich dann. Sie meint beim Gehen noch, dass ich gerne die Termine in ihrer Praxis wahrnehmen kann, aber sie würde mich auch weiterhin als Hausbesuchpatientin durch die Schwangerschaft begleiten. Wenn ich es richtig einschätze, wird sie garantiert liebend gerne immer wieder zu uns nach Hause kommen. Wie ich meinen lieben Bruder kenne wird er sie für diesen Dienst fürstlich entlohnen. Kyle begleitet sie nach unten.

Schwer atmend lehne ich mich in die Kissen zurück, um dann gleich aufzuspringen. Ich reiße die Schlafzimmertür auf. Mit voller Wucht knallt sie gegen die Wand. Meine Wut hat mich jetzt vollständig gepackt.

Als ich unten im Flur ankomme, betritt Kyle gerade wieder das Haus. Ich zerre meine Sneakers über meine nackten Füße und will in meine Jacke schlüpfen.

„Was wird das?", fragt er mich und beäugt misstrauisch mein Bemühen. Ich bin aber viel zu wütend und aufgebracht, als dass ich ihm antworten könnte.

„Sophie!", sagt er etwas lauter und bestimmter. Da ich aber immer noch nicht auf ihn reagiere, packt er meine Handgelenke und zwingt mich, in meinen Bewegungen inne zu halten.

„Lass mich los!", zische ich ihn an, auch wenn er nichts für meinen Gemütszustand kann, ist er gerade derjenige, der mich daran hindert, meine Wut an der Person auszulassen, die dafür verantwortlich ist.

„Beruhig dich erst einmal."

„LASS MICH LOS!", brülle ich ihn an und zerre, damit er meine Handgelenke loslässt. Durch mein Geschrei wird Mom auf den Plan gerufen. Entsetzt steht sie am Durchgang zu ihrem Büro und sieht uns an.

„Sophie!" ruft sie. Sie kennt die neusten Ereignisse ja noch nicht.

„Lass mich los Kyle! Ich bringe diesen Scheißkerl um!", schreie ich außer mir. Aber er bleibt ganz ruhig. Er zieht mich an meinen Handgelenken zu sich heran und legt seine Arme schraubstockartig um meinen Oberkörper. Fest drückt er mich an sich. Seine Wange liegt auf meinem Kopf. Ich zittere am ganzen Körper.

„Was soll das? Sophie muss liegen." Mom ist außer sich vor Sorge.

„Ich bringe dieses Schwein um.", schluchze ich an seiner Schulter.

„Setzt euch um Gottes Willen hin." Meine Mutter scheucht uns ins Wohnzimmer auf die Couch. Ich klettere auf Kyles Schoß. So richtig kann ich nicht verstehen, wie er so ruhig sein kann. Ich bin völlig außer mir und er ist fast schon teilnahmslos. Vielleicht hat er es noch gar nicht richtig realisiert?

„Bitte verratet mir endlich, was das soll? Warum ist sie aufgestanden. Ihr wisst doch, was passieren kann."

„Dieser Mistkerl hat gestern eine falsche Diagnose gestellt.", stößt Kyle hervor und ich kann spüren, wie sich seine Muskeln verhärten. Es ist schön zu wissen, dass ich nicht alleine dastehe.

„Wie jetzt? Was ist denn eben passiert?" Meine Mutter hört sich richtig verzweifelt an. Ich hebe meinen Kopf und wische mir die Tränen vom Gesicht. Aus verquollenen Augen sehe ich sie an.

„Meine Gynäkologin war eben da. Sie hatte die Ultraschallbilder von gestern dabei und sie sagte, dass sie gerne noch eine weitere Untersuchung machen würde, da sie die Aufnahmen als nicht eindeutig erachtet und gerne noch einmal nachsehen möchte, ob die Diagnose wirklich so gesichert ist."

„Und weiter?", fragt sie atemlos.

„Sie hat mich noch einmal untersucht und konnte nichts feststellen, was auf eine Plazentaablösung hindeuten würde."

„Bitte was?!"

Ich muss grinsen, als sie das gleiche fragt, wie ich vorhin, aber nur mit dem Unterschied, dass ich eindeutig lauter war.

„Du hast es schon richtig verstanden. Mit mir und Knöpfchen ist alles in bester Ordnung."

„War sie sich sicher? Ich meine, es ist schon ein sehr grober Fehler, wenn man Ultraschallbilder so falsch deuten würde."

„Sie war sich sicher und ich vertraue ihr. Ich bin seit meiner ersten Periode ihre Patientin."

„Wieso gerate ich immer an die inkompetenten Ärzte in einem Krankenhaus? Ich weiß schon, warum ich nicht gerne dort bin.", seufze ich. Mom geht zur Bar und schenkt sich einen doppelten Whiskey ein, den sie in einem Zug hinunterstürzt.

„Bekomm ich auch einen?", fragt Kyle sie. Wenige Augenblicke später rinnt auch ihm die bernsteinfarbene Flüssigkeit die Kehle hinunter. Wäre ich nicht schwanger, würde ich mir jetzt auch einen hinter die Binde kippen.

„Ich weiß es nicht.", antwortet er auf meine Frage. Der Ton, wie Kyle es sagt, lässt mich aufhorchen. Seine Arme liegen zwar um meinen Körper, aber er kommt mir doch recht entrückt vor. Ich sehe ihm forschend ins Gesicht. Es scheint, als würde er mich nicht bemerken. Sein Unterkiefer ist leicht nach vorne verschoben und die Muskulatur ist zum Zerreißen angespannt. Seine schön geschwungenen Augenbrauchen sind zusammengezogen und zwischen ihnen hat sich eine steile senkrechte Furche gebildet. Sein Blick ist starr nach vorne auf den Wohnzimmertisch gerichtet.

„Kyle?" Sacht streichle ich seine Wange. Bei meiner Berührung zuckt er zusammen. Verwirrt sieht er mich an. Es macht fast den Anschein, als hätte ich ihn aus einem tiefen Traum geholt.

„Was ist?", frage ich ihn. Ich will wissen, wie es ihm geht, was er fühlt. Denn im Moment komme ich mir hilflos und ohnmächtig vor, da ich nicht weiß, wie ich mit meinen eigenen Gefühlen umgehen soll.

„Dafür wird er büßen müssen!" Meine Mom, die Löwin, setzte sich zu uns. In ihrem Gesicht spiegeln sich Erleichterung, Fassungslosigkeit und Wut wieder.

„Was hast du vor?", will ich von ihr wissen. Auch wenn sie immer der Ruhepol unserer Familie ist, kann sie genauso skrupellos sein, wie mein Dad und meine Brüder.

„Das weiß ich noch nicht. Aber mir wird schon etwas Passendes einfallen."

„Darf ich ihn jetzt umbringen?" frage ich leise. Ich finde, dass ich lange genug hier gehockt habe.

„Erst bin ich dran.", brummt Kyle und küsst mich. Ich kann seine Erleichterung förmlich schmecken, aber auch seine Wut.
„Dann machen wir es zusammen.", schlage ich ihm vor.
„Nein, du ruhst dich aus. Stress ist nicht gut für euch Beide. Ich kümmere mich darum."
„Toll, du sollst den ganzen Spaß haben dürfen oder was?" Bockig verschränke ich meine Arme vor der Brust.
„Nicht ganz, ich werde deine Brüder und deinen Vater mitnehmen."
„Super.", murre ich. Leider muss ich ihm Recht geben, Stress ist nicht gut für Knöpfchen. Nach der Geburt kann ich diesem sogenannten Arzt immer noch die Hölle heiß machen. Das Kyle recht hat, trägt nicht sonderlich zur Verbesserung meiner Laune bei.

Jetzt, wo ich mich ein ganz kleines bisschen wieder beruhigt habe, könnte ich etwas zu essen vertragen. Ich frage Mom und Kyle, wie es mit ihnen aussieht. Aber sie haben schon gefrühstückt, erklären sich aber dazu bereit, mir Gesellschaft zu leisten.

Kyle sitzt mir gegenüber und sein Handy liegt zwischen uns auf dem Küchentisch. Ich schiebe mir eine Gabel voll Pancakes in den Mund, die fast schon im Ahornsirup schwimmen. Aber schließlich bin ich schwanger und darf essen, worauf ich Heißhunger habe. Im Moment ist das nun einmal Ahornsirup mit Pancakes alla Mom. Er nippt an seinem Kaffee, während wir darauf warten, dass Kerry an ihr Handy geht.

„Ist alles in Ordnung, großer Bruder?", meldet sie sich schon leicht panisch.

„Wie man es nimmt. Bist du bei Mom und Dad, oder in deiner Wohnung?"

„Ich wollte nicht allein schlafen, also bin ich mit zu ihnen."

„Holst du sie bitte mit dazu?"

„Ja, warum? Ist mit Sophie und dem Baby alles in Ordnung?", sie brüllt schon fast vor Panik in ihr Telefon.

„Kannst du sie bitte dazu holen?"

„Ähm… Ja, warte kurz… Mom… Dad… kommt mal, Kyle ist am Telefon." Kerry hört man die Sorge an, ihre Stimme zittert ganz leicht.

„So, sie sind da."

„Was ist passiert?", fragen Mathew und Shila wie aus einem Mund.

Kyle beginnt, ihnen unsere Erlebnisse und Erkenntnisse des heutigen Vormittags zu erzählen. Schweigend hören sie zu. Als er geendet hat, herrscht immer noch Stille am anderen Ende.

„Kerry? Matthew? Shila?", frage ich besorgt.

„Das ist ein schlechter Scherz, oder?", fragt Kyles Vater schließlich atemlos.

„Leider nein.", antwortet er, an meiner Stelle. Denn ich habe den Mund voll mit herrlich klebrigen Pancakes, die nach nichts weiterem als Ahornsirup schmecken.

„Aber wie kann das sein?", fragt Kerry.

„Fragt mich etwas Leichteres. Wir wissen nur, dass mit Sophie und Knöpfchen alles super ist. Im Moment sitzt sie mir gegenüber und schaufelt Pancakes in sich hinein und bei der Menge Ahornsirup, die sie sich darüber geschüttet hat, wird mir schon vom Zugucken schlecht."

„Mir schmeckt's.", nuschle ich mit vollem Mund.

„Ich brauch 'nen Schnaps.", murmelt Shila.

„Was wollt ihr jetzt machen?", fragt Kerry. Sie kennt mich und meine Familie einfach zu gut.

„Ich werde mir den Typen vorknöpfen und ich wollte Dad fragen, ob er mitkommen würde."

„Da kannst du Gift drauf nehmen.", hören wir aus dem Hintergrund.

„Macht aber nichts unüberlegtes", instruiert Kerry ihren Bruder und ihren Vater.

„Wir werden noch David, Richard und Mitchell mitnehmen."

„Wir machen das Schwein fertig.", tönt Matt.

„Sollen wir Frauen euch dann aus dem Knast holen?"

„Schatz, wenn einer in den Knast wandert, dann dieses Mistschwein!" Matthew ist stinksauer. Wir verabschieden uns von ihnen und wählen gleich Richards Handynummer.

„Ist etwas mit Sophie?", meldet er sich. In seiner Stimme schwingt Besorgnis mit.

„Wie man es nimmt.", antwortet Kyle ausweichend und kurz huscht ein hinterhältiges Grinsen über sein Gesicht. Irgendwie scheint er in den letzten Wochen sehr daran interessiert zu sein, meinen lieben Bruder zu ärgern. Das muss er sich von David abgeguckt haben.

„Wallace!", knurrt Rich warnend.

„Hast du kurz Zeit oder störe ich?", fragt er, ohne näher auf seine Frage einzugehen.

„Ich sitzen gerade in einem Meeting, aber sie das kann warten. Was ist mit Sophie?"

In knappen Worten erzählt Kyle ihm alles. Gespannt halte ich die Luft an. Plötzlich hören wird es laut klirren.

„Richard?", fragte ich nun besorgt.

„Sophie?"

„Lisa? Ich dachte Rich wäre im Büro."

„Ist er auch. Ich soll mir etwas bezüglich der Klamotten für ein Musikvideo überlegen. Darum bin ich bei dem Meeting dabei. Eigentlich sollte Sandra daran teilnehmen, aber... du weißt ja."

„Okay. Aber was zur Hölle war das eben?"

„Raus!", bellt Richard im Hintergrund. Ich nehme mal an, dass er gerade irgendwelche Leute, aus dem Raum geschmissen hat.

„Die volle Tasse mit frischem Kaffee, die dein Bruder eben noch in der Hand hatte und gerade gegen die nächst beste Wand geschmissen hat.", erklärt sie mir nüchtern.

„Gib mir den Blackberry wieder.", hören wir ihn sagen.

„Nein, jetzt rede ich mit ihr."

„Lisa!", bellt er drohend. Vor ein paar Jahren hätte sie sein harscher Ton noch eingeschüchtert. Aber sie hat dazu gelernt. Was sie betrifft, bellt mein Bruder nur, beißt aber nicht zu.

„Was ist los, Sophie?", redet sie jetzt wieder mit mir.

Schnell erkläre ich es ihr und ich höre sie erschrocken Luft holen.

„Oh Mann.", stöhnt sie. Ich sehr sehe sie quasi vor mir sitzen, wie sie sich in dem schicken Konferenzstuhl zurück lehnt und ihre Schwangerschaftsmurmel streichelt.

„Das kannst du laut sagen.", lache ich.

„Aber das Gute daran ist ja, dass es euch Beiden gut geht und du deine Schwangerschaft in vollen Zügen genießen kannst."

„Na im Moment ist da noch nicht viel mit genießen.", murmle ich.

„Immer noch die Übelkeit?"

„Ich habe Tabletten bekommen. Aber so unterschwellig ist es noch da. Ich hoffe, das ist bald vorüber."

„Das wird schon."

„Mrs. Borough! Geben Sie mir endlich dieses verdammte Handy wieder!", höre ich Rich wettern.

„Dein Bruder, mein geliebter Gatte, wird ungeduldig. Ich gebe ihm mal lieber seinen Blackberry zurück. Wir telefonieren heute Abend noch einmal?"

„Ja machen wir.", sage ich und wir hören, wie das Telefon übergaben übergeben wird.

„Sophie?"

„Hallo. Was sagen eigentlich deine Angestellten, wenn sie sehen, wie ihr Boss eine volle Tasse Kaffee gegen eine Wand schleudert?"

„Das ist mir egal! Gib mir mal Kyle."

„Ich höre mit.", sagt er nun. Die ganze, letzte Zeit über hat er geschwiegen hat.

„Ich will mit dir allein reden.", knurrt mein Bruder. Kyle schnappt sich sein Handy vom Esstisch und verlässt die Küche. Kopfschüttelnd sehe ich ihm nach und widme mich dann wieder meinen Pancakes. Ich höre zwar seine tiefe Stimme, leider verstehe ich aber nicht, was er sagt. Selbst wenn ich noch so sehr meine Ohren spitze. Meine Wut ist inzwischen verraucht, was ich wahrscheinlich den guten, alten Hormonen zu verdanken habe. Ich bin jetzt einfach nur unendlich erleichtert, dass sich alles als ein Irrtum herausgestellt hat und mit unserem kleinen Schatz alles in bester Ordnung ist.

Zufrieden schiebe ich mir den letzten Bissen in den Mund. Ich genieße richtig den süßen Geschmack des Ahornsirups. Ganz kurz überlege ich, ob ich nicht noch den Teller ablecken sollte. Aber gerade als ich die Idee in die Tat umsetzen will, kommt Kyle zurück in die Küche. Sein Mund ist grimmig zusammengepresst.

„Und?", frage ich ihn, als er sich wieder gesetzt hat. Aber er schweigt. Nachdenklich sieht er mich an.

„Hallo? Sophie an Kyle!" Ich wedle mit meiner Hand vor seinem Gesicht herum, um seine Aufmerksamkeit wieder auf mich zu lenken. Kurz zuckt er zusammen.

„Was?" Verwirrt sieht er mich an. Der Gute war total in Gedanken.

„Was hat mein ehrenwerter Herr Bruder noch zu sagen gehabt?"

„Wenn er gewollt hätte, dass du es erfährst, dann hätte er nicht mit mir allein reden wollen."

„Super! Es geht hier um mich und Knöpfchen und ihr schließt mich aus?", empöre ich mich.

„Eben, weil es um euch geht, schließen wir dich aus. Auch wenn alles in Ordnung ist, musst du dennoch unnötigen Stress vermeiden. Selbst du musst zugeben, dass du in den letzten Tagen viel zu viel davon hattest."

„Ja schon, aber ich will trotzdem wissen, was ihr vorhabt."

„Warum? Wir kümmern uns schon darum."

„Kyle! Lass dieses Scheiß Machogehabe!"

„Machogehabe?"

„Wir kümmern uns schon darum.", äffe ich ihn nach. Statt drauf einzugehen, bricht er doch tatsächlich in schallendes Gelächter aus. Mit verschränkten Armen lehne ich mich zurück und sehe ihn, aus zusammengekniffenen Augen, an. Mistkerl! Er sollte doch wissen, dass ich es absolut nicht leiden kann, wenn man über mich lacht.

„Was ist denn so lustig?", fragt Mom als sie in die Küche kommt.

„Nichts.", murre ich.

„Ich habe deinen Vater angerufen und ihm alles erzählt. Habt ihr schon dem Rest Bescheid gegeben?"

„Fast. Wir müssen noch bei David anrufen. Außerdem hecken Rich und Kyle etwas aus. Sie wollen mir aber nicht sagen, was und das gefällt mir nicht."

„Dann wird dein Vater der nächste in dieser Verschwörerbande sein und wie ich Richard kenne, wird er bestimmt gerade in diesem Moment mit David telefonieren und ihn einweihen."

„Na hoffentlich ist er dann nicht beleidigt, weil er es nicht von mir erfährt. Was hat Dad gesagt?" Mein Bruder ist immer etwas empfindlich, wenn es darum geht, dass er wichtige Neuigkeiten nicht von der betreffenden Person erfährt. Ich muss ihn unbedingt anrufen.

„Nicht viel. Am Anfang war er ziemlich sprachlos, dann war er euphorisch vor Freude. Aber er ist jetzt ist er einfach nur aufgebracht. Er möchte jedenfalls mit Kyle reden und da auf seinem Handy immer besetzt war, hat dein Vater mich gebeten, ihm Bescheid zu sagen. Außerdem soll ich dir einen Kuss von ihm geben." Bevor sie sich zu uns setzte, presst sie ihre Lippen auf meinen Scheitel.

„Na dann werde ich ihn gleich mal anrufen.", verkündet Kyle und schnappt sich das Telefon. Super, meines liegt oben und ich muss unbedingt David anrufen.

„Mom, bekomm ich dein Handy?" Ich bin einfach zu faul, nach oben zu laufen.

„Warum?"

„Ich muss es David sagen, bevor er es von jemand anderem erfährt. Du weißt, wie er sein kann."

„Hier." Ohne einen weiteren Kommentar reicht sie mir ihr Smartphone und verlässt verlässt wieder die Küche, um mir etwas Privatsphäre zu gönnen.

Schnelle suche ich seine Nummer heraus. Hoffentlich ist nicht besetzt.

Erleichtert atme ich auf, als ich das Klingelzeichen höre.

„Mom?"

„Nein, ich bin es – Sophie."

„Schwesterchen. Was gibt es denn?" Mein Bruder versucht locker zu klingen, aber es gelingt ihm eher mäßig.

„Es gibt ein paar Neuigkeiten…" Ich erzähle ich ihm alles und er reagiert wie erwartet. Er ist erleichtert und froh, dass es nun doch nicht so ist, wie wir dachten. Im nächsten Moment wettert er dann auch gegen den Arzt los. Den Versuch, ihn zu beruhigen, lasse ich gleich sein. Es hätte eh keinen Zweck.

„Wie geht es dir Spätzchen?" Mom setzt sich wieder zu mir, als ich mich von David verabschiedet habe.

„Ich war unendlich wütend auf diesen Arzt, aber inzwischen ist das weg. Ich bin einfach nur froh, dass er sich geirrt hat. Er hat einen wirklich riesigen Fehler gemacht, aber bis auf den Stress und die Angst ist Knöpfchen und mir nicht viel passiert. Ich frage mich gerade, was die Kerle aushecken. Wie ich Rich kenne, wird er versuchen, den Arzt in Grund und Boden zu stampfen. Dad, Matt, David und Kyle werden ihm freudestrahlend dabei helfen. Irgendwie gefällt mir das nicht."

„In wie fern gefällt es dir nicht?"

„Ich will dem Arzt meine Meinung geigen, aber ich will nicht sein Leben zerstören, auch wenn ich vor einer Stunde noch etwas anderes behauptet habe. Jetzt ist mir wichtiger, dass er aus seinen Fehlern lernt."

„Ich weiß, was du meinst. Mir geht es ähnlich Auch wenn er uns einen gehörigen Schrecken eingejagt hat, hat er es nicht verdient, seine Zulassung oder sonst etwas zu verlieren. Das, was die

Männer wahrscheinlich planen, wird auf alle Fälle viel zu übertrieben sein."

„Was machen wir dann jetzt?"

„So genau weiß ich das noch nicht. Wir sollten mit ihnen reden und versuchen, sie umzustimmen. Du solltest Dr. Sung sagen dürfen, was er dir und uns allen angetan hat. Fertig."

„Vielleicht sollten wir Molly und Lisa mit ins Boot holen? Ich denke, Shila und Kerry wären auch eine gute Unterstützung."

„Das wäre klug. Sie haben noch einmal einen ganz anderen Einfluss auf ihre Männer. Sie alle sind sehr starke Persönlichkeiten und neigen leider dazu, sehr unüberlegt und impulsiv zu handeln, wenn sie in Rage sind. Sie merken sie nicht, wenn sie über das Ziel hinaus schießen."

„Kannst du sie anrufen? Ich würde gerne duschen gehen. Immerhin stecke ich immer noch in den Klamotten von gestern."

„Natürlich Spätzchen. Ich kümmere mich darum. Aber gönn dir doch ein Bad, das entspannt doch viel besser, als eine schnelle Dusche."

„Okay, aber nur, wenn du Kyle davon abhältst, das Haus zu verlassen."

„Mach dir darüber keine Sorgen und jetzt hoch mit dir und entspann dich."

Lächelnd stehe ich auf und gebe meiner Mutter einen Kuss auf die Wange.

„Danke Mom, was wäre ich nur ohne dich?"

„Ich bin immer für dich da."

„Ich weiß. Aber trotzdem Danke. In letzter Zeit haben du, Lisa und Molly oft gegen eure Männer gearbeitet und das nur, um mir zu helfen."

„Wenn unsere Männer sich wie Höhlenmenschen aufführen, müssen wir ihnen halt zeigen, wo der Hase lang läuft. Deswegen lieben wir sie nicht weniger - sie wissen das auch. Also mach dir keine Sorgen. Bei allen Auseinandersetzungen sind wir doch immer eine Familie geblieben."

„Trotzdem Danke.", schniefe ich, da es mir den Hals zuschnürt. Die Tränen steigen mir in die Augen. Meine Mutter hat Recht, ich habe mir wirklich schon Gedanken darüber gemacht, ob es wirklich so gut und klug ist, wenn sie immer auf meiner Seite sind. Sie stoßen ihren Männern damit oft gegen den Kopf. Tief atme ich durch und drücke noch einmal Moms Schulter, bevor ich nach oben gehe. Ich freue mich jetzt richtig auf ein schönes, entspanntes Bad.

Oben, im Wohnzimmer, sitzt Kyle auf der Couch. Die Beine hat er ausgestreckt und die Füße auf den Couchtisch gelegt. Die Knöchel sind gekreuzt. Auf seinen Oberschenkeln balanciert er seinen Laptop. Konzentriert sieht er auf den Bildschirm.
Als ich mich neben ihn fallen lassen, bemerkt er meine Anwesenheit und klappt ihn schnell zu.
Aha, der Herr arbeitet also an dem geheimen Plan, von dem ich nichts wissen soll.
„Lasst es sein."
„Was sollen wir lassen?" Er versucht unwissend drein zu schauen, aber ich kann an seinen Augen erkennen, dass er genau weiß, was ich meine.
„Hört auf, ein Leben zu zerstören."
„Jetzt überleg doch einmal, was er uns angetan hat." Er lässt die Maske der Unwissenheit fallen und funkelt mich aufgebracht an. Ich atme tief durch, denn wenn ich mich jetzt von ihm wütend machen lasse, haben wir Frauen schon verloren und Dr. Sung kann seine Karriere vergessen. Denn ich würde garantiert etwas sagen, was die Männer dann gegen mich verwenden würden, um ihr Ziel zu erreichen. Das will ich auf alle Fälle vermeiden.
„Da muss ich nichts überlegen. Ich war auch dabei und der Schock steckt mir immer noch in den Knochen. Aber ich will nicht, dass ihr sein Leben zerstört. Das ist viel zu übertrieben."
„Du willst ihn davon kommen lassen?" Fassungslos sieht mich Kyle an.

„Das habe ich nicht gesagt. Er hat einen riesen Fehler gemacht und uns allen einen großen Schrecken eingejagt, aber im Endeffekt ist und bleibt es ein Fehler. Wirklich groß zu Schaden gekommen ist keiner von uns keiner.", versuche ich ihm meinen Standpunkt klar zu machen.

„Die Hormone verweichlichen dich. Die nicht schwangere Sophie hätte diesem Arzt schon längst den Arsch aufgerissen."

„Das mag sein und vielleicht will ich das auch irgendwann. Im Moment ist es mir wichtiger, ihm die Meinung zu geigen und dann zu hoffen, dass er aus diesem Fehler lernt und das andere Schwangere und deren Familien von solchen Fehldiagnosen verschont bleiben."

„Warum? Woher kommt dieser plötzliche Sinneswandel?"

„Was weiß ich? Nenn es Stimmungsschwankungen oder mütterlicher Handlungstrieb. Fakt ist, dass Dr. Sung noch sehr jung ist. Er muss lernen. Er ist auch nur ein Mensch und Menschen machen nun einmal Fehler. Wir Beide haben in den letzten Jahren auch viele Fehler gemacht und unser Sohn musste darunter leiden. Wir haben daraus gelernt und sind besser und stärker geworden."

„Sorry, aber ich kann deine Bewegründe nicht verstehen."

„Das verlange ich im Moment ja auch nicht von dir. Das Einzige, worum ich dich und den Rest dieser deiner Verschwörerbande bitte, ist, dass ihr erst einmal eine Nacht darüber schlaft. Dann können wir alle darüber reden und einen gemeinsamen Weg finden. So wie die Fehldiagnose uns alle getroffen hat, so müssen wir auch alle zusammen entscheiden, was wir unternehmen wollen."

„Du hast mit Sandra gesprochen?"

„Ja ich habe mit Mom gesprochen und sie ist derselben Meinung wie ich."

„Also wird das wieder ein Männer-gegen-Frauen-Ding?"

„Nein. Es soll eine gemeinsame Entscheidung sein. Ihr seid wütend, das sind wir alle, aber ihr reagiert in eurer Wut immer recht unüberlegt und ich, beziehungsweise wir wollen nicht, dass ihr etwas tut, was ihr vielleicht mal bereuen könntet."

„Du verlangst da verdammt viel." Ratlos fährt sich Kyle mit den Händen durch die Haare. Prüfend sieht er mich an. Ruhig erwidere ich seinen Blick.

„Na gut. Eine Nacht und ein Gespräch.", seufzt er schließlich. Ich grinse ihn breit an, denn soeben habe ich eine wichtige Schlacht gewonnen.

„Danke." Ich beuge mich vor und küsse seinen Mundwinkel. Er brummt nur zur Antwort. Es passt ihm ganz und gar nicht, dass er mir nachgegeben hat.

„Ich liebe dich." Wieder küsse ich ihn.

„Ich dich auch. Da werde ich jetzt mal die Jungs anrufen und ihnen deinen Wunsch und den ihrer Frauen mitteilen. Versprechen kann ich dir nichts, aber ich werde mein Bestes geben, sie dazu zu bewegen, noch zu warten."

„Danke. Ich werde mir jetzt ein schönes Bad gönnen." Ich schlinge meine Arme um ihn und drücke ihn fest an mich. Nach einem Kuss auf die Wange, welche von einem verwegenen Drei Tage Bart geziert wird, stehe ich auf und gehe ins Badezimmer, um mich endlich im warmen Wasser zu entspannen.

Während die entspannenden Düfte meines Schaumbades und das warme Wasser meinen Körper umspülen, höre ich Kyles gedämpfte Stimme durch die Wand. Ab und zu kann ich ihn genervt aufstöhnen hören. Es wird ihm garantiert nicht gefallen, mit Dad, seinem Vater und meinen Brüdern telefonieren zu müssen. Aber das geschieht ihm Recht. Er hätte sich ja nicht mit dem infernalen Quartett verbünden müssen. Amüsiert gluckse ich vor mich hin und schließe meine Augen. Sacht lasse ich meine Hände durch das Wasser gleiten und genieße den tiefen Frieden und die Ruhe in mir. Endlich wird alles gut.

Nach zwanzig Minuten muss ich dann wohl oder übel meine heiß geliebte Wanne verlassen. Wenn das Wasser nicht kalt werden würde, würde ich wahrscheinlich ewig hier drinnen liegen. Am Ende sehe ich dann wie eine halb vertrocknete Pflaume aus. Der Gedanke amüsiert mich und mit einem Grinsen im Gesicht trockne ich mich ab. Bevor wir in unser Haus ziehen, muss ich Mom unbedingt das Geheimnis für die super flauschigen Badetücher entlocken. Wenn sie es mir nicht verraten will, muss ich dann halt jede Woche unsere hierher zum Waschen bringen.

Eingehüllt in Kuschelsocken, Jogginghose und T-Shirt betrete ich das Wohnzimmer und finde auf der Couch einen zerknirschten Kyle vor. Ich lasse mich neben ihn in das weiche Polster fallen und schlinge meine Arme um seinen Hals. Mein Kinn lege ich auf seine Schulter und küsse die Stelle an seinem Hals, die direkt unter seinem Ohr liegt. Das ist sein absoluter Schwachpunkt. Sofort breitet sich bei ihm eine Gänsehaut aus. Scharf atmet er ein.

„Was haben sie gesagt?", wispere ich an seinem Hals. Als mein Atem die feuchte Stelle an seinem Hals trifft, intensiviert sich die Gänsehaut.

„Du hast keine Ahnung, was es mich gekostet hat, deine Brüder und deinen Vater soweit umzustimmen, dass sie nicht gleich in das Krankenhaus stürmen."

„Willst du es mir verraten?"

„Nein.", antwortet er mir knapp. Ich richte mich wieder etwas auf und sehe ihn an. Dabei lege ich meinen Bettelblick auf, dem er noch nie widerstehen konnte. Aber heute scheint er immun zu sein. Lachend zieht er mich in seine Arme. Heiß und innig küsst er mich. Mit Schwung setze ich mich auf seinem Schoß und registriere dabei seine wachsende Erregung.

Sacht schiebe ich meine Zunge in seinem Mund und necke seine. Lächelnd geht er auf dieses kleine Spiel ein. Seine Hände wandern von meiner Taille hinab gen Süden. Seine Finger krallen sich in meinen Hintern.

„Willst du es mir wirklich nicht sagen?", dränge ich ihn und schlüpfe mit meinen Fingern unter sein gelbes Poloshirt.

„Ich denke gerade an ganz andere Dinge.", raunt er kehlig an meinem Hals. Ich kann ein heiseres Stöhnen nicht mehr unterdrücken.

Die Nässe des Verlangens sammelt sich in meinem Schoß. Unruhig bewege ich meine Hüften und meine empfindsame Mitte kommt dadurch immer wieder in den Kontakt mit seiner Härte. Das macht mich noch rasender vor Verlangen und Leidenschaft. Meine Fingernägel krallen sich in seine Brustmuskulatur. Ich lasse sie kratzend nach unten zum Bund seiner Jeans wandern. Als Dank beißt mich Kyle sanft in den Hals.

Die Anspannung der letzten Tage ist nun endgültig von mir abgefallen und ich verspüre das unbändige Bedürfnis danach, ihn tief in mir zu spüren. Ich will eins mit ihm sein. Ich brauche ihn und will ihm so nah wie möglich sein.

Ich greife nach dem Bund seines Shirts und will es ihm über den Kopf ziehen. Aber Kyle hält mich davon ab. Verwirrt sehe ich ihn an.

„Ich kann nicht.", murmelt er. Was soll das?

„Was? Wieso lügst du mich an? Ich spüre ganz genau, dass du genauso scharf bist wie ich." Zur Bestätigung reibe ich mich an ihm. Ich kann ihm ansehen, dass es ihn sehr viel Selbstbeherrschung kostet, nicht weiter zu gehen.

„Warum tust du das?", frage ich ihn.

„Ich...", beginnt er, bricht aber ab. Meine Finger sind immer noch um den Bund seines Shirts geschlungen. Meine so zur Faust geballten Hände ruhen auf Höhe des Solar Plexus, dem kleinen Punkt zwischen Brust und Bauch, der jeden in die Knie zwingt, wenn man hart darauf schlägt.

„Was ist Kyle? Du kannst über alles mit mir reden." Ein bisschen macht er mir Angst. Aufmerksam sehe ich ihn an. Kurz schließt er seine Augen, ehe er zu sprechen beginnt.

„Ich habe Angst, dass ich dir oder Knöpfchen wehtue."

„Du hast gehört, was meine Frauenärztin heute Morgen gesagt hat. Es ist alles in Ordnung und wir können weiter leben, wie bisher." Liebevoll streiche ich über seine Wange. Er ist unrasiert und sein Drei Tage Bart verursacht ein angenehm kratziges Gefühl auf meiner Haut.

„Ich weiß, aber ich weiß auch nicht. Ich meine, wenn ich mit meinem du weißt schon und keine Ahnung." Ein bisschen ratlos stößt er die Luft auf.

„Mach dir keine Sorgen. Das merkt Knöpfchen in dem Sinne nicht. Sie oder er wird aber ganz genau merken, dass es Mommy gut geht. Sex in der Schwangerschaft ist nichts Verwerfliches. Es ist etwas ganz normales und du weißt ja, wenn Mommy glücklich ist, dann ist es das Baby auch."

„Ich weiß, aber irgendwie habe ich ein komisches Gefühl, wenn ich daran denke, mit dir zu schlafen, obwohl du ja im Moment nicht allein in deinem Körper bist."

„Ich verstehe deine Gedanken. Wenn du willst, kannst du dich doch mal mit meinen Brüdern darüber unterhalten. Sie sind beide Väter und sie haben garantiert nicht wie die Mönche gelebt, als Molly und Lisa schwanger waren. Ich glaube nicht, dass Rich die Finger von seiner Frau lassen kann und wie du weißt, ist sie mehr als schwanger. Aber ich bitte dich inständig, noch einmal darüber nachzudenken. Acht Monate ohne Sex halte ich nicht aus und du bestimmt auch nicht." Ich löse meinen Griff von seinem Shirt und ziehe es wieder ordentlich nach unten. Sacht klopfe ich auf seinen Bauch und klettere wieder von seinem Schoß herunter. Ich atme tief durch und versuche, das dumpfe Pochen in meinem Unterleib zu ignorieren.

„Tut mir leid.", seufzt er und küsst mich.

„Schon gut. Ich verstehe dich doch."

„Ich liebe dich. Übrigens hast du schon einmal viele Jahre ohne Sex gelebt."

„Ich dich auch und zu deiner Information war ich diesen Zeitpunkt Single und den Mann, den ich von ganzen Herzen geliebt habe, war unerreichbar für mich. Für andere Kerle habe ich mich nicht interessiert."

„Womit habe ich dich nur verdient?"

„Bin ich so schlimm?", frage ich ihn gespielt gekränkt.

„Du weißt, was ich meine."

Als wir wenig später wieder nach unten gehen, erzählt uns meine Mutter, dass zum Dinner meine Brüder samt Ehefrauen kommen. Ihre Kinder werden sie nicht mitbringen, denn morgen ist wieder Schule und so bleiben sie zu Hause und werden von Mrs. Smith, der Nachbarin, bei Lisa und Richard betreut.
Als Dad nach Hause kommt, drückt er mich fest an sich und murmelt die ganze Zeit etwas davon, dass er so unendlich glücklich ist. Als er mich wieder los lässt, muss er sich erst einmal einen Drink genehmigen. Wenn ich dürfte, würde ich auch einen nehmen.
„Wollen wir nicht auch deine Eltern einladen?" frage ich Kyle.
„Das habe ich schon getan.", meint mein Vater.
„Und?" Es wäre schön, wenn sie heute Abend auch dabei wären.
„Leider kommen sie nicht. Dein Schwiegervater in spe hat ein wichtiges Geschäftsdinner und sie können es leider nicht mehr verschieben. Aber ich habe mit Matt von der Bank aus telefoniert und er hat mir seinen Standpunkt und seine Meinung erklärt. Ich werde ihn heute Abend mit vertreten."
„Okay", murmle ich enttäuscht. Da kann man nichts machen.
„Mom wird morgen mal vorbei kommen und Dad nach der Arbeit, wenn du nichts dagegen hast.", sagt Kyle leise zu mir. Mom und Dad haben sich zurückgezogen. Aus der Küche hören wir das Klappern von Töpfchen und Pfannen und das Haus beginnt sich mit gut riechenden Düften zu füllen.

Leise wird die Haustür geöffnet und Sam kommt herein geschlurft. Sein Kopf und seine Schultern hängen nach unten. Als er seinen Blick ein wenig hebt und dabei auf mich trifft, bleibt er erstarrt stehen. Ich löse mich von Kyle und hocke mich vor ihm hin. Stumm nehme ich ihn in die Arme.
„Mom?", flüstert er leise neben meinem Ohr.

„Alles ist gut mein Schatz. Der Arzt hat sich geirrt und alles ist gut."

„Wirklich?"

„Ja mein Süßer. Deinem Geschwisterchen und mir geht es gut. Wir müssen nicht im Bett liegen bleiben."

Sams Arme schlingen sich kräftiger um meinen Hals und ich spüre, wie sich sein Oberkörper zitternd hebt und senkt und wie seine Tränen mein T-Shirt durchtränken. Beruhigend streiche ich über seinen Rücken, sage aber nichts. Im Moment wird ihm diese stille Tröstung mehr helfen, als alles andere.

Kyle gesellt sich zu uns auf den Boden und nimmt uns Beide in den Arm. Gemeinsam trösten wir unseren Sohn.

Ich habe keine Ahnung, wie lange wir auf dem Boden des Flures gehockt haben. Irgendwann sind seine Tränen versiegt. Etwas beschämt wischt er sich die nassen Wangen. Kyle und ich küssen seinen Scheitel und stehen auf. Kyle wirft mir einen kurzen Blick zu und geht gemeinsam mit unserem Sohn nach oben. Manchmal ist ein Gespräch unter Männern besser, als mit der Mutter.

Ich gehe zu meinen Eltern in das Wohnzimmer. An ihrem wissenden Blick erkenne ich, dass sie unsere Szene im Flur bemerkt haben.

„Kyle ist mit Sam oben und wird mit ihm reden, wenn er es will."

„Das Ganze hat den Kurzen sehr mitgenommen. Wahrscheinlich noch mehr als uns andere."

„Ich weiß. Er freut sich so darauf, ein großer Bruder zu sein."

„Aber es ist gut, wenn Kyle mit ihm redet."

„Ich weiß.", seufze ich.

„Du hast deine Probleme damit, dass Sam jetzt mit ihm über alles redet?"

„Nein, keine Probleme. Ich habe mich nur noch nicht so ganz daran gewöhnt."

„Das wird schon Spätzchen. Ich hatte auch meine Probleme damit, als deine Brüder begonnen haben, lieber mit ihrem Vater über ihre Sorgen zu reden als mit mir."

„Rich hat mit Dad über seine Probleme geredet?" Das wundert mich wirklich, denn er war schon immer der Verschlossenste von uns.

„Ja, aber erst als erwachsener Mann und auch nur soweit, wie er es für richtig hielt. So ist es heute noch. Aber wenigstens redet er und trägt nicht immer alles mit sich selber aus."

„Ich habe dich lieb, Mom."

„Ich dich auch, Spätzchen."

„Übermorgen unterschreiben wir den Kaufvertrag für das Haus.", murmle ich. So sehr wie ich mich auf unser eigenes Heim freue, so sehr fürchte ich mich auch davor, das Haus meiner Eltern zu verlassen. Immerhin lebe ich hier seit über dreißig Jahren.

„Mach dir keine Sorgen. Dein Vater und ich kommen zurecht. Wir werden euch drei beziehungsweise vier vermissen, aber ihr seid nicht aus der Welt. Wir werden uns regelmäßig sehen und telefonieren. Kyle, Sam, Knöpfchen und du seid soweit, dass ihr als Familie zusammen gewachsen seid und ihr werdet das schaffen."

„Danke Mom. Du findest einfach immer die richtigen Worte, um mich aufzumuntern."

Den restlichen Nachmittag verbringen Dad, Kyle und Sam im Garten und spielen Fußball. Mom hat sich in ihr Arbeitszimmer verkrochen und ich habe im Liegestuhl auf der Terrasse vor mich hin gedöst.
Erst das Knallen von Autotüren schreckt mich auf und kurze Zeit später klingelt es an der Haustür. Meine Brüder und ihre Ehefrauen sind da und der Kampf kann beginnen.

Kapitel 7 - Familiendinner

Warum sie immer klingeln, ist mir nie klar, denn sie haben alle einen eigenen Schlüssel. Auch wenn die Stimmen von David, Richard, Molly und Lisa immer lauter werden, bewege ich mich nicht von meiner Liege herunter. Dafür genieße ich viel zu sehr die warme Sonne, die auf meine nackten Beine scheint.

„Ist überhaupt jemand da?", höre ich David rufen und ich muss lächeln. Verkneife es mir aber, ihm zu antworten. Sie sollen ruhig noch ein bisschen suchen.

Es ist schön, wieder Spaß am Ärgern meiner Brüder zu haben. Als kleines Mädchen habe ich das fast täglich gemacht. Es waren nie böswillige Sachen, aber ich habe meine Brüder an manchen Tagen sehr nahe an die Weißglut heran gebracht. Im Grunde wussten sie, dass es ein verquerer Ausdruck meiner Liebe war, beziehungsweise ist.

„Du könntest echt mal antworten, wenn man dich ruft.", blafft mich Rich von der Seite an und reißt mich damit aus meinen Erinnerungen.

„Dir auch Hallo, großer Bruder.", grinse ich zu ihm hoch. Er trägt noch seinen grauen Businessanzug. Eigentlich sieht er immer aus, wie aus dem Ei gepellt. Nur seine etwas gelockerte Krawatte lässt ihn nicht ganz so wie den mächtigen Produzenten erscheinen. Der Wind spielt mit seinen Haaren und weht ihm ab und zu eine Strähne in die Stirn. Seine Augen sind hinter einer schwarzen Sonnenbrille versteckt, aber an seinen zusammen gezogenen Augenbrauen kann ich erkennen, dass er heute nicht gerade einen seiner guten Tage hat.

Sein Blick schweift von mir weg zu Dad, Kyle und Sam hin und dann wieder zurück zu mir. Die drei Fußballspieler haben den Besuch noch nicht bemerkt. Langsam lässt er sich neben mir nieder.

„Wo ist der Rest?", frage ich ihn, da ich mit ihm allein auf der Terrasse bin und sonst niemand weiter da ist.

„Sie wollten Mom suchen. Ich nehme mal an, dass sie in ihrem Arbeitszimmer sind."

„Woher willst du wissen, ob Mom in ihrem Arbeitszimmer ist?"

„Ich bitte dich Sophie, immer wenn Mom Zeit hat, zieht sie sich dorthin zurück. Das hat sie schon gemacht, als wir noch Kinder waren."

„Okay. Du hast gewonnen.", gebe ich mich geschlagen.

„Wie geht es dir?" Er nimmt eine meiner Hände in seine, die auf meinem Bauch liegen und kleine Muster darauf gezeichnet haben.

„Gerade eben könnte es nicht besser sein.", strahle ich ihn an. Aber er sieht mich nur mit gerunzelter Stirn an.

„Was soll das, Sophie?"

„Was meinst du?" Ich kann mir zwar denken, worauf er hinaus will, aber ich will es aus seinem Mund hören.

„Wieso sollte Kyle uns heute Morgen anrufen und zurück pfeifen?" Er klingt sauer. Aber das juckt mich nicht im Geringsten. Ich habe ihn schon so oft mürrisch, sauer und wütend erlebt. Manchmal vielleicht zu oft. Aber ich liebe meinen Bruder trotzdem.

„Weil ihr schon wieder am Durchdrehen wart. Doch darüber sprechen wir heute Abend, nach dem Essen."

„Hast du dir auch nur eine Sekunde lang Gedanken darüber gemacht, was dieser Quacksalber für Mist erzählt hat?", fragt er mich erbost.

„Natürlich. Aber das diskutiere ich nicht jetzt mit dir."

„Richard! Lass deine Schwester in Ruhe!", ruft Lisa von der Terrassentür herüber, durch die sie gerade nach draußen kommt, dicht gefolgt von Mom, Molly und David. Liebevoll hat sie ihren Bauch umfasst. Eigentlich kann ich es gar nicht erwarten, bis auch meiner wächst. Sie sieht kurz ihren Mann an und beugt sich dann zu mir hinab und umarmt mich fest.

„Wie geht es dir?", flüstert sie leise an meinem Ohr.

„Mir geht es wunderbar. Die Medikamente gegen die Übelkeit helfen." Ich schiebe Lisa ein wenig von mir und sehe sie an. Ihre Stirn ist ein wenig gefurcht.

„Hör auf, dir Sorgen zu machen. Du bist schon genauso schlimm wie dein Mann." Von besagtem kommt ein leises Glucksen. Wieder erntet er einen giftigen Blick.

„Da hast du wahrscheinlich Recht.", murmelt sie und gibt mich wieder frei. In der Zwischenzeit ist Rich von der Liege aufgestanden und zieht Lisa jetzt in seine Arme. Sie schließt kurz ihre Augen und lehnt sich dann mit dem Rücken an ihn. Er schlingt seine Arme von hinten um sie und haucht einen Kuss auf ihre Schläfe. Die Beiden sind jetzt schon so lange miteinander verheiratet und noch immer verliebt wie am ersten Tag.

David schiebt sich in mein Sichtfeld und verdeckt damit meinem Blick auf unseren Bruder und seine Ehefrau. Er setzt sich auf den Platz, den bis vor wenigen Augenblicken noch Richard innehatte. Er nimmt meine Hand. Auch er trägt noch einen Anzug. Aber seiner ist schwarz und die Krawatte fehlt. Die oberen Knöpfe seines weißen Hemdes sind geöffnet.

Molly beugt sich zum mir herunter und umarmt mich lange und schweigend. Dann setzt sie sich auf Davids Schoß. Die Beiden sehen mich an.

„Mir geht es gut.", sage ich schließlich, da mir ihre Blicke ein wenig unangenehm werden.

„Das sieht man. Du strahlst von innen heraus." Molly beugt sich ein wenig nach vorne, um mir über die Wange zu streicheln.

„Woher kommt der plötzliche Meinungsumschwung?", richtet David das erste Mal das Wort an mich.

„Ich glaube, die Hormone machen mich weich. Aber ich werde dir jetzt das gleiche wie Rich sagen. Wir bereden das nach dem Abendessen in aller Ruhe."

Mürrisch nickt er. Molly streichelt beruhigend über seinen Arm, den er ihr um die Taille geschlungen hat.

„Onkel Rich! Onkel David!", zerreißt das freudige Geschrei von Sam die Stille. Er kommt herüber gerannt. Auch Dad und Kyle kommen zu uns herüber. Gemeinsam begrüßen sie sich. Die Frauen werden umarmt und bei meinen Brüdern fällt sie um einiges „männlicher" aus. Sie hauen sich auf die Schulterblätter. Verdutz sehe ich die Begrüßung von Rich und Kyle an. Wann war das denn passiert? Bisher gab es bei ihnen nur ein, allenfalls, höfliches Nicken. Im Grunde ist es ja auch egal. Hauptsache, sie kommen endlich richtig miteinander aus. Wobei ich die Befürchtung habe, dass ich es ab und zu bereuen werde.

„Ihr geht jetzt erst einmal Duschen und wagt es euch, auch nur länger als fünf Minuten zu benötigen und dann können wir essen.", ruft meine Mutter.

„Ja.", murmeln alle drei und beeilen sich, ins Haus zu kommen. Fröhlich grinse ich Mom an. Ob ich es auch mal schaffen werde, so mit meinen Männern zu reden? Sie hat die wundervolle Gabe, dass ihr sämtlichen Familienmitglieder aus der Hand fressen. Das nutzt sie gnadenlos aus.
Der Wind beginnt, ein bisschen aufzufrischen und ich fröstele ein wenig. In der Ferne beginnt die Sonne unter zu gehen. Nicht mehr lange und Kyle, Sam, Knöpfchen und ich können uns den Sonnenuntergang von unserer eigenen Terrasse aus ansehen.

„Kalt?", fragt Molly und deutet auf meine Gänsehaut.

„Ja, lasst uns rein gehen. Es ist halt doch noch nicht Sommer."

Wir gehen alle in das Haus. Die beobachtenden und lauernden Blicke meiner großen Brüder ignoriere ich einfach. Sie geben mir damit das Gefühl, als würden sie erwarten, dass ich jeden Moment zusammen breche. Leicht schüttele ich den Kopf. Etwas zu sagen würde im Moment nichts bringen.
Dad, Kyle und Sam brauchen tatsächlich nur fünf Minuten. Mit noch feuchten Haaren sitzen sie am Tisch und schaufeln hungrig das Essen in sich hinein. Kyles betörender Duft steigt mir während des Essens immer wieder in die Nase. Von Minuten zu Minute rutsche ich unruhiger auf meinem Stuhl herum. Meine Un-

terleibsmuskulatur zieht sich vor Verlangen zusammen. Heiß pulsiert die Lust durch meine Adern. Warum muss der Abend noch so lang sein? Dadurch, dass ich heute Nachmittag nicht den ersehnten Orgasmus bekommen habe, bin ich ein wenig frustriert und ich bin schärfer als jemals zuvor. Hoffentlich überdenkt er noch einmal seinen Standpunkt. Denn ich will mir nicht einen Vibrator kaufen müssen, nur weil er Angst hat. Im Grunde ist es eigentlich richtig süß, dass er sich darüber Gedanken macht. Vielleicht sitzt diese Angst bei ihm etwas tiefer, als bei normalen, werdenden Vätern. Denn ich habe den Verdacht, dass er noch nicht so richtig realisiert hat, dass wirklich alles in Ordnung ist. Wenn sich ein passender Moment findet, werde ich noch einmal mit ihm über das Thema sprechen.
Nach dem Essen verabschiedet sich Sam. Er muss noch ein paar Hausaufgaben machen. So langsam merkt man, dass mein kleiner Junge auf dem besten Weg zu einem Teenager ist.

Wir haben uns nach dem Abendessen in das Wohnzimmer meiner Eltern zurückgezogen. Die Anderen nippen schon an ihren Drinks, während ich mir ein Wasser einschenke. Schon allein um ein Zeichen zu setzen, nehme ich neben Lisa, Molly und Mom Platz. Unsere Männer stehen uns gegenüber.

„Also, reden wir Klartext.", beginne ich unsere kleine Gesprächsrunde. In letzter Zeit treffen wir uns ziemlich oft, um nach einem gemeinsamen Dinner irgendwelche Probleme zu besprechen und immer ging es um mich. Das muss unbedingt geändert werden.
Dad will gerade den Mund auf machen, aber ich hebe meine Hand, um ihn zu aufzuhalten.

„Du kannst gleich reden. Aber bevor ihr anfangt, hier herum zu poltern, werdet ihr euch meinen Standpunkt anhören. Da ich mit Mom, Molly und Lisa gesprochen habe, teilen sie meine Auffassung."

„Poltern?" Spöttisch hebt David eine Augenbraue und trinkt einen Schluck von seinem Whiskey.

„Halt die Klappe und hör zu.", schaltet sich Molly ein. Frech grinst er sie an.

„Ich weiß, dass ihr alle wütend seid, das bin, oder besser gesagt war, ich im ersten Moment auch. Aber ich hatte die Gelegenheit, in Ruhe darüber nachzudenken. So, wie ich euch kenne, seid ihr gerade kurz davor, eine Karriere und damit vielleicht ein Leben zu zerstören. Das will ich, das wollen wir nicht." Demonstrativ lege ich meine Hände auf meinen Bauch. Von Gegenüber höre ich viermal abfälliges Schnauben. Als hätten sie es einstudiert, heben sie ihre Gläser und trinken einen Schluck.

„Ich bin derselben Meinung wie Sophie.", pflichtet mir Lisa bei. Molly und Mom nicken zustimmend.

„Erstens hätte dieser sogenannte Arzt nichts anderes verdient und zweitens, woher willst du bitte schön wissen, was wir planen?"

„Rich, ich kann dich und deine drei anderen apokalyptischen Reiter ein Stück weit verstehen. Aber Dr. Sung hat nur einen Fehler gemacht. Klar war es für uns alle ein Schock und riesen Schrecken. Aber wirklich geschadet hat er damit zum Glück keinem. Ich will nicht, dass seine Karriere vorbei ist, bevor sie überhaupt begonnen hat. Er ist auch nur ein Mensch und Menschen machen nun einmal Fehler."

„Apokalyptische Reiter?", grinst David und alle brechen in Gelächter aus. Das ist wieder so typisch für ihn.

„Na so wie ihr euch aufführt, ist das gar nicht so weit hergeholt.", kichere ich.

„Jetzt mal im Ernst, Kleines. Es ist uns egal, ob er ein Mensch oder sonst was ist. Er hat keine Fehler zu machen. Er ist ein verdammter Arzt!", knurrt Rich. Ich kann spüren, dass ihm die Wendung des Gespräches nicht gefällt. An den anderen drei Männern kann ich erkennen, dass ihr Widerstand zu bröckeln beginnt. Sie scheinen ernsthaft über meine Argumente nachzudenken.

„Als ob du noch nie einen Fehler begangen hättest. Bis jetzt hat dir deine Familie und ich noch jeden kleinen oder großen

Fehler verziehen." Eindringlich sieht Lisa ihn an. Kurz erscheint ein weicher und reumütiger Ausdruck in seinen Augen, aber dann schließt er sie. Seufzend fährt er sich mit der Hand durch die Haare.

„Was sollen wir eurer Meinung nach tun?", fragt Kyle.

„Nichts.", antworte ich schlicht und alle vier sehen mich entsetzt an.

„Wie nichts?", will Dad wissen.

„Ich will, dass ihr nichts macht."

„Aber wir können ihn doch nicht so davon kommen lassen!", regt sich David auf.

„Das wird er ja auch nicht. Ich will ihm meine Meinung sagen. Aber den Einzigen, den ich dazu mitnehmen werde, ist Kyle. Ihr anderen haltet euch raus. In erster Linie geht das nur ihn und mich etwas an. Weder trägt einer von euch das Baby aus, noch ist einer der Vater. Kyle jetzt mal ausgenommen."

„Ich finde, Sophie hat Recht. Ihr kennt sie. Sie wird ihm nicht bloß sagen, was für einen Schrecken er uns eingejagt hat. Sie wird ihm die Hölle heiß machen. Ihm wahrscheinlich den größten Schrecken seines Lebens verpassen. Aber er wird daraus lernen und wir können damit abschließen.", sagt Mom. Dankbar lächle ich sie an.

„Wieso müssen die Frauen auch immer gewinnen?", fragt Kyle leise murmelnd. Zufrieden grinsen wir vor uns hin. Damit wurde uns soeben der Sieg zugesprochen.

„Sie haben die besseren Argumente. Molly hat mir auf der Herfahrt mit Sexentzug gedroht, wenn wir kein Einsehen haben sollten.", murmelt David genauso leise, aber alle haben es gehört. Sie läuft rot an und sieht ihn wütend an.

„Jetzt erst Recht David Borough!", sagt sie zischend. Ich kann nicht anders und muss einfach lachen. Lisa erhebt sich und geht zu Richard. Er sieht auf den Boden. Sanft nimmt sie sein Gesicht in ihre Hände und hebt es an, so dass er sie ansehen muss.

„Danke. Ich liebe Sie Mr. Borough.", sagt sie und küsst ihn.

„Ich liebe Sie auch Mrs. Borough." Eine kleine Glücksträne kullert mir über die Wange. Schnell wische ich sie weg. Ich bin so verdammt stolz auf meinen Kyle, meinen Vater und meine Brüder. Auch wenn sie sich manchmal wie kleine Kinder benehmen, sind sie doch hochanständige Männer.

Nachdem sie ein Einsehen hatten, wurde der Abend noch wunderbar gemütlich. Irgendwann hat Kyle Rich und David mit einem Kopfnicken bedeutet, ihm zu folgen. Kurz ist mein Vater versucht, ihnen zu folgen. Ich halte ihn aber vorher auf, da ich mir denken kann, worum es bei diesem Männergespräch geht.
„Bleib lieber hier Dad."
„Warum?", fragt er mich
„Du willst nicht hören, was die drei zu bereden haben."
„Ach, du weißt es wohl?"
„Ja, das tue ich tatsächlich, auch wenn es dich schockieren mag. Also nimm meinen Rat an und bleib bei uns."
Er zuckt mit der Schulter und setzt sich zurück auf die Couch. Meine Mutter tätschelt mir den Oberschenkel und setzt sich dann zu meinem Vater, um sich an ihn zu kuscheln.
„Worüber reden die Drei?", fragt mich Molly flüsternd. In ihrem Gesicht kann ich die reine Neugier erkennen.
„Ich will es auch wissen.", flüstert Lisa. Sie sieht fast genauso sensationslüstern aus, wie Molly.
„Kommt.", sage ich leise zu ihnen. Als wir alle drei aufstehen, wirft uns Dad einen fragenden Blick zu. Dieses Mal ist es Mom, die ihn aufhält. Stumm forme ich ein „Danke" mit meinen Lippen. Kurz nickt sie mir zu.
Wir machen uns auf den Weg in die Küche und als ich schwungvoll die Tür öffne, müssen wir feststellen, dass wir nicht die ersten sind. Unter dem Licht der der Pendelleuchte sitzen David, Kyle und Richard am Esstisch, mit je einer Flasche Bier vor sich.
„Raus.", knurrt uns Kyle an. Kurz bin ich irritiert. Aber ich gehe nicht weiter darauf ein. Wahrscheinlich waren sie gerade

dabei, sich den Frust von der Seele zu reden. Ich tue es mit einem Schulterzucken ab.

„Vergesst es. Ihr sucht euch ein anderes Plätzchen."

„Wir waren zuerst hier.", murrt David. Richs Krawatte liegt zusammen geknüllt auf dem Tisch.

„Mag sein. Aber ich bin die Frau mit den Schwangerschaftsgelüsten. Knöpfchen und ich haben gerade Appetit auf Schokopudding.", verkünde ich und marschiere zum Kühlschrank. Lisa und Molly folgen mir kichernd.

„Dann hol dir einen und verschwinde wieder.", mault Rich. Lisa und Molly brechen jetzt erst richtig in Gelächter aus. Verwirrt sehen die Männer sie an. Wahrscheinlich denken sie jetzt, die Beiden wären gerade durchgedreht.

Langsam drehe ich mich zu meinem Bruder um, die Hand auf dem Griff der Kühlschranktür. Mit erhobenen Augenbrauen sehe ich ihn an.

„Richard Borough! Wenn du, Kyle und David euch nicht gleich in ein Auto setzen wollt, um mir eine Wagenladung voll Cheeseburger zu besorgen, dann halte deine dämliche Klappe und lass mich meinen gottverdammten Pudding essen. Wenn ich den alle habe, werde ich wieder in diesen wunderbar gefüllten Kühlschrank abtauchen und mir das nächste raus holen, was ich voller Genuss essen kann. Also wenn ihr jetzt so freundlich sein könntet und euch erheben würdet.", sage ich. Fassungslos sehen sie mich an, während sich meine Schwägerinnen vor Lachen kaum noch auf den Beinen halten können. Die Lachtränen laufen ihnen über die Gesichter und sie müssen sich an der Frühstückstheke abstützen, damit sie nicht auf dem Boden zusammen brechen.

Ohne so recht zu wissen, wie ihnen geschieht, werden sie von Lisa und Molly vor die Küchentür eskortiert. Zufrieden lasse ich die Kühlschranktür los und setze mich zu ihnen an den Tisch.

„Wolltest du nicht einen Pudding essen?", fragt Molly nach Luft schnappend.

„Das war nur für unsere Männer, damit sie verschwinden."

„Es ist schön, dass die alte Sophie wieder da ist.", meint Lisa.

„Also erzähl, was hecken unsere Männer so aus?" Mollys Augen glühen richtig vor Spannung.
„Aushecken tun sie nichts."
„Was ist es dann?"
„Kyle will keinen Sex mehr mit mir."
„WAS?!", rufen sie entsetzt aus. Es ist schon ein bisschen komisch, das mit den Beiden zu besprechen. Aber Marie ist noch im Urlaub und sie kommt erst nächste Woche zurück. Bis dahin kann und will ich nicht warten.
„Wie kommt er denn auf den Mist?", regt sich Lisa auf.
„Keine Ahnung. Aber vielleicht die Aufregung der letzten Tage und er hat halt Angst, er könnte Knöpfchen wehtun."
„Das ist doch totaler Blödsinn. Wenn es dir gut geht und das wird es, wenn er dich beglückt, dann geht es eurem Baby auch gut."
„Das habe ich ihm auch gesagt. Aber er wollte nicht. Also habe ich ihm vorgeschlagen, doch mal mit meinen Brüdern darüber zu reden. Ihr habt ja schließlich auch Kinder bekommen."
„Du glaubst doch nicht im Ernst, dass unsere Männer mit ihm über seinen Sex mit ihrer kleinen Schwester reden wollen?"
„Für Rich und David wirst du immer das kleine, unschuldige Mädchen sein."
„Die können doch nicht im Ernst der Meinung sein, dass Sam und Knöpfchen durch Luftbestäubung entstanden sind." Ich schüttle meinen Kopf.
„Spätestens heute Abend werden wir es wissen."
„Das hoffe ich doch. Dank der Tabletten ist meine Übelkeit so gut wie weg und die Hormone können ihre volle Kraft entfalten. Ich kann kaum noch still sitzen, wenn ihr wisst was ich meine."
„Oh ja. Ich verstehe dich. Als ich mit Jessy schwanger war, wollte ich nur mit David schlafen."
„Das muss ja ein Traum für ihn gewesen sein.", kichert Lisa.
„Am Anfang war es das auch. Aber nach vier Wochen Dauersex hat er begonnen, zu streiken. Ich kann euch sagen. Wenn ich

ihm nicht gedroht hätte, meinen Vibrator aus der Versenkung zu kramen…"

„Ich habe auch schon überlegt, mir einen zu kaufen, wenn Kyle wirklich nicht will."

„Sag Bescheid, dann komme ich mit", kichert Molly.

„Wie läuft es sonst so zwischen euch?", will Lisa wissen.

Wir sitzen fast drei Stunden in der Küche und quatschen über Gott und die Welt. Aber am meisten über unsere Männer. Unter anderem fragen sie mich, ob Kyle und ich vorhaben, irgendwann zu heiraten. Auch wenn wir erst wieder ein paar Wochen zusammen sind, so haben auch sie das Gefühl, als wären es schon Jahre. Ich zucke mit der Schulter und sage ihnen, dass wir darüber noch nicht gesprochen hätten und dass es erst zu einer Hochzeit kommen würde, wenn er um meine Hand anhält. Ich will nicht heiraten, weil wir es mal so nebenbei in einem Gespräch entschieden haben. Ich will einen Heiratsantrag, den ich dann nie wieder in meinem Leben vergessen werde, denn es soll der Erste und Letzte bleiben.

Wir wollen gerade unsere kleine Runde auflösen, als Rich herein kommt. Skeptisch sieht er mich an.

„Kein Pudding?", fragt er mich spöttisch.

„Hatte keinen Appetit mehr."

„Ja ist klar.", murmelt er und holt drei Bier aus dem Kühlschrank.

„Wie geht es Kyle?", frage ich meinen Bruder. Auch wenn ich keine allzu große Hoffnung habe, dass er es mir sagen würde.

„Frag ihn selber."

„Werde ich machen." Er hat mir genau die Antwort gegeben, die ich erwartet habe. Er verlässt die Küche, wobei die Bierflaschen in seiner Hand leise aneinander schlagen.

Inzwischen ist es kurz vor Mitternacht. Ich liege im Bett und warte auf Kyle, der noch im Badezimmer ist und seine Zähne putzt. Die Lust pocht wild in meinem Inneren und ich bete zu allen mir bekannten Göttern, dass er, bezüglich Sex in der Schwangerschaft, seine Meinung geändert hat.

Als Kyle das Schlafzimmer betritt, intensiviert sich meine Lust noch einmal. Er trägt nur seine blau-weiß gestreifte Pyjamahose. Sein nackter Oberkörper glänzt noch leicht feucht.
Ich kann sein Duschgel und die Zahnpasta riechen. Eine wirklich betörende Mischung. Vor allem jetzt in der Schwangerschaft wirken die absurdesten Geruchskombinationen auf mich anziehend.
Er schlägt die Bettdecke auf seiner Seite des Bettes zurück und legt sich neben mich, deckt sich aber nicht zu. Ein gutes Zeichen? Ich liege auf dem Rücken und verfolge jede seiner Bewegungen. Am Spiel seiner Muskeln kann ich mich einfach nicht satt sehen.
Er bleibt kurz auf dem Rücken liegen und dreht sich dann auf die Seite. Er stützt seinen Kopf auf seiner Hand ab und sieht mich an. Ein kleines Lächeln umspielt seine Lippen, die so zärtlich und auch so fordernd und erregend küssen können. An das, was er mit seiner Zunge anstellen kann, will ich jetzt lieber nicht denken.
Lange Zeit liegen wir schweigend nebeneinander, ohne uns zu berühren. Wir sehen uns einfach in die Augen.

„Ich liebe dich.", flüstere ich leise und sein Lächeln wird breiter.

„Ich liebe dich auch.", antwortet er mir und beugt sich vor, um mich zu küssen. Aber seine Lippen verweilen nur wenige Sekunden an meinen. Dann kehrt er in seine Ausgangsposition zurück.

„Du brennst darauf, zu erfahren, was ich mit deinen Brüdern besprochen habe. Habe ich Recht?" Wissend grinst er mich an.
Ich versuche ernst zu bleiben, aber ich kann es nicht lange durchhalten.

„Du kennst mich einfach zu gut.", lache ich und richte mich auf, damit ich ihn küssen kann. Kaum haben meine Lippen seine berührt, durchzuckt mich die Leidenschaft wie ein gleißender

Blitz. Schnell lege ich mich zurück in mein Kissen. Ich muss tief durchatmen, damit ich mich nicht auf ihn stürze und mir das nehme, wonach es mir verlangt.

„Also?", fragt er.

„Ähm.... Also? Was habt ihr besprochen?"

„Ich kann dir das natürlich nicht erzählen, denn immerhin war das ein Gespräch unter Männern und alles, was da beredet wird, bleibt auch da."

„Das ist jetzt nicht dein Ernst? Bei Lisa bin ich mir nicht so sicher, aber Molly kennt garantiert schon den genauen Wortlaut.", schnaube ich aufgebracht. Erst fragt er mich und tut so, als wolle er es mir erzählen und dann erteilt er mir so eine Abfuhr.

„Ich weiß." Er besitzt auch noch die Frechheit, mit den Schultern zu zucken. Sauer hole ich aus und haue gegen seine breite Brust. Meine Hand bleibt darauf liegen und meine Finger beginnen, ihre Bahnen über seine warme Haut zu ziehen. Auch wenn sein Gesicht unverändert bleibt, so verdunkeln sich seine grünen Augen und er holt scharf Atem. Seine Muskeln verhärten sich unter meiner Berührung. Mein Blick gleitet an ihm hinab und an seiner Pyjamahose sehe ich seine wachsende Erregung. Bevor meine Finger den Bund seiner Hose erreichen, packt er mein Handgelenk und legt es betont nachdrücklich auf meinen Bauch. Ich ziehe eine Schnute. Das war schon die zweite Abfuhr an diesem Tag.

„Ich muss wohl doch mit Molly shoppen gehen.", murmle ich.

„Wo wollt ihr einkaufen gehen und wann?" Ob ich es ihm sagen soll? Aber wahrscheinlich ist es für ihn eine größere Qual, wenn ich es ihm sage.

„Das wann und wo haben wir noch nicht festgelegt, aber das was.", antworte ich gleichgültig. Ich will ihm in den Glauben lassen, dass wir Klamotten oder ähnliches kaufen wollen.

„Und das wäre?", fragt er nach. Es wurmt ihn, dass ich nicht sofort mit der Sprache rausrücke.

„Willst du das wirklich wissen?"

„Ja, ich bitte darum." Jetzt ist er wirklich genervt und ich muss ein Kichern unterdrücken.

„Einen Freudenspender." Gespannt warte ich auf seine Reaktion.

„Einen was? Was soll das denn sein?" Verwirrt sieht er mich an und ich kann nicht mehr an mir halten und lache.

„Oh mein Gott. Das hast du mich jetzt nicht wirklich gefragt.", kichere ich und halte mir den Bauch, da er schon beginnt, weh zu tun und auch Lachtränen kullern bereits.

„Hallo? Was soll da jetzt so witzig sein? Ich habe dir eine ganz normale Frage gestellt. Also, was soll das sein?"

„Ein... ein... ein..." Ich bin nicht in der Lage, es zu sagen. Denn jedes Mal, wenn ich dazu ansetze es auszusprechen, werde ich von neuen Lachsalven geschüttelt.

„Sophie!" Langsam wird er richtig sauer. Es ist mir ein Rätsel, wie Männer manchmal so begriffsstutzig sein können.

„Ein Vi... Ein Vibrator.", bringe ich keuchend hervor. Als sich seine Augen vor... ich habe keine Ahnung vor was, weiten, fange ich wieder an, zu lachen und dabei war ich gerade auf gutem Weg, mich zu beruhigen.

„Ein WAS?!", ruft er aus „Du willst mit einer meiner besten Freundinnen einen Vibrator kaufen gehen?"

„Es ist erstaunlich, dass dich die Erkenntnis mehr zu schockieren scheint, dass ich mit deiner besten Freundin einen Vibrator kaufen gehen möchte, als die Tatsache, dass ich mir einen kaufen gehe."

„Er wäre für DICH?! Sag mal, bist du von allen guten Geistern verlassen?" Aus großen Augen und mit offenem Mund starrt er mich an.

„Na klar wäre er für mich. Glaubst du, Molly braucht einen? Ganz bestimmt nicht, denn sie hat regelmäßigen Sex mit meinem Bruder und da hat sie so etwas nicht nötig!" Erbost verschränke ich die Arme vor der Brust und sehe zur Decke hoch.

„Stopp! Wehe du redest weiter. Ich will das nicht wissen. Ich hatte davon heute schon mehr als genug Informationen. Aber mal im Ernst, wofür brauchst du das Ding? Reiche ich dir nicht mehr aus?" Ein Hauch verletzter Männerstolz schwingt in seiner Stimme mit.

„Wenn du es mit mir treiben würdest, dann müsste ich nicht mehr über den Kauf eines Vibrators nachdenken. Denn ich bin mit deinen Leistungen auf diesem Gebiet mehr als zufrieden."

„Es mit dir treiben? Erstens, ich hasse deine Schwangerschaftshormone jetzt schon und zweitens, ich treibe es nicht mit dir. Wenn, dann schlafen wir miteinander oder machen Liebe oder von mir aus auch ein anderer, halbwegs schmeichelnder Begriff für Sex, aber um Himmels Willen nenn es nicht miteinander treiben. Was sind wir? Zwei Menschen, die nur bedeutungslosen Sex haben, denen es nur um die Befriedigung ihrer niederen Instinkte geht?"

„Gott Kyle! Jetzt mach doch nicht einen auf Moralapostel. Aber Fakt ist, dass du mich heute schon zwei Mal abgewiesen hast. Ich kann bald nicht mehr und da du mir keinen Orgasmus verschaffen willst, muss ich mir selber Erleichterung verschaffen. Immer nur Handbetrieb ist langweilig, also muss ich mir einen Helfer besorgen." Ich schiebe trotzig meine Unterlippe nach vorne.

„Weißt du eigentlich, wie absurd dieses Gespräch ist?"

„Was soll daran absurd sein? Du willst keinen Sex mehr mit mir und das muss ich akzeptieren. Aber ich will auf Sex nicht verzichten und mit einem anderen Mann steige ich nicht ins Bett."

„Oh Mann Sophie. Ich liebe dich!", lacht er.

„Warum lachst du? Ich schütte dir gerade mein äußerst sexuell frustriertes Herz aus und du machst dich über mich lustig."

„Süße, ich mache mich nicht über dich lustig. Ich will Sex mit dir, von mir aus den ganzen Tag, von morgens bis abends. Ich gebe zu, dass mir der Gedanke nicht behagt, dass du mich durch ein batteriebetriebenen Nachbau ersetzten willst."

„Du willst mit mir schlafen?"

„Ja."

„Was ist mit deinen Bedenken?"

„Ich habe deinen Rat befolgt und habe mit deinen Brüdern geredet."

„Und?" Erwartungsvoll richte ich mich ein wenig auf und stütze mein Gewicht auf meine angewinkelten Ellenbogen, die ich links und rechts neben meinem Körper auf der Matratze abstütze.

„Ich habe dir doch gesagt, dass ich nicht plaudern werde."

„Ich will ja nicht alles wissen, nur, ob sie wirklich mit dir über dieses eine, spezielle Thema gesprochen haben und wenn ja, was dabei heraus gekommen ist. Aber immerhin müsst ihr euch über Sex unterhalten haben, denn woher hättest du sonst so viele, unnötige Details über das Sexualleben deiner besten Freundinnen und meiner Brüder her haben sollen."

„Sie wollten erst nicht darüber reden und haben total abgeblockt. Aber als ich sie dann gefragt habe, was sie glauben, woher Sam kommt und wie Knöpfchen wohl entstanden ist, hatten sie ein Einsehen. Aber gefallen hat es ihnen dennoch nicht. Vielleicht hat mir deshalb David von seinem Sex mit Molly erzählt. Himmel, sie und Lisa sind wie Schwestern für mich. Eines ist jedenfalls sicher – ich werde nie, aber auch wirklich nie mit irgendeinem Freund von Kerry reden. Kleine Schwestern und Geschlechtsverkehr sind zwei Themen, die absolut nicht zusammenpassen."

„Hat er dir erzählt, dass Molly, als sie mit Jessy schwanger war, ständig Sex haben wollte und dass er irgendwann gestreikt hat. Erst als sie ihm gedroht hat, sich einen Freudenspender zu kaufen, hatte er ein Einsehen und hat ihre Gelüste befriedigt."

„Gott Sophie, ich hatte dieses Bild gerade verdrängt. Aber ja, das hat er erzählt, aber er hat das kleine Detail seines Streikes weg gelassen. Aber woher weißt du das?"

„Molly." Ich zucke mit den Schultern.

„Molly?"

„Ja, oder dachtest du, wir drei haben Strickmuster ausgetauscht?"

„Weiß nicht so richtig.", murmelt er leise.

„Aber zurück zum Ursprungsthema, wir schweifen schon wieder ab. Was ist bei eurem Gespräch heraus gekommen? Dass du scharf auf mich bist, kann ich an deiner Schlafanzughose erkennen." Ich deute auf die deutlich sichtbare Beule.

Ein süffisantes Grinsen breitet sich auf seinem Gesicht aus. Aber anstatt mit eine Antwort zu geben, rollt er sich auf mich und presst verlangend seinen Mund auf meinen. Seine Zunge bittet nicht um Einlass, er schiebt sie mir drängend in den Mund und beginnt sofort, meine zu umgarnen. Seine Hände gleiten unter mein T-Shirt und schieben es mir hoch, indem er über meinen Bauch nach oben zu meinen Brüsten wandert. Meine Brustwarzen sind schon längst harte Kiesel und recken sich seinen Händen vorwitzig entgegen.

Ich kralle meine Finger in die Muskeln an seinen Schultern und er drängt sein Becken meinem entgegen. Ich schlinge meine Beine um seine Hüfte und schiebe mit den Füßen seine Hose nach unten. Da meine Beine kürzer als seine sind, muss er den letzten Rest selbst übernehmen.

Er streift mir schnell das Shirt über den Kopf und während er sich mit den Händen an meiner Hose zu schaffen macht, wandert sein Mund an meinem Hals entlang und haucht kleine Küsschen auf meine empfindliche Haut.

Wir keuchen wie zwei Teenager, die es gar nicht erwarten können, endlich miteinander zu schlafen. Dementsprechend fahrig sind auch unsere Berührungen. Wir wollen jeden Quadratzentimeter des Körpers des Anderen mit einmal erkunden. Aber so viel Geduld haben wir nicht.

Hart presst er sich gegen meine pochende Mitte und ich zergehe schier vor Verlangen.

„Kyle, bitte..." flehe ich und er lässt mich nicht länger warten. Seine Lippen wandern wieder nach oben zu meinem Mund und er dringt mit einem einzigen, fließenden Stoß in mich ein. Ohne auszuharren beginnt er, sich zu bewegen und ich stehe schon nach wenigen Stößen kurz vorm Orgasmus.

Meine Fingernägel kratzen über seinen Rücken und hinterlassen schmale, rote Striemen. Meine Beine liegen weiterhin um seine Hüften und ich hebe ihm meine wollüstig entgegen.

Mein Atem kommt immer abgekackter und die Muskeln in meinem Unterleib ziehen sich zusammen.

Er atmet keuchend neben meinem Ohr und beißt mir leicht in die Schulter, als seine Stöße immer schneller und härter werden.

Der Orgasmus kommt heftig und ich schreie meine Erlösung heraus. Damit ich nicht das ganze Haus wecke, verschließt Kyle meinem Mund mit seinem. Wir küssen uns auch immer noch, als er seine Erlösung findet.

Ehe er auf mir zusammenbrechen kann, schlingt er seine Arme um meine Taille und dreht sich auf den Rücken. Dabei zieht er mich mit sich. Ich liege jetzt auf ihm, wobei die Verbindung unserer Unterleiber immer noch besteht.

Dumpf pulsiert seine Männlichkeit in mir und obwohl mein erholsamer Orgasmus gerade abklingt, spüre ich, wie sich neues Verlangen in mir aufbaut.

Molly hat Recht. Die Schwangerschaftshormone machen eine Sexbesessene aus mir. Aber im Moment macht mir das nichts aus.

An meinem Ohr höre ich Kyles Herz wild und kraftvoll schlagen. Ich spüre an meiner Wange und unter meinen Händen den leichten Schweißfilm, der sich auf seiner Haut gebildet hat. Ich küsse die Stelle seiner Brust, unter der sein Herz pocht und ich schmecke das Salz an meinen Lippen.

„Ich nehme mal an, dass das Gespräch deine Meinung ändern konnte." Sanft lächle ich. Auch wenn ich schon wieder könnte, fühle ich mich wunderbar befriedigt.

„Sieht ganz so aus, oder?"

„Du kannst dir gar nicht vorstellen, wie glücklich ich darüber bin."

„Ich auch. Acht Monat ohne das hier..." Er hebt seine Hüften an und ich kann spüren, wie er wieder in mir hart wird und mit jeder Bewegung seines Beckens wird er steifer und füllt mich aus.

„...könnte ich nicht durchhalten.", keucht er. Ich richte mich auf und reite den Mann meines Herzens.

Kapitel 8 - Informationen

Die Absätze meiner Pumps klappern auf dem Bürgersteig. Hastig weiche ich den Menschen aus, die anscheinend nichts Besseres zu tun haben, als mir ihm Weg zu stehen.
Eine Woche ist inzwischen vergangen. Mehr oder weniger sind wir zum Alltag zurückgekehrt. Die männlichen Mitglieder meiner Familie haben sich immer noch nicht beruhigt und sie drängen darauf, dass ich dem Arzt die Meinung geige. Sie haben mir ein Ultimatum von einer Woche gegeben. Wenn ich bis dahin nicht reagiert habe, wollen sie sich der Sache selber annehmen.

Ein wenig außer Atem erreiche ich das Restaurant, in dem ich mit Richard zum Lunch verabredet bin. Den Vormittag hatte ich mir frei genommen und nach dem Mittag werde ich in den Laden fahren. Denn Marie ist aus dem Urlaub zurück und sie kennt die ganzen Ereignisse noch nicht. Wir werden den Nachmittag damit verbringen, über die Fülle der Neuerungen zu reden.
Ich betrete das Restaurant. Mein Blick fällt auf ein Gemälde eines Sonnenuntergangs an einem Strand. Unwillkürlich muss ich lächeln. Am Mittwoch hatten wir den Kaufvertrag für unser Haus unterschrieben. Nach der Unterzeichnung sind wir mit Sam in unser neues Heim gefahren. Am Anfang war er noch recht verhalten, aber als er sein zukünftiges Zimmer, den Garten und den Strand gesehen hat, hat er uns sein Okay gegeben. Da wir noch einiges renovieren lassen, wird es noch ein paar Wochen dauern, bis wir einziehen können. Neue Möbel müssen wir uns auch noch kaufen, denn meine bleiben im Haus meiner Eltern. Kyle

wird seine zusammen mit seiner Wohnung verkaufen. In letzter Zeit war er eh kaum dort. Meist nur, um zu lüften. Im Moment ist er zusammen mit David in seiner Wohnung und sie packen seine persönlichen Sachen zusammen. Wir stellen sie erst einmal bei seinen Eltern unter, bis sie dann in das Haus können.
Wenn ich jetzt so an unser neues Heim denke, dann werde ich ganz ungeduldig und kann es gar nicht mehr erwarten. Ich hoffe, dass die kommenden Wochen schnell vorüber gehen werden.
Ein älterer Herr begrüßt mich lächelnd.
„Guten Tag Madam. Kann ich Ihnen helfen?"
„Guten Tag. Ich bin mit Mr. Borough verabredet."
„Bitte folgen Sie mir. Mr. Borough erwartet Sie bereits." Oh oh, Rich ist schon da und er wird von meiner Verspätung nicht begeistert sein. Aber ich konnte mich heute nur sehr schlecht von Kyle und seinem göttlichen Körper trennen. Seit er seine Bedenken über Bord geworfen hat, können wir gar nicht die Finger von einander lassen. Oder besser gesagt, ich kann nicht meine von ihm lassen. Er muss mich nur ansehen oder anlächeln und ich stehe in Flammen. Kyle hat dann gar keine Chance mehr. Ich kann verdammt gut nachempfinden, was mir Molly über die Schwangerschaft mit Jessy erzählt hat.
Ich folge dem Ober und er führt mich an einen Fenstertisch. Ungeduldig trommelt mein Bruder mit den Fingern auf den Tisch. Grimmig blickt er zu mir auf, als ich an unseren Tisch heran trete. Er erhebt sich, um mich zu begrüßen.
„Schön, dass du auch noch kommst.", murrt er.
„Sorry. Ich musste leider meinen Schwangerschaftsgelüsten nachkommen.", entschuldige ich mich. Er denkt jetzt bestimmt an irgendwelche ekligen Nahrungsmittelkombinationen. Doch ich denke an den zügellosen Sex, den ich noch vor etwa einer Stunde mit Kyle hatte.
„Hauptsache du konntest dich vom Kühlschrank loseisen und hast es her geschafft." Noch immer hält er mich im Arm und sieht mich an. Der mürrische Ausdruck in seinen Augen und

seinem Gesicht ist einem viel weicheren gewichen. Wenn es um meine Schwangerschaft geht, kann er mir nicht lange böse sein.

„Ich habe es gerade so geschafft.", kichere ich und wir setzen uns. Der Ober nimmt unsere Getränkebestellung auf und reicht jedem vom uns eine ledergebundene Speisekarte. Ich schlage sie auf und stelle kopfschüttelnd fest, dass alles auf Französisch ist. Für uns ist das kein Problem, schließlich sprechen wir Beide diese Sprache fließend. Aber was ist mit den Menschen, die es nicht können? Die dürfen rätseln und haben am Ende etwas auf dem Teller, das sie verabscheuen.

„Hast du auch so schlimme Geschmacksverirrungen?", nimmt Richard den Faden wieder auf.

„Geschmacksverirrungen?" Fragend sehe ich ihn an.

„Ja. Lisa liebte bei Lena Schokoladencreme mit Sauerkraut und jetzt ist es Grießbrei mit Salzstangen und Fleischwurst. Mir wird schlecht, wenn ich an das Zeug denke."

„Ich kann mich noch gut daran erinnern. Du hattest dich mal bei Dad darüber beschwert, dass sie dich nachts gezwungen hat, in einen Supermarkt zu fahren um Walnusseis zu kaufen und als du wieder da warst, ist sie in Tränen ausgebrochen, weil sie dann lieber Erdbeere wollte."

„Das war eine verdammt harte Zeit. Sie hat mich als unfähigen Idioten betitelt, weil ich nicht in der Lage war, das ihrer Meinung nach richtige Eis zu kaufen. Ich liebe meine Frau und wenn es nach mir geht, bekommen wir noch eine ganze Horde Kinder. Aber das muss wirklich nicht sein."

„Was glaubst du, wie das erst für uns Frauen ist? Wir stehen unseren Gelüsten und Gefühlsschwankungen genauso hilflos gegenüber wie ihr Männer. Wir wollen euch eigentlich nicht anbrüllen, aber unser Körper macht das, was er will."

„Zwischen dir und Kyle ist alles in Ordnung?", wechselt er das Thema.

„Ja, wie kommst du denn darauf, dass es nicht so wäre? Auch wenn ich ihn anbrülle, weiß er, dass ich ihn liebe und nichts dafür kann."

„Ich wünsche ihm noch Nerven aus Drahtseilen und eine unerschöpfliche Geduld.", murmelt Rich. Aus zusammen gekniffenen Augen sehe ich ihn an.

„Was willst du mir damit sagen?"

„Nichts, nur dass du während deiner Schwangerschaft mit Sam unausstehlich warst und ich war immer heil froh, wenn ich dann nach Hause konnte."

„Na hör mal, so schlimm war es nun auch nicht."

„Rede dir das ruhig weiter ein, Schwesterchen. Aber du hattest extreme Stimmungsschwankungen und das über die komplette Zeit."

„Du hast mich bestimmt nicht zum Lunch eingeladen, damit du mit mir darüber diskutieren kannst, wie ich während einer Schwangerschaft bin?", frage ich ihn bissig. Genervt verdreht er die Augen, geht aber nicht weiter auf meinen Ton ein. Er greift nach einer Mappe, die neben ihm auf dem Tisch liegt und schiebt sie zu mir rüber.

„Was ist das?" Verwirrt sehe ich ihn an.

„Das sind alle Informationen, die ich über Bryan Collins und Amanda Lightner auftreiben konnte."

„Daran habe ich gar nicht mehr gedacht."

„Ich habe es aber nicht vergessen. Du hast mir nie gesagt, dass du mir mein Verhalten verzeihst und du hast damals am Strand diese Informationen von mir gefordert."

„Ach Rich. Ich habe euch schon längst verziehen. Wenn ich sehe, wie ihr Kyle in eure Mitte aufgenommen habt, kann euch nicht mehr böse sein."

„Danke." Er nimmt meine Hand und drückt sie kurz.

„Was willst du damit jetzt machen?" Er deutet mit einem Finger auf die dunkelblaue Mappe, die unter meinen Fingern auf dem Tisch liegt.

„Soll ich ehrlich sein?"

„Ich bitte darum."

„Ich habe keinen blassen Schimmer. Ich werde mir, zusammen mit Kyle, die Informationen ansehen und dann werden wir gemeinsam entscheiden. Auch wenn er nie etwas gesagt hat, aber er hat mit seinem ehemaligen, besten Freund noch nicht abgeschlossen und ich habe mit Amanda auch noch eine Rechnung offen."

„Wenn ich euch helfen kann - sagt Bescheid."

„Danke großer Bruder. Wenn wir nicht weiter wissen, werden wir uns an dich wenden. Aber so eine kleine Idee keimt in meinem Inneren." Verschlagen grinse ich ihn an.

„Willst du mir davon berichten?" Verschwörerisch beugt er sich über den Tisch zu mir herüber. Aber bevor ich ihm antworten kann, erscheint ein Kellner an unserem Tisch, um unsere Essenbestellung aufzunehmen und uns unsere Getränke zubringen. Ich stoße mit meinem Wasser gegen Richards Weißwein und trinke gierig einen Schluck des kühlen Nass. Ich habe gar nicht bemerkt, wie durstig ich eigentlich bin.

„Also, was ist dein Plan?"

„Na ja. Amanda weiß ja nicht, dass ich wieder mit Kyle zusammen bin und das könnten wir nutzen."

„Mehr hast du noch nicht? Woher willst du wissen, dass sie nichts von euch weiß? Immerhin versteckt ihr euch nicht gerade."

„Ich habe vor drei Minuten diese Mappe von dir bekommen. Entschuldigung, dass ich noch keinen, bis ins kleinste Detail ausgefeilten Plan vorlegen kann und zu deiner zweiten Frage. Ich bin ihr gestern begegnet und sie hat mit den gleichen, siegessicheren und überheblichen Blick zugeworfen, wie immer."

„Aber du siehst nicht mehr so aus, wie zu Single Zeiten. Du strahlst von innen heraus und das Glück lacht in deinen Augen."

„Das hast du schön gesagt. Aber ich war gestern doch etwas derangiert."

„Warum?"

„Willst du nicht wissen."

„Doch will ich. Also raus mit der Sprache."

„Ich habe gestern Früh meine Tabletten gegen die Schwangerschaftsübelkeit vergessen. Das hat sich gerächt. Ich war ein bisschen shoppen und ich bin ihr begegnet, kurz nachdem ich mich auf der Toilette eines Geschäftes übergeben habe."

„Sophie, du musst die Tabletten nehmen. Es ist für euch Beide nicht gut, wenn du nichts bei dir behältst."

„Nicht du auch noch! Ich habe schon genug Standpauken von Kyle, Mom, Dad und selbst von Sam, mein eigen Fleisch und Blut, bekommen."

„Das ist auch richtig so. Wenn du dadurch lernst, an deine Tabletten zu denken, bin ich auf ihrer Seite."

„Na toll.", murre ich und Richard bricht in schallendes Gelächter aus.

„Wie geht es Lisa, Lena und dem Baby?", drehe ich mal wieder das Thema und es zieht. Immer wenn er über seine eigene Familie sprechen darf, leuchten seine Augen. Er liebt sie abgöttisch und sie haben ihn alle in der Hand. Offiziell hat er die Hosen an, lässt sich von ihnen aber immer wieder ganz leicht um den Finger wickeln. Wer hätte das jemals gedacht? Viele Jahre turnte er durch sämtliche Betten und dann kam Lisa und seine Welt stand Kopf. Bei ihr ist er angekommen und hat seine wahre Bestimmung gefunden.

Der Rest des Lunches verläuft super. Wir lachen viel und necken uns immer wieder, wie es so unter Geschwistern üblich ist. Aber irgendwann muss er dann zurück ins Büro, schließlich leitet sich ein Multimilliarden Dollar Unternehmen nicht von alleine. Jetzt sitze ich hier auf meiner Couch, in meinem Büro und warte darauf, dass Marie von ihrem Kundentermin zurück kommt und wir endlich ungestört alles bequatschen können.

Kapitel 9 – Nächtliche Gier

Im Fernsehen läuft leise ein Film. Ich habe mich auf der Couch ausgestreckt. Davor sitzt Kyle auf dem Boden. Auf seinen Oberschenkeln balanciert er seinen Laptop. Neben ihm liegen diverse Blätter und Fotos aus der Mappe, die mein Bruder mir überreicht hatte.

„Wie wollen wir vorgehen?", frage ich ihn nuschelnd, da durch das Kissen mein Gesicht doch recht zerknautscht ist.

„Ich habe keine Ahnung. Ich bin nicht so der Typ zum Ränke schmieden, das können deine Brüder besser."

„Du willst sie davon kommen lassen und eventuell nie die Wahrheit erfahren?"

„Nein, so ist es nun auch wieder nicht. Außerdem habe ich das ja nicht gesagt. Ich habe nur einfach keine Idee, was wir machen könnten, außer dass ich Bryan aufsuche und ihm die Visage demoliere."

„Das hast du schon gemacht."

„Deine ach so weisen Ratschläge helfen gerade auch nicht weiter.", meint er gereizt.

„Schlechten Tag gehabt?" Ich streiche ihm durch die Haare. Genüsslich schließt er die Augen und lässt sich von mir den Kopf kraulen.

„Nein, aber es kotzt mich an, dass ich absolut keinen Plan habe. Hast du einen?"

„So genau habe ich auch noch keinen. Rich hat uns seine Hilfe angeboten, aber du kennst ihn, er schießt ganz gerne mal über das Ziel hinaus. Aber auf jeden Fall will ich die Wahrheit erfahren. Ich will wissen, warum sie uns das angetan haben und was sie damit bezwecken wollten."

„Das will ich auch. Sie haben uns elf Jahre gestohlen und in dieser Zeit waren wir Beide nicht glücklich. Erst jetzt, wo wir wieder zusammen sind, fühle ich mich wieder komplett. Ohne dich hat mir immer ein wichtiger Teil gefehlt."

„Mir geht es genauso." Ich robbe ein wenig nach oben und beuge mich nach vorn, damit wir uns küssen können. Wir legen all unsere Liebe für einander hinein.

„Ich lass dich nicht mehr gehen.", flüstert Kyle und sieht mir tief in die Augen. Tränen der Rührung treten in meine Augen. Hastig wische ich sie weg. Aber er hat sie schon gesehen. Sorgenvoll runzelt er die Stirn.

„Habe ich etwas Falsches gesagt oder getan?"

Schnell schüttle ich meinen Kopf.

„Nein, ganz im Gegenteil. Ich bin nur so unendlich gerührt. Ich liebe dich."

„Ich dich auch." Wieder treffen sich unsere Lippen.

„Ist Marie wieder aus dem Urlaub zurück?"

„Ja, wir haben den ganzen Nachmittag mit Reden verbracht."

„Willst du es mir erzählen, oder habt ihr ganz geheimen Frauenkram bequatscht?"

„Sie hat mir von ihrem Urlaub mit George und Mai erzählt. Dann habe ich die Bombe platzen lassen und habe ihr von Knöpfchen berichtet. Danach durfte ich sie erst einmal wieder beruhigen, denn sie hat es mir wirklich übel genommen, dass ich sie nicht sofort angerufen habe – Urlaub hin oder her."

„Ist sie noch sauer, oder habt ihr euch wieder vertragen?"

„Sie kann mir nie lange böse sein. Nach zwei Minuten war wieder alles okay. Sie hat sich mit uns gefreut. Dann haben wir noch ein bisschen über die Schwangerschaft und die Organisation gesprochen. Ich werde ja für eine bestimmte Zeit nicht arbeiten können und sie soll nicht alleine da stehen. Dann haben wir noch über L.A. gesprochen. Aber da wollen wir uns noch einmal mit Rich zusammensetzten, erst dann wird entschieden, wie wir weiter vorgehen wollen."

„Mein Freundin wird Großunternehmerin.", lacht er und sieht mich stolz an. Ich küsse zum Dank seinen Nacken. Ein Schauer überläuft ihn.

Eine Weile sitzen wir schweigend da, meine Finger haben meine Lippen in seinem Nacken abgelöst und Kyle sieht nachdenklich auf die Papiere, die am Boden um ihn herum liegen.

„Amanda müsste doch eigentlich wissen, dass wir zusammen sind, oder?", fragt er plötzlich zusammenhangslos. Ich muss kurz überlegen, was er jetzt meint, denn immerhin waren wir gerade bei der Expansion von *Paris Weddings*.

„Ähm... nein, ich glaube nicht. Zumindest hat sie es vor ein paar Tagen garantiert noch nicht gewusst."

„Klär mich auf." Abwartend sieht er mich über seine Schulter an.

„Du weißt doch noch, der Tag, an dem ich meine Tabletten vergessen habe?"

„Ja und ich bin deswegen immer noch sauer.", knurrt Kyle.

„Ich habe doch schon tausend Mal gesagt, dass es mir leidtut. Jedenfalls ist sie mir beim Einkaufen über den Weg gelaufen. Ich kam gerade aus einem Geschäft und du weißt ja, wie ich an dem Tag ausgesehen habe."

Grimmig nickt er. Ich hasse es, ihn daran zu erinnern, aber um meine Begegnung mit Amanda zu beschreiben, muss es sein.

„Sie hat nicht mit mir gesprochen, aber ihr Gesicht hat, wie immer, Bände gesprochen. Sie hatte wieder diesen äußerst überheblichen Blick drauf und ihre Augen haben siegessicher geblitzt."

„Miststück." Er ballt seine Hände zu Fäusten.

„Das bringt uns jetzt auch nicht weiter." Beruhigend streiche ich ihm über den Nacken. Es kann anstrengend sein, wenn er den Beschützer heraus hängen lässt. Aber im Grunde ist das eines der Dinge, die ich so sehr an ihm liebe.

„Ich weiß. Aber auf alle Fälle will ich, dass du weder Amanda, noch Bryan allein gegenüber trittst. Vor allem jetzt nicht, wo du schwanger bist…"

„…und ich weiß, dass er in zwei Wochen wieder nach Chicago zieht.", beende ich den Satz für ihn und verkneife mir jeden Kommentar dazu. Ich weiß ja, dass er sich nur Sorgen um mich macht.

„Wenn uns nicht bald etwas einfällt, dann müssen wir doch noch Richard zu Rate ziehen."

„Mmh", brumme ich unverbindlich, aber auch, weil mir die Augen zufallen. Ich könnte auf der Stelle einschlafen.

„Sophie?", höre ich Kyle noch fragen, bin aber nicht mehr in der Lage, zu antworten, denn ich bin schon eingeschlafen.

Als ich wieder aufwache, ist es stockdunkel. Irgendwie bin ich ins Bett gelangt. Unruhig taste ich nach Kyle. Als meine Finger ihn finden und ich seine warme Haut spüre, fühle ich mich gleich viel ruhiger. Als ich ihn leise schnarchen höre. muss ich lächeln. Das ist das erste Mal. Ich spüre wie sich meine Blase meldet und taste nach dem Schalter, damit ich im Dunkeln nicht über meine eigenen Füße stolpere. Kurz muss ich die Augen zusammen kneifen, als das Licht angeht und mich blendet. Ich kann seinen trainierten Rücken sehen, als sich meine Augen an die Helligkeit gewöhnt haben. Die Bettdecke hängt ihm in den Kniekehlen. Sein Oberkörper ist unbekleidet, wie immer und um seinen knackigen Hintern spannt sich seine Boxershorts. Jetzt, wo es auch in den Nächten wärmer ist, verzichtet er auf eine Pyjamahose. Bei seinem Anblick zieht sich mein Unterleib vor Verlangen zusammen. Schnell greife ich nach seiner Bettdecke und decke ihn wieder zu. Er wäre einfach eine zu große Versuchung für mich, wenn er halb nackt neben mir liegen würde. Leise brummt er. Ich schwinge meine Beine aus dem Bett und mache mich auf den Weg ins Bad.

Als ich zurückkomme hat sich Kyle wieder seiner Bettdecke entledigt und er liegt fast quer auf dem Bett.

Neckend streichele ich seine Wange. Die Stoppeln seines Bartes fühlen sich kratzig an. Ich genieße es in vollen Zügen. Versonnen betrachte ich sein Gesicht. Er sieht so friedlich aus, wenn er schläft und wieder einmal bin ich neidisch auf seine langen, schwarzen Wimpern. Für solche würden manche Frauen echt töten.

Ich streichle immer noch seine Wange, aber der Gute will nicht aufwachen. Sollte er aber, denn sonst bin ich gezwungen, auf der Couch zu schlafen. Nach kurzem Überlegen beschließe ich, härtere Geschütze aufzufahren.

Ich knie mich auf das Bett und beginne die Wanderschaft meiner Zunge an seinem Ohr, oder besser gesagt, an der empfindlichen Stelle dahinter. Leider macht er immer noch keine wirklichen Anstalten. Dafür merke ich es bei mir umso mehr. Die Lust pulsiert dumpf in mir. Ob es wirklich eine so gute Idee war? Aber jetzt, wo ich einmal angefangen habe, kann ich nicht mehr aufhören. Ich mache weiter und entlocke ihm wenigstens ein wohliges Brummen, welches ganz tief in seiner Brust vibriert. Ich kann es unter meiner Zungenspitze fühlen, als ich mit ihr über seinen Hals streiche. Er dreht sich auf den Rücken, hält seine Augen aber weiter geschlossen. Ich schwinge ein Bein über ihn und komme auf seiner Härte zum Sitzen. Leise stöhne ich auf. Die Leidenschaft pulsiert durch meine Adern und rauscht in meinen Ohren. Immer tiefer gleite ich an seinem Körper hinab und fahre die Konturen seiner Brust- und Bauchmuskulatur nach. Seine Hände krallen sich in das Laken.

Ich hake meinen Zeigefinger in den Bund seiner Boxershorts und ziehe sie nach unten. Seine Erektion springt mit entgegen. Auch wenn ich ihn nur wecken wollte, damit ich auch einen Schlafplatz im Bett bekomme, ist es jetzt eher so, dass ich ihn vernaschen möchte. So wie es aussieht, hat Kyle nichts dagegen. Vorher muss er aber aufwachen. Ich will keinen Sex mit ihm haben, während er schläft.

Etwas umständlich zerre ich ihm die Boxershorts vom Körper. Es ist ganz schön anstrengend, wenn er nicht mithilft. Ich hätte nie gedacht, dass er so schwere Beine hat. Wenn ich schon einmal beim Ausziehen bin, dann kann ich mich ja auch gleich meiner Klamotten entledigen. Nackt klettere ich zurück auf das Bett und presse meine Lippen auf seine. Dass er sofort den Kuss erwidert und seine Arme um meine Taille schlingt, macht mich stutzig. Ich unterbreche den Kuss und sehe ihm ins Gesicht. Seine Augen sind geschlossen und er sieht aus, als würde er schlafen. Aber dann zucken seine Mundwinkel. Damit verrät er sich. Lachend schlage ich ihm auf den Oberarm.

„Du bist wach!", schimpfe ich ihn. Er öffnet endlich seine Augen und grinst mich frech an.

„Na klar bin ich wach. Glaubst du, ich will mir das hier…", er deutet mit der Hand auf unsere nackten Körper und zieht mich auf sich „…verpassen?"

„Wie lange bist du schon wach?"

„Seit du angefangen hast, meine Wange zu streicheln."

„Da fällt dir nicht ein einziges Mal ein, mir zu sagen, dass du nicht mehr schläfst?"

„Doch, aber ich wollte abwarten, was du vorhast und das Warten hat sich eindeutig gelohnt." Seine Stimme wird dunkler. Gierig legt er seine Lippen auf meine. Seine Zunge nimmt von mir Besitz, während seine Hände über meinen Körper fahren. Stöhnend dränge ich mich an ihn. Ich kann es nicht mehr aushalten. Für ein längeres Vorspiel bin ich eindeutig nicht in der Stimmung.

„Kyle… bitte… jetzt…", wimmere ich und räkle mich unruhig auf ihm. Zum Glück kommt er meiner Bitte nach.

Er schlingt seine Arme um meine Taille und dreht sich mit mir um, so dass ich unter ihm liege. Kaum berühre ich das Laken, dringt er mit einer schnellen und fließenden Bewegung in mich ein und füllt mich komplett aus. Ich schlinge meine Beine um seine Hüften und ziehe ihn noch näher an mich heran.

Ungestüm beginnt er, sich zu bewegen. Ich begrüße seine Leidenschaft, sie facht meine noch mehr an. Stöhnend recke ich mich ihm entgegen. Ich höre und spüre seinen keuchenden Atem, als er mir in die Schulter beißt. Nicht sehr fest, aber schon so, dass es ein wenig zwickt. Es macht mich noch mehr an. Der leichte Schmerz schießt mir direkt in den Unterleib und verwandelt sich in Lust und Leidenschaft.

Mit dem Namen des jeweils anderen auf den Lippen erreichen wir beiden unseren Höhepunkt.

Kyle bricht, um Atem ringend, auf mir zusammen, wobei er sein Gewicht auf seinen angewinkelten Armen abstützt. Meine Beine sind eng um seine Hüften geschlungen und kurz über seinem Hintern verschränkt. Ich bin unfähig, mich zu rühren.

Mit der rechten Hand greift er nach meinen Beinen und löst sacht meine Umklammerung. Er nimmt mich sofort wieder in die Arme und legt sich neben mich. Ich lege meinen Kopf auf seine sich schnell hebende und senkende Brust und lausche seinem rasenden Herzschlag.

Nach und nach beruhigt er sich. Der gleichmäßige Schlag lullt mich ein, so dass ich nach kurzer Zeit einschlafe. Ich merke nicht mehr, wie Kyle führsorglich die Decken über unsere Körper ausbreitet.

Kapitel 10 - Verrat

Die nächsten Tage plätscherten so dahin. Mit unserem Plan sind wir immer noch nicht weiter. Kyle und ich lassen uns davon aber nicht entmutigen. Rich behält für uns Amanda und Bryan im Auge und so können wir uns noch etwas Zeit mit unserer Rache lassen. Im Moment habe ich sowieso alle Hände voll zu tun, meinen lieben Freund davon abzuhalten, zu Dr. Sung zu rennen und ihm die Visage zu polieren. Seine Wut kann er langsam nicht mehr unter Kontrolle halten und leider unterstützen Dad, Rich und David ihn auch noch dabei. Ihnen dauert es langsam inzwischen zu lange. Aber ich muss ihnen da Recht geben. In den letzten Tagen habe ich überhaupt nicht darüber nachgedacht, wann ich dem Arzt die Meinung sagen will. Ich nehme es mir für den nächsten Tag fest vor. Da ist immerhin Montag und außerdem sind meine Brüder mit ihren Familien da und wir feiern mal wieder eine spontane Pool-

party. Dieses Mal im Freien, da das Thermometer heute auf knapp 30°C geklettert ist.
Nicht mehr lange und wir können in unserem Haus im Pool planschen. Die Handwerker sind seit Donnerstag dabei, die alten Tapeten von den Wänden zu reißen und die Böden abzuschleifen. Die ersten neuen Tapeten sind auch schon ausgesucht. Auch wenn ich die Zeit mit meinen Eltern vermissen werde, freue ich mich tierisch auf unser Haus.

Etwas unsanft werde ich aus meinem Nickerchen im Schatten des Sonnenschirms gerissen, als mich ein nasser Wasserball am Oberschenkel trifft. Die Kinder sind heute wieder richtig übermütig und sind gar nicht mehr aus dem Wasser zu bekommen. Lachend angle ich mir den roten Ball und werfe ihn zurück in den Pool. Da ich gerade so schön bequem liege, begnüge ich mich damit, den Anderen im Pool zuzusehen. Ich muss kichern, als Max Molly von hinten auf den Rücken springt und seine lachende Mutter untertaucht. Lisa liefert sich mit Sam ein Spritzduell. Jessy und Lena sitzen mit Mom auf den Stufen und hören sich wahrscheinlich eine Geschichte an. Nachdenklich ziehe ich die Augenbrauen zusammen. Irgendetwas stimmt hier nicht. Ein ungutes Gefühl macht sich in meiner Magengegend breit und nein, ich muss mich nicht übergeben. Schließlich habe ich heute Morgen ganz brav meine Tablette geschluckt.
Wie von der Tarantel gestochen setzte ich mich auf. Die Männer fehlen! Durch diese Erkenntnis verstärkt sich mein ungutes Gefühl.
„Mom?"
„Ja Spätzchen?"
„Wo sind Dad, David, Kyle und Richard?" Verwirrt sieht sie sich um und fragt bei Lisa und Molly nach. Aber auch sie wissen es nicht. Selbst die Kinder schütteln unwissend die Köpfe.
„Ich gehe mal nachsehen, wo sie stecken.", rufe ich ihnen zu, als ich aufstehe, um ins Haus zu gehen. Ich beginne meine Suche in der Küche, aber diese ist verwaist. Genauso wie das Wohn-

zimmer und die Arbeitszimmer von Mom und Dad. Also bleiben ja nur noch die oberen Etagen. Auch wenn ich keine Ahnung habe, was sie da wollen würden. Ich schlendere durch den Flur und will gerade die Treppe nach oben gehen, als ich durch das Fenster einen Blick nach draußen werfe. Die Wut packt mich und ich balle die Hände zu Fäusten. Mit schnellen und energischen Schritten gehe ich wieder nach draußen und steuere direkt auf Mom zu.

„Hast du sie gefunden?", will sie wissen.

„Nein. Aber wenn ich sie sehe, mache ich sie alle vier einen Kopf kürzer.", presse ich zwischen meinen zusammen gebissenen Zähnen hervor.

„Was ist denn los?" Molly und Lisa sind zu uns herüber geschwommen und setzten sich jetzt neben Mom auf die Treppe. Die Kinder spielen zum Glück alle zusammen mit dem Wasserball.

„Die Autos sind weg."

„Wie weg?" Fragend sieht Lisa mich an.

„Vor der Haustür steht kein einziges Auto mehr. Weder eures, noch das von David. Gott bin ich blöd…" Als mir die Erkenntnis kommt, haue ich mir die flache Hand gegen die Stirn.

„Spätzchen?"

„Sowohl Kyles Audi, als auch Dads Porsche standen den ganzen Tag schon vor der Garage. Eigentlich wollte ich sie fragen, was das soll, habe es aber wieder vergessen. Diese drei Mal dämlichen Hornochsen!"

„Hast du in die Garage gesehen, ob die Autos wieder drin stehen?"

„Mom, es ist Sonntag und die Autos standen an einem Sonntag noch nie draußen, wenn nicht irgendetwas geplant war und diese Idioten hatten für heute eindeutig etwas vor. Ich kann mir denken, was es ist beziehungsweise wo sie sind."

„Und was denkst, dass es ist?", will Molly wissen.

„David hat den Dienstplan von Dr. Sung für organisiert. Drei Mal dürft ihr raten, wo unsere Männer jetzt wohl sind."

„Scheiße! Das erklärt auch, warum Richard vorgestern Abend plötzlich aufhörte, mich mit dem Thema zu nerven."

„Ach, bei euch auch. David gab auch am Freitag plötzlich Ruhe und dabei hat er sich jeden Abend über das Thema aufgeregt." Aufgebracht streicht sich Molly über ihre nassen Haare.

Wütend stapfe ich am Poolrand auf und ab. Ich kann es nicht fassen, dass sie mich so hintergehen, dass sie so hinterhältig ihr Versprechen brechen! Aber sie haben mal wieder nicht mit mir gerechnet.

„Mom, ich muss diese Idioten aufhalten!"

„Spätzchen, wir wissen doch gar nicht, ob sie dort sind oder nicht."

„Wo sollen sie denn sonst sein? Sie haben kein Sterbenswörtchen gesagt, dass sie sich vom Acker machen. Sie sagen uns immer, wohin sie fahren und heute nicht. Das ist kein Zufall! Sie haben wahrscheinlich gehofft, dass wir es nicht merken würden."

„Was willst du jetzt machen?", will Lisa wissen. Schützend hat sie die Hände über ihre Babykugel gelegt.

„Was wohl? Ins Krankenhaus fahren und ihnen die Hölle heiß machen und sie davon abhalten, diesem armen Mann, der nur einen dämlichen Fehler gemacht hat, die Karriere zu ruinieren."

„Ich komme mit. Wenn David gedacht hat, er kann mich so hintergehen, dann ist er schief gewickelt!" Sauer springt Molly auf.

„Ich komme auch mit!" Lisa steht ebenfalls auf und kommt zu uns.

„Ich würde auch gerne mitkommen, aber was machen wir mit den Kindern? Wir können sie nicht alleine lassen.", gibt meine Mutter zu bedenken und wo sie Recht hat, hat sie Recht.

„Könntest du das übernehmen?", frage ich sie eher der Form halber.

„Natürlich?"."

„Molly! Lisa! Auf geht's" Ich warte nicht weiter auf sie, sondern eile wieder nach drinnen und nach oben, um mir etwas anzuziehen.

In meinem Schlafzimmer zerre ich mir den feuchten Bikini vom Körper und schlüpfe schnell in Unterwäsche und ein Sommerkleid. Für Hosen fehlt mir jetzt die Geduld. Als ich meine flachen Sandalen anziehe, denn von meiner Familie und Kyle habe ich High Heel Verbot bekommen, fällt mein Blick auf das Bett. In friedlicher Eintracht liegen mein Kopfkissen und meine Decke neben Kyles Bettzeug. Einem inneren Impuls folgend raffe ich sie zusammen und schmeiße sie im Wohnzimmer auf die Couch. Soll er sehen, was er von seiner dämlichen Aktion hat, auch wenn es bedeutet, dass ich eine sehr unruhige und lange Nacht haben werde. Das ist mir im Moment aber egal. Ich lasse das Bettzeug einfach so durcheinander auf der Couch liegen, wie es darauf gelandet ist und gehe nach unten. Im Flur warten bereits meine beiden Helferinnen. Ich schnappe mir meine Handtasche und die Autoschlüssel, aber meine Molly hält mein Handgelenk fest. Mit erhobenen Augenbrauen sehe ich sie fragend an.

„Du bist viel zu aufgebracht, um zu fahren. Sandra hat mir ihren Autoschlüssel gegeben. Wir sollen ihren nehmen.", bestimmt sie und ich öffne meine Hand wieder. Der Schlüssel fällt klappernd auf die Anrichte aus dunklem Holz. Zustimmend nickt Molly.

„Na dann los Mädels. Suchen wir unsere Männer.", fordert Lisa uns auf und scheucht uns in Richtung Garage.

Die ganze Fahrt über versuche ich, mich ein wenig zu beruhigen. Aber so richtig klappen will es nicht. Ich fühle mich so verraten und bin abgrundtief enttäuscht. Von meinem Vater und meinen Brüdern bin ich es ja schon gewohnt, dass sie ganz gerne mal etwas anderes machen, als das, was wir miteinander abgesprochen haben. Aber dass Kyle da auch noch mitzieht, verpasst mir einen gehörigen Stich. Hat er so wenig Respekt vor mir? Ich dachte in den letzten Wochen, dass es wir drei, beziehungsweise bald vier, gegen den Rest der Welt heißt. Aber jetzt hat sich ein Teil meiner ganz persönlichen Welt abgelöst und gegen mich gestellt. In gewisser Weise kommt sein Verhalten einem Vertrauensbruch gleich. Da wird Kyle wohl einige Tage auf der Couch schlafen müssen.

„Sie sind tatsächlich hier!", ruft Molly aus und tritt abrupt auf die Bremse, so dass wir alle in die Sicherheitsgurte gedrückt werden. Ich folge mit meinen Augen ihrem ausgestreckten Arm. Auch Lisa beugt sich neugierig von hinten nach vorne. Bei meinen ganzen Grübeleien habe ich gar nicht bemerkt, dass wir uns schon in der Tiefgarage des Krankenhauses befinden.

Mein Blick trifft auf drei SUVs, einem Audi, ein BMW und ein Porsche und auf einen schwarzen, schnittigen Audi. Ich muss gar nicht auf die Kennzeichen sehen, um zu wissen, dass es ihre Autos sind. Wütend starre ich die Wagen nieder, obwohl diese armen Vehikel nichts für die Dummheit ihrer Besitzer können. Erst jetzt fällt mir auf, dass sie mit allen Autos gefahren sind. Vier Idioten, vier Autos. Hätte es einer nicht auch getan? Was haben sie damit bezweckt? Wollten sie so verhindern, dass wir ihnen folgen können? Was eigentlich hirnrissig ist, denn wir haben genug Autos in der Garage stehen und außerdem würde es nicht erklären, warum Dad und Kyle mit ihren gefahren sind. Vielleicht waren heute auch mal wieder ihre Egos so groß, dass jeder ein Auto für sich brauchte, denn sonst hätten sie alle gar keinen Platz gehabt.

Neben mir schüttelt Molly den Kopf und presst missbilligend ihre Lippen so stark aufeinander, dass nur noch ein schmaler Strich davon übrig ist. Sie tritt wieder auf das Gas und schert den Wagen rasant in die freie Parklücke neben Kyles Audi ein. Wieder werden wir nach vorne in die Sicherheitsgurte katapultiert, da sie wieder hart abbremst, um das Auto nicht gegen die Wand zu brettern. Entsetzt sehe ich sie an. Diese Fahrweise kenne ich gar nicht von ihr und sie zeigt mir, wie sehr es unter ihrer Oberfläche brodelt. Sie ist mindestens genauso wütend wie ich, wenn nicht sogar noch mehr. Mit doch etwas zittrigen Fingern greife ich nach dem Verschluss meines Sicherheitsgurtes und öffne ihn. Wackelig steige ich aus, habe mich aber schnell wieder gefangen, denn schließlich haben wir eine Mission.

Wie drei Racheengel gehen wir auf den Fahrstuhl zu und fahren nach oben in die Lobby. Als sich die Türen der engen Kabine öffnen, weht mir sofort dieser typische Krankenhausgeruch um die Nase und ich muss meinen Fluchtreflex unterdrücken. Entschlossen mache ich einen Schritt nach vorne.

„Wo müssen wir hin?", fragt Lisa und schaut suchend nach links und rechts. Sonntägliche Besucher und Patienten flanieren durch den offenen Eingangsbereich.

„Als erstes schauen wir auf die Wöchnerinnenstation."

„Warum das denn?", will Molly wissen.

„Dort werden auch die Schwangeren betreut, bei denen es zu Komplikationen gekommen ist.", antworte ich mit zittriger Stimme. Beruhigend streichen sie mir beide über den Rücken.

„Ich fühle mich wie ein Vulkan, der kurz vor einem Ausbruch steht"

„Ist schon in Ordnung. Komm." Sanft schiebt mich Lisa in Richtung der großen Aufzüge. Schnell finden wir die Station.
Hier herrscht die übliche, ruhige Wochenendatmosphäre. Es ist keine Menschenseele zu sehen. Entschlossenen Schrittes geht Molly auf das Schwesternzimmer zu. Eine ältere Frau mit langen, schwarzen Haaren, welches von grauen Strähnen durchzogen ist und deren Haut die Farbe von Oliven hat, sitzt an einem Schreibtisch und tippt etwas in den Computer ein. Leise klopft sie an und der Kopf der Schwester hebt sich.

„Ja bitte?", freundlich lächelt sie uns an.

„Hallo. Ich würde gerne zu Dr. Sung."

„Hallo. Tut mir leid, Dr. Sung ist gerade in einem Gespräche." Entschuldigend sieht sie uns an. In ihrem Blick liegt die Frage, warum, an einem Sonntag, so viele Leute zum diensthabenden Stationsarzt wollen.

„Handelt es sich dabei um vier Männer. Alle Vier groß und mit breiten Schultern?"

„Ja genau. Woher wissen sie Sie das?", fragt die Schwester freundlich. Bei diesen Worten balle ich meine Hände zu Fäusten. Auch wenn ihre Autos schon Beweis genug waren, aber dennoch hatte ich dennoch die irrwitzige Hoffnung, dass ich mich eventuell doch getäuscht hätte. Jetzt gibt es keine Zweifel mehr.

„Es handelt sich dabei um unsere Männer."

„Ach wenn das so ist. Sie sind in unserem Arztzimmer."

„Wo finden wir das?" Ich frage mich, wie Molly diese freundliche Fassade aufrechterhalten kann.

„Aber natürlich, es ist gleich den Gang hinunter die letzte Tür auf der linken Seite."

„Dankeschön."

„Keine Ursache." Die Schwester wendet sich wieder ihrer Arbeit zu und wir gehen in betont ruhigem Schritt den Gang entlang. Es hätte schon auffällig ausgesehen, wenn wir hier lang gerannt wären.

An der Tür bleiben wir kurz stehen. Ich habe meine Hand auf die Klinke gelegt und das Ohr an das kühle Holz gepresst.

Im ersten Moment kann ich nichts hören, aber dann dringen Stimmen an mein Ohr.

„Haben sie Sie eigentlich eine Ahnung, was sie Sie getan haben?!", höre ich jemanden brüllen und dieser jemand ist eindeutig mein guter Kyle. Schnell drücke ich die Türklinke nach unten und stoße sie die Tür so heftig auf, dass sie laut gegen die Wand dahinter anstößt. Erschrocken fahren Dad, Kyle, David und Richard herum. Ungläubig und erstaunt sehen sie uns an. Sie haben sich alle vier um einen Stuhl positioniert, der in der Mitte des Raumes steht und auf diesem dem ein zitternder und verängstig drein blickender Dr. Sung sitzt.

„Was... Sophie... was...", beginnt Kyle zu stottern. Ich hebe nur meine Hand, um ihn zu unterbrechen. Im Moment kann ich nicht sagen, welches Gefühl am stärksten ist. Ich bin unsagbar wütend und bitter enttäuscht, nicht nur von ihm, sondern auch von meinen Brüdern und meinem Vater. Alle Vier sehen uns immer noch fassungslos an. Wobei Rich langsam beginnt, sich zu fangen. Seine Miene wird von Sekunde zu Sekunde verschlossener. Sein Blick aber bleibt auf mich gerichtet, genauso wie Dads und Davids. Ich muss mich nicht umdrehen, um zu wissen, wie

Lisa und Molly hinter mir gucken. Ich löse meinen Blick von Rich und sehe auf Dr. Sung. Der macht ein Gesicht, als könne er sein Glück nicht fassen. Dass ich auch noch ein gewaltiges Hühnchen mit ihm zu rupfen habe, scheint er zu verdrängen. Mit zitternden Fingern fischt er ein Taschentuch aus der Tasche seines Kittels und wischt sich über die nasse Stirn.

„Süße… ich…", beginnt Kyle von neuem und kommt zwei Schritte auf mich zu.

„Komm mir bloß nicht zu nahe, Wallace!", warne ich ihn leise und abrupt bleibt er stehen. Er wird noch eine Spur blasser und öffnet seinen Mund. Wahrscheinlich will er noch einmal anfangen, aber als er meinen wütenden und zugleich maßlos enttäuschten Blick sieht, klappt er ihn wieder zu und schaut betreten zu Boden. Die Schultern lässt er hängen.

„Spätzchen, wir…", mischt sich jetzt mein Vater mit ein.

„Du hältst am besten deinen Mund und ihr Drei…", ich zeige auf David, Rich und Kyle „…haltet auch eure Klappen. Habe ich mich klar und deutlich ausgedrückt?" Ich habe den ganz speziellen Mom-Ton aufgesetzt, den ich immer benutze, wenn Sam etwas angestellt hat. Außerdem habe ich mir den von Mom abgeguckt. Da knickt jeder ein.

„Ja Ma'am", murmeln sie alle und senken ihre Blicke auf den grünen Linoleum Boden.

„Ich kann gar nicht sagen, wie fr…", setzt Dr. Sung an.

„Sie sind auch ganz ruhig!", belle ich ihn an und er zuckt unter meinem barschen Ton zusammen, was ich mit Genugtuung registriere.

„Lasst mich mit ihm alleine.", sage ich etwas ruhiger, aber nicht minder kalt.

„Sophie…"

„Richard, das war keine Bitte!" Ich sehe meinen Bruder dabei nicht an, kann aber hören, wie er scharf die Luft einzieht. In diesem Ton habe ich zwar schon öfters mit ihm gesprochen, schließlich streiten wir doch ganz gerne, aber ich habe ihm dabei immer direkt ins Gesicht geschaut. Es trifft ihn, wenn ich ihn bei unse-

ren Auseinandersetzungen nicht ansehe, denn dann kann er nicht in meinem Blick lesen und weiß nicht, was als nächstes kommt.
Noch immer stehen sie alle um den Stuhl herum und machen keine Anstalten, sich zu bewegen.
„RAUS HIER!", brülle ich sie jetzt an. Sie besitzen zumindest den Anstand, angemessen zusammenzuzucken. Sie werfen mir noch einen letzten Blick zu und quetschen sich dann an mir vorbei auf den Flur, wo sie, bis auf Kyle und Dad, von ihren Frauen in Empfang genommen werden. Hier auf einem Krankenhausflur werden sie ihnen keine Szene machen, aber wenn sie dann alle zu Hause sind, wird der Krach richtig losgehen. So wie ich meine Mitstreiterinnen kenne, wird Kyle wohl nicht der Einzige sein, der mindestens die nächste Nacht alleine auf der Couch schlafen muss.
Ich lange nach der Tür und brettere sie mit Schwung zu. Dr. Sung zuckt wieder zusammen. Seine Gesichtsfarbe hatte sich schon etwas normalisiert, aber jetzt, wo er allein mit mir in diesem mickrigen Zimmer ist, wird er wieder bedeutend blasser. Richtig so, soll er ruhig Angst vor mir haben. Ohne ihn aus den Augen zu lassen, gehe ich langsam auf ihn zu und drehe zwei Runden um seinen Stuhl.
Ich kann sehen, wie der Schweiß über sein Gesicht rinnt und wie sein Adamsapfel hüpft, während er angestrengt schluckt.
Ich bleibe vor ihm stehen und stütze meine Hände auf den Armlehnen des Bürostuhles ab und beuge mich nach unten, so dass mein Gesicht auf gleicher Höhe mit seinem ist. Ängstlich sieht er mich an. Bei seinem Anblick bekomme ich ein wenig das schlechte Gewissen, aber ich lasse mich davon nicht von meiner Mission abbringen.
„Wissen Sie eigentlich, was Sie mir und meiner Familie angetan haben?", frage ich ihn gefährlich ruhig. Krampfhaft schüttelt er seinen Kopf, bekommt aber kein Wort hervor. In diesem Moment verflucht er wahrscheinlich den Tag, an dem er beschlossen hatte, Medizin zu studieren.

„Sie haben uns sehr viel Kummer und noch mehr Sorgen bereitet.", kläre ich ihn auf.

„Wer... wer... sind... Sie?", fragt er mich stotternd. Überrascht ziehe ich meine Augenbrauen nach oben. Das hatte ich jetzt echt nicht erwartet. Ich habe angenommen, dass die Kerle ihn aufgeklärt hätten.

„Mein Name ist Sophie Borough und Sie haben mir gesagt, dass ich mein Baby aufgrund einer Plazentaablösung verlieren könnte und dann stellte sich heraus, dass das alles nicht stimmt."

„Ich... es... tut... mir... leid."

„Warum? Dr. Sung, warum?", frage ich ihn leise und richte mich auf, um zum Fenster zu gehen. Er soll die Tränen nicht sehen, die mir in die Augen steigen, auch wenn er es meiner Stimme wahrscheinlich anhört.

„Ich..." Er räuspert sich. „...ich weiß es nicht. Für mich sah es danach aus und darum habe ich die Diagnose gestellt. Ich weiß, dass ich voreilig gehandelt habe und eine weitere Meinung eines erfahreneren Kollegen hätte einholen müssen."

„Das erklärt aber immer noch nicht, warum Sie es nicht getan haben."

„Miss Borough, ich habe mein Medizinstudium erst vor einem halben Jahr beendet und hier herrscht ein riesen Druck. Nicht alle Assistenzärzte bekommen eine Festanstellung. Wir sind alle für ein Jahr befristet und nur die Besten werden genommen."

„Und Sie wollen zu diesen Besten gehören?"

„Ja."

„Aber Sie wissen schon, dass Sie Ihren Ehrgeiz auf dem Rücken Ihrer Patienten austragen? Sollte bei Ihnen als Arzt nicht das Wohl Ihrer Patienten an erster Stelle stehen? Oder gehören Sie zu den Ärzten, die diesen Beruf nur wegen des Geldes und des Prestige ausüben?"

„Nein, ich bin Arzt geworden, weil ich den Menschen helfen will. Ich bin der Erste in meiner Familie, der einen Universitätsabschluss hat. Ich habe verdammt viel dafür gearbeitet und ich lasse mir das nicht mehr nehmen." Er klingt sehr entschlossen.

„Haben mein Vater, meine Brüder und mein Freund Ihnen gedroht?"

„Ja."

„Was haben sie gesagt?"

„Das sie alles dafür tun werden, dass mir meine Zulassung als Arzt auf Lebenszeit entzogen wird. Das können sie nicht tun, das dürfen sie nicht! Bitte Miss Borough!", fleht er mich an.

„Können tun sie schon, da unterschätzen Sie deren Macht. Aber keine Angst, sie werden es sein lassen. Immerhin habe ich da noch ein Wörtchen mitzureden."

„Danke. Ich weiß nicht, was ich tun kann, damit Sie mir verzeihen. Es war wirklich nicht meine Absicht Ihnen so viel Kummer bereitet zu haben."

„Wissen Sie, vor meiner Schwangerschaft hätte ich Ihnen jetzt wahrscheinlich den Kopf abgerissen." Ich höre, wie Dr. Sung scharf Luft holt. „Das war im übertragenen Sinne gemeint. Durch meine Schwangerschaft bin ich da doch ruhiger geworden, was Ihr Glück ist. Wenn ich gleich durch diese Tür gehe…" Ich drehe mich ein wenig und deute mit dem Kopf auf die braune Holztür „…dann werde ich nicht mehr an diesen Tag zurück denken. Aber Sie sollen wissen, dass ich Sie nicht vergessen werde und sollte mir auch nur einmal zu Ohren kommen, dass Sie wieder so einen groben Fehler begangen haben, dann lasse ich meine Vater, meine Brüder und meinen Freund auf Sie los. Ich werde sie nicht zurück halten."

„Wie wollen Sie das denn machen?", fragt er mich mit einem arroganten Unterton. Kalt blickend drehe ich mich zu ihm um und sehe ihn an. Ich kann richtig sehen, wie er unter meinem Blick zu schrumpfen beginnt.

„Machen Sie nie den Fehler, mich oder meine Familie zu unterschätzen. Wir haben unsere Quellen und wir bekommen alles raus."

„Sind Sie die Mafia?" Er klingt wieder ängstlicher.

„Nein, sind wir nicht. Aber wir sind eine Familie, die nicht vergisst. Wir nutzen die Möglichkeiten, die uns zur Verfügung

stehen und das sind eine ganze Menge. Auf kein Wiedersehen Dr. Sung." Nachdem ich mich von ihm verabschiedet habe, verlasse ich den Raum.
Auf dem Flur wartet der Rest. Ich fühle mich erschöpft und bin müde. Aber ich darf das jetzt nicht zeigen, wenn ich jetzt gegenüber diesen Verrätern einknicke, bin ich verloren. Sie sollen ihre Lektion lernen. Also straffe ich meine Schultern und sehe sie an.
Sie stehen alle Vier nebeneinander an die gegenüberliegende Wand gelehnt. Lisa und Molly links und rechts daneben, ganz so, als wollen sie die Männer bewachen, damit auch ja keiner abhaut.
„Wir können fahren.", sage ich und würdige die Männer mit keinem einzigen Blick. Damit treffe ich sie mehr, als würde ich sie hier und jetzt anbrüllen. Im Moment will ich aber nicht brüllen, ich habe meine Kraft bei Dr. Sung verbraucht. Auf dem Nachhause Weg muss ich jetzt erst einmal neue sammeln.
Ohne weiter auf sie zu achten gehe ich zu den Aufzügen. Schon kurze Zeit später höre ich ihre Schritte hinter mir. Als sich die Fahrstuhltüren öffnen, stelle ich mich nach ganz hinten in die Kabine. Mit gesenktem Kopf tritt Kyle neben mich. Als alle drin sind, schließen sich wieder die Türen und der Fahrstuhl beginnt, sich zu bewegen. Ich spüre, wie er versucht, meine Hand zu halten, aber ich entziehe ihm meine Finger und verschränke meine Arme vor der Brust. Ich kann seine Berührungen im Moment nicht ertragen. Zu tief sitzt sein Verrat.
Als wir unten im Eingangsbereich angekommen sind, gehen wir schweigend zum nächsten Fahrstuhl und auch hier sagt niemand ein Wort.
Die Männer steuern ihre Autos an. Kyle hält mir abwartend die Beifahrertür auf, genauso wie Richard auf Lisa wartet und David auf Molly. Aber keine von uns geht zu ihrem Mann. Demonstrativ steigen wir in den Wagen, mit dem wir gekommen sind.

„Wie ist es gelaufen?", fragt Lisa und legt mir von hinten ihre Hand auf die Schulter. Tröstend drückt sie zu.

„Ich habe ihm gesagt, dass ich nicht mehr an diesen Tag denken werde und dass ich ihn nicht vergessen werde, dass ich die Kerle auf ihn hetzte, sollte mir nur jemals zu Ohren kommen, dass er wieder so einen groben Fehler begeht."

„Wow, damit hast du ihm wahrscheinlich mehr Angst gemacht, als wenn du ihn angeschrien hättest. Der hatte ja richtig gezittert, als du die Tür geöffnet hast." Trocken lacht Molly auf.

„Ja.", seufze ich

„Wie geht es dir?" Kurz sieht mich Molly an, aber sie muss ihren fragenden Blick von mir nehmen, da sie sich auf den Verkehr konzentrieren muss.

„Ich bin müde und erschöpft."

„Dann leg dich zu Hause am besten hin."

„Mache ich, aber erst, wenn ich Kyle die Leviten gelesen habe. Könnt ihr eure Männer übernehmen? Mom wird sich sicherlich Dad zur Brust nehmen. Die schaffe ich jetzt nicht mehr. Aber keine Angst, um die werde ich mich auch noch kümmern, nur nicht mehr heute."

„Na klar, mach dir da keine Gedanken."

„Danke.", sage ich leise. Ich habe keine Ahnung, ob sie mich verstanden haben, aber es ist mir momentan auch egal. Ich lehne meinen Kopf gegen die kühle Seitenscheibe und schließe meine Augen. Nur ganz kurz, um ein wenig Kraft für das anstehende Gespräch und den eventuellen Streit mit Kyle zu sammeln.

Aus dem ganz kurz ist dann doch etwas länger geworden. Ich werde erst wieder wach, als ich spüre, wie sich zwei starke Arme um meinen Körper legen und ich sein Aftershave, welches sich schon mit seinem natürlichen Geruch vermischt hat, rieche. Im ersten Moment will ich mich an seine Brust kuscheln, aber dann erinnere ich mich wieder an die Ereignisse des Tages. Sofort versteife ich mich. Schnell schlage ich meine Augen auf und sehe direkt in sein Gesicht. Ich sitze noch im Wagen meiner Mutter und er will mich gerade auf den Arm nehmen.

„Nimm deine Pfoten von mir!", fauche ich ihn an und schlage auf seine Oberarme ein. Es tut ihm nicht weh, dafür habe ich viel zu wenig Kraft, dennoch nimmt er seine Arme von mir. Verletzt und skeptisch sieht er mir dabei zu, wie ich etwas umständlich aus dem Auto klettere. Kurz verliere ich das Gleichgewicht, meine wackeligen Beine tragen mich gerade nicht sehr zuverlässig. Ich halte mich an der Tür fest. Kyle ist schnell bei mir und legt seinen Arm um meine Taille. Aber ich greife danach und ziehe ihn weg.

„Ich komm schon klar.", knurre ich ihn an.

„Sophie, bitte lass uns darüber reden.", bittet er leise und sieht mich eindringlich an.

„Du willst reden?"

„Ja, will ich."

„Gut, dann reden wir. Was fällt dir eigentlich ein?! Wir hatten eine Abmachung und nur weil es euch Hornochsen mal wieder nicht schnell genug geht, hintergeht ihr mich?"

„Wir hatten dir aber gesagt, dass wir das selber in die Hand nehmen, wenn du zu lange wartest." Ohne dass ich es gemerkt habe, hat sich Richard zu uns gestellt. Er soll gehen. Ich will meinen Freund alleine anschreien. Mein Bruder ist erst dran, wenn ich es will. Er kann sich jetzt nicht einfach dazu drängen.

„Soweit ich mich erinnern kann, hatten wir nie einen zeitlichen Rahmen festgelegt und außerdem ist das ganze gerade einmal knappe vier Wochen her! In einem Vierteljahr hättet ihr vielleicht, und auch nur vielleicht, ansatzweise darüber nachdenken dürfen. Aber nein, es musste ja mal wieder nach euch gehen!"

„Beruhig dich, das ist nicht gut für Knöpfchen."

„Tu nicht so scheinheilig, Kyle! Was hast du denn geglaubt, wie ich reagiere?"

„Ähm… also…" Er druckst rum und mir wird klar, dass ich es nicht erfahren sollte.

„Ich sollte es nicht wissen?!", keife ich wieder los. „Wenigstens war dein Vater so vernünftig nicht mitzumachen."

„Eigentlich nicht und was deinen Schwiegervater in spe angeht, er war unsere Deckung. Wir dachten, dass du ihn kontaktieren würdest, wenn wir plötzlich nicht mehr da sind." Auch David hat sich angeschlichen. Als ich ihn ansehe, sehe ich Molly und Lisa auf uns zukommen. Mom, die zur Haustür gekommen ist, hat Dad am Arm gepackt und hindert ihn daran, zu uns zu kommen.

„Ihr wolltet mich anlügen – alle zusammen.", flüstere ich. Plötzlich ist alle Wut verschwunden und ich spüre nur noch Leere. Es tut verdammt weh.

„Sophie, bitte du musst mir glauben, wir haben das nur zu deinem Besten getan." Flehend sieht mich Kyle an. Ich kann darauf nichts mehr erwidern. Sprachlos starre ich ihn an. Ich habe ihn immer für einen sehr ehrlichen Menschen gehalten. Diese Ansicht kommt gerade gefährlich ins Wanken. Hat er mich schon früher belogen? War das jetzt vielleicht nicht das erste Mal?

Heiße Tränen benetzen meine Wangen. Ich kann spüren, dass sämtliche Farbe aus meinem Gesicht gewichen ist. Von weiter weg höre ich ein undeutliches Stimmenwirrwarr, aber das wird durch meinen schnellen Atem und durch das Rauschen des Blutes in meinen Ohren übertönt. Ich muss hier weg. Ich quetsche mich zwischen Richard und Kyle durch und als sie versuchen, meine Arme zu packen, schüttle ich sie ab. Meine Schritte beschleunigen sich. Ich renne auf das Haus zu. Als ich die Haustür hinter mir ins Schloss schmeiße, höre ich Kyle meinen Namen rufen. Aber ich reagiere nicht darauf. Ich muss jetzt unbedingt alleine sein. So schnell ich kann, renne ich nach oben und in mein Schlafzimmer. Zum Glück steckt an der Tür ein Schlüssel. Entschlossen drehe ich ihn im Schloss, ehe ich mich auf das Bett werfe, auf welchem nur noch meine Bettdecke und mein Kopfkissen liegen und beginne, bitterlich zu schluchzen.

Ein Rütteln an der Tür lässt mich hochschrecken. Mein Herz schlägt zum Zerspringen schnell. Ich rechne schon damit, dass si sich jeden Moment öffnet, aber da fällt mir ein, dass ich sie abgeschlossen habe.

„Verdammt Sophie, rede mit mir!", höre ich Kyle. Aber ich kann ihm nicht antworten. Alles was ich zu Stande bekomme ist, dass ich, mit vor Tränen schwimmenden Augen, auf die Tür starre. Plötzlich komme ich mir so dumm vor. Die Erkenntnis trifft mich hart und völlig unvorbereitet. Ich muss mich fragen, ob ich nicht vorschnell und übertrieben gehandelt und regiert habe.

„Sophie, bitte! Ich liebe dich!", dringt wieder seine Stimme zu mir, bittend, fast schon flehend. Etwas knallt leise gegen die geschlossene Tür und es folgt ein kratzendes Geräusch. Meine Augen sind weit aufgerissen und ich warte auf das, was dann noch kommen mag, aber alles bleibt ruhig.

Langsam falle ich wieder zurück in das weiche Kissen. Mein Blick ist nach oben zur Decke gerichtet. Wie konnte dieser Tage nur so aus den Fugen geraten? Ohne dass ich es merke, gleitet meine Hand zu meinem Bauch und streichelt sacht darüber. Noch ist er relativ flach, aber in ein paar wenigen Wochen wird er sich deutlich wölben, damit das wachsende Leben darin genug Platz hat. Meine üblichen Hosen fühlen sich jetzt schon unangenehm eng an. Es kann gar nicht mehr allzu lange dauern, bis man es sieht. Ich schüttle den Kopf über meine Dummheit, aber ich fühle mich außerstande, etwas dagegen zu unternehmen. Ich schäme mich viel zu sehr für mein Verhalten. Wie konnte ich nur auf die Idee kommen, das Kyle mich aus niederen Beweggründen belogen hat. Ich liebe diesen Mann und das aus vollem Herzen und dann kommt so etwas und ich stelle ihn in Frage? Klar, wir hatten schon früher das Problem, dass er mir gewisse Dinge verschwiegen hat, aber da war das noch viel größere Problem, dass wir nicht miteinander geredet haben.

Das Weinen hat mich ausgelaugt. Laut gähne ich, bringe aber nicht die Kraft auf, die Hand zu heben und sie mir auf den Mund zu legen. Es sieht eh niemand. Schließlich habe ich mich in meinem Schlafzimmer eingesperrt.

„SOPHIE!", brüllt Richard. Er haut so kräftig gegen die Tür, dass ich Angst habe, dass sie jeden Moment aus den Angeln gehoben wird.

„Richard! Lass sie in Ruhe! " Lisa scheint ihrem Mann gefolgt zu sein.

„Ich soll sie in Ruhe lassen? Meine Schwester tickt völlig aus, ganz zu schweigen davon, dass ihr Drei sie darin auch noch unterstützt habt und ich soll sie in Ruhe lassen?! Ich bitte dich!" So wie er sich anhört, ist er außer sich vor Wut.

„Du hast keine Ahnung davon, wie sie sich gerade fühlt und hör auf, hier herum zu poltern!" Lisa ist mindestens genauso wütend wie ihr Ehemann. Bei den Beiden kracht es nicht oft, zumindest nicht vor uns, aber wenn sie mal vor Zeugen aneinander geraten, dann richtig.

„Mag sein, aber ich weiß auch, dass sie sich total kindisch verhält. Ich kann nicht fassen, dass sich meine Schwester, eine Frau von zweiunddreißig Jahren, so aufführt."

„Mein Gott, sie ist schwanger! Wahrscheinlich weiß sie im Moment selber nicht einmal, wo ihr der Kopf steht. Aber ihr hattet nicht das Recht dazu, die Sache in eure Hände zu nehmen und dann auch noch mit dem Vorhaben, ihr alles zu verschweigen. Das ist doch der springende Punkt!"

„Erstens hatte sie genug Zeit, zweitens weiß ich sehr gut, dass sie schwanger ist und drittens wollten wir nichts sagen, weil das zu ihrem Besten gewesen wäre."

„Zu ihrem Besten? Ach komm schon Richard. Sie ist deine Schwester und sie bekommt früher oder später alles raus. Ich weiß, du willst das jetzt nicht hören, aber sie ist da wie du und schon allein diese Tatsache hättet ihr bedenken müssen! Der Fakt, dass ihr zu diesem Arzt gefahren seid, den hätte sie euch mit ein bisschen Geschrei ganz schnell verziehen, aber dass ihr sie anlügen wolltet, das ist das, was ihr so weh tut. Damit habt ihr heute echt den Vogel abgeschossen!"

„Jetzt denk doch mal nach. Glaubst du wirklich es wäre gut für sie und das Baby, wenn sie alles gewusst hätte?"

„Das glaube ich nicht. Aber das Kind ist jetzt nun einmal in den Brunnen gefallen und jetzt müssen wir zusehen, dass wir es wieder heraus bekommen. Denn dieser Zustand ist auch alles andere als gut für die Beiden."

„Wo ist sie?" Ich stöhne auf, jetzt steht auch noch David vor der Tür und da wo er ist, ist Molly bestimmt auch nicht weit.

„Da drinnen.", knurrt Rich. Ich kann seine schlechte Laune fast körperlich spüren.

„Sophie? Komm schon Sophie mach die Tür auf." Es wird wieder gegen die Tür gehämmert, dieses Mal von David.

„Sie wird nicht raus kommen." Kyle hört sich so traurig an, dass es mir das Herz zusammen zieht.

„Gott Kyle!" Molly „Sophie, bitte mach die Tür auf und rede mit ihm!" Soll ich ihrer Bitte nachkommen? Etwas in ihrer Stimme, ich kann nicht genau sagen, was es ist, alarmiert mich.

„Sophie bitte! Lisa und ich halten David und Richard fern. Aber bitte rede mit Kyle. Glaub mir, so habe ich ihn nur einmal gesehen und das war nach eurer Trennung vor elf Jahren."

Langsam erhebe ich mich und bleibe noch einen Augenblick auf der Bettkante sitzen. Mit zittrigen Fingern streiche ich meine Haare nach hinten. Meine Finger verfangen sich in mehreren Knoten und ziehen schmerzhaft daran. Ich verziehe das Gesicht. Auf meinem Nachtschrank liegt ein Zopfband und mit trägen Bewegungen binde ich sie mir unordentlich zusammen.

Meine Knie zittern als ich aufstehe und ich muss mich kurz am Nachtschrank fest halten, damit ich nicht umkippe.

Schwebend hängt meine Hand über dem Schlüssel. Soll ich über meinen Schatten und meinen Stolz springen. Soll ich zugeben, dass ich übertrieben habe? Aber was würde es mir bringen? Bis auf Kummer und Schmerz nichts. Noch einmal tief durchatmen und dann drehe ich den Schlüssel mit einem lauten Klicken, das in meinen Ohren dröhnt, um.

Die Tür öffne ich nur einen Spalt, aber er reicht aus, dass ich sehen kann, wie Kyle aufspringt. Meine Brüder machen einen Schritt nach vorne, auf mich zu, aber Lisa und Molly halten sie auf. Ohne ein Wort zu sagen halte ich Kyle die Tür auf. Als er eingetreten ist, schließe ich sie wieder und drehe den Schlüssel im Schloss. Denn so, wie ich meine Brüder kenne, werden sie so lange vor der Tür warten, bis einer von uns wieder heraus kommt oder sie kommen rein, wenn es ihnen zu lange dauert. Lieber Vorsicht als Nachsicht.

Das Holz der Tür fühlt sich wunderbar kühl an meiner Stirn und meiner Wange an. Durch das Weinen ist mein Gesicht rot und geschwollen. Aber es ist mir egal.

Ich kann Kyle hinter mir hören. Er setzt sich auf das Bett und steht kurze Zeit später wieder auf. Dann tritt er nah hinter mich, aber ohne mich zu berühren. Ich kann ihn riechen und schon fühle ich mich besser. Seine Gegenwart hatte schon immer diese magische Wirkung auf mich, dass ich mich sofort besser fühle, wenn er in meiner Nähe ist.

Langsam drehe ich mich um, lasse meinen Blick aber auf den Boden, bzw. die Spitzen seiner Sneakers gerichtet.

„Sophie." Seine Stimme ist leise und voller Kummer.

Ohne groß nachzudenken gebe ich meinen Gefühlen freie Bahn und schlinge meine Arme um seinen Bauch und drücke mich an ihn. Kurz habe ich die Befürchtung, er würde mich von sich stoßen, da er meine Berührung nicht erwidert. Aber dann legt er seine Arme um mich, zuerst recht zögerlich, aber dann verstärkt er seinen Griff und zieht mich noch näher an sich heran. Ich schmiege meine Wange an seine Brust und atme den typischen Kyle-Geruch ein. Er legt sein Kinn auf meinen Scheitel und streicht mir sacht über den Rücken.

„Es tut mir leid.", nuschle ich und vergrabe mein Gesicht in seinem dunkelblauen T-Shirt.

„Nein Süße, mir tut es leid!" Er nimmt mein Gesicht in seine Hände und dreht es nach oben, so dass ich ihn ansehen muss. Dann spüre ich seine Lippen auf meinen. Erst zaghaft und dann fordernd. Seine Zunge streicht über meine Unterlippe und stöhnend gewähre ich ihm Einlass. Gott, er schmeckt so gut!

Seine Fingerspitzen wandern an meinen Wangen hinab zu meinem Kinn. Sie ziehen eine prickelnde Spur auf meiner Haut. Sie gleiten immer weiter hinab. An meinen Brüsten angekommen, liebkosen sie sie durch den Stoff hindurch. Durch die Schwangerschaft sind sie noch sensibler und ich keuche auf, als er meine Brustwarze zwischen Daumen und Zeigefinger nimmt und diese zwirbelt.
Meine Hände schlüpfen unter sein Shirt und liebkosen seinen Bauch, seine Seiten, seine Brust. Ich fahre die Konturen seiner Muskeln nach und genieße das Gefühl seiner warmen und samtig weichen Haut unter meinen Fingern.
„Kyle... Ich will dich... ich... muss dich spüren.", keuche ich in unserem Kuss. Die Leidenschaft pulsiert in meinen Adern und Nässe sammelt sich im Zentrum meiner Lust und durchtränkt meinen Panty.
„Wir sollten reden." Entgegen seiner Worte drängt er sich in Richtung Bett und zieht mir unterwegs mein Kleid aus.
Ich liege mit dem Rücken auf dem Bett und Kyle halb auf mir, wobei er sich auf einem Arm abstützt, damit ich nicht sein komplettes Gewicht tragen muss. Seine andere Hand fährt bedächtig die Konturen meines Oberkörpers nach und ich drücke verlangend meinen Rücken durch. Da ich es unfair finde, dass Kyle immer noch all seine Klamotten an hat, ziehe ich ihm das T-Shirt über den Kopf. Seine Haut ist schon um einige Nuancen dunkler geworden als im Winter. Er gehört zu den glücklichen Menschen, die sofort braun werden, wenn sie die ersten Sonnenstrahlen treffen. Ich gehöre eher zu den weniger glücklichen und werde sofort rot, wenn ich die Sonne auch nur von weitem sehe. In meinem Badezimmer steht immer Sonnenmilch mit Lichtschutzfaktor 50.
Meine Fingernägel kratzen über seinen Rücken und entlocken ihm ein wohliges Keuchen.
Seine Lippen schließen sich warm und feucht um meine bereits aufgerichtete Brustwarze. Seine Zunge umspielt sie durch den Spitzenstoff des BH.
Mit ein wenig Anstrengung streife ich meine Sandalen ab.

Durch den Stoff seiner Jeanshosen kann ich seine wachsende Erregung an meinem Lustzentrum spüren. Gierig dränge ich mich ihm entgegen.
Kyle greift um mich herum und öffnet mit einer gekonnten Bewegung meinen BH. Ich bewundere ihn heimlich dafür, dass er es schafft, dieses Ding mit nur einer Hand zu öffnen. Ich muss manchmal mit zwei Händen unmenschliche Verrenkungen machen, um ihn zu öffnen.
Sanft beißt er mir in den Ansatz meiner Brust. Seine Zähne hinterlassen einen kleinen, roten Abdruck. Mit fahrigen Händen streiche ich über seinen Rücken, spüre das Spiel seiner Muskeln. Am Bund seiner Jeans angekommen, streiche ich über die Seite nach vorne und versuche an den Knopf zu kommen. Aber leider liegt er so nah an mich gepresst, dass kein Platz mehr für meine forschenden Finger ist. Kyle spürt, was ich vorhabe und hebt seine Hüften ein wenig an, so dass ich endlich an diesen verfluchten Knopf komme. Mit vereinten Kräften schaffen wir es, ihm die Jeans gleich zusammen mit seiner Boxershorts auszuziehen. Danach ist mein Panty an der Reihe. Jeden Zentimeter Haut, den er von Stoff befreit, liebkost er mit seinen Lippen, seiner Zunge und seinen Zähnen und ich zerfließe. Die Lust brodelt in mir. Mein Atem kommt immer abgehackter. Auch Kyle scheint es nicht mehr aushalten zu können. Hart drängt er sich gegen meine Oberschenkel. Sein heißer Atem weht über meinen Körper. Unsere Lippen treffen sich und unsere Zungen zeigen einander, was wir wollen.
Mit seinem Knie spreizt er sanft meine Beine und platziert sich dazwischen. Wir sehen uns tief in die Augen, während er langsam in mich eindringt. Zentimeter für Zentimeter füllt er mich aus, dehnt mich und findet auf Anhieb diesen einen, speziellen Punkt. Genau so langsam wie er in mich eingedrungen ist, zieht er sich jetzt wieder aus mir zurück und gleitet wieder hinein.
Ich schlinge meinen Beine um seine Hüften, grabe meine Fingernägel tief in seine Schultern und recke ihm mein Becken entgegen. Ich kann die sanfte Tour heute nicht gebrauchen. Ich brau-

che es wild und ungestüm. Wir sind ein eingespieltes Team, wir verstehen uns auch ohne Worte und meine Gesten reichen aus, damit er sein Tempo beschleunigt. Schneller und härter füllt er mich aus. Unser abgehackter Atem und das Geräusch von aufeinander klatschender Haut erfüllen den Raum.

Immer wieder durchlaufen Schauer meinen Körper und bewirken das Zusammenziehen meiner Unterleibsmuskulatur. Der erlösende Orgasmus kündigt sich an. Kyle hat gerade wieder seine Lippen auf meine gelegt, als ich laut, in seinen Mund stöhnend, meinen Höhepunkt erreiche. Kurz nach mir springt auch er über die Klippe.

Leider rollt er sich sofort von mir herunter. Er zieht mich zwar in seine Arme, aber es ist nicht das Gleiche, als wenn er keuchend auf mir zusammengebrochen wäre. Solange wie ich schwanger bin, muss ich diesen Umstand wohl akzeptieren.

Schwer atmend liege ich an ihn gepresst, mein Kopf ruht auf seiner schweißnassen Brust. Ich höre sein Herz rasen und spüre seine schnelle Atmung. Zufrieden schließe ich meine Augen. Ich genieße einfach nur. Genieße die Nachwehen meines Orgasmus und die Streicheleinheiten von seiner Hand an meinem Steißbein und Hintern.

Mir fallen die Augen zu, aber ich kämpfe mich zurück. Ächzend stemme ich mich hoch und sehe ihm in sein schönes Gesicht. Einige Strähnen seines Haares kleben ihm nass an der Stirn. Seine grünen Augen haben diesen ganz bestimmten Ton von dunklen Blättern angenommen. Ich liebe diese Farbe, die sie immer haben, wenn wir gerade heißen Sex hatten. Mit dem Zeigefinger fahre ich die Konturen seiner Wangenknochen und seines Kiefers nach. Sacht streiche ich über seine Lippen, die von unseren Küssen leicht geschwollen sind. Immer wieder umrande ich sie. Er spitz sie, um einen Kuss auf meinen Zeigefinger zu hauchen.

„Es tut mir leid.", sage ich schließlich.

„Nein Süße, mir tut es leid. Ich hätte es dir sagen müssen." Er schüttelt den Kopf.

„Ja, hättest du. Aber ich hätte nicht so überreagieren sollen. Ich weiß doch, dass du, meine Brüder und Dad nur mein Bestes wolltet."

„Aber wir hätten dich vorher fragen sollen. Wir dachten, dass du nichts mehr unternehmen willst."

„Soll ich ehrlich sein?" Unsicher sehe ich ihn an. In der letzten Stunde ist mir so einiges klar geworden.

„Ich bitte darum."

„Ich hatte Angst."

„Angst? Wovor?"

„Angst davor, dass alles wieder hoch kommt. Ich hatte Angst davor, dass ich wieder diese Ohnmacht fühle."

„Angst vor der Angst?"

„Wenn du es so willst."

„Süße, das ist doch völlig normal. Glaubst du, mir ging es anders?"

„Ich weiß nicht, du bist immer so stark."

„Das bin ich nur für dich, Sam und Knöpfchen." Wieder schwappt eine Welle der Enttäuschung über mir zusammen.

„Wieso redest du nicht mit mir? Hast du kein Vertrauen zu mir?"

„Ich wusste bis vor wenigen Stunden noch nicht einmal etwas davon." Er grinst mich ein wenig schief an.

„Rede bitte mit mir. Es ist schön zu wissen, dass man mit seinen Ängsten nicht alleine ist."

„Werde ich machen. Aber nur, wenn du mit mir redest. Denn du hast kein Sterbenswörtchen darüber verlauten lassen, warum du deinen Plan nicht verfolgt hast."

„Ich weiß. Tut mir leid."

„Ich liebe dich, Süße."

„Ich liebe dich auch."

„Ist alles wieder gut zwischen uns?"

„Ja, ist es. Wenn du mir verzeihen kannst, dass ich so eine Zicke bin."

„Ich habe ja die Hoffnung noch nicht aufgegeben, dass ich irgendwann meine alte Sophie wieder bekomme. Aber ich liebe dich auch mit deinen Stimmungsschwankungen. Auch wenn sie ganz schön anstrengend sind."

„Wenn du willst, können wir sie ja mit Sex bekämpfen. Danach fühle ich mich immer so wunderbar ausgeglichen."

„Oh Sophie, ich muss aber auch zu Kräften kommen können und arbeiten muss ich auch."

„Ich muss ja auch arbeiten. Außerdem tust du gerade so, als müsstest du dann ununterbrochen mit mir schlafen. Sag jetzt nicht, das würde dir nicht gefallen. Ich kenn dich, Wallace."

„Du scheinst heute einen Narren an meinem Nachnamen gefressen zu haben." Verschmitzt grinst er mich an.

„Er ist schön." Ich zucke mit den Achseln.

„Was hältst du davon, wenn wir Beide uns am Freitag einen freien Abend gönnen?"

„Was schwebt dir da so vor?"

„Na ja. Wir könnten jemanden aus der Familie fragen, ob sie auf Sam aufpassen können und wir Beide gehen aus. Wir hatten schon lange kein Date mehr."

„Das ist eine schöne Idee."

„Also Sophie Borough, würdest du mit mir ausgehen?"

„Sehr gern Kyle Wallace. Aber erst muss ich meinen Daddy fragen, ob ich mit dir ausgehen darf." Wie ein Teenager klimpere ich mit meinen Augen.

„Ich denke, dein Daddy wird nichts dagegen habe, der mag mich."

„Mmh… aber du musst wissen, ich habe auch zwei große Brüder und an denen musst du auch vorbei."

„Ich denke, auch das dürfte kein Problem sein. Deine Brüder kennen mich schon und auch die mögen mich."

„Na dann ist ja alles gut. Wann soll ich fertig sein?"

„Ich hole dich um acht Uhr ab. Mach dich schick."

„Bin ich denn sonst nicht auch schick?" Gespielt beleidigt sehe ich ihn an.

„Süße, du bist für mich die hübscheste Frau auf der ganzen Welt."

„Gibt es einen Dresscode?"

„Ja, gibt es." Skeptisch sehe ich ihn an. Wo will er mich denn hin schleppen?

„Der wäre?"

„Abendgarderobe."

„Das ist jetzt nicht dein Ernst? Wo geht es denn hin? Schließlich gibt es verschiedene Arten von Abendgarderobe."

„Ja, es ist mein Ernst. Nein, ich verrate dir nicht wo es hin geht. Du wirst dich also überraschen lassen müssen. Garderobe für eine Cocktailparty wäre passend."

„Eine Cocktailparty also, so so."

„Ich habe nicht gesagt, dass wir auf eine Cocktailparty gehen. Das sollte jetzt nur ein Beispiel für dich zur Orientierung sein. Du brauchst kein Ballkleid oder so."

„Na gut, Wallace. Dann haben wir Beide bzw. Drei am Freitag ein Date."

Ich muss eingedöst sein, denn ein lautes Pochen an der Schlafzimmertür lässt mich hoch schrecken.

„Sch…" Beruhigend streichelt mir Kyle über den Rücken. Verschlafen reibe ich mir die Augen. Durch das Fenster fällt das Licht der untergehenden Sonne und taucht seine wunderbar gemeißelte Brust in ein rötliches Licht.

„Wie spät?", krächze ich. Bevor er mir antworten kann, wummert es wieder gegen die Tür.

„Seid ihr endlich fertig?", dringt Davids ungeduldige Stimme zu uns.

„David! Komm sofort da weg! Lass sie in Ruhe!", tadelt Molly ihn. Grinsend sehen wir uns an. Plötzlich wird mir bewusst, dass sie wohl die ganze Zeit vor der Tür gehockt haben. Ich merke, wie alle Farbe meinem Gesicht entweicht. Haben meine Brüder und meine Schwägerinnen uns beim Sex belauscht? Es ist mir egal, ob freiwillig oder unfreiwillig. Es wäre so oder so mehr als nur peinlich.

„Wir haben den Beiden schon mehr als genug Zeit gelassen. Seit ihrem Versöhnungssex ist es jetzt schon seit einer Stunde ruhig. Das dürfte ja wohl genug Zeit sein. Die sollen sich endlich anziehen und raus kommen." Da habe ich meine Antwort.

An meiner Schläfe spüre ich Kyles Lächeln. Mir ist gerade überhaupt nicht dazu zu Mute.

Ich rapple mich auf und bleibe leicht geschockt am Bettrand sitzen. Kyle streicht mit der Fingerspitze meine Wirbelsäule entlang. Er schickt damit lauter kleine Schauer über meinen Körper. Aber ich muss meinem Bruder Recht geben. Es ist an der Zeit, sich anzuziehen und sich dem Unvermeidlichen zu stellen.

Eine Gänsehaut breitet sich auf meiner Haut aus und ich schlinge meine Arme um mich.

Kyle schwingt seine Beine aus dem Bett und legt seine wärmenden und schützenden Arme um mich. Er ist meine ganz persönliche Heizung.

„Verzeihst du mir?", nuschelt er an meinem Haar.

„Habe ich das nicht schon längst?"

„Schon, aber ich wollte noch einmal auf Nummer sicher gehen. Bei dir weiß man in letzter Zeit ja nie."

„Tut mir leid, dass ich so unausstehlich bin."

„Ist schon gut. Ich liebe dich trotzdem." Liebevoll streichen seine Hände über meinen Bauch.

„Ich freue mich auf unser Date. Weißt du eigentlich, dass es das erste ist, seit wir wieder ein Paar sind?"

„Ja, das ist mir bewusst. Unser letztes liegt ja doch schon ein paar Jährchen zurück. Na los, zieh dir was an, bevor du dich noch erkältest und du am Freitag flach liegst."

„Ich dachte du magst es, wenn ich flach liege." Herausfordernd grinse ich ihn an.

„Ich mag es, wenn ich dich flach lege. Aber ich mag es nicht, wenn du wegen etwas anderem im Bett bleiben musst."

„Okay, das lasse ich gelten." Ich hauche ihm einen Kuss auf seinen linken Mundwinkel und schäle mich aus seiner Umarmung. Ich schlüpfe in ein schlichtes, weißes T-Shirt und eine bequeme, ausgeleierte Jogginghose von Kyle.

„Du weißt schon, dass das meine ist, oder?" Er deutet auf besagtes Kleidungsstück, bei dem ich gerade die Bänder zu einer Schleife binde.

„Ja, das ist mir durchaus bewusst."

„Warum hast du sie dann an?"

„Meine Hosen sind unbequem am Bauch und deine ist so wunderbar weit. Da engt mich und Knöpfchen nichts ein."

„Dein Bauch ist noch ganz flach. Was soll das dann werden, wenn du einen wunderschönen Kullerbauch hast?"

„Dann trage ich nur noch Kleider, oder laufe nackt durch die Gegend."

„Ich bin ja für das nackt sein. Dürfte sich im Winter aber als recht schwierig heraus stellen."

„Hab mir schon gedacht, dass so eine Antwort von dir kommt." Ich küsse ihn und stelle mich dann dem Unvermeidbaren. Ich drehe den Schlüssel im Schloss der Schlafzimmertür und öffne sie.

Meine Brüder und ihre Ehefrauen hocken, wie die Hühner auf einer Stange, auf unserer Couch und sehen uns entgegen. Richard guckt grimmig, David amüsiert, Lisa und Molly lächeln wissend und sehen uns mit erhobenen Augenbrauen an. Ich entscheide mich dafür, dass Angriff wohl die beste Verteidigung sein wird.

„Rich, guck nicht so. Was glaubst du, von was ich schwanger geworden bin. Luftbestäubung funktioniert bei uns Menschen nicht."

„Halt den Mund, Sophie. Ich will davon nichts hören." Abwehrend hebt er die Hände. Davids Grinsen verbreitert sich.

„Ach komm schon großer Bruder. Unsere Sophie ist erwachsen, da darf sie ihren Spaß haben."

„Du redest gerade von unserer kleinen Schwester!"

„Na und? Das wird sie immer sein und soll sie deswegen kein Sex haben?"

„Erwähne nie wieder die Wörter Sex und Sophie in einem Zusammenhang!", knurrt Richard.

Ich kann es nicht lassen, gehe auf ihn zu und hocke mich vor ihm hin. Mit sanfter Gewalt ziehe ich seine Hände von seinem Gesicht weg.

„Rich?"

„Mmh?"

„Ob es dir gefällt oder nicht. Ich habe Sex und wie du bestimmt gehört hast, hatte ich vor etwas mehr als einer Stunde fantastischen Versöhnungssex mit Kyle. Finde dich also damit ab, dass es deine kleine Schwester richtig dreckig mit ihrem Freund treibt."

„Gott Sophie!", stöhnt er gequält auf. Ich erhebe mich fies lächelnd und klopfe ihm auf die Schulter. Bevor ich zu Kyle gehe, beuge ich mich zu seinem Ohr hinab und raune ihm zu „Das ist dafür, dass du mich hintergehen wolltest und dich nicht an die Abmachung mit mir gehalten hast."

„Musste das jetzt sein?", fragt Kyle mich leise. Ich verdrehe die Augen.

„Ja, musste es. Es gibt wenig, womit ich meinen Bruder quälen kann und am besten funktioniert nun einmal, ihm mit dem Wissen zu konfrontieren, dass ich keine Jungfrau mehr bin und gerne durch die Laken turne."

„Deine Brüder haben eindeutig auf dich abgefärbt." Er küsst meine Schläfe.

„Mit was willst du dich an mir rächen?" Entspannt verschränkt David die Arme hinter dem Kopf und streckt seine langen Beine aus. Er ist sich zu sicher, dass ich nichts gegen ihn in der Hand habe. Aber da hat er sich getäuscht.

Ich sehe kurz zu Molly und sie nickt leicht. Ach, es ist einfach wunderbar, wenn man sich mit den Schwägerinnen wortlos verständigen kann.

„Weißt du David, das überlasse ich deiner Frau." Mit Genugtuung beobachte ich, wie er seine kurz zuvor geschlossenen Augen wieder weit aufreißt und sich sämtliche Farbe aus seinem Gesicht verabschiedet. Sein Blick huscht geschockt zwischen mir und Molly hin und her.

„Das kannst du nicht machen!", protestiert er und springt auf, um unruhig im Wohnzimmer auf und ab zu gehen.

„Natürlich kann ich das. Das geht genauso einfach, wie du mich hintergehen wolltest und du dich nicht an unsere Absprache gehalten hast."

„Sophie, ich mache alles für dich! Aber bitte liefere mich nicht an meine Frau aus!", fleht er. Aber ich schüttle nur den Kopf. Heute habe ich kein Erbarmen mit ihm.

„Was ist mit Kyle? Was muss er erleiden?"

„Das habe ich bereits mit ihm geklärt."

„Ihr hattet Sex! Wo soll da die Strafe sein?"

„David!", stöhnt Rich und hält sich wieder die Ohren zu.

„Er muss mit mir zusammenleben und meine Stimmungsschwankungen aushalten, das ist Strafe genug."

„Er ist für den kleinen Wurm doch auch verantwortlich!" Liebevoll streichelt David über meinen Bauch

„Das du mein Kind gerade Wurm genannt hast, überhöre ich mal. Ich habe keine Lust mich zu streiten. Aber ihr Beiden...", ich deute auf meine Brüder „...könnt schon mal mit der Wiedergutmachung anfangen, indem ihr am Freitag auf Sam aufpasst."

„Wieso, was ist am Freitag?" Molly ist sofort hellhörig.

„Kyle und ich haben ein Date. Das erste, seit wir wieder zusammen sind."

„Das ist toll. Natürlich passen wir auf Sam auf. Soll er bei uns gleich übernachten?"

„Wäre super.", kommt mir Kyle zuvor. Es war sowieso besser, dass er antwortet. Schließlich weiß er, was er geplant hat. Ich bin ja völlig ahnungslos.

„Na dann hätten wir das ja geklärt. Komm Schatz, holen wir unsere Kinder und machen uns auf den Heimweg, wo dich deine

gerechte Strafe erwartet." Molly klatscht freudig in die Hände und kann ein fieses Grinsen nicht ganz unterdrücken. David schließt kurz die Augen und wendet sein Gesicht der Zimmerdecke zu. Es scheint, als bitte er stumm um Beistand. Wie ich meine liebe Schwägerin kenne, wird er den auch brauchen. Die Beiden umarmen mich kurz und verabschieden sich von Kyle, um dann die Treppe herunter zu poltern.
Richard hockt immer noch, mit in den Händen vergrabenem Gesicht, auf der Couch. Lisa streicht beruhigend seinen Oberschenkel auf und ab.

„Na los, holt euer Kind aus dem Wasser, ehe sie wie Trockenpflaumen aussieht."

„Schmeißt du uns raus?" Abrupt hebt er seinen Kopf.

„Ja, wir wollen es noch auf der Couch treiben."

„Sophie!" rufen Kyle und Rich gleichzeitig aus.

„Wir gehen, aber bitte, bitte, erzähl mir nie wieder, dass du Sex hast. Du kannst alles von mir haben, aber ich brauche dieses Wissen nicht!" Er steht auf und reicht Lisa seine Hand, um ihr beim Aufstehen zu helfen.

Als sie sich von uns verabschiedet haben, lasse ich mich lachend auf die Couch fallen. Ich lache aus vollem Hals und all die Anspannung fällt von mir ab.
Kyle steht mitten im Wohnzimmer und sieht mich kopfschüttelnd an. Nach einer Weile schleicht sich aber auch in sein Gesicht ein kleines, wenn auch verhaltenes Lächeln.
Kaum hören wir von unten die Autos meiner Brüder weg fahren, kommt Sam die Treppe hoch getrapst. Seine blonden Haare kleben ihm dunkel am Kopf und seine Wangen sind gerötet.

„Wo warst du Mom?", fragt er mich und lümmelt sich neben mich.

„Ich habe deinen Dad abgeholt."

„Dad? Wo warst du?"

„Weg."

„Aha und wo?" Sam hat schon den gleichen Ton wie Kyle drauf, wenn er mit einer Antwort nicht zufrieden ist und so lange bohren wird, bis er die Antwort bekommen hat, die er hören möchte.

„Ähm... Ich war Eis holen." Missbilligend schüttle ich den Kopf. Er ist manchmal ein so schlechter Lügner.

„Und wo ist das Eis und warum musste Mom dich abholen?" Hilfesuchend sieht Kyle mich an. Aber ich zucke nur mit den Schultern, um ihm zu zeigen, dass er da jetzt alleine durch muss.

„Ähm... ich hatte eine Panne."

„Aber dein Auto steht unten vor der Tür." Am liebsten hätte ich mit dem Finger auf meinen Freund gezeigt und schadenfroh gelacht. Aber ich kann mich gerade noch beherrschen.

„Meine Batterie war leer und Mom musste mir Starthilfe geben."

„Warum? Hätte doch auch ein anderes Auto machen können." Die beiden haben eindeutig schon zu viel zusammen an seinem Audi geschraubt. Welcher normale, fast Elfjährige hätte so etwas gefragt?

„Nein, das Starthilfekabel liegt im Kofferraum des Mercedes."

„Aha. Na gut. Wann gibt es Abendessen?" Damit scheint er sich jetzt zufrieden zu geben. Erleichtert atmet Kyle auf.

„Wenn du dich gewaschen hast. So wie deine Augen schon aussehen, wirst du bald einschlafen."

„Muss ich?", murrt Sam und sieht wenig begeistert aus.

„Ja und jetzt ab. Du hast deine Mom gehört."

„Menno.", brummt er vor sich hin, erhebt sich dann aber und verschwindet in Richtung seines Badezimmers.

Als Sam fertig ist, essen wir mit meinen Eltern zu Abend. Dad bemüht sich um eine lockere Stimmung am Tisch. Er versucht mich des Öfteren in ein Gespräch zu verwickeln, aber ich ignoriere ihn. Mom kann sich um ihn kümmern. Für heute habe ich eindeutig genug Drama gehabt.

Ich seufze leise und kuschle mich an Kyle, als er sich neben mich auf die Couch setzt. Wie so oft landen seine Füße auf dem Couchtisch. Das muss ich ihm unbedingt noch abgewöhnen.

„Schläft Sam?"

„Tief und fest."

„Gut."

Schweigend sehen wir uns einen Film im Fernsehen an. Wobei mehr Kyle guckt. Ich habe meine Augen geschlossen und schlummere ein wenig vor mich hin. Mein Arm liegt quer über seinem Bauch und hebt und senkt sich im Takt seiner ruhigen Atmung. Er hat seinen Arm um mich gelegt und streichelt mir über die Schulter. In seiner anderen Hand hat er eine Flasche Bier, von der er sich ab und zu einen Schluck genehmigt.

„Komm, gehen wir ins Bett.", höre ich ihn sagen. Ich spüre, wie er mich auf seine Arme nimmt und mich ins Schlafzimmer trägt. Kaum liege ich unter meiner Decke, merke ich, wie er wieder zur Tür tappt.

„Wo willst du hin?", frage ich verschlafen.

„Meine Decke und mein Kissen liegen im Wohnzimmer und da nehme ich mal an, dass ich die Nacht alleine auf der Couch verbringen muss."

„Hol dein Zeug her."

„Sicher?"

„Ja sicher, du Spinner. Außerdem kann ich nicht schlafen, wenn du nicht bei mir bist."

Ich höre ihn leise lachen und wie er das Zimmer verlässt. Kurz darauf kommt er wieder zu mir zurück. Raschelnd fällt sein Bettzeug auf das Laken Schnell schlüpft er neben mich und nimmt mich in den Arm. Ich bette meinen Kopf auf seiner Brust.

„Ich liebe dich.", murmle ich verschlafen und drücke meine Lippen auf die nackte Haut.

Seine Antwort, sofern es eine gegeben hat, höre ich schon gar nicht mehr. Ich schlafe sofort wieder ein.

Heute ist Freitag und ich wache schon mit einem nervösen Flattern im Magen auf. Heute ist unser Date und ich fühle mich, als wäre es unser aller erstes.

Die ganze Woche über konnte ich die Gedanken daran ganz gut verdrängen. Was aber auch daran lag, dass es echt stressige Tage waren. Es war aber guter Stress.

Am Montag hatten Marie und ich einige Gespräche mit Brautpaaren, deren Feiern wir ausrichten. Am Dienstag haben wir Zwei uns mit Rich zum Lunch getroffen und Nägel mit Köpfen gemacht. Wir haben beschlossen, unsere erste Zweigstelle zu eröffnen und zwar in Los Angeles. Marie und Richard sind mir aber gleich in den Rücken gefallen und haben über meinen Kopf hinweg entschieden, dass ich meinen Teil der Arbeit von Seattle aus machen werde. Sie werden in Zukunft des Öfteren nach L.A. fliegen und geeignete Räumlichkeiten suchen, beziehungsweise die Bauarbeiten überwachen. Auch bei den späteren Vorstellungsgesprächen darf ich nur via Konferenzschaltung dabei sein. Es passt mir zwar nicht so richtig, aber ihre Argumente sind einleuchtend. Schließlich bin ich schwanger und da ist fliegen nicht so optimal. Also werde ich von hier aus an allem mitarbeiten. Am Mittwoch sind sie dann schon in die Millionenmetropole am Pazifik geflogen, um sich mit einem Makler zu treffen. Aber das geeignete Objekt war noch nicht darunter. Ich vertraue ihnen voll und ganz. Sie werden schon etwas Passendes finden.

Am Donnerstag hatten wir ein kleines Worst Case Szenario. Denn in unserer Küche sind sämtliche Elektrogeräte ausgefallen, da es irgendwie eine Überspannung gab. Zumindest hat mir das der Elektriker erklärt, der sich darum gekümmert hat, dass wir wieder wunderschöne Torten für unsere Kunden backen können. Den Nachmittag hatte ich dann genutzt, um mir ein paar neue Designs einfallen zu lassen.

Jetzt liege ich in unserem Bett und strecke alle Glieder von mir. Heute habe ich mir frei genommen, denn ich hatte schon geahnt, dass ich total nervös sein werde. Marie sieht es sowieso lieber, wenn ich kürzer trete. Sie musste mir aber hoch und heilig ver-

sprechen, dass sie mich anruft, wenn Not am Mann ist. Kyle ist schon im Büro, Sam in der Schule, Mom und Dad sind ebenfalls ausgeflogen. Ich bin also alleine.
An normalen Tagen würde ich es begrüßen. Aber heute? Da passt es mir gar nicht. Mir schwirren so viele Fragen im Kopf herum. Wo gehen wir heute Abend hin? Was hat er geplant? Kyle scheint ja nicht nur den Abend mit mir allein verbringen zu wollen, sondern auch die Nacht. Oder warum sonst schläft Sam heute bei meinem Bruder?
Ich schwinge mich aus dem Bett und lege mir einen kleinen Tagesplan zurecht. Als Erstes muss ich frühstücken und meine Anti-Kotz-Pille nehmen und dann werde ich mir ein entspannendes Bad gönnen und einen Beautytag einlegen. Schließlich will ich heute Abend für meinen Liebsten strahlend schön sein.

Auch wenn ich mir Zeit lasse, ist es gerade einmal Mittag, als ich mit meinem Programm durch bin. Ich schlendere gelangweilt und gleichzeitig nervös nach unten. Auch wenn ich nicht wirklich Hunger habe, sollte ich etwas essen.
Die Zeit in der Küche geht viel zu schnell um und nun hocke ich auf meiner Couch und zappe durch das öde Fernsehprogramm. Zum gefühlten tausendsten Mal grüble ich darüber nach, was Kyle für heute Abend geplant hat. Ich liebe es, andere Menschen zu überraschen, aber bei mir selber mag ich es nicht so gerne. Ich mag das Gefühl nicht, nicht zu wissen, was mich erwartet.
Ich gehe in das Schlafzimmer rüber und starre ratlos in den Kleiderschrank. Meine geliebten Kleider hängen ordentlich in Reih und Glied neben seinen Hemden, Jacketts und Anzugshosen. Bunt schillern sie mir entgegen und warten nur darauf, getragen zu werden. Ich werde meine Auswahl wahrscheinlich stark einschränken müssen. Denn die meisten Kleider sind sehr körperbetont geschnitten und sind somit um die Taille eng anliegend. Das kann ich im Moment nicht leiden.
Um meine Theorie zu überprüfen, schnappe ich mir ein feuerrotes Kleid, das mir bis zur Mitte meiner Oberschenkel reicht. Ich

entledige mich meiner Klamotten und schlüpfe hinein. Als ich den seitlichen Reißverschluss schließen will, schleicht sich ein dümmliches Grinsen auf mein Gesicht. Durch den Spiegel im Badezimmer strahle ich den auseinanderklaffenden Stoff an, denn ich bekomme ihn nicht mehr zu. Jauchzend klatsche ich in die Hände und führe ein Freudentänzchen auf.

Ich stecke immer noch in dem Kleid, als ich mir mein Handy schnappe und Kyle anrufe.

„CCS, Büro von Mr. Wallace. Sie sprechen mit Ekaterina. Was kann ich für sie tun?", meldet sich seine Sekretärin. Sie ist die gute Seele der Firma.

„Hi Rina. Hier ist Sophie. Kann ich Kyle sprechen, oder ist es gerade ungünstig?"

„Hallo. Schön von dir zu hören. In zwei Minuten ist sein Termin vorbei. Wenn du möchtest, kannst du so lange am Telefon warten. Ich hätte gerade Zeit." Sie ist fröhlich wie immer. Man merkt ihr ihre fünfundzwanzig Jahre gar nicht an. Vielleicht sollte ich eifersüchtig sein, da sie auch noch verboten gut aussieht. Aber sie hat es mehr mit dem weiblichen Geschlecht. Wenn, dann ist es eher Kyle, der eifersüchtig sein sollte. In einer feucht-fröhlichen Stunde hat sie mir einmal gesteckt, dass sie es bei mir versuchen würde, wenn ich nicht an ihren Chef vergeben wäre.

„Klar warte ich gleich. Wir beiden Hübschen haben ja eine gefühlte Ewigkeit nicht mehr miteinander gequatscht."

„Stimmt. Was gibt es neues bei dir? Mein ehrenwerter Herr Chef erzählt mir ja jeden Morgen, wie das Baby wächst und gedeiht. Er ist richtig aus dem Häuschen. Geht es dir langsam besser?"

„So langsam wird es. Meine Frauenärztin will in zwei Wochen die Tabletten absetzen und dann mal sehen, ob es mir dann wieder schlechter geht, oder ob es passt. Ich hoffe, dass ich endlich auf die lästigen Dinger verzichten kann."

„Zu wünschen wäre es euch ja. Wie geht es Sam? Hat das mit dem Mädchen geklappt?"

„Wie Mädchen?" Ich bin verwirrt, von welchem Mädchen spricht Rina da?

„Haben dir deine Männer nichts gesagt?"

„Scheint so. Also raus mit der Sprache. Wir sind Freundinnen." Es trifft mich, das Kyles Sekretärin anscheinend weiß, was los ist und ich werde, mal wieder, vollkommen im Dunkeln gelassen.

„Vor etwa drei Wochen ist Sam eines Nachmittags hier aufgeschlagen. Er wollte etwas mit Kyle besprechen, aber der war gerade in einem Meeting. So musste er warten und da machte er so einen bedrückten Eindruck, dass ich ihn ein bisschen ausgequetscht habe. Nach ein bisschen Hin und Her hat er mir dann gesagt, dass es in seiner Klasse ein Mädchen gibt, das er toll findet. Sam wollte wissen, was er da machen kann, da er ja nicht weiß, ob sie ihn auch gut findet."

„Himmel! Mein Sohn wird ein Teenager! Ich hatte gehofft, wir haben noch zwei, drei Jahre, bevor das los geht.", stöhne ich. Fassungslos schüttle ich den Kopf. Noch vor zwei Monaten war er felsenfest davon überzeugt, dass Mädchen doof sind und jetzt das.

„Tja Sophie, die werden immer früher zu Teenagern. Aber bei Jungs geht das doch bestimmt. Ich glaube, Mädchen sind da viel schlimmer."

„Keine Ahnung, da müsste ich Mom fragen, wie das bei meinen Brüdern und mir war. Aber wenn ich nur an den Liebeskummer denke, den wir mit ihm durchstehen müssen. Mein armes Baby."

„Da wird Sam bestimmt eher zu seinem Vater gehen als zu dir."

„Na Danke auch. Ich bin seine Mutter."

„Ja eben drum. Jungs wollen so etwas nicht mit ihrer Mama bereden. Da müssen die besten Freunde und Dad ran. Apropos Dad, Kyle hat jetzt Zeit. Ich stelle dich durch."

„Danke Rina. Wir müssen mal wieder alle zusammen etwas unternehmen."

„Klar gerne. Wir machen demnächst einen Mädelsabend. Ciao Sophie."

„Bye." Ich kenne sie erst eine kurze Zeit, aber sie ist jetzt schon ein fester Bestandteil unserer Mädchengang. Als sie anfing, bei CCS zu arbeiten, war sie ganz neu in Chicago und kannte niemanden und so habe ich sie unter meine Fittiche genommen. Lisa, Marie und Molly haben sich auch auf Anhieb mit ihr verstanden und so sind wir um eine Freundin reicher geworden.

„Hi Süße! Wie komme ich zu der Ehre?", meldet sich Kyle amüsiert. Ich sehe ihn richtig vor mir, wie er in seinem Chefsessel, in einem hellen Büro hinter dem Schreibtisch aus dunkler Kirsche sitzt und grinst. Die Ärmel seines Hemdes sind wahrscheinlich, wie immer, nach oben über die Ellenboden gerollt.

„Hallo schöner Mann. Ich wollte dir etwas mitteilen."

„Ach ja und das wäre?"

„Ich sitze gerade im Schlafzimmer auf dem Bett und trage ein kurzes Kleid in einem Kirschrot."

„Das, bei dem die schwarze Spitze am Saum hervor lugt?" Seine Stimme ist um ein paar Nuancen dunkler geworden, denn das Kleid gehört zu seinen Lieblingsstücken meiner Garderobe.

„Genau das."

„Süße, wenn ich nicht gleich noch eine Handvoll Besprechungen hätte, würde ich jetzt zu dir kommen, es dir ganz langsam vom Körper streifen und jeden Millimeter Haut küssen."

„Tja, da gibt es nur ein Problem." Zwischen meinen Beinen pocht es und ich muss schnell in unverfängliche Gesprächsgefilde kommen, sonst kommen wir heute Abend nicht weiter als bis ins Schlafzimmer und das wäre schade.

„Ich weiß. Verdammte Termine.", seufzt er.

„Das auch. Aber die meinte ich nicht."

„Nicht? Was denn dann?" Im Hintergrund höre ich das Leder seines Bürostuhles knarzen.

„Ich bekomm es nicht zu."

„Du bekommst es nicht zu?"

„Ja! Ist das nicht wundervoll?", quietsche ich in den Hörer und das nicht gerade leise.

„Herrgott nochmal Sophie! Willst du dass ich taub werde? Du rufst mich an, um mir zu sagen, dass dein Kleid nicht zu geht? Anscheinend freut es dich."

„Na klar freue ich mich darüber! Schließlich bin ich schwanger! Ich gehöre zu dem Typ Frau, der sich freut, wenn der Bauch anfängt, zu wachsen." Am anderen Ende der Telefonleitung herrscht Stille. Naja, fast, denn ich kann ihn atmen hören.

„Wow.", haucht er nach einer Weile.

„Du sagst es."

„Ich liebe dich Süße!"

„Ich dich auch. Wir sollten jetzt aber Schluss machen. Du hast noch Termine und je länger du sie warten lässt, desto später kommst du zu mir. Ich nehme an, du willst mir immer noch nicht sagen, was du für heute Abend geplant hast?"

„Nein. Ich hole dich ab und sei pünktlich."

„Ich werde mein Bestes versuchen."

„Nicht versuchen, einfach machen. Bis heute Abend."

„Bye schöner Mann." Damit ist unser Gespräch beendet und ich lasse mich nach hinten auf das Bett fallen. Sein Kopfkissen liegt etwas oberhalb von mir. Ich angle danach und drücke es mir auf das Gesicht, denn es riecht so wunderbar nach Kyle.

Ich schäle mich wieder aus dem Kleid heraus und trete, nur mit meiner weißen Unterwäsche bekleidet, im Bad erneut vor den Spiegel. Ich drehe und wende mich, wobei mein Blick nur auf meinen Bauch gerichtet ist. Als ich dann die richtige Stellung gefunden habe, kann ich eine kleine Wölbung meines Leibes entdecken. Vor Glück steigen mir Tränen in die Augen und meine Hände streicheln immer und immer wieder über die kleine Minikugel. Jetzt ist Knöpfchen noch realer. Wir haben jetzt nicht nur die Ultraschallbilder, sondern auch schon einen kleinen Bauchansatz. Am liebsten würde ich ihn noch einmal anrufen. Aber er muss arbeiten und so unterdrücke ich den Drang und konzentriere mich wieder auf die Kleiderfrage für heute Abend.

Auf dem Bett liegen jetzt drei Kleider. Drei Stück, die mir erstens noch passen und zweitens halbwegs elegant aussehen. Aber sie gefallen mir nicht. An jeden anderen Tag okay, aber nicht heute. Heute muss es etwas Besonderes sein. Ein schneller Blick auf meine Uhr verrät mir, dass ich noch fünf Stunden Zeit habe, bis er mich abholt. Ich könnte mich jetzt also in meinen Wagen schwingen, nach Downtown fahren und ein wenig shoppen. Aber alleine ist das auch doof, aber wen könnte ich mitnehmen? Rina und Marie müssen arbeiten, genauso Molly. Vielleicht Lisa? Schnell habe ich mir mein Handy geschnappt und rufe bei ihr durch.

„Hey, was gibt es denn?" Sie hört sich gehetzt an.

„Bist du im Stress?"

„Es geht, in zehn Minuten habe ich ein Meeting. Die nächste Kollektion muss fertig werden. Bis dahin habe ich aber Zeit."

„Du hast meine Frage eigentlich schon beantwortet. Ich brauch eine Shoppingbegleitung bzw. Beraterin."

„Tut mir leid. An jeden anderen Tag gerne, aber heute geht leider nicht. Morgen hätte ich Zeit."

„Da ist es schon zu spät. Denn ich brauche ein Outfit für heute Abend."

„Dein Kleiderschrank platzt aus fast allen Nähten, da findest du doch bestimmt etwas." Lisa hat inzwischen auch schon diesen mütterlich, tadelnden Ton drauf. Was kein Wunder ist, schließlich hat sie bald zwei Kinder. Lena kann genauso stur sein wie ihr Vater.

„Ich weiß, dass mein Schrank voll ist, aber leider passen sie nicht mehr, denn mein Bauch wächst endlich."

„Er wächst?! Oh Sophie, das ist wundervoll."

„Ich weiß. Ich bin auch glücklich darüber. Du verstehst also mein Dilemma. Weißt du, ob Kerry Zeit hat?"

„Keine Ahnung, vielleicht rufst du sie mal an."

„Werde ich machen. Da will ich dich jetzt nicht weiter aufhalten."

„Ich wünsch dir viel Glück. Rich holt Sam heute von der Schule ab und bringt ihn dann zu David."

„Okay. Bye."

„Bye und viel Glück bei deiner Suche."

Gut, Lisa kann ich auch von meiner imaginären Liste streichen. Bleibt nur noch Kerry.

„Lancaster Consulting. Sie sprechen mit Kerry Wallace. Wie kann ich Ihnen helfen?", meldet sie sich geschäftig.

„Hi Kerry, Sophie hier. Bitte sag mir, dass du Zeit hast."

„Zeit? Kommt drauf an, für was."

„Ich brauche für heute Abend ein neues Kleid, da mir die anderen nicht mehr passen und du bist meine letzte Hoffnung."

„Die letzte also?"

„Kerry, bitte! Es geht um das Date mit deinem Bruder. Dein Bruder! Du willst doch, dass der Abend für ihn ein Erfolg wird. Außerdem bin ich deine Freundin!"

„Schon gut. Wann willst du los?"

„So schnell wie möglich."

„Gut, hol mich in einer halben Stunde ab und dann begleite ich dich."

„Oh danke, danke, danke."

„Schon gut. Bis gleich."

„Bye." Erleichtert drücke auf den roten Hörer und schmeiße das Handy in meine Handtasche. Schnell schlüpfe ich in einen bequemen Rock, ein Top mit Spaghettiträgern und in Ballerinas. Auf meinem Weg in die Garage lege ich in der Küche einen Zettel auf den Tisch, dass ich mich mit Kerry in der Stadt treffe. Ich schwinge mich in das Auto und fahre zu Lancaster Consulting. Sie steht schon auf den Stufen vor dem Gebäude und wartet auf mich. Beschwingt lässt sie sich auf den Beifahrersitz fallen und wir begrüßen uns mit Küsschen links und Küsschen rechts.

„Na dann, wollen wir uns mal auf die Suche nach dem perfekten Kleid für dich machen.", lacht sie und wir machen uns auf den Weg.

Ich werfe einen letzten Blick in den Spiegel und gehe dann nach unten. Zusammen mit Kerry habe ich ein türkises Kleid gefunden, welches ab der Brust in einer A-Linie fällt und somit locker um meinen Körper weht. Meine Haare habe ich gelockt und ein paar Strähnen von der Seite am Hinterkopf befestigt. Das Make up ist schlicht gehalten. Ich trage einfache, silberne Kreolen und die dazu passende Halskette, an welcher ein Herzanhänger befestigt ist. Für meine Füße hatte Kerry noch die passenden Ballerinas gefunden.

„Mom, Dad. Ich bin dann weg." Ich stecke meinen Kopf zum Wohnzimmer herein. Meine Eltern sitzen Arm in Arm auf der Couch und halten ein Glas Wein in den Händen.

„Ist gut. Wir wünschen euch viel Spaß Spätzchen."

Ich wickle mir ein Tuch um die Schultern und trete nach draußen in die laue Nacht. Kyle ist noch nicht da, aber er hat ja auch noch fünf Minuten Zeit. Mein Herz schlägt zum Zerspringen schnell und ich hüpfe von einem Bein auf das andere, um meine Nervosität zu kompensieren Im Sekundentakt sehe ich auf die Uhr meines Handys. Wo bleibt der Kerl? Es ist zwar unfair, ihn jetzt schon zu verfluchen, aber ich bin dermaßen nervös.

Aus der Ferne höre ich das Anschlagen des Einfahrtstores, gleich darauf Motorengeräusche und das Knirschen des Kieses unter vier schwarzen Autoreifen. Kurz darauf erfasst mich der Lichtkegel der Scheinwerfer. Das Auto stoppt. Ich halte die Luft an. Kyle steigt aus. Er sieht in seinem schwarzen Anzug unheimlich sexy aus. Ich habe ihn schon oft darin gesehen, aber es verschlägt mir immer wieder die Sprache und raubt mir den Atem. Wie kann ein einzelner Mann nur so gut aussehen? Der Wind spielt sanft mit seinen Haaren, die wie immer so liegen, als wäre er gerade dem Bett entstiegen. Wie ich ihn um die Einfachheit seiner Frisur beneide. Er fährt morgens einmal mit den Händen hindurch und das war es dann. Er benutzt noch nicht einmal einen Kamm.

Kyle geht um den Audi herum und öffnet die Beifahrertür. Ich löse mich aus meiner Starre und gehe auf ihn zu. Ich komme in dem Moment bei ihm an, als er sich wieder aufrichtet und mir lächelnd einen Strauß roter Tulpen vor die Nase hält.

„Hey Süße." Er beugt sich vor und drückt seine Lippen auf meine.

„Hallo.", hauche ich, zu mehr bin ich nicht in der Lage. Ich fühle mich, als wäre ich ein sechszehnjähriger Teenager und würde meinen großen Schwarm treffen.

„Für dich." Sein Lächeln verbreitert sich zu einem Grinsen und er reicht mir die Blumen. Ich drücke sie sanft an meine Brust und stecke meine Nase in die Blüten.

„Danke. Sie sind wunderschön."

„Können wir los?"

„Ja, ich bringe nur die Blumen hinein, damit sie nicht welken." Hastig drehe ich mich um und mache mich auf den Weg. Ich reiße die Haustür auf und haue sie meinem Vater fast vor den Kopf.

„Gott Dad! Warum stehst du hinter der Tür? Fast hätte ich sie dir gegen den Schädel gerammt!", rege ich mich auf. Er trägt noch seinen Anzug und in den Händen hält er seine Businessschuhe.

„Ähm… Sophie… Was machst du denn hier? Wollten du und Kyle nicht weg?", stottert er und sieht mich aus großen Augen an.

„Ich will nur meine Blumen rein bringen. Warum hältst du deine Schuhe in der Hand? Willst du noch einmal weg?"

„Ähm… Ja… Deine Mom und ich wollen ins Kino."

„Ins Kino? Willst du mich veralbern?" Ich lege meine Hand auf seine Stirn. Seit wann wollen meine Eltern ins Kino?

„Sophie! Was ist so schlimm daran?" Unwirsch schlägt er meine Hand weg und funkelt mich böse an.

„Ihr geht nie ins Kino. Aber okay. Ich habe jetzt keine Zeit mehr. Kyle wartet auf mich. Tust du mir einen Gefallen? Stelle bitte die Tulpen in eine Vase und dann oben bei uns ins Wohnzimmer auf den Tisch. Danke." Ich drücke ihm einen Kuss auf die Wange und den Tulpenstrauß in die Hand und flitze zurück

201

zu Kyle, der immer noch neben seiner geöffneten Beifahrertür steht und auf mich wartet.

„So, da bin ich."

„Ich sehe es."

Langsam bekomme ich meine alte Selbstsicherheit zurück. Ich küsse ihn und lasse mich in den Sitz fallen. Der gewohnte Geruch nach Leder und Kyle umfängt mich. Galant wie immer gleitet er hinter das Steuer und startet den Motor.

„Du glaubst nicht, was mir eben im Hausflur passiert ist."

„Was denn?", fragend sieht er kurz zu mir herüber, während er den Wagen auf Chicago zu steuert.

„Dad stand direkt hinter der Tür, ich hätte ihn fast ausgeknockt und er erzählt mir doch nicht allen Ernstes, dass er und Mom heute Abend noch ins Kino wollen."

„Na und? Was ist daran jetzt so ungewöhnlich, mal davon abgesehen, dass du deinen Vater fast ohnmächtig gehauen hättest."

„Hallo? Meine Eltern und Kino, das passt nicht. Die waren noch nie im Kino."

„Sie hatten ja erst immer dich und deine Brüder um sich und als ihr mehr oder weniger aus dem Haus wart, kam dann Sam. Heute Abend haben sie das Haus leer und können tun und lassen, was sie wollen."

„Du hast schon recht, aber irgendwie habe ich da ein komisches Gefühl." Nachdenklich kratze ich mir das Kinn.

„Süße, denk nicht weiter darüber nach. Das ist unser Abend und den will ich mit dir zusammen genießen. Du siehst übrigens wunderschön aus." Er greift nach meiner Hand und verschränkt seine Finger mit meinen.

„Okay, du hast gewonnen. Aber dennoch ist da was im Busch." Ich kann es nicht richtig deuten, aber ich glaube, Kyle wirft mir einen verunsicherten Blick zu. Normalerweise würde ich dem jetzt auf den Grund gehen, aber ich lasse es sein. Ich will keine Auseinandersetzung herauf beschwören. Das ist unsere Date-Night.

„Wo fahren wir eigentlich hin?", wechsle ich das Thema.

„Ich muss noch einmal schnell zu meinen Eltern."
„Warum das?"
„Ich habe da etwas vergessen."
„Und was?"
„Wirst du schon sehen."
„Kyle! Weich mir nicht aus. Du verheimlichst mir etwas."
„Natürlich verheimliche ich dir etwas. Schließlich hast du keine Ahnung, was ich für heute Abend geplant habe. Ein kleines Detail habe ich vergessen, das liegt bei meinen Eltern und da es für heute Abend unverzichtbar ist, holen wir es schnell noch."
„Was ist so wichtig, dass wir es unbedingt noch holen müssen?"
„Süße, lass es gut sein. Lehn dich zurück und entspann dich. Es erwarten dich heute Abend keine bösen Überraschungen. Lass mir doch bitte die Freude."
„Okay. Aber nur, weil ich dich liebe."
„Ich liebe dich auch." Er drückt meine Hand und führt sie dann an seinen Mund, um mir einen zarten Kuss auf den Handrücken zu hauchen.
Schweigend fahren wir zum Haus seiner Eltern. Aber es ist ein angenehmes Schweigen. Jeder von uns hängt einfach seinen Gedanken nach.

Das Haus der Familie Wallace liegt dunkel und verlassen vor mir.
„Sind deine Eltern nicht zu Hause?"
„Nein, sie sind mit Freunden zum Dinner verabredet. Keine Angst, ich habe immer noch einen Schlüssel."
„Ich weiß, dass du einen hast. Also, was holen wir hier." Ich schnalle mich ab und greife schon zum Türöffner, aber er hält mich zurück.
„Du bleibst sitzen. Ich bin gleich wieder hier."
„Warum?"
„Weil ich gleich wieder da bin und es eine Überraschung ist."

„Na gut. Aber beeile dich. Ich halte es nicht mehr aus. Ich will endlich wissen, was du mit mir vorhast."

„Heute Abend habe ich noch jede Menge mit dir vor." Er beugt sich zu mir herüber, nimmt mein Gesicht zwischen seine Hände und legt verlangend seine Lippen auf meine. Seine feuchte, warme Zunge gleitet in meinen Mund und umspielt meine.

„Bis gleich.", raunt er an meinen Lippen und bevor ich ihn wieder an mich ziehen kann, ist er ausgestiegen und eilt auf das dunkle Haus seiner Eltern zu.

Während ich auf Kyle warte, grüble ich mal wieder nach, was er vorhat. Aber egal wie ich es drehe und wende, ich komme auf keinen Nenner. Seufzend ergebe ich mich in mein Schicksal und lasse den Abend auf mich zukommen.

Durch die Scheibe der Fahrertür beobachte ich das Haus. Ich sehe, wie in manchen Räumen das Licht angeht und dann wieder aus. Zum Schluss ist nur noch der Eingangsbereich erleuchtet. Aber auch das ist bald aus und Kyle kommt wieder nach draußen.

„Hast du mich vermisst?", fragt er mich verschmitzt. Mit zusammen gezogenen Augenbrauen beobachte ich ihn. Er wollte etwas holen, aber er hat nichts in den Händen.

„Ich vermisse dich immer, wenn du nicht bei mir bist. Hast du das gefunden, was du gesucht hast?"

„Ja, ich habe alles." Er dreht den Schlüssel im Schloss um und der Motor erwacht zum Leben.

„Wo ist es denn?"

„Du lässt echt nicht locker.", stöhnt er und ist sichtlich genervt von mir. Schnell mache ich einen Rückzieher.

„Du kennst mich. Aber ich werde jetzt Ruhe geben, versprochen."

„Danke." An der Einfahrt hält er und haucht schnell einen Kuss auf meine Wange.

Ich sehe mir aufmerksam die vorbeifliegende Landschaft an und versuche zu erraten, wo es hin geht. Für mich völlig überraschend biegt er auf den Parkplatz eines Supermarktes und stellt den Wagen ab.

„Du willst jetzt aber nicht mit mir in einen Supermarkt?!" Entsetzt sehe ich ihn an.

„Keine Angst.", sagt er und steigt aus.

„Was..." Weiter komme ich nicht, denn er öffnet die Beifahrertür und zieht mich nach draußen. Kyle packt meine Schultern und dreht mich so, dass ich mit dem Rücken zu ihm stehe. Er streicht mir die Haare aus dem Nacken und ich spüre seinen Atem, wie er über meine Haut weht. Auch wenn ich es nicht sehen kann, so spüre ich doch seine Lippen ganz nah an meiner Haut. Vor Spannung halte ich meinen Atem an. Diese Situation macht mich irgendwie an, auch wenn wir auf einem großen Parkplatz stehen, viele Menschen um uns herum sind und uns zum Teil recht merkwürdig ansehen. Schließlich stehen wir hier in Abendgarderobe.

Endlich überbrückt er die letzten Millimeter und zaubert lauter kleine Küsse auf die sensible Haut. Sofort habe ich am ganzen Körper Gänsehaut und heiße Schauer durchlaufen mich. Meine Atmung beschleunigt sich, als seine Hände über meine Seite nach oben wandern. Mit einer schnellen Bewegung zieht er mir das Tuch von den Schultern und presst seine Lippen auf die frei gewordene Haut.

„Das gefällt dir, stimmt´s?", murmelt er und knabbert sanft an meinem Ohrläppchen.

„Sieht man doch oder?" Ich halte meinen Arm nach oben und zeige ihm die Gänsehaut.

„Das gefällt mir. Ich liebe dich."

„Ich dich… hey!" Da will man ihm gerade sagen, dass man ihn auch liebt und dann das! Kyle bindet mir doch tatsächlich mein Tuch vor die Augen.

„Was soll das!?", frage ich ihn.

„Sorry Süße. Aber das gehört zu meinem Plan.", lacht er leise und ich bin mir sicher, dass er ein wenig schadenfroh ist.

„Und der sieht wie aus? Willst du mich jetzt auf irgendeinem Parkplatz aussetzen und darauf hoffen, dass ich nie wieder den Heimweg finde?", scherze ich.

„Wäre eine Option. Aber da warte ich lieber, bis das Baby auf der Welt ist und aus dem Gröbsten raus ist."

„Na danke auch. Ich bin also deine Gebärmaschine." Ich verschränke meine Arme vor der Brust.

„Nein, ich bin nur wegen des guten Sex mit dir zusammen. Das mit dem Baby ist aber ein schöner Nebeneffekt." Sanft schiebt er mich nach vorne. „Vorsicht, du stehst jetzt genau vor dem Auto. Streck mal deine Arme aus, damit ich dich sicher ins Auto bekomme." Ich tue, was er mir sagt und mit ein paar unsicheren Bewegungen sitze ich dann wieder im Audi und er schnallt mich an.

„Ach Kyle?"

„Ja?"

„Ich liebe dich."

Zur Antwort küsst er mich wieder. Er küsst mich heiß und verlangend und ich kann ein kleines Stöhnen nicht mehr unterdrücken. Die Tatsache, dass ich nichts mehr sehe, macht diesen Kuss um einiges schärfer. Die Nässe bahnt sich unaufhörlich ihren Weg in den zarten Stoff meiner Dessous.

„Auch wenn ich gerne hier weiter machen würde. Wir haben noch etwas vor."

„Wäre ja nicht das erste Mal, dass wir Sex auf einem Parkplatz hätten."

„Es wäre aber der erste Sex auf einem Parkplatz mit Zuschauern und wir würden sicher dafür die Nacht im Gefängnis verbringen."

„Dort hatten wir auch noch keinen Sex. Aber okay, überzeugt. Wo geht es jetzt hin?" Ich kann mir die Frage nicht verkneifen.

„Sophie." Ja, jetzt ist er wirklich genervt. Ich schmunzle in mich hinein und warte auf die Dinge, die heute Nacht noch kommen mögen.

Wir sind gerade einmal gefühlte zwei Minuten unterwegs, als sein Handy klingelt. Ich sehe zwar nichts, kann aber spüren das er rechts ran fährt und das Gespräch annimmt.

„Ja?... Wir sind unterwegs... Ist alles fertig?... Danke... Bye."
Ich würde schon gerne nachfragen, wer das am anderen Ende war. Alles, was ich hören konnte, war eine männliche Stimme. Aber der Anruf muss mit unserem Date zusammenhängen. Warum sonst sollte Kyle sagen, dass wir unterwegs sind.

„Keine Nachfrage von dir?"
Ich verdrehe die Augen, auch wenn er es nicht sehen kann. Aber wie man es macht, man macht es verkehrt.

„Wenn ich dich löchere, passt es dir nicht und wenn ich meinen Mund halte, dann ist es auch verkehrt. Was willst du Kyle?"

„Reg dich ab. Ich habe halt damit gerechnet, dass du nachfragst, wer der Anrufer war."

„Also gut, wer war der Anrufer?"

„Verrate ich nicht."

„Wenn du mir eh nicht verrätst, wer das war, warum willst du dann, dass ich nachfrage?"

„Du bist süß.", antwortet er mir amüsiert.

„Und du kannst mich mal!"

„Gerne. Aber nicht jetzt. Zum Glück ist die Nacht noch lang." Er besitzt tatsächlich die Frechheit, laut aufzulachen. Ich halte lieber meinen Mund, ehe er sich noch weiter über mich lustig macht.

Ich verschränke meine Arme vor der Brust und lehne meinen Kopf nach hinten. Aus dem Fenster gucken kann ich ja nicht. Nach wenigen Minuten stelle ich fest, wie mein Körper beginnt, sich auf die anderen Sinne zu konzentrieren. Ich spüre jede Bodenwelle und jedes Schlagloch und auch die Geräusche von außerhalb nehme ich stärker wahr. Ich höre die Sirene eines Krankenwagens und als Kyle hält, vermutlich an einer Ampel, kann ich das Lachen von Menschen hören und auch Musik dringt an mein Ohr. Vielleicht ist in der Nähe eine Bar oder ein Club.

Am Anfang habe ich noch versucht, mir den Weg vorzustellen, aber nach der siebten oder achten Kurve bin ich durcheinander gekommen und habe es aufgegeben.

Ich habe keine Ahnung, wie lange wir unterwegs sind, aber irgendwann verlangsamt sich die Geschwindigkeit des Audis und wir halten.

„Wir sind da.", verkündet Kyle und ich höre das Klicken von seinem Sicherheitsgurt. Kurz danach klickt auch meiner.

„Darf ich die Augenbinde abnehmen?"

„Nein Süße, noch nicht. Du musst dich noch einen kleinen Moment gedulden."

Die Fahrertür öffnet sich und wird wieder geschlossen und dann ist meine Beifahrertür dran. Er umfasst meinen Oberarm und hilft mir beim Aussteigen. Kaum stehe ich aufrecht, höre ich das Rauschen von Wellen. Wir befinden uns irgendwo in der Nähe des Wassers. Vielleicht sind wir an unserem neuen Haus? Aber da ist noch nicht alles fertig.

„Komm." Er legt seinen Arm um meine Taille und führt mich.

„Müssen wir weit gehen?"

„Nein, gleich sind wir da und ich werde dir das Tuch abnehmen." Er küsst meine Schläfe. Die Nervosität brandet wieder auf und bringt mein Herz dazu, sich gleich zu überschlagen.

„So, da sind wir.", sagt er und stellt sich hinter mich. Ich halte die Luft an und als dann das Tuch fällt kann ich meinen Augen nicht trauen.

Wir befinden uns an dem Strand, an dem ich mit Kyle ein wunderschönes, romantisches Rendezvous hatte. Heute sieht es fast so aus wie damals. Es liegt wieder der rote Teppich, welcher von in den Sand gesteckten Fackeln gesäumt ist. In der Mitte steht eine Plattform. Aber wir scheinen nicht die Einzigen zu sein.

Mit offenem Mund blicke ich zu dem gedeckten Tisch hinüber.

„Wollen wir?" Kyle bietet mir seinen Arm an und ich hake mich bei ihm ein. Gemeinsam gehen wir auf die Plattform zu. Je näher wir kommen, desto mehr wird mein Verdacht bestätigt.

Die anderen Personen am Tisch sind meine und seine Familie. Ich sehe Kerry, Molly, David, Jessy, Max, Shila, Matt, Sam, Mom, Dad, Lena, Richard, Lisa, Mai, Marie und George. Sie sind alle da. Aber warum?
Ich bin immer noch nicht in der Lage, etwas zu sagen. Ich bin einfach nur sprachlos und mein Herz schlägt aus unerfindlichen Gründen immer schneller.
Als wir am Tisch ankommen, an dem nur noch zwei Stühle frei sind, erheben sich alle und begrüßen uns mit Umarmungen und Küsschen auf die Wange.
„Was macht ihr denn alle hier?" Endlich habe ich meine Stimme wieder gefunden.
„Überraschung!", ruft Sam und grinst mich an.
„Da hast du Recht, Kleiner"
Kyle beugt sich zu mir hinab und flüstert in mein Ohr.
„Ich hoffe du hast nichts dagegen?"
„Ja... Nein... Ich meine... ich weiß nicht.", antworte ich ihm verwirrt.
Lächelnd küsst er mich. Immer noch stehen sie alle um den Tisch herum und sehen uns an. Irgendwie scheinen sie auf etwas zu warten und sind gespannt. Ich frage mich gerade, was das sein könnte, als mir meine stumme Frage beantwortet wird.
Kyle nimmt meine Hände in seine und geht vor mir auf die Knie. Schlagartig wird mir klar, was das wird und die Tränen schießen mir in die Augen.
„Sophie Borough. Wir kennen uns jetzt seit über zwölf Jahren und viele Jahre davon waren wir getrennt. Als ich dich in Paris aus dem Taxi steigen sah, wusste ich noch nicht, dass du die Liebe meines Lebens bist. Das ist mir erst später, sehr viel später klar geworden, als ich dich verloren geglaubt habe. Unsere damalige Trennung war unter schlimmen Umständen und ich bereue heute noch mein Handeln. Ich war in ein tiefes, schwarzes Loch gefallen, von dem ich glaubte, für immer darin gefangen zu sein. Elf Jahre lang habe ich dich nicht gesehen und ich habe jeden einzelnen Tag dieser elf Jahre versucht, nicht an dich zu denken, aber

dieses Vorhaben war jeden einzelnen Tag zum Scheitern verdammt. Dann bist du plötzlich und völlig unerwartet wieder in mein Leben getreten. Als ich dich wieder gesehen habe, wusste mein Herz sofort, dass es immer nur für dich geschlagen hat. Auch wenn mein Verstand noch ein wenig gebraucht hat. Schnell hast du mir aber mit deiner unvergleichlichen Art die Augen geöffnet und ich erkannte, dass ich dich mit jeder Faser meines Seins liebe. Ich liebe dich von ganzem Herzen. Du hast mir einen wunderbaren Sohn geschenkt und in ein paar Monaten schenkst du mir ein weiteres Kind, ein Geschwisterchen für Sam. Wir sind durch Höhen und Tiefen gegangen und sind immer näher zusammen gerückt. Mit jedem Tag, den ich mit dir verbringe, wird meine Liebe zu dir größer und tiefer. Darum möchte ich dich, hier und jetzt, vor den Augen unser Familie fragen, ob du meine Frau werden möchtest?"

Die Tränen laufen ungehindert über meine Wangen und ich schluchze auf. Ich hätte mit allem gerechnet, aber nicht damit, dass Kyle mir einen Heiratsantrag macht. Die Gefühle überwältigen mich. In meinem Inneren wirbeln sie alle durcheinander. Auch wenn ich nicht genau weiß, was sie im Einzelnen sind, so weiß ich doch, dass es durchweg positive sind und alle zusammen ergeben pures Glück.

Ich hebe meine Hand und lege sie auf seine Wange. Gespannt sieht er mich an.

„Ja.", bringe ich schluchzend hervor. Kyle springt auf und reißt mich in seine Arme. Fest presst er seine Lippen auf meine.

Kapitel 11 - Verlobt

Tränen laufen meine Wangen hinab. Wie ein Schraubstock liegen seine Arme um meine Taille und pressen mich ganz eng an sich. Nicht einmal ein Lufthauch würde jetzt noch zwischen uns passen. Ganz weit am Rande nehme ich das

Klatschen der anderen Anwesenden wahr. In diesem Moment bin ich unendlich glücklich.

Kurz löst er seinen Mund von meinem und sieht mir ins Gesicht. Glücklich lachend wischt er mir mit den Daumen die Tränen vom Gesicht. Er strahlt mich an. Dann liegen seine Lippen wieder auf meinen und wir versinken wieder in einem innigen Kuss.

„Jetzt reicht es aber. Sie hat noch nicht einmal einen Ring am Finger. Wobei wir den ja auch noch nicht kennen." unterbricht Shila, meine zukünftige Schwiegermutter, unsere kleine, aber feine Knutschorgie.

„Ähm... Ja...", stottert Kyle und beginnt, die Taschen seines Jacketts und seiner Hose abzuklopfen. Mit einem triumphierenden Grinsen zieht er ein kleines, schwarzes Samtkästchen aus seiner Innentasche hervor. Er klappt es auf und holt andächtig einen silbernen Ring heraus. Neue Tränen lassen meine Sicht verschwimmen. Ich halte ihm meine Hand hin und spüre, wie er mir den Ring überstreift. Überraschenderweise passt er auf Anhieb.

„So, zukünftige Mrs. Wallace, jetzt sieht jeder auf den ersten Blick, dass du mir gehörst.", grinst er stolz. Ich stelle mich auf die Zehenspitzen, um ihn zu küssen.

Ich wische mir die nachkullernden Tränen aus dem Gesicht. Schließlich will ich endlich mal meinen Verlobungsring betrachten. Ich ziehe meine Finger aus seiner Hand und halte sie hoch. Auf den ersten Blick würde ich sagen, es handelt sich um einen alten Ring. Das Silber, oder vielleicht auch Weißgold, glänzt zwar, aber dennoch versprüht er diesen Hauch von Geschichte. In der Mitte befindet sich ein funkelnder Stein, ob es sich um einen Diamanten oder etwas Ähnliches handelt, kann ich nicht sagen. Er hat einen klassischen Schliff. Daneben befindet sich ein Band aus kleineren, quadratischen Steinen, welches sich quer um den Ring windet. Ich liebe diesen Ring sofort.

„Er ist wunderschön.", hauche ich und ich sehe, wie Kyle erleichtert ausatmet. Anscheinend war er sich nicht so sicher, ob er mir gefallen könnte.

Jetzt gibt es für unsere Freunde und Familie kein Halten mehr. Alle strömen auf uns zu und ziehen uns in ihre Arme. Wir werden mit Glückwünschen überhäuft.

Ich hocke auf dem Boden und halte Sam in meinen Armen, oder besser gesagt, mein Kleiner hält mich, seine vor Glück heulende Mutter und streichelt über meinen Rücken.
„Wir sind dann eine richtige Familie.", flüstert er mir ins Ohr.
„Das waren wir doch vorher auch schon.", gebe ich zurück. Denn für mich waren wir es von dem Moment an, an dem wir beschlossen hatten, zusammenzuziehen.
„Schon, aber wir haben dann den gleichen Namen, oder? Ich meine, du heißt ja dann wie Dad."
„Natürlich. Wie kommst du denn jetzt darauf?", frage ich ihn, denn mit dieser Frage habe ich nicht gerechnet. Verlegen schaut er auf den Boden und antwortet mir nicht.
„Sam? Was ist los?", hake ich nach.
„Naja, was ist dann mit mir? Du heißt dann wie Dad und das Baby ja dann auch."
„Ach Schatz, du doch auch. Wenn wir heiraten, bekommst du dann den gleichen Namen wie wir. Gewöhn dich also schon einmal daran, dass auf deinem Fußballtrikot Wallace anstatt Borough steht."
Wieder antwortet er nicht, aber das muss er auch nicht, mir reicht es, dass er mich noch einmal fest an sich drückt. Unserem Sohn scheint heute ein riesen Stein vom Herzen zu fallen. Ich wusste ja, dass er es sich gewünscht hat und nun geht es in Erfüllung.
„So, jetzt zeig mal deinen Ring." Kerry packt mich am Oberarm und ist mir beim Aufstehen behilflich. Strahlend halte ich ihr meine Hand hin. Ihre Augen weiten sich und sie schlägt sich die Hand vor den Mund. Tränen beginnen über ihre Wange zu rollen.
„Mom.", ruft sie krächzend. Verwirrt sehe ich sie an. Warum bricht sie in Tränen aus? Shila kommt zu uns herüber und reagiert genauso wie ihre Tochter. Ohne ein Wort zu sagen geht sie

zu Kyle hinüber, der im Kreis der übrigen Männer steht und sich beweihräuchern lässt. Sie fällt ihm um den Hals. Verwirrt legt er seine Arme um sie und streichelt ihr beruhigend über den Rücken.

„Kerry?", frage ich leise. Was soll das? Aber meine liebe Schwägerin beachtet mich nicht und geht rüber zu ihrem Bruder und ihrer Mutter und umarmt sie Beide. Ich stehe wie angewurzelt da und sehe ihnen zu. Könnte mir jemand mal sagen, was das soll? Mit gerunzelter Stirn sehe ich auf meinen Ring, drehe ihn zwischen Daumen und Zeigefinger der anderen Hand um meinen Ringfinger herum.

„Oh Sophie.", höre ich Shila schluchzen. Schon schlingt sie ihre Arme um mich und weint an meinem Hals. Hilfesuchend sehe ich mich um. Auch die anderen, bis auf Kerry, sehen genauso hilflos aus wie ich. Kyles Schwester hat sich inzwischen in die tröstenden Arme ihres Vaters geflüchtet. Leise redet er auf sie ein. Wahrscheinlich versucht er gerade, aus ihr heraus zu bekommen, was denn los ist. Aber sehr viel Erfolg hat er wohl nicht, denn er fährt sich leicht verzweifelt durch die Haare. Die Kinder bekommen davon zum Glück nichts mit, denn sie haben sich schon in den Sand verzogen und spielen laut kreischend und lachend Fangen.

„Matt?", wende ich mich an meinen zukünftigen Schwiegervater. Er schiebt seine Tochter in die Arme meines Vaters und kommt zwar zu uns rüber, helfen kann aber auch er nicht. Alles was er tut, ist seiner Frau über den Rücken zu reiben. Männer! Warum können die nie mit weinenden Frauen umgehen? Also muss ich es wohl irgendwie alleine schaffen, aus Shila oder Kerry, herauszubekommen, was denn nun los ist.

„Shila?" Ich schiebe sie leicht von mir und versuche, ihr ins Gesicht zu sehen. Ihr Make up hat sich unter der Tränenflut verabschiedet. Matt reicht ihr ein Taschentusch, welches sie aber total ignoriert. Also nehme ich es und beginne, ihr die Tränen und Mascaraspuren aus dem Gesicht zu wischen.

Sanft schiebe ich sie zu den Stühlen und drücke sie auf einen. Ich lasse mich neben ihr nieder. Schnell winke ich die anderen Frauen zu uns herüber. Kerry scheint sich wieder etwas gefangen zu haben.

„Kerry? Was ist los?", frage ich, nachdem sie sich auf die andere Seite ihrer Mutter gesetzt hat und sie im Arm hält.

„Das muss dir Mom alleine sagen." Sie wird immer noch von trockenen Schluchzern geschüttelt, aber zumindest kann sie schon wieder reden.

„Hier." Kyle stellt ein Glas Wasser vor seine Mutter.

„Weißt du, was sie hat?", wende ich mich an ihn.

„Der Ring.", sagt er nur und deutet auf meine Hand.

„So schlau war ich auch schon, oder warum sollen sie so in Tränen ausbrechen, wenn sie den Verlobungsring sehen?"

„Sie wird es dir selber sagen." Leise stöhne ich unterdrückt auf. So habe ich mir das aber nicht vorgestellt. Er streichelt mir über die Wange und geht zurück zu den anderen Männern.

„Shila?", versuche ich es noch einmal. Diesmal scheine ich Erfolg zu haben. Sie hebt ihren Blick und lächelt mich leicht an. Sie hebt eine Hand und streicht über meine Wange. Mit der anderen Hand nimmt sie meine linke, an der der Verlobungsring steckt.

„Dass ich das erleben darf.", murmelt sie leise und ihr Daumen streichelt über den Ring. Es scheint, als würde sie ihn liebkosen.

„Du fragst dich sicher, was das eben sollte?" Unsicher nicke ich.

„Dieser Ring ist etwas ganz besonderes. Es ist der Verlobungsring meiner Mutter und davor war es der meiner Großmutter väterlicherseits und davor der, einiger anderer Frauen. Dieser Ring ist in unserer Familie das Symbol für die ganz große Liebe. Immer wenn in unserer Familie sich jemand verlobt und es die einzig wahre Liebe ist, dann wird dem Mann dieser Ring ausgehändigt, damit er ihn der Frau seines Herzens anstecken kann."

„Warum habe ich ihn dann und nicht vielleicht Kerry, wenn sie einmal den Mann fürs Leben gefunden hat?"

„Als du und Kyle damals zusammen gekommen seid, wusste ich, dass ihr einfach zusammen gehört und ich habe ihm damals schon klar gemacht, dass er Grannys Ring bekommt, um ihn dir eines Tages an den Finger zu stecken. Wenn ich mich einmal verloben sollte, dann werde ich einfach mit meinem Ring auch so eine Tradition starten. Wenn ich einmal Kinder habe und sie den Partner fürs Leben gefunden haben, wird er oder sie meinen Verlobungsring bekommen." Kerry wischt sich die letzten Tränenspuren von den Wagen.

„Und wenn Sam oder eines eurer zukünftiger Kinder diesen einen, besonderen Menschen gefunden hat, bekommen sie dann diesen Ring.", führt Shila die Erzählung fort und deutet auf meinen Finger.

Neue Tränen steigen in mir auf. Ich fühle mich so geehrt, dass ich diesen Ring tragen darf und damit auch diese wundervolle Tradition fortführen werde. Gerührt nehme ich Shila in den Arm und wir schluchzen Beide wieder los.

„Sie hat es dir erzählt?", ertönt Kyles Stimme hinter mir und ich kann spüren, dass er seine Hände auf der Lehne meines Stuhles abstützt. Stumm nicke ich. Wir wischen uns mal wieder die Gesichter trocken.

„Sophie? Hast du kurz Zeit?", Rich steht neben Kyle und sieht mich fragend an. Ich nicke und er reicht mir seine Hand, damit er mich in den Sand führen kann.

„Was ist los, großer Bruder?", frage ich ihn, als wir uns ein wenig von den Anderen entfernt haben. Nachdenklich sieht er mich an und nimmt mich schließlich in seine Arme. Ich atme Richards typischen Geruch ein.

„Ach Kleines.", seufzt er und drückt mir einen Kuss auf die Stirn, ehe er mich los lässt und seine Hände in seiner Anzugshose vergräbt.

„Was ist los? Was bedrückt dich?"

„Bedrücken tut mich gar nichts. Aber meine kleine Schwester ist jetzt verlobt."

„Was ist es dann? Hast du ein Problem damit, dass es Kyle ist?"

„Um Gottes Willen nein! Ich bin sogar froh darüber, dass er es ist."

„Wirklich?" Skeptisch sehe ich ihn an.

„Ja wirklich. Ich weiß, ich war anfangs alles andere als begeistert von ihm, aber er ist ein klasse Mann und er liebt dich, Sam und das Baby abgöttisch. Er würde für euch durch Himmel und Hölle gehen, wenn es sein müsste."

„Was ist es dann?"

„Vielleicht das Problem, dass meine Kleine erwachsen ist." Wehmütig sieht er mich an.

„Rich, ich bin Mutter und bekomme in ein paar Monaten mein zweites Kind. Ich bin schon einige Jahre lang erwachsen."

„Im Grunde weiß ich das ja auch, aber dennoch ist es komisch, zu wissen, dass du bald heiraten wirst."

„Ach Richard." Ich schlinge meine Arme um seine Taille und drücke mich an seine breite Brust, die mir schon als kleines Mädchen so viele Trost gespendet hat.

„Du bist meine kleine Schwester.", murmelt er leise und erwidert meine Umklammerung.

„Das werde ich auch immer bleiben. Nur dass ich dann deine verheiratete, kleine Schwester sein werde und nicht mehr Borough heiße."

„Ich weiß." Schwer atmet er ein.

„Wenn du bei mir jetzt schon so reagierst, was wird das dann erst, wenn Lena einmal heiratet?"

„Himmel, nein! Sprich nicht so von meinem kleinen Mädchen!" Panik flackert in seinen Augen auf und ich streiche ihm über die Wange.

„Das wirst du nicht verhindern können. Nicht mehr lange, nur noch ein paar Jahre und sie wird dir ihren ersten Freund vorstellen. Sie wird ihren ersten Kuss bekommen, sie wird ihr erstes Mal haben und sie wird irgendwann heiraten."

„Sophie! Du sprichst hier von meiner kleinen Tochter!" Wütend und auch gequält sieht er mich an. In seinen Augen kann ich sehen, dass er genau weiß, dass ich Recht habe.

„Ich weiß, dass dir diese Gedanken nicht gefallen, aber so wird es kommen. Ich glaube, bei Jungs ist das anders, oder? Da fällt es uns nicht so schwer, darüber nachzudenken, dass sie irgendwann sexuell aktiv sein werden."

„Da müssen wir David fragen. Immerhin hat er einen Sohn."

„Glaub mir, wenn Knöpfchen ein Mädchen werden sollte, graut es mir schon heute vor dem Tag, an dem sie Kyle ihren ersten Freund vorstellen wird."

„Er würde ausrasten und sie wahrscheinlich einsperren, bis sie eine alte Oma ist.", lacht er.

„Vermutlich. Aber da gibt es da ja auch noch mich. David wird es in Bezug auf Jessica auch nicht anders gehen. Vielleicht solltet ihr euch zusammen tun und euch gegenseitig euer Leid klagen, wenn es denn dann mal soweit sein wird."

„Mmh… das sollte ich im Hinterkopf behalten. Was lachst du so?"

„Ich habe mich gerade daran erinnert, wie ihr reagiert habt, als ich meinen ersten Freund mit nach Hause gebracht habe. Ihr wart kurz davor, ihn zu verprügeln, weil er es gewagt hatte, mich zum Abschied zu umarmen. Ich sollte Jess und Lena, zu gegebener Zeit, ein paar Tipps geben."

„Untersteh dich!", warnt er mich leise.

„Na los komm, wir gehen zurück zu den anderen." Ich hake mich bei ihm unter und langsam gehen wir zurück.

„Sophie, du wirst dich unterstehen, meiner Tochter irgendwelche Tipps zu geben!", warnt er mich noch einmal leise.

„Du vergisst einen ganz entscheidenden Faktor, mein liebes Brüderchen. Ich bin nicht deine einzige Sorge."

„Was denn noch?"

„Da wären noch die liebe Tante Kate und Lenas Mom, auch als deine Ehefrau bekannt."

„Na toll.", murrt er leise. Zur Versöhnung küsse ich ihm auf die Wange.

Die Anderen sitzen bereits am Tisch und warten auf uns. Ehe ich mich aber neben Kyle setzen kann, nimmt Dad mich noch einmal in die Arme.
„Wir sollten uns morgen Früh unterhalten.", flüstert er mir ins Ohr und will sich wieder von mir lösen, aber ich halte ihn fest.
„Nein müssen wir nicht.", antworte ich ihm, da ich genau weiß, worauf er hinaus will.
„Aber Spätzchen..."
„Nein Dad! Ich handhabe das genauso wie meine Brüder. Ich heirate nur einmal im Leben und ich will keinen Ehevertrag. Sollte sich Kyle jemals wieder von mir trennen, wäre das Geld mir sowas von egal. Knöpfchen und Sam sind abgesichert und das weißt du. Also keine Diskussion mehr." Ich lasse meinen Vater los. Er grummelt noch etwas, setzt sich dann aber neben Mom und ich kann endlich zurück zu meinem Verlobten, der mich sofort in seine Arme zieht und verlangend küsst.

Der Abend ist einfach wundervoll geworden. Wir hatten so viel Spaß und Marie fing schon mit Lisa, Kerry, Molly und Mom an, die Hochzeit zu planen. Natürlich wurde heiß über einen Termin diskutiert. Es wurde debattiert, ob wir noch vor der Geburt oder erst danach heiraten werden oder, wenn vor der Geburt, wann denn genau und so weiter.
Jetzt liege ich nackt im Bett und habe mich total erschöpft an Kyle gekuschelt. Seine Finger malen Muster auf meinen Körper, wobei seine Lieblingsstelle mein sich wölbender Bauch ist. Ich muss schon sagen, der Sex mit meinem Verlobten ist um einiges besser als mit meinem Freund. Wie er dann wohl mit meinem Ehemann ist? Wohlig schnurre ich wie eine Katze. Ich weiß ganz genau, dass Kyle grinst, auch wenn ich sein Gesicht nicht sehen kann.

Mein Blick fällt wieder auf meinen Verlobungsring. Dümmlich grinse ich ihn an. Aber dann kommt mir ein Gedanke und der rumort mir plötzlich ganz schön im Bauch herum.

„Kyle?"

„Mmh?"

„Dieser Ring, hast du den auch Kendra an den Finger gesteckt?" Ich habe Angst vor seiner Antwort und es kommt mir wie eine Ewigkeit vor, ehe er endlich etwas sagt.

„Nein. Sie hat ihn nie zu Gesicht bekommen."

„Warum nicht? Schließlich wolltest du sie heiraten."

„Es kam mir nicht richtig vor. Auch wenn ich es damals noch nicht bewusst wahrgenommen habe, aber dieser Ring war vom ersten Moment an für dich bestimmt. Ihn bekommt nur die Eine und das bist du für mich. Erleichtert?"

„Ja." Ich muss über die Tatsache schmunzeln, dass er mich so gut kennt.

„Ich liebe dich, Süße." Er küsst meinen Scheitel und ruckelt dann ein wenig nach links und rechts, wahrscheinlich, um sich eine bequemere Position zu verschaffen.

„Ich liebe dich auch und Gute Nacht." Ich küsse seine nackte Brust und schließe schläfrig die Augen.

„Gute Nacht und träum von mir."

„Immer doch.", nuschle ich noch, bin dann aber schon bald eingeschlafen und träume von meiner eigenen, kleinen Familie und unserem Leben in unserem neuen Haus.

Kapitel 12 – Junge oder Mädchen

Wir sind jetzt seit ein paar Wochen verlobt und unser Haus ist fast fertig. Langsam sollten wir damit anfangen, unsere Sachen, welche wir mitnehmen wollen, in Kisten zu packen. Sam hat sich inzwischen mit dem Gedanken angefreundet, dass wir etwas weiter weg ziehen. Er hat sich damit

getröstet, dass er in fast 5 Jahren seinen Führerschein hat. Außerdem haben er und Kyle das Surfen für sich entdeckt. Das stimmt unseren Sohnemann auch gleich etwas milder. Wer kann schon von sich behaupten, dass er den Lake Michigan direkt vor der Tür hat?
Die meisten der Räume sind inzwischen fertig. Nur das Wohnzimmer und Knöpfchens Zimmer müssen noch renoviert werden. Wobei mir Knöpfchens Zimmer ein wenig Kopfzerbrechen beschert, denn wir wissen ja nicht, welches Geschlecht unser Baby haben wird. Wir haben in den letzten paar Wochen schon so manch eine hitzige Diskussion darüber geführt, ob wir es wissen wollen oder nicht. Kyle will es wissen und ich will mich überraschen lassen. Bei Sam habe ich es auch nicht gewusst und ich hätte das bei Knöpfchen auch gerne so. Ich habe irgendwie ein schlechtes Gewissen gegenüber Sam, wenn ich daran denke, dass ich es bei ihm nicht wissen wollte und es dann bei seinem Geschwisterchen wissen will. Ich finde es unfair ihm gegenüber, auch wenn das wohl ziemlich irrsinnige Gedanken sind. Aber ich kann mir nicht helfen.
Meine morgendliche Übelkeit ist zum Glück endlich verschwunden und ich muss nicht mehr diese lästigen Tabletten schlucken. Mein Bauch hat auch ordentlich an Umfang zugelegt. Heute habe ich wieder einen Ultraschalltermin. Kyle wäre gern mitgekommen, aber er kann seine Termine nicht verschieben. Das ist vielleicht auch gut so, denn so kann er nicht in die Versuchung kommen, sich das Geschlecht verraten zu lassen.

Wir sind jetzt seit sechs Wochen verlobt und bis auf unsere Familie und unsere Freunde weiß es noch niemand. Denn wir haben endlich einen Plan zusammen ausgetüftelt, wie wir uns an Bryan und Lilly rächen wollen und wir werden es mit einer großen Party feiern. Die Vorbereitungen laufen schon auf Hochtouren und wenn alles so läuft, wie geplant, dann ist es in zwei Wochen soweit. Wobei Bryan und Lilly erst dann erfahren werden, wer hinter all den Dingen steckt, die ihnen in der Vorwoche so wiederfahren sind. Die Ausführung dieser kleinen und großen Gemeinheiten haben wir Richard und seinem Team überlassen. Die Ideen stammen aber von uns. Wir wollten nicht riskieren, dass Bryan oder Lilly etwas ahnen, bevor wir die Bombe platzen lassen.

Das Wartezimmer bei meinem Frauenarzt ist wie jeden Morgen gut gefüllt. Nachdem ich mich angemeldet habe, sehe ich mich nach einem Sitzplatz um, aber alles ist belegt. Toll, meine Laune sackt ein bisschen nach unten. Zum Glück ist mein Schwangerschaftsbauch noch nicht so ausladend und mein Rücken macht auch noch mit. Wenn ich jetzt im letzten Schwangerschaftsdrittel wäre, wäre es schlimmer. Denn da wird schon kurzes Stehen zur reinen Qual. Seufzend lehne ich mich an die Wand und genieße die Kühle, welche von ihr ausgeht. Der Sommer ist nun im vollen Gange und draußen zeigt das Thermometer fünfunddreißig Grad Celsius an. Heute Morgen habe ich im Stillen dem Erfinder der Klimaanlage gedankt. Die Dinger sind zwar nicht gerade umweltfreundlich, aber was soll ich machen, wenn ich schon um neun Uhr morgens praktisch zerfließe? Ich schwitze für zwei Menschen und nicht nur für mich alleine.
Als die nächste Patientin aufgerufen wird, wird ein Sitzplatz frei. Etwas schwerfällig schubse ich mich von der Wand ab und gehe auf den Stuhl zu. Aber bevor ich mich setzen kann, schnappt ihn mir eine Göre weg.
„Sag mal geht's noch?", fahre ich sie an.
Kurz nimmt sie den Blick von ihrem Smartphone, auf dem sie mit ihren falschen Fingernägeln herum getippt hat und mustert mich abfällig von oben bis unten. Ohne einen Kommentar wendet sie sich wieder dem Ding in ihrer Hand zu.
„Ich fass es nicht! Als der liebe Gott die Höflichkeit verteilt hat, hast sie sich immer wieder als letzte in der Reihe angestellt, bis nichts mehr übrig war.", murmle ich vor mich hin. Die anderen Patientinnen beobachten die Szene und schütteln die Köpfe. Ich drehe mich wieder um, um zu meinem Stehplatz zu gehen, als

mir der Blick der Sprechstundenhilfe begegnet. Ich zucke nur mit den Schultern, aber sie lächelt mich an und in ihren Augen blitzt der Schalk.

„Miss Borough, Sie können schon einmal zum Blutdruckmessen kommen. Der zehn Uhr Termin ist soeben für Sie frei geworden.", ruft sie quer durch den Wartebereich. Der blondierte Kopf der Göre zuckt nach oben.

„Um zehn ist mein Termin! Wie kann der frei sein?!", empört sie sich.

„Shelly, du hast einen Sitzplatz und kannst länger warten. Miss Borough ist schwanger und es ist für sie und das Baby sehr belastend, zu stehen, also ziehe ich sie vor und du kommst dran, wenn mal ein bisschen Luft ist."

„Das können Sie nicht machen!"

„Natürlich kann ich das." Die Sprechstundenhilfe deutet auf ein Schild, auf dem steht, dass die Patienten nach medizinischen Gesichtspunkten dran kommen und nicht nach ihrer Ankunftszeit.

Ich lächle in mich hinein und ignoriere das Geschnaube der Göre und folge der Sprechstundenhilfe in einen Raum, in dem bei mir der Blutdruck gemessen wird. Dann kontrolliert sie mein Gewicht und nimmt mir Blut ab, um den Eisengehalt zu kontrollieren.

„Bleiben Sie ruhig hier sitzen. Sie werden gleich in das Behandlungszimmer gerufen." Sie tätschelt mir den Arm und lässt mich alleine. Während ich warte, sehe ich mich in dem kleinen Raum um. Jede Menge medizinisches Zeug steht hier herum. Dann fällt mein Blick auf ein Gerät und ich muss lächeln. Direkt neben mir steht ein CTG. Damit werden später die Wehentätigkeit und die Herztöne des Kindes überwacht. Auch wenn die Wehen wieder schrecklich werden, freue ich mich jetzt schon darauf. Denn sie bedeuten, dass es nicht mehr lange dauert, bis wir unser kleines Baby im Arm halten.

„Miss Borough, bitte.", ertönt die Stimme meiner Frauenärztin und ich mache mich auf den kurzen Weg zu ihr hinüber.

„Hallo."

„Hallo, wie geht es Ihnen?" Sie reicht mir die Hand. Ich setzte mich auf den Stuhl, welcher direkt neben ihrem Schreibtisch steht. Schnell klickt sie ein wenig in ihrem Computer herum und öffnet meine digitale Krankenakte. Die Herkömmliche liegt aufgeklappt vor ihr auf dem Schreibtisch und direkt daneben mein Mutterpass.

„Uns geht es gut. Danke." Ich lege die Hände auf meinen Bauch.

„Das ist toll. Wir werden uns gleich das Baby im Ultraschall ansehen. Wollen Sie das Geschlecht wissen, wenn ich es sehen sollte, oder wollen Sie sich überraschen lassen?"

„Wir sind uns da uneinig. Kyle möchte es gern wissen, aber ich nicht."

„Tja, für einen Weg müssen Sie sich aber entscheiden. Manche Paare versuchen es damit, dass es nur einem gesagt wird, aber wenn Sie mich fragen, ist das schon von Anfang an zum Scheitern verurteilt, da der wissende Part nie den Mund halten kann."

„Mmh…" ich überlege kurz und treffe dann meine Entscheidung. „…gut, dann wollen wir es wissen."

„Sind Sie sicher?"

„Ja. Ich mache ihm damit eine Freude."

„Gut, dann hätten wir das geklärt. Aber bevor wir anfangen, sollten wir uns auch noch über einen Glukose-Toleranz-Test unterhalten."

„Was ist das?" Meine erste Schwangerschaft lief mehr oder weniger so ab, dass ich zwar die nötigen Untersuchungen machen ließ, aber alles Zusätzliche an mir vorbei ging. Ganz einfach aus dem Grund, dass ich dazu nicht in der Lage war, da ich so sehr unter der Trennung von Kyle litt.

„Das ist ein Test, welcher uns zeigt, ob Sie eventuell unter Schwangerschaftsdiabetes leiden, oder nicht. Wenn Sie wollen, können wir den gleich heute durchführen, vorausgesetzt, Sie sind halbwegs nüchtern."

„Ähm… wie läuft dieser Test ab?"

„Wir messen Ihren Blutzuckerspiegel, dann bekommen Sie zweihundertfünfzig Milliliter Traubenzuckerlösung zu trinken. Nach einer Stunde und nach zwei Stunden messen wir dann erneut und anhand der Werte können wir erkennen, ob sie eventuell einen Diabetes entwickelt haben, oder nicht. Es ist wichtig, dass wir wissen, ob einer besteht oder nicht, denn dieser könnte zu einer Gefahr für das Baby werden."

„Gegessen habe ich heute Morgen gegen sieben Uhr ein Toast. Ich weiß jetzt nicht, ob das geht. Aber wenn es passt, dann können wir den Test gerne machen."

„Eine gute Entscheidung, Miss Borough. Wir werden gleich damit beginnen."

Meine Frauenärztin springt auf und verlässt das Sprechzimmer. Nach ein paar Minuten kommt sie mit einem großen Glas, welches mit einer roten Flüssigkeit gefüllt ist, wieder.

„So, dann werden wir mal messen. Geben Sie mir bitte Ihre Hand." Ich halte ihr meine rechte Hand hin und sie piekt mir in den Zeigefinger, nachdem sie ihn desinfiziert hat. Ein Tropfen Blut quillt hervor. Sie hält einen weißen Streifen dagegen, welcher in einem kleinen unscheinbaren Gerät steckt.

„Vierkommazwei Millimol. Das sieht doch schon einmal gut aus. So hier, bitte komplett leer trinken. Ich hoffe, Sie mögen rote Früchte." Sie schiebt mir das Glas hinüber, während sie ein kleines Stück Mull auf meine blutende Fingerspitze drückt.

Ich nehme es in die andere Hand und nippe daran. Im ersten Moment überlege ich, ob ich den Schluck zurück ins Glas spucken soll. Das Gesöff ist extrem süß und ich habe die Befürchtung, dass dann alles bei mir zusammenklebt, wenn ich es trinke. Aber wenn wir diesen Test machen wollen, dann muss das Zeug runter. Augen zu und durch. Ich hole tief Luft, kneife die Augen zusammen und stürze es in einem Zug herunter. Als ich das Glas abstelle, verziehe ich angeekelt mein Gesicht.

„Ich weiß, dass es nicht schmeckt, aber es muss sein."

Super, sie weiß, dass es eklig ist und warnt mich noch nicht einmal vor.

„Wollen wir nun den Ultraschall machen?"

„Können wir damit eventuell noch warten?", bitte ich sie, denn mir ist ein Gedanke gekommen.

„Natürlich. Wir können die Untersuchung auch nach dem Test machen."

„Danke, das wäre toll."

„Gut, dann können Sie sich erst einmal wieder nach draußen setzen. Die Schwester wird dann in einer Stunde und in zwei Stunden noch einmal messen. Dann sehen wir uns hier wieder zum Ultraschall und zur Auswertung."

„Okay, bis dann." Ich erhebe mich und gehe wieder nach draußen in den Wartebereich. Das blondierte Gör hockt immer noch auf dem Stuhl. Zwei Stunden bin ich ja mindestens noch hier, mal sehen, ob sie dann immer noch da sitzt und warten muss, bis sie dran ist.

Die nächste Patientin wird aufgerufen und bevor sie aufsteht, winkt sie mich zu sich heran.

„Hier Kindchen, setzen sie sich." Sie bietet mir ihren Stuhl an und ich setzte mich schnell. Von meinem Platz habe ich einen guten Blick auf Blondie.

Während ich warte, dass die Stunde herum geht, ziehe ich mein Smartphone aus der Handtasche. Ich schalte den Monitor ein und wie immer schleicht sich ein Lächeln auf mein Gesicht. Auf meinem Bildschirmhintergrund ist ein Foto von Kyle und Sam. Es zeigt sie Beide total verschwitzt, mit roten Gesichtern und an der Stirn klebenden Haaren. Es entstand vor drei Wochen im Park, als sie sich mal wieder mit ihrer Wochenendfußballtruppe getroffen haben und gerade Halbzeit war.

Aus dem Telefonbuch wähle ich Kyles Nummer und drücke den grünen Hörer. Schon nach dem zweiten Klingeln geht er ran.

„Hey Süße, wie geht es euch? Alles in Ordnung?"

„Hey schöner Mann. Uns geht es gut. Wir warten gerade."

„Ihr wartet? Worauf denn? Ich dachte dein Termin war schon."

„Drin war ich schon, aber wir machen heute gleich so einen Test auf Diabetes und ich muss jetzt hier noch zwei Stunden hocken."

„Ich hätte also doch mitkommen sollen?"

„Wäre jetzt zumindest schön."

„In einer Stunde könnte ich bei dir sein. Ich habe gleich eine Sitzung und danach wollte ich eigentlich mal meinen Papierkram erledigen. Aber ich kann auch zu euch kommen und dir die Zeit vertreiben."

„Was ist dann mit dem Papierkram? Ich will dich ja nicht von der Arbeit abhalten."

„Na ja, ich könnte den ja heute Abend erledigen. Du schaust dir einen deiner Frauenfilme an und ich setze mich zu dir und erledige dann die Schreibarbeit."

„Keine so schlechte Idee. Ich erwarte dich dann hier."

„Ich werde mich beeilen, meine Süße."

„Fahr aber vorsichtig. Wir brauchen dich noch."

„Werde ich machen. Ich liebe dich."

„Ich dich auch."

„Bis gleich meine Süße."

„Bis dann schöner Mann."

Lächelnd lege ich auf und als ich aufsehe, bemerke ich, dass mal wieder der Großteil der anwesenden Frauen mich beobachtet.

„Ihr Mann?", spricht mich eine ältere Frau an, die links neben mir sitzt.

„Mein Freund." Ich sage ihr mit Absicht nicht, dass er mein Verlobter ist, denn hier braucht mich nur jemand als Sophie Borough, der Schwester von Richard und David Borough, zu erkennen und die Menschen quatschen nun einmal.

„Der Vater?", fragt sie weiter und deutet auf meinen Bauch.

„Ja, genau."

„Ist es Ihr erstes Kind?"

„Nein, unser zweites. Wir haben schon einen Sohn."

„Oh das ist schön. Wie alt ist Ihr Sohn denn?"

„Er ist elf Jahre alt."

„Oh, da ist ja dann ein gehöriger Altersunterschied zwischen den Geschwistern."

„Ja, aber er freut sich auf sein Brüderchen oder Schwesterchen."

„Da ist schön. Mein Liam und ich haben leider keine Kinder.", erzählt sie mir mit Bedauern in der Stimme.

„Oh, darf ich fragen, warum?"

„Natürlich dürfen Sie. Ich hatte als ganz junges Mädchen eine schwere Infektion und bin dadurch leider unfruchtbar geworden."

„Hatten Sie nie daran gedacht ein Kind zu adoptieren?"

„Oh ja, mehr als einmal. Aber uns fehlte immer wieder das Geld. Wir haben immer auf dieses Ziel hin gespart, aber dann passierte irgendetwas und wir mussten das Geld angreifen und dann waren wir zu alt."

„Oh." Mehr kann ich nicht sagen. Ich wüsste auch nicht, was ich jetzt hätte sagen können.

„Wir haben uns damit abgefunden. Jetzt sind wir die Ersatzgroßeltern für die Nachbarskinder. Das macht es leichter."

„Das ist schön, dass Sie sich um die Nachbarskinder kümmern können."

Damit verstummt unser kleines Gespräch. Ich schnappe mir eine dieser Zeitungen für werdende Mütter und blättere gelangweilt darin herum.

Eine knappe Stunde nach meinem Telefonat mit Kyle öffnet sich die Tür des Wartezimmers und er kommt herein. Es ist wie immer, nicht nur ich bin von seinem Anblick geplättet, sondern auch alle anderen, anwesenden, weiblichen Wesen. Sogar das Gör hat ihr Smartphone vergessen und starrt mit offenem Mund meinen Verlobten an. Er sieht heute auch mal wieder heiß aus. Hitze sammelt sich zwischen meinen Beinen und das Blut rauscht in meinen Ohren.

Er trägt heute einen grauen Nadelstreifenanzug, wobei er sein Jackett im Moment nicht dabei hat. Das dunkelblaue Hemd steckt in der Hose und die Ärmel sind bis zu den Ellenbogen aufgerollt, so wie er es gerne trägt. Um seinen Hals baumelt eine graue Krawatte, welche ebenfalls ein Nadelstreifenmuster hat. Seine Haare sind im Moment etwas länger als sonst, da er noch nicht beim Friseur war und sie sind total durcheinander.

„Hallo ihr zwei Süßen.", begrüßt er mich. Ich stehe auf, er legt seine großen Hände auf meinen Bauch und haucht mir einen Kuss auf die Lippen. Sein wunderbarer Duft steigt mir in die Nase und ich verfluche gerade das volle Wartezimmer. Am liebsten würde ich uns jetzt gerne die Klamotten vom Leib reißen und mir das nehmen, wonach ich mich gerade verzehre.

„Ist er das?", ertönt die Stimme der älteren Dame von vorhin. Lächelnd wende ich mich um und nicke.

„Da haben sie eine gute Wahl getroffen.", sagt sie noch und steht dann auf, da sie gerade aufgerufen wurde.
Wir haben uns gerade gesetzt, als ich wieder an der Reihe bin. Schnell folge ich der Sprechstundenhilfe.

„So, dann pieke ich Sie jetzt." Sie macht die gleiche Prozedur, wie schon die Ärztin. Mit etwas gerunzelter Stirn sieht sie auf das kleine Gerät in ihrer Hand.

„Alles in Ordnung?"

„Ihr Wert ist hart an der Grenze. Im Moment liegt ihr Blutzucker bei neunkommaacht Millimol. Aber kein Grund zur Sorge. Wir warten den Zwei-Stunden-Wert mal ab und dann sehen wir weiter."

„Ähm... okay." Schon etwas verunsichert gehe ich zurück zu Kyle.

„Was ist los?", fragt er mich sofort.

„Keine Ahnung. Der Wert liegt hart an der Grenze, was auch immer das bedeuten mag."

„Und jetzt?"

„In einer Stunde wird noch einmal gemessen und erst dann kann das ganze bewertet werden."

„Okay."

Während wir warten, lehne ich meinen Kopf an seine Schulter und er seinen Kopf an meinen. Wir blättern beide in einer Zeitung. Immer mal wieder werfen uns die älteren Patientinnen lächelnde Blicke zu. Die jüngeren sehen mich eifersüchtig an. Tja Ladies, nicht jede kann einen Kyle habe. Denn der ist einzigartig und er liebt mich!

„Miss Borough? Kommen Sie?", werde ich wieder aufgerufen. „Sie können gleich zur Frau Doktor durch. Sie macht dann gleich den Ultraschall."

„Kann mein Freund mit?"

„Natürlich, wenn er Blut sehen kann, denn einmal müssen wir Sie noch pieken."

„Kyle?" Ich drehe mich noch einmal um.

„Ja?" Er sieht von seiner Zeitung auf.

„Kommst du gleich mit?"

„Klar." Er legt die Zeitung zurück an ihren Platz und folgt uns.

„Hallo Mr. Wallace, schön dass Sie doch dabei sind.", begrüßt meine Ärztin ihn. „Miss Borough, einmal brauche ich Ihren Finger noch." Ich halte ihr wieder meine Hand hin und werde wieder in den Zeigefinger gestochen. Inzwischen sind drei rote Einstiche zu sehen, denn jedes Mal wurde der gleiche Finger benutzt. Ich werde das bestimmt auch noch in drei Tagen merken und dabei kann ich Schmerz nicht leiden.

„Wie sieht es aus?", fragt er und kommt mir damit zuvor.

„Der Wert liegt bei achtkommavier Millimol."

„Was heißt das jetzt?", will ich wissen.

„Naja. Das bedeutet, dass ich keine klare Aussage machen kann. Der Ein-Stunden und der Zwei-Stunden-Wert liegen jeweils sehr hart an der Grenze. Im Moment sollten wir Ihre Werte überwachen."

„Wie wird das gemacht? Muss ich jetzt immer dieses Zeug trinken?"

„Nein, das müssen Sie nicht. Sie bekommen ein Messgerät von uns und dann messen Sie vor und eine Stunde nach jeder

Mahlzeit ihren Blutzucker und tragen diese Werte in ein Diabetestagebuch ein. Die ersten zwei Wochen schreiben Sie zusätzlich auch noch alles auf, was Sie gegessen haben und wann. So können wir sehen, wie sich die Werte verhalten und wie wir eventuell Ihre Ernährung umstellen können, damit wir nicht auf Insulin zurückgreifen müssen."

„Müssen wir uns Sorgen machen?"

„Nein Mr. Wallace. Im Moment ist alles Bestens. Die Werte sind jetzt an der Grenze und nicht deutlich erhöht. Da genügt es, wenn wir beobachten. So haben wir es im Blick und können rechtzeitig einschreiten. Sie bekommen dann auch noch eine Liste, auf der die Richtwerte für den Blutzuckerspiegel stehen. So können Sie selber nachsehen, ob der Wert in der Norm liegt oder nicht. Sollte mal ein Wert sehr stark von dem davor abweichen, messen Sie fünf Minuten später noch einmal und wenn er immer noch deutlich erhöht ist, sollten Sie dann her kommen. Das erklärt Ihnen nachher aber noch unsere Diabetesspezialistin. Jetzt wollen wir nachsehen, wie es dem kleinen Baby geht."

Gemeinsam gehen wir hinüber zum Ultraschall und ich lege mich auf die Liege. Nachdem ich meine lila Bluse nach oben gezogen habe, stopft mir meine Ärztin ein paar Papiertücher in den Bund meiner Jeans, damit sie vom Gel nicht versaut wird.

„Vorsicht, es wird kalt.", warnt sie mich vor und quetscht eine große Portion Ultraschallgel auf meine blanke Haut. Sofort bekomme ich eine Gänsehaut.

„So liebe Eltern. Da hätten wir den Kopf und wenn Sie genau hinsehen, dann sehen Sie, dass ihr Baby gerade am Daumen nuckelt." Sie zeigt uns auf dem Monitor unser Baby. Gerührt greife ich nach Kyles Hand und drücke sie. Er erwidert den Druck.

„Jetzt wird es interessant. Ihr Baby hat heute einen guten Tag und zeigt uns, was es ist."

„Ähm... Stopp. Sophie will es nicht wissen.", fährt er dazwischen.

„Ich habe mich um entschieden, ich will es wissen."

„Wirklich?" Ungläubig sieht er mich an.

„Ja, denn du willst es wissen und ich wollte dir eine Freude machen."

„Danke.", flüstert er gerührt und küsst meine Nasespitze.

„Also, was bekommen wir?"

„Wenn ich es richtig sehe, dann haben wir hier eine kleine Prinzessin."

„Ein Mädchen?", frage ich mit Tränen in den Augen und ich spüre, wie Kyle meine Hand stärker drückt.

„Genau. Aber versteifen Sie sich nicht zu sehr. Hundertprozentig kann ich es nicht sagen. Genießen sie es also mit Vorsicht."

„Ein Mädchen.", haucht er hinter mir. Ich drehe den Kopf, um ihn ansehen zu können. Wie gebannt starrt er auf den Bildschirm und kann den Blick nicht von unserer Tochter nehmen.

„Hallo? Ich bin wieder zu Hause." rufe ich im Flur meines Elternhauses. Kyle ist nach dem Ultraschall gleich wieder ins Büro gefahren, da er heute noch ein paar Nachmittagstermine hat.

„Hallo Spätzchen." Mom kommt mir aus ihrem Arbeitszimmer entgegen. Sie hat sich heute mal einen freien Tag gegönnt, da die letzten Wochen recht stressig für sie waren. Die neue Kollektion ist fertig und die Kritiken waren ohne Ausnahmen hervorragend. Die Schwangerschaft beflügelt sie in ihrer Kreativität ungemein.

„Mom, was machst du in deinem Arbeitszimmer? Du solltest dich doch heute ausruhen.", tadle ich sie.

„Ach Spätzchen. Nächste Woche ist noch eine Show. Ich muss diese noch ausarbeiten und heute habe ich Zeit dazu."

„Aber du solltest dich doch ausruhen!"

„Sophie, wenn ich hier alleine bin, kann ich das doch machen."

„Sag mal, hörst du mir überhaupt zu? Du sollst dich schonen! Schließlich bist du nicht mehr die Jüngste und wir brauchen dich doch alle."

„Jetzt wo du da bist, kann ich ja eine Pause machen. Das Grundkonzept steht, den größten Aufwand habe ich hinter mir."

Mom und ihr verdammter Perfektionismus. Wenn sie sich nicht vorgenommen hätte, jede Show anders zu gestalten, dann hätte sie weit weniger Arbeit.

„Na gut.", murre ich, ziehe meine Sneakers aus und meine bequemen Hauspuschen an. Ich mochte solche Dinger eigentlich nie. Ich lief lieber in Socken oder barfuß durch das Haus, aber inzwischen will ich auf die hässlichen Treter nicht mehr verzichten. Sie sind so wunderbar warm und bequem. Da fällt es mir leicht, über das grässliche, grün-braune Schottenmuster hinwegzusehen. Wenn ich mich nicht irre, haben die mal Dad gehört, sind irgendwann in der hintersten Ecke des Schuhschrankes gelandet und haben dort darauf gewartet, dass ich sie von ihrem tristen Dasein erlöse und sie das Privileg erlangen, meine leicht geschwollenen Schwangerschaftsfüße zu wärmen und sicher durch das Haus zu geleiten.

„Trinkst du mit mir einen Kakao?" Mit Hundeblick sehe ich sie an, denn Knöpfchen verlangt gerade nach einem wunderbaren, heißen und süßen Kakao. In Gesellschaft schmeckt es dann gleich viel besser.

„Steht etwas dagegen, wenn ich einen Tee nehme?" Gemeinsam gehen wir rüber in die Küche.

„Sehe ich so aus?"

In der Küche weht mir ein leckerer Geruch entgegen.

„Rieche ich richtig? Schmorbraten?"

„Dein feines Näschen hat dich nicht getäuscht. Du hattest doch gestern Abend so einen Heißhunger darauf, da dachte ich mir, dass ich den heute mache."

„Du bist die Beste!" Lachend drücke ich Mom einen Kuss auf die Wange und schnappe mir dann den Wasserkocher.

„Wie geht es dir mein Spätzchen?"

„Es könnte eigentlich nicht besser gehen. Sag mal Mom, weißt du was über Schwangerschaftsdiabetes?" Sie ist ein wandelndes Lexikon und ich habe irgendwie das Bedürfnis, mit ihr darüber zu sprechen.

„Wieso willst du das wissen?" Misstrauisch sieht sie mich an.

„Meine Frauenärztin hat heute so einen komischen Test gemacht. Glukose-irgendetwas…"

„Glukose-Toleranz-Test."

„Ja genau der, jedenfalls meint sie, dass meine Werte an der Grenze sind. Sie kann einen Schwangerschaftsdiabetes nicht eindeutig ausschließen und ich wollte jetzt halt gerne von dir wissen, was du darüber weißt."

„Was hat sie dir denn schon erzählt."

„Nur, dass wir uns keine Sorgen machen müssen. Sie hat mir so ein Gerät zum Testen mitgegeben und damit soll ich die Werte aufzeichnen, so dass der Blutzucker überwacht wird."

„Wie oft sollst du messen?"

„Vor jeder Mahlzeit und eine Stunde danach und ich soll alles aufschreiben, auch was ich so gegessen habe."

„Ich bin keine Ärztin, aber ich denke, du solltest deiner Frauenärztin einfach vertrauen. Sie würde es dir sagen, wenn es Grund zur Sorge gäbe."

„Danke Mom."

„Wie war es sonst beim Gyn? Hattest du nicht heute auch Ultraschall?"

„Ja und Kyle war dabei."

„Er war da? Ich dachte er müsste arbeiten."

„Musste er ja auch und tut es auch gerade im Moment. Aber wir hatten den Ultraschall auf nach diesen Test verschoben. In der Zwischenzeit habe ich ihn angerufen, ob er Zeit hätte und dann ist er schnell rum gekommen."

„Das ist schön, dass er dabei sein konnte. Hat er sehr mit dir gegrummelt, weil du das Geschlecht nicht wissen willst? Und was viel wichtiger ist, ist mit meinem Enkelkind alles in Ordnung."

„Mit deiner Enkeltochter ist alles in bester Ordnung. Sie wächst und gedeiht."

„Moment, Enkeltochter?" Erstaunt sieht mich meine Mutter an und ihre Augen werden immer größer.

„Ja genau, Enkeltochter. Ich wollte ihm eine Freude machen und da haben wir es uns sagen lassen."

„Oh Sophie." Tränen der Rührung kullern meiner Mutter über die Wangen. Sie springt auf und zieht mich in ihre Arme.

„Was hat Kyle dazu gesagt?"

„Nichts."

„Wie nichts? Er muss doch eine Meinung dazu haben!"

„Er war so ergriffen, hat die ganze Zeit nur diesen Monitor angestarrt und immer wieder etwas von seinem kleinen Mädchen vor sich hin gemurmelt."

„Er wird sie auf Händen tragen. Genauso wie dein Vater, Sam und deine Brüder."

„Da habe ich jetzt schon Angst davor.", versuche ich zu scherzen.

„Warum das denn? Sie werden die kleine Prinzessin verwöhnen, genauso wie sie es bei Jessy und Lena machen."

„Und genau das bereitet mit Bauchschmerzen. Wie werden sie reagieren, wenn die Kleine ihren ersten Freund mit nach Hause bringen möchte? Wir müssten dann all die Männer in der Familie anketten!"

„Bis dahin ist ja noch ein wenig Zeit. Außerdem haben Lena und Jessica einen Altersvorsprung und wir werden sehen, wie es bei den Beiden läuft."

„Ja, mal sehen.", seufze ich und nehme einen Schluck von meinem Kakao.

„Hast du wieder Bilder bekommen?" Hoffungsvoll sieht sie mich an. Ich könnte jetzt den Kopf schütteln und sie weiter auf heißen Kohlen sitzen lassen, aber ich habe heute einen guten Tag. Lächelnd stehe ich auf und gehe in den Flur, um die Ultraschallbilder aus meiner Handtasche zu holen. Nach einem kurzen, aber heftigen Wortgefecht hatte ich das Recht errungen, die Bilder bei mir zu tragen. Kyle war nicht sehr erfreut darüber, dass er den Kürzeren gezogen hatte und somit keine Bilder zum Herumzeigen hatte. Es ist aber ganz gut, dass ich sie habe. Wer weiß, ob er heute noch zum Arbeiten gekommen wäre. Garantiert hätte er die ganze Zeit seine kleine Tochter angestarrt. Himmel, die Kleine hat ihn jetzt schon voll um den kleinen Finger gewickelt. Was wird das dann erst, wenn sie auf der Welt ist? Da bin ich dann wahrscheinlich abgeschrieben.

Ich reiche meiner Mutter die Aufnahmen. Ihr Gesicht ziert ein verzücktes Lächeln.

„Oh sieh mal, sie nuckelt am Daumen!", ruft Mom aus und streicht liebevoll über die Aufnahmen.

„Hallo Ladies.", ertönt die Stimme meines Vaters und kurze Zeit später erscheint er in der Küchentür. „Was ist denn hier los? Ein Kaffeekränzchen, zu dem ich nicht eingeladen wurde?", scherzt er.

„Komm her Mitchell, das musst du dir ansehen!" Mom winkt ihn zu sich und noch bevor er ihr einen Begrüßungskuss geben kann, hält sie ihm die Bilder vor die Nase. Erfreut greift er zu.

„Ah... mein Enkelsohn nuckelt am Daumen! Von Sam und Max haben wir auch solche Aufnahmen. Jessy und Lena waren da etwas vornehmer, die haben das nie gemacht."

„Stimmt, sie haben ihre Zehen bevorzugt.", glucke ich und Dad nickt zustimmend.

„Da wird unsere Fußballmannschaft bald um ein Mitglied reicher sein." Irgendwie scheint mein Vater davon überzeugt zu sein, dass wir einen weiteren Sohn erwarten. Er meint, mit einem weiteren Spieler wären sie ihrer Fußballtruppe im Park noch überlegener. Jedes Mal stöhnen die Gegner auf, wenn sie sehen, dass die Borough- bzw. Wallacemänner im Anmarsch sind.

„Tja Dad, da gibt es leider nur ein Problem."

„Das da wäre? Stimmt etwas nicht?", besorgt mustert er mich.

„Eure Mannschaft wird keine Verstärkung bekommen."

„Warum das nicht? Alle meine Söhne, meine Enkel und mein zukünftiger Schwiegersohn spielen Fußball, warum der Kleine nicht auch?", entrüstet er sich. Mom hält sich den Mund zu, damit sie nicht laut auflacht.

„Es ist kein Kleiner, sondern eine Kleine. Von mir aus kann sie gerne bei euch mit Fußball spielen, aber dann müsst ihr Jessy und Lena auch mitspielen lassen. Bei den Beiden macht ihr immer einen Aufriss, dass es viel zu gefährlich für Mädchen sei."

„Sophie, ich verstehe dich nicht. Was haben die Beiden mit meinem Enkel zu tun?"

„Gott Dad! Du bist heute echt schwer von Begriff!" Ich schlage mir mit der flachen Hand vor die Stirn und verdrehe die Augen. Mom kann sich nicht mehr zurück halten und bricht in schallendes Gelächter aus.

„Kann mich mal bitte jemand aufklären?"

„Das habe ich doch schon. Aber da du heute anscheinend auf dem Schlauch stehst, werde ich es dir noch einmal ganz in Ruhe und zum Mitschreiben erklären. Das was du dort auf den Bildern siehst, ist nicht dein Enkelsohn, sondern deine Enkeltochter."

„Enkeltochter?" Mit großen Augen sieht er mich an.

„Ganz genau. Kyle und ich bekommen eine Tochter und Sam eine Schwester."

„Eine weitere, kleine Prinzessin." Seine Augen werden feucht. Verstohlen wischt er sich über die Augen, als er sich auf einen Stuhl fallen lässt und auf die Bilder sieht.

Ab da war mit meinem Vater nicht mehr viel anzufangen. Die Tränen kullern nur so über seine Wangen, genauso wie bei Lena und Jessy, als er erfahren hat, dass sie Mädchen sind. Ich überlasse Mom das Feld, da sie ihn ja schon zwei Mal so erlebt hat und gehe nach oben.

Aus dem Schlafzimmer hole ich mir meinen Laptop und den Ordner mit den Stoff-, Tapeten- und Holzmustern. Vor einer Woche haben Marie und Richard die perfekte Immobilie für unsere Zweigstelle in Los Angeles gefunden. Jetzt kann ich mit meiner Arbeit beginnen. Auf meinen Desktop öffne ich die Datei mit den Grundrissen. Ich überlege mir, wie wir am besten die Räume nutzen können und wühle mich anschließend durch den Ordner, um die Ausstattung und Gestaltung auszusuchen. Ich müsste mit den beiden noch darüber sprechen, aber sie haben schon angedeutet, dass sie mir da weitestgehend freie Hand lassen.

„Hi Mom." Ich zucke zusammen, als ich Sams Stimme direkt neben meinem Ohr höre. Hastig drehe ich meinen Kopf in die Richtung, aus der sie gekommen ist und sehe direkt in das grinsende Gesicht meines Sohnes.

„Gott Sam! Muss das sein?" Ich drücke mir die Hand auf mein wild pochendes Herz, um es ein wenig zu beruhigen.

„Was denn? Ich habe dich schon vier Mal gerufen, aber du hast mich nicht gehört."

„Aber trotzdem musst du mich nicht so erschrecken!"

„Tschuldigung." Er versucht, mich voll Reue anzusehen, aber es missglückt ihm gewaltig.

„Schon gut. Aber denk daran, Aufregung ist nicht gut für deine Schwester und mich."

„Ich we… warte! Schwester?" Seine blauen Augen werden groß und der Mund bleibt ihm offen stehen. Grinsend nicke ich.

„Wow.", haucht er und legt seine Hand auf meinen Bauch. Sofort spüre ich von innen einen Stups.

„MOM!", ruft er ganz aufgeregt.

„Was?!" alarmiert sehe ich ihn an, denn seine Augen werden immer größer.

„Sie… ich… also…", stammelt er und mir geht ein Licht auf.

„Du hast sie gemerkt, oder?"

Stumm nickt er. Ich lege meine Hand auf seine und drücke sie etwas fester auf meinen Bauch, sofort kommt ein neuer Tritt von Knöpfchen.

„Sie ist kräftig." Er strahlt mich an.

„Da hast du deinem Dad jetzt etwas voraus."

„Warum?"

„Er hat noch keinen Tritt von ihr gemerkt. Das konnte bis jetzt nur ich."

„Das wird ihn total ärgern! Er fand es schon unfair, dass nur du sie treten spüren kannst. Weißt du noch, was er da gesagt hatte?"

„Ja, er meinte, dass es nur fair wäre, wenn er den ersten Tritt spüren dürfte, da ich sie ja neun Monate lang in meinem Bauch herum tragen darf. Weißt du noch, was ich da zu ihm gesagt hatte?"

„Jupp. Du hast zu ihm gesagt, dass er gerne die Schwangerschaft übernehmen dürfte, wenn er so scharf darauf ist, stundenlang unsägliche Schmerzen zu ertragen. Deine Ausführung der Wehen gebe ich jetzt aber nicht wieder. Da wird mir nur wieder schlecht."

„Ach mein Sohn. Wenn du mal Vater wirst, dann wirst du das auch erleben. Deine Frau oder Freundin wird dir dann die Hand zerquetschen."

„Ich werde garantiert nie Vater werden! Wenn es heißt, dass ich dafür durch so etwas durch muss, dann verzichte ich lieber darauf." Vehement schüttelt er den Kopf.

„Warte mal noch zwanzig Jahre ab, dann denkst du bestimmt ganz anders darüber."

„Glaub ich nicht. Dad kommt."

In dem Moment höre ich Schritte auf der Treppe.

„Hey ihr Drei! Ihr kuschelt auf der Couch ohne mich?", begrüßt uns Kyle, als er das Wohnzimmer betritt.

„Na wenn du nicht da bist.", antworte ich und recke meinen Kopf etwas nach oben, um meinen Begrüßungskuss in Empfang zu nehmen.

„Na Großer, wie war's in der Schule?" Wie immer wuschelt er Sam durch die Haare, der sich dann genervt mit einer Hand die Haare ordnet. Die andere Hand liegt immer noch auf meinem Bauch und Knöpfchen knufft fröhlich weiter gegen seine Hand, wodurch sein Lächeln zurückkehrt, als er es wieder spürt.

„Setzt du dich zu uns?", frage ich und klopfe auf den noch freien Platz neben mir.

„Kann ich kurz duschen gehen? Ich will mir den Tag abwaschen und dann habe ich alle Zeit der Welt für euch."

„Stressiger Tag?"

„Na ja es geht. Das Übliche halt und dann ein bisschen mehr."

„Du willst nicht drüber reden, stimmt's?"

„Es war halt heute nur ziemlich stressig, ein Meeting nach dem Anderen und ich bin mit dem Papierkram noch nicht durch." Erschöpft fährt er sich mit der Hand über das müde Gesicht und beginnt dann, sich das Hemd aufzuknöpfen.

„Hast du schon einmal darüber nachgedacht, jemanden für den Papierkram einzustellen?"

„Flüchtig. Wenn das so weiter geht, dann werde ich mir wohl eine weitere Sekretärin suchen müssen, die das für mich erledigt."

„Denk darüber nach und jetzt mach dich unter die Dusche." Kyle beugt sich noch einmal nach unten und küsst meine Stirn.

„Wann darf ich es ihm erzählen?", fragt mich Sam, als er im Bad verschwunden ist. In seinen Augen blitzt es schadenfroh.

„Lass deinen Dad erst einmal in Ruhe duschen. Er hatte einen anstrengenden Tag und wenn er dann wieder halbwegs hergestellt ist, kannst du es ihm verkünden." Ich küsse seine Schläfe. In einträchtigem Schweigen warten wir darauf, dass er wieder aus der Dusche kommt.

„Was machen wir mit dem angebrochenen Abend?", fragt Kyle und lässt sich neben mich auf die Couch fallen. Er legt seinen Arm um meine Schulter und zieht mich näher zu sich. Als ich meinen Kopf auf seine Schulter lege und meine Nase an seinem Hals vergrabe, steigt mir der Duft seines Duschgels in die Nase. Für viele ist ein bestimmter Ort das, was sie mit Heimat verbinden, für mich ist das Kyles Geruch.

„Dad?", fragt Sam. Ich kann mir denken, was jetzt kommt, auch wenn er ganz normal klingt.

„Ja?" Kyle legt seine Hand auf meinen Bauch. Aber bevor Sam antworten kann, tritt Knöpfchen gegen die Hand ihres Vaters. Der springt wie von der Tarantel gestochen auf und starrt auf mich hinunter. Seine Augen sind ganz groß vor Erstaunen. Abwartend sehe ich zu ihm auf. Aber er starrt weiter auf meinen Bauch.

„Kyle? Alles in Ordnung?", frage ich zaghaft nach. Ich weiß, was gerade eben passiert ist und hoffe, er hat jetzt keinen Schock bekommen. Ein bisschen macht mir seine Reaktion schon Sorgen.

„Dad?" Auch Sam scheint sich ein wenig Sorgen zu machen. Er steht auf und geht zu seinem Vater herüber. Sam ist jetzt schon fast genauso groß wie ich und viel fehlt nicht mehr und meine beiden Männer sehen auf mich herab.

„Weißt du Dad, als Knöpfchen das erste Mal gegen meine Hand getreten hat, habe ich auch so ähnlich reagiert wie du. Aber du…", weiter kommt er nicht, denn Kyles Kopf ruckt rum und er sieht auf Sam hinunter.

„Was soll das heißen, als Knöpfchen das erste Mal gegen deine Hand getreten hat?"

„Na vorhin, etwa zehn Minuten bevor du nach Hause gekommen bist, da hat sie gegen meine Hand getreten."

„Super, meine Tochter ist noch nicht einmal auf der Welt und zieht ihren Bruder ihrem Vater schon vor. Das kann ja was werden." Etwas enttäuscht lässt er seine Schultern hängen. Langsam löst er sich von Sam und setzt sich neben mich, macht aber keinerlei Anstalten, mich in seine Arme zu ziehen. Er sitzt einfach nur unbeteiligt neben mir.

„Sam, lass uns bitte mal kurz alleine." Er nickt und verkrümelt sich dann in dein Zimmer.

„Du bist enttäuscht.", stelle ich fest. Kyle nickt nur.

„Glaubst du jetzt, Knöpfchen mag Sam mehr als ihren Daddy?" Wieder ein Nicken als Antwort.

„Ach Kyle, sie liebt dich genauso und noch viel mehr als Sam. Es war Zufall, dass er in dem Moment seine Hand auf meinem Bauch hatte, als sie getreten hat. Außerdem habe ich von uns allen als erste das Treten und Boxen gespürt."

„Ich…" Er bricht ab und holt tief Luft.

„Gib mir deine Hand." Verlangend halte ich meine hin.

„Hier, sie liebt dich." Ich drücke seine Hand auf meinen Bauch und halte sie mit meiner gefangen. Erst passiert gar nichts. Aber dann kommt ein kräftiger Tritt.

„Im Moment reagiert sie wahrscheinlich eher auf den Druck von außen, als auf eine bestimmte Hand. Aber ich weiß, dass sie dich mehr liebt als ihren Bruder, denn wenn sie deine Stimme hört, tanzt Knöpfchen in meinem Bauch, Sam ignoriert sie immer mal."

„Wirklich?"

„Wirklich."

„Okay." Ein zaghaftes Lächeln breitet sich auf seinen Lippen aus und er zieht mich wieder in seine Arme. Ich küsse leicht seinen Hals nach oben. Leise stöhnt er auf, als ich sanft in sein Ohrläppchen beiße.

„Sophie, was soll das?", fragt er mich mit rauer Stimme.

„Na was wohl? Ich will dich und zwar sofort."

„Dann komm." Schnell springt er auf und zerrt mich hinter sich her ins Schlafzimmer. Mit Schwung fliegt die Tür ins Schloss. Es klickt leise, als er den Schlüssel im Schloss umdreht. Nicht dass uns noch jemand überrascht.

Wie ausgehungert fallen wir übereinander her. Gierig ringen unseren Zungen miteinander und mein keuchender Atem vermischt sich mit seinem. Mit hastigen Bewegungen reißen wir uns die Sachen vom Leib.
Ich schreie leise auf, als ich Kyles Mund an meinen überempfindlichen Brüsten spüre. Heiße Wellen der Lust und des Verlangens rasen durch mich hindurch. Meine Hüfte bewegt sich zuckend vor und zurück. Er bemerkt meine Erregung und dreht mich mit einem schnellen Griff um, so dass ich mit dem Rücken gegen seine Brust lehne. Ich spüre seine Muskeln und sein harter Penis drückt sich verlangend gegen meinen Po. Er legt von hinten seine Arme um mich. Sanft streichelt er über meine Haut. Zitternd hole ich Luft, lege meine Arme nach hinten und kralle mich in seinem knackigen Hintern fest.

„Baby, wenn du nicht gleich aufhörst, dich so an mir zu reiben, wird das mit dem Vorspiel nichts mehr.", keucht er neben meinem Ohr und beißt mir etwas fester in den Hals. Seine Hand liegt inzwischen an meiner Hüfte und die Andere hat den Weg zwischen meine Beine gefunden. Sein etwas rauer Zeigefinger kreist mit sanften Druck über meine Klitoris und bringt mich damit um den Verstand.

„Scheiß auf das Vorspiel! Nimm mich!", fordere ich ihn auf.

„Dein Wunsch ist mir Befehl.", raunt er zurück und drängt mich in Richtung des Schlafzimmerschrankes. Er fasst meine Hände und presst die Handflächen gegen das kühle Glas des Spiegels. Seine Fingerspitzen wandern über meine Haut nach oben zu meinen Schultern und an meiner Seite wieder hinab. Auf meiner Hüfte kommen sie schließlich zum Liegen.

„Mach die Augen auf.", fordert er. Ich öffne sie und sehe direkt in mein gerötetes Gesicht. Meine Augen leuchten vor Lust. Ich sehe Kyle direkt hinter mir stehen. Auch in seinen Augen kann ich die Lust glühen sehen. Soll ich uns beim Sex im Spiegel zusehen?

„Ich will, dass du uns zusiehst. Sieh zu, wie ich dich immer und immer wieder ausfülle, wie wunderschön du aussiehst, wenn du kommst.", beantwortet er meine unausgesprochene Frage. Ich dachte immer, dass mich der Gedanke an Sex vor einem Spiegel abturnen würde, aber da habe ich mich getäuscht. Es ist genau das Gegenteil der Fall. Die Idee, wie ich sehe, wie mich Kyle nimmt, erregt mich ungemein.

Fragend sieht er mich durch den Spiegel an. Seine nackte Brust glänzt feucht vom Schweiß. Seine Haare kleben ihm dunkel in der Stirn. Ich nicke leicht, um ihm mein Einverständnis zu geben. Mit einem Ruck zieht er meine Hüften nach hinten und dringt gleichzeitig in mich ein. Ich muss mir hart auf die Unterlippe beißen, damit ich meine Lust nicht laut heraus schreie. Es ist unbeschreiblich, wie gut es sich anfühlt, wenn er mich so tief ausfüllt und dabei genau diesen einen magischen Punkt trifft. Bewegungslos verharrt er in mir und hält meinen Blick durch den

Spiegel hindurch mit seinem gefangen. Seine Bewegungslosigkeit treibt mich noch weiter an und ich drücke meinen Rücken durch und presse meinen Po gegen seinen Unterbauch. Aber alles hilft nichts, er beginnt nicht, sich zu bewegen. Da bleibt mir nur noch eine Möglichkeit, um meine Qual zu beenden. Ich spanne meine Beckenboden- und Scheidenmuskulatur an. Prompt legt sie sich eng um seinen Penis und er stöhnt auf.

„Das machst du extra.", presst er hervor und krallt seine Finger in die Haut an meinen Hüften.

„Ja, genauso wie du.", keuche ich. Der Spiegel beschlägt leicht, als mein warmer Atem auf die glatte Oberfläche trifft.
Meine Bemühungen haben endlich erfolgt – er beginnt, sich zu bewegen. Geschmeidig und fließend zieht er sich aus mir zurück und dringt wieder in mich ein.
Als seine Bewegungen schneller werden, nimmt auch das Geräusch von auf einander klatschender Haut zu, welches aber schnell von unserem Stöhnen und Keuchen übertönt wird.
Ich genieße unseren Sex in vollen Zügen und spüre, wie mein Orgasmus immer näher rückt. Als ich Kyle im Spiegel beobachte, sehe ich, dass es auch bei ihm nicht mehr lange dauert, bis er die Erlösung findet. Er löst eine Hand von meiner Hüfte und gleitet nach vorne. Kaum berührt sein Finger meine Klitoris, explodiere ich in einem alles verschlingenden Orgasmus. Immer und immer wieder ziehen sich meine Muskeln um ihn zusammen und das treibt ihn über die Klippe.
Keuchend bricht er auf meinem Rücken zusammen. Ich rutsche am Spiegel mit meinen nassen Händen hinab.

„Sorry.", murmelt er und richtet sich, unter Aufbringung seiner letzten Kräfte, auf und zieht sich aus mir zurück. Er nimmt mich in seine Arme und bringt mich zum Bett, damit ich mich setzen kann, was ich auch bitter nötig habe, da meine Beine stark zittern. Sanft drückt er mich nach hinten auf das kühle Laken. Ich beginne zu frieren. Fürsorglich breitet er die Bettdecke über meinem nackten Körper aus, er selber bleibt aber am Bettrand sitzen.

„Legst du dich zu mir?" Ich klimpere ein wenig mit den Wimpern. Auch wenn ich noch total von unserem Liebesspiel erschöpft bin, macht mich sein nackter Körper total an. Wie gebannt starre ich auf seine Brust und verfolge mit den Augen den Weg eines einzelnen Schweißtropfens, der immer weiter nach unten rollt. Bevor ich meinen Finger ausstrecken kann, um der Bahn des Tropfens zu folgen, steht Kyle auf.

„Ich brauch jetzt noch mal eine Dusche.", verkündet er und grinst auf mich runter. Die nassen Strähnen, welche ihm in die Stirn fallen, beginnen langsam zu trocknen.

„Soll ich mitkommen?", frage ich ihn kokett und streiche mit den Händen langsam die Decke von meinem nackten Körper. Gebannt verfolgt er das Tun. Eigentlich dachte ich, dass ich mich dick und ungelenk finde, wenn der Bauch erst einmal beginnt, zu wachsen. Aber komischerweise ist genau das Gegenteil eingetreten. Ich fühle mich sexy und begehrenswert. Als ich mit Sam schwanger war, war das leider nicht der Fall, aber das lag wohl eher daran, dass ich mich in einem seelischen Tiefpunkt befand.

„Wenn du willst.", antwortet mir Kyle kehlig. Seine Augen haben sich vor Lust schon wieder verdunkelt. Ich könnte jetzt zwar versuchen, mich aufreizend aus dem Bett zu räkeln, aber das ist mit Bauch eher schwierig. Dennoch gehe ich mit schwingenden Hüften vor ihm ins Badezimmer.

Kurze Zeit später lehne ich stöhnend an der gefliesten Wand in der Dusche. Das Wasser prasselt angenehm warm auf unsere vereinten Körper herunter, während Kyle mich auf noch höhere Wogen der Lust treibt.

Behutsam rubbelt er mich ab. Ich bin noch nicht in der Lage dazu, denn meine Beine und Arme zittern immer noch. Als sein Kopf auf Höhe meines Schwangerschaftsbauches ist, haucht er lauter kleine Küsschen darauf und murmelt liebevolle Worte. Ich spüre, wie Knöpfchen auf seine Stimme und seine Berührungen reagiert. Lächelnd sehe ich auf ihn herunter. Seine großen, gebräunten Hände liebkosen die gedehnte Haut. Er und Knöpfchen tauschen Berührungen miteinander aus. Ich bilde momentan zwar noch eine Barriere, aber dennoch ist es ein Moment, der nur einem Vater und seiner kleinen Tochter gehört. Sein Anblick ist so schön und friedlich. Ich kann mich gar nicht satt sehen.

In einer bequemen Jogginghose und einem weiten T-Shirt von Kyle gehüllt sitze ich zusammen mit Mom, Dad, Sam, und Kyle am Esstisch.
„Wie sieht es in eurem Haus aus?", will mein Vater wissen. Auch wenn er bis jetzt nichts gesagt hat, so spüre ich, dass es ihm schon zu schaffen macht, uns ziehen zu lassen.
„Es ist alles soweit fertig. Morgen kommen die Küchenbauer. Im Laufe der nächsten zwei Wochen kommen die ganzen bestellten Möbel und werden aufgebaut.", antwortet ihm Kyle. Nur gut, dass wir bei Möbeln den gleichen Geschmack haben, sonst hätte die Auswahl und das Bestellen der einzelnen Stücke bestimmt ewig gedauert. Bis auf die Küche und Sams Zimmer haben wir alle Möbel zusammen ausgesucht. Bei der Küche hatte ich völlig freie Hand, schließlich verbringe ich dort die meiste Zeit von uns allen. Sam hat sich sein Zimmer selber ausgesucht, denn da muss er sich wohl fühlen und abschalten können und nicht seine Eltern.
„Wann zieht ihr rüber?", fragt Mom und schiebt sich eine weitere Gabel mit Sommersalat und gegrilltem Ziegenkäse in den Mund.
„In drei Wochen kommt das Umzugsunternehmen und holt die ganzen Kisten ab. Die Möbel bleiben ja soweit hier."
Wir sprechen nicht oft über den Umzug in Gegenwart meiner Eltern, da es ihnen schwer fällt. Von allen Kindern habe ich am längsten hier gewohnt. Meine Brüder sind ja schon mit jeweils 19 Jahren ausgezogen, als sie auf das College gegangen sind. Selbst während meines Studiums blieb ich hier wohnen.
„Ist für Samstag soweit alles vorbereitet?", wechselt mein Vater das Thema.

„Ja ist es. Keiner der Eingeladenen weiß, um was es sich bei der Feier handelt, auch die Presse hat keine Ahnung."

„Ihr seid sicher, dass ihr es so durchziehen wollt?"

„Klar sind wir das. Unsere Helfer haben alles schon in die Wege geleitet. Am Samstag ist dann halt Showdown."

„Mit Presse.", stellt Mom nüchtern fest.

„Natürlich. Amanda soll erst gar keine Chance haben, das ganze vertuschen zu können." Ich nicke so heftig, das sich ein paar Strähnen aus meinem Zopf lösen.

„Na wenn das so euer Wille ist, dann werden wir euch da nicht rein reden."

„Seid ihr am Samstag auch da?"

„Ja, aber wie sollen wir unsere Anwesenheit erklären. Schließlich wird die ganze Familie, mal abgesehen von den Kindern, da sein."

„Na ja. Kyle und ich kommen offiziell erst später. Uns soll man nicht zusammen sehen. Das andere lässt sich einfach erklären. Schließlich haben wir alle namenhaften Familien und Geschäftspartner der Boroughbrüder eingeladen. Wenn sie fehlen würden, würde das viel mehr auffallen, als der Umstand, dass ihr da seid."

„Du hast ganz schön viel von deinem Bruder.", stellt Dad relativ nüchtern fest. Früher haben wir nie etwas von Richards kleinen Plänen mitbekommen. Aber seit er Lisa getroffen hat, hat er sich uns gegenüber, in der Hinsicht, mehr geöffnet.

„Ich habe von dem Besten gelernt." Ich zwinkere ihm zu. Auch wenn Dad so beherrscht erscheint, steckt ihn ihm auch ein ganz ausgekochtes Schlitzohr.

„Hast du noch Hausaufgaben Sam?", wende ich mich an den kleinen Mann neben mir, wobei er ja nicht mehr so klein ist und Kyle Tag für Tag immer ähnlicher wird. Manchmal frage ich mich, was er von mir haben könnte, denn rein äußerlich betrachtet scheint er mit mir überhaupt nicht verwandt zu sein.

„Für morgen habe ich alle fertig.", nuschelt er.

„Sprich nicht mit vollem Mund. Was ist mit den anderen Tagen?"

„Mom, warum sollte ich die heute schon machen? Die kann ich doch genauso gut auch morgen und übermorgen machen."

„Du weißt aber schon, dass du ab morgen jeden Tag nach der Schule Training hast, da nächste Woche das große Turnier um die Landesmeisterschaften ist?"

„Mist." Er schlägt sich mit der Hand gegen die Stirn und grinst mich entschuldigend an.

„Also?", hake ich nach.

„Also mache ich heute noch die Hausaufgaben. Kommt ihr zu dem Turnier?"

„Sam, ich bitte dich! Wir werden alle da sein."

„Onkel Richard, Tante Lisa und Lena werden nicht kommen."

„Warum denn das nicht?"

„Lisa hat die letzten Untersuchungen vor der Geburt." Mom strubbelt ihm entschuldigend durch die Haare. Er verzieht das Gesicht und versucht, seine Frisur wieder in Ordnung zu bringen.

„Zu mir hat er heute noch gemeint, dass sie es zumindest versuchen werden.", mischt sich Dad ein.

„Hä?" verständnislos sieht Sam seinen Großvater an.

„Ich habe heute mit ihm telefoniert und da kam dein Spiel zur Sprache. Lisa hat einen früheren Termin bekommen und wenn es nicht zu lange dauert, dann kommen sie auch."

„Also kommen sie zum Fußball?"

„Du hast hoffentlich deinen kompletten Fanclub hinter dir." Dad wuschelt ihm durch die Haare und Sam brummt wieder mürrisch. In den letzten Wochen sind ihm seine Haare heilig geworden.

„Wenn du fertig bist mit Essen, machst du bitte noch die Hausaufgaben für die nächsten Tage."

„Ich brauch als Profi kein Mathe oder englische Literatur.", brummt er.

„Fang nicht wieder damit an. Wir haben ausgemacht, dass du solange Fußball spielen darfst, wie deine schulischen Leistungen nicht darunter leiden. Was ist, wenn du dich verletzt und nicht mehr spielen kannst? Habe immer einen Plan B."

„Ja Mom." Es gefällt ihm zwar nicht, aber er weiß, dass ich Recht habe. Wir haben es nun einmal so abgemacht und Deal bleibt Deal.

Am Abend liege ich mit Kyle im Bett. Er widmet sich einer Akte und ich blättere wieder durch einen unserer vielen Musterkataloge.

„Hast du dir schon einen Termin überlegt?" Er hat die Akte zur Seite gelegt und sich auf die Seite gedreht und den Kopf auf der Hand abgestützt.

„Nein noch nicht, du?"

„Sehe ich so aus? An welchem Tag wir heiraten, ist mir egal, Hauptsache du sagst ja."

„Lass uns das am Samstag erst einmal hinter uns bringen und dann legen wir einen Termin fest. Marie überhäuft mich schon mit Katalogen. Sie kann es gar nicht erwarten, den Termin zu erfahren. Sie hat fast alles schon soweit vorbereitet und das, was jetzt noch aussteht, dafür braucht sie ein Datum."

„Hast du schon eine Ahnung, in welche Richtung du mit dem Termin gehen willst?"

„Wie meinst du das?"

„Willst du noch vor der Geburt vor den Altar treten, oder erst hinterher?"

„Hm… am liebsten hätte ich dich schon gestern geheiratet."

„Warum lassen wir uns dann noch so viel Zeit?"

„Damit Marie genug Zeit hat, alles zu planen?"

„Aber du hast doch gerade eben selber gesagt, dass sie soweit fast alles fertig hat und jetzt nur noch einen Termin braucht."

Kurz denke ich über unsere Worte nach und fasse dann einen Entschluss.

„Gib mir mal bitte mein Handy." Kyle springt auf und wühlt auf dem Schreibtisch herum. Verborgen unter Musterkatalogen für Brautkleider, Torten, Einladungskarten und Blumengestecken findet er es und gibt es mir. Schnell habe ich Maries Nummer gefunden.

„Hey Süße, wie geht es euch?"

„Uns geht es prächtig."

„Wie war der Arzttermin? Konntest du Kyle überreden?"

„Brauchte ich nicht, denn ich hatte mich um entschieden."

„Du hast es dir sagen lassen?", kommt es erstaunt durch das Handy.

„Ja habe ich und er war dabei."

„Und?"

„Was und?"

„Sophie, jetzt spann mich nicht so auf die Folter! Was bekommt ihr, noch einen Stammhalter oder eine Prinzessin."

„Wir bekommen eine Prinzessin."

„Oh Süße, das ist wundervoll! Da habt ihr dann einen Jungen und ein Mädchen und in eurem Haushalt herrscht wieder Geschlechtergleichheit."

„So habe ich das noch nie gesehen. Aber mal zum Thema meines Anrufes."

„Ich bin ganz Ohr."

„Ich habe ein Datum für dich."

„Für die Hochzeit?"

„Genau." Ich sehe rüber zu Kyle. Er beobachtet mich mit erhobenen Augenbrauen.

„Wann ist es denn soweit?"

„Schaffst du es, alles in den nächsten drei Wochen fertig zu bekommen?"

„Das ist zwar ziemlich kurzfristig, aber machbar. Eure Hochzeit hat bei mir sowieso Vorrang. Ich brauche aber noch den Tag."

„Der einunddreißigste August."

„Okay, ist notiert. Um eine Lokation muss ich mich ja nicht kümmern, ich nehme mal an, dass die Trauung und Feier wieder im Garten deiner Eltern stattfindet?"

„Genau. Meine Brüder haben hier ihre Frauen geheiratet und ich will meinen Mann auch hier heiraten."

„Wo soll die Hochzeitsnacht satt finden?"

„In unserem neuen Haus. Am achtundzwanzigsten kommen die Möbelpacker und holen unsere Kisten."

„Die zweite Nacht in eurem Haus soll also die Erste als Ehepaar sein?"

„Nein, die Nacht vor der Trauung will ich traditionell. Kyle wird bei seinen Eltern übernachten und ich mache einen Mädelsabend bei meinen Eltern, zu dem ich dich gleich mal als meine Brautjungfer einladen möchte."

„Oh mein Gott... Ich soll deine Brautjungfer sein?"

„Ja, sollst du."

„Wann gehen wir shoppen?" Ich muss grinsen, dass ich eindeutig meine beste Freundin.

„Was hältst du von Dienstag? Da haben wir das mit Samstag hinter uns und wir können nach Kleidern für uns suchen."

„Geht klar, ich freue mich schon." Ich höre, wie es im Hintergrund bei Marie knallt und dann lautes Brüllen.

„Was ist denn bei dir los?"

„Sorry, ich muss Schluss machen. Mai konnte mal wieder nicht hören und ist auf der Couchlehne herum geturnt. Gerade eben ist sie abgestürzt."

„Oh die Arme. Tröste sie und schönen Gruß an deine Lieben."

„Werde ich machen. Grüße deine auch ganz lieb. Wir sehen uns dann am Samstag."

„Ja bis Samstag und morgen viel Spaß in L.A."

„Den werde ich haben, wenn die Bauarbeiten soweit fortgeschritten sind, wie sie sein sollen. Bye Süße."

„Bye." Ich drücke auf den roten Button und lege das Handy auf meinen Nachtschrank.

„Ich schlafe in der Nach vor der Trauung bei meinen Eltern?"
Mit erhobene Augenbrauen sieht mich Kyle entgeistert an.

„Ja tust du. Du kannst dir ja Sam, Dad, Rich, David, George und Max einladen. Denn die ganzen Mädels werden hier sein und mit mir meinen Junggesellinnenabschied feiern."

„Aha, da wird mir wohl nichts anderes übrig bleiben, kann ja nicht sein, dass die Jungs den Abend alleine verbringen müssen."

„So sieht es aus. Ist der einunddreißigste August okay für dich?"

„Klar, ist der okay, das weißt du doch." Er beugt sich zu mir herunter und küsst mich. Ich bin vollkommen zufrieden. An diesem Tag werde ich die Liebe meines Lebens heiraten.

Kapitel 13 - Rache

Etwas nervös zupfe ich an meinem weißen Kleid herum. Es besteht aus zwei Lagen. Das Unterkleid ist ganz schlicht und das Oberkleid besteht komplett aus Spitze. An den Schultern und den Brüsten ist es eng anliegend und ab dem Unterbrustbereich fällt es in einer weiten A-Linie nach unten bis zu meinen Knien. Zwischen meinem Brustbereich und meinem Bauch ist ein rotes Satinband angenäht, welches ich zu einer schlichten Schleife gebunden habe. Die Haare sind zu einem lockeren, seitlichen Zopf geflochten, so dass er über meine linke Schulter fällt. Im Haar trage ich auch das gleiche, rote Satinband, wie am Kleid. Meine Schuhe sind flache, weiße Ballerinas. Direkt vor mir steht Kyle und er sieht einfach göttlich aus. Er trägt einen schwarzen Maßanzug, mit der gleichfarbigen Weste. Sein Hemd ist in demselben weiß, wie mein Kleid. Die Krawatte ist, ebenfalls wie die Schleife und das Haarband, aus rotem Satin. Seine Haare hat er wie immer gestylt. Nach dem Duschen einmal mit beiden Händen durchfahren und trocknen lassen. Ich habe ewig gebraucht, bis meine Haare so waren, wie sie sein sollten und er muss nur durch wuscheln. Schon unfair.

„Hey, komm hör auf damit." Sanft nimmt er meine Hände in seine, die gerade damit beschäftigt waren, den Saum des Oberkleides aufzurollen und zu kneten. Meine Hände sind unangenehm feucht und kalt.

„Komm, beruhig dich. Aufregung ist nicht gut für euch Beide." Wie zur Bestätigung seiner Worte bekomme ich einen Tritt von Knöpfchen.

„Ich bin nur ein bisschen nervös, mehr nicht.", versuche ich meine innere Unruhe herunter zu spielen.

„Das bist du mehr als nur ein bisschen, aber okay. Es wird alles so klappen, wie wir es geplant haben, du wirst schon sehen." Kyle beugt sich zu mir herunter und schon spüre ich seine tollen Lippen auf meinen. Wie bei jedem Kuss macht mein Herz auch bei diesem einen Sprung.

„Seid ihr schon wieder am Rumknutschen? Euch kann man ja nicht einmal fünf Minuten alleine lassen, ohne dass ihr übereinander herfallt." Belustigt schüttelt David den Kopf. Er ist, ebenfalls wie alle Männer an diesem Abend, in einen Anzug gehüllt. Seiner erstrahlt in einem dunklen Blau, mit hellblauem Hemd und dunkelblauer Krawatte.

„Was gibt es denn?", frage ich genervt. Er kommt näher zu uns, aber nicht, ohne sorgfältig den Vorhang hinter sich zuzuziehen. Denn im Moment befinden Kyle und ich uns noch in einem kleinen Raum hinter der Bühne und warten auf unseren Einsatz.

„Die Security vom Eingang hat uns gerade mitgeteilt, dass alle da sind, auch die geladenen Pressevertreter. Wenn ihr also soweit seid, dann können wir mit der Show anfangen."

„Okay, dann sag Dad und Matt Bescheid, dass es losgehen kann."

„Mach ich." Er dreht sich um, um zu gehen. Bevor er aber wieder durch den Vorhang verschwindet, wendet er sich noch einmal an uns. „Ach und Sophie, beruhig dich. Es wird schon alles klappen." Damit war mein lieber Bruder wieder verschwunden.

„Sag ich doch!", meint Kyle zufrieden, da er nun Unterstützung in seinen Bemühungen um meinen Zustand hat. Um ihm Einhalt zu gebieten, stelle ich mich auf meine Zehenspitzen und küsse ihn.

Kurze Zeit später hören wir, wie die Gespräche im Saal verstummen. Bis auf die Eingeweihten weiß niemand im Saal, weswegen sie heute hier sind. Gespannt lauschen wir der Rede unserer Väter.

„Meine sehr verehrten Damen und Herren.", beginnt mein Dad.

„Vielen Dank, dass Sie so zahlreich unserer Einladung nachgekommen sind.", fährt Kyles Vater Matt fort.

„Kurz möchten wir uns vorstellen. Mein Name ist Mitchell Borough…"

„…und ich bin Matt Wallace. Sie fragen sich sicher, warum wir Sie alle heute Abend hierher eingeladen haben."

„Diese Fragen möchten wir Ihnen natürlich beantworten. Vorher möchten wir Ihnen aber die Hauptpersonen des heutigen Abends vorstellen." Das ist unser Stichwort, nach einem schnellen Kuss löst sich Kyle von mir und wir stellen uns auf unsere Positionen. Es ist geplant, dass er über den rechten Bühneneingang nach draußen geht und ich über den linken.

„Als Erstes mein Sohn Kyle Wallace." Damit verschwindet er durch den Vorhang und wird von Applaus begrüßt. Wie gerne würde ich jetzt Amandas und Bryans Gesichter sehen, wenn ich auch noch nach draußen gehe. Aber leider habe ich keine Ahnung, wo genau im Saal sie sich befinden. Eines weiß ich aber ganz sicher, wir haben sechs Sicherheitsleute abgestellt, die sich unter die Gästeschar gemischt haben und die Beiden keine einzige Sekunde aus den Augen lassen. Wir wollen ja nicht, dass sie vorzeitig unser schönes Fest verlassen.

„Ladies und Gentleman, meine wundervolle Tochter Sophie Borough." Wieder brandet Applaus auf und ich trete ebenfalls auf die Bühne. Ungläubig starren die Leute auf meinen wunderbar sichtbaren Babybauch. Ohne weiter auf die Menschen zu achten treten Kyle und ich in die Mitte der Bühne und stehen so zueinander, dass wir uns in die Augen sehen können. Dad und Matt haben sich an den Rand verzogen. Liebevoll lächelt er mich an und legt seine Hände links und rechts auf meinen Bauch und beugt sich dann schließlich nach unten, um mich zu küssen.

„Hier und heute möchten wir die Verlobung unserer beiden wunderbaren Kinder bekannt geben und verkünden, dass unser geliebter Enkelsohn Samuel im Januar ein kleines Schwesterchen bekommt." Mit diesen Worten meines Schwiegervaters in Spe platzen gleich drei Bomben. Die erste ist, dass wir verlobt sind, die zweite, dass ich schwanger bin und Kyle der Vater ist, sowie Nummer drei die Tatsache, dass er auch der Vater von Sam ist. Über die letzten Jahre haben ja die Leute und Medien des Öfteren darüber spekuliert, wer Sams Dad ist. Nun wissen sie es.

Unsere Väter kommen zu uns herüber. Sie geben mir einen Kuss auf die Stirn. Kyle bekommt eine Umarmung, dabei drücken sie uns die Mikros in die Hände. Denn jetzt kommt unsere kleine Ansprache.

„Wir möchten Sie auch noch einmal ganz herzlich zu unserer Verlobungsfeier begrüßen.", beginnt Kyle. Kurz sehe ich mich im Saal um. Wir richten die Feier im Festsaal des Four Seasons Hotels aus. Die großen Kristalllüster blitzen und blinken an der mit kunstvollem Stuck verzierten Decke und verströmen ein angenehm warmes Licht. Überall sind auch runde Tische verteilt, an die jeweils sechs Personen passen, bis auf den einen großen in der Mitte. An diesem finden vierzehn Personen Platz. Er ist für unsere Familien reserviert. Die Tische sind mit weißen Tischdenken verhüllt und auch die Stühle haben weiße Hussen mit roten Satinschleifen. Auf den Tischen befinden sich Gestecke aus roten Gerberas und weißen Kerzen.

„Ein besonderer Dank geht an meine beste Freundin und Geschäftspartnerin Marie Smith, welche den heutigen Abend für uns organisiert hat." Ich mache eine kurze Pause, damit sie ihren Applaus genießen kann.

„Ich möchte gerne unsere Geschwister auf die Bühne bitten. Bitte begrüßen Sie mit uns meinen Bruder Richard mit seiner Frau Lisa." Sie kommen zu uns auf die Bühne. Lisa und ich geben bestimmt ein tolles Bild ab. Sie steht kurz vor der Geburt und ich habe auch schon eine beachtliche Kugel. „Mein Bruder David mit seiner Frau Molly." Daraufhin kamen auch sie zu uns.

„Und meine Schwester Kerry." Es tut mir schon ein bisschen leid, dass sie allein zu uns kommt. Aber sie strahlt so herzlich, dass die Sorge schnell verschwindet.
Galant entwenden Rich und Kerry die Mikros. Schließlich sollte es so aussehen, als wäre dies alles eine Überraschung. Natürlich wissen wir, was gleich kommen wird.

„Liebe Sophie, lieber Kyle.", beginnt Kerry.

„Ihr Beide habt eine lange Geschichte und viele Höhen und Tiefen erlebt. Nicht jeder in diesem Raum kennt diese und als Einstimmung auf den Abend, haben wir einen kleinen Film für euch und eure Gäste vorbereitet." Damit führen David und Molly uns nach unten an unseren Tisch, an dem schon unsere Großeltern und Eltern Platz genommen haben. Gemeinsam setzen wir uns. Nur noch Rich und Kerry bleiben am Rand der Bühne stehen, während der Vorhang in der Mitte aufschwingt und eine große Leinwand zum Vorschein kommt. Das Licht der Kristalllüster wird gedimmt. Nur noch die brennenden Kerzen auf den Tischen verströmen ihr Licht.

„Sophie war sofort der Mittelpunkt unserer Familie, kaum dass sie auf der Welt war." Auf der Leinwand erscheine ich als kleines Baby im Großformat.

„Als ich geboren wurde, war mein großer Bruder gerade sieben Jahre alt geworden und wie mir unsere Mom einmal erzählt hatte, wollte er mich am liebsten in der Toilette ertränken." Alle im Saal lachen auf und es erschien ein Bild von Kyle als Baby und als

Junge, der nicht unbedingt eine kleine Schwester haben wollte. Ich muss beim Anblick des kleinen Kyle schlucken, Sam sah in diesem Alter haargenau so aus.

„Schon als kleines Mädchen hatte Sophie die Gabe, uns alle um den Finger zu wickeln. Egal was sie angestellt hatte oder mit was sie uns wieder ärgerte, sie musste uns nur aus ihren großen Augen ansehen und es war um uns geschehen. Diesen Umstand nutzt sie heute noch und mein lieber, zukünftiger Schwager sollte sich vor diesem Blick in Acht nehmen."

„Auch wenn Kyle mich anfänglich ertränken wollte, entdeckte er dann doch schnell seine Liebe zu mir und wurde nicht nur zu meinem besten, großen Bruder aller Zeiten, er wurde auch mein Freund, Verbündeter und manchmal, zu meinem argen Leidwesen, auch mein Beschützer. Als ich meinen ersten Freund mit nach Hause brachte, um ihn meiner Familie vorzustellen, musste der arme Kerl das eine Verhör über sich ergehen lassen, dessen Fragen seines Gleichen suchen. Er hat geschlagene fünf Minuten durchgehalten und hat dann das Weite gesucht. Am nächsten Morgen hat er mir in der Schule mitgeteilt, dass er Angst vor meinem Bruder hätte, welcher zur damaligen Zeit der Kapitän der Schulfootballmannschaft war. Er könne so unmöglich mit mir zusammen sein. Danke Kyle, dass du mich vor so mancher Enttäuschung bewahrt hast. Aber lass es in Zukunft bitte etwas ruhiger angehen, denn irgendwann möchte ich, dass du auf meiner Verlobungsfeier eine Rede auf mein Glück hältst."

„So wie Kyle die Freunde seiner kleinen Schwester unter die Lupe genommen hat, so haben wir das bei Sophie gemacht. Oft hat sie getobt und uns angeschrien. Irgendwann hat es ihr dann gereicht und sie hat uns ihren Entschluss mitgeteilt, ein Jahr lang in Paris zu leben und zu lernen. Sie müssen wissen, liebe Gäste, eine Küche hatte schon immer eine magische Anziehung auf meine kleine Schwester. Schon als Mädchen hat sie immer Sandkuchen in der Buddelkiste im Garten gebacken und wollte David und mich dazu zwingen, sie zu probieren."

„Wer hat denn seine Rede geschrieben? Ich erkenne ihn ja gar nicht wieder. Sonst redet er doch nie über private Dinge in der Öffentlichkeit." Ich beuge mich etwas zu Lisa, David und Molly hinüber, damit ich nicht so schreien muss.

„Drei Mal darfst du raten.", gluckst David und da ist mir alles klar.

„Und warum stehst du nicht da oben?"

„Weil er die letzten Bilder der Präsentation weitaus besser kommentieren kann als ich. Also haben wir ihn gezwungen, meine Rede zu halten."

Milde lächelnd schüttle ich den Kopf. Das ist mal wieder typisch David. Auch wenn er hart auf die vierzig zugeht, in seinem Inneren ist er immer noch ein kleiner Junge, der es faustdick hinter den Ohren hat.

„Für uns alle war es nicht leicht, sie für ein Jahr in die weite Ferne ziehen zu lassen. Das Jahr in Paris war der Startschuss ihrer Karriere und ihrer Selbstständigkeit. Dort lernte sie nicht nur die französische Küche kennen, sondern auch Marie, mit welcher sie das erfolgreiche Paris Weddings gegründet hat und in zwei Monaten werden sie ihre erste Zweigstelle in Los Angeles eröffnen."

„Nicht nur Sophie zog es in die Ferne, auch mein Bruder verspürte die Wanderlust und er entschloss sich vor seinem Studium für eine Auszeit, welche er in Europa verbrachte."

„Und so kam es, dass Sophie und ihre Freundinnen an einem verschneiten Dezemberabend die Clubs von Paris unsicher machten. Dort traf sie das erste Mal auf Kyle."

„Für ihn war es Liebe auf den ersten Blick, auch wenn er sich dessen damals noch nicht bewusst war. Durch die Verkettung verschiedener, ungünstiger Umstände haben sie sich aus den Augen verloren."

„Bis zu dem Tag, an dem Sophie mit meiner Frau Lisa zum Abendessen verabredet war und im Restaurant traf sie auf Kyle. Ihre Gefühle füreinander flammten wieder auf."

„Sie verlebten eine glückliche Zeit. Aber dann kam der Tiefpunkt ihrer noch jungen Beziehung."

„Sie trennten sich und für Beide brach eine Welt zusammen. Einige Wochen nach der Trennung entdeckte Sophie ihre Schwangerschaft, welche nicht leicht verlief und wir um das Leben unserer Schwester, Tochter, Schwägerin und Freundin sowie unseres Neffen und Enkels Sam bangen mussten."

„Nach der Trennung schottete sich Kyle vollkommen ab und vergrub sich in seinem Studium und später in seiner Arbeit bei CCS. Aus ihrer beider Augen war der Glanz gewichen."

„Viele Jahre später trafen sie wieder aufeinander. Auch wenn sie ein paar Startschwierigkeiten hatten, haben sie wieder zueinander gefunden und heute feiern wir ihre Verlobung."

„Nun möchten wir Sophie und Kyle wieder zu uns auf die Bühne bitten, da sie, ebenso wie wir Geschwister, zwei Menschen etwas Wichtiges sagen wollen."

Wir erheben uns wieder von unseren Plätzen und gehen gemeinsam zurück auf die Bühne. Kerry reicht mir ein Mikro. Kyle bekommt das von Richard.

„Danke an meine Brüder und meine wundervollen Schwägerinnen für diesen unterhaltsamen Zusammenschnitt unserer Beziehung."

„Richard und Kerry haben eben vom Tiefpunkt unserer Beziehung gesprochen. Wir würden gern Amanda Michals und Bryan Collins zu uns bitten." Damit die Beiden keine Chance zur Flucht haben, werden zwei große Scheinwerfer direkt auf sie gerichtet. Ich kann ihre entgeisterten Gesichter erkennen. Sie haben sich nicht sehr viel verändert. Amanda ist immer noch die eingebildete Schnepfe und Bryan ein Playboy, wobei seine Nase etwas schief in seinem Gesicht sitzt. Da alle Gesichter im Saal auf sie gerichtet sind, bleibt ihnen nichts anderes übrig, als zu uns auf die Bühne zu kommen. Auf der Leinwand hinter mir erscheint ein Gruppenbild von uns. Es wurde bei einem unserer Ausflüge zum Strand aufgenommen. Es sind auch ein paar andere Leute mit abgebildet, aber die tun nichts weiter zur Sache.

„Hinter mir sehen sie gerade ein Bild, das Kyle und mich zusammen mit Freunden bei einem Strandausflug zeigt. Wie sie sehen, sind Amanda und Bryan ebenfalls auf diesem Bild zu sehen."

„Ich kann mich noch sehr gut an diesen Ausflug erinnern, es war genau eine Woche vor unserer Trennung, dem absoluten Tiefpunkt unserer gemeinsamen Zeit."

„Durch eine hinterhältige Intrige wurden wir auseinander gerissen. Warum Amanda?", richte ich mich direkt an sie.

„Wa… Bitte was?", stammelt sie und glotzt mich aus großen runden Kuhaugen an.

„Na gut, fragen wir anders. Warum Bryan?", richtet Kyle das Wort an seinen ehemals besten Freund.

„Ich… Ich weiß nicht, was du meinst!", stottert er. Richard tritt neben mich, irgendwoher hat er ein weiteres Mikro her gezaubert.

„Warum? Warum habt ihr Sophie und Kyle und damit unseren Familien das angetan?", fragt er kalt. In seinen Augen blitzt die unterdrückte Wut.

„Ich weiß nicht, wovon hier die Rede ist.", entgegnet Amanda schnippisch. Aber sie schielt dennoch unsicher auf meinen Bruder. Seine kalte Aura hat schon manch härteren als sie in die Knie gezwungen.

„Liebe Gäste, darf ich Ihnen die beiden Menschen vorstellen, die daran schuld sind, das meine Schwester viele Jahre ohne die Liebe ihres Lebens verbringen musste." Rich streckt seinen Arm aus. "Amanda Michals und Bryan Collins." Angewidert werden die Beiden von den Gästen angestarrt. Immer wieder hört man das leise Klicken der Kameras der Pressevertreter.

„Ihr habt sie doch nicht mehr alle!", ereifert sich Bryan, zerrt aber im gleichen Zug an seiner Krawatte und kleine Schweißperlen treten auf seine Stirn.

„Ach komm schon. Warst du es nicht, der mir erzählt hat, Sophie hätte mich mit dir betrogen?", platzt es aus Kyle heraus. Sein Gesicht läuft vor Wut rot an und ich lege beschwichtigend meinen Arm auf seinen Rücken.

„Du bist so dumm! Du glaubst deiner kleinen Schlampe mehr als deinem besten Freund? Wir kennen uns seit dem Kindergarten!"

„Kyle, nein!", warne ich ihn leise. Bei Bryans Worten kann ich ganz genau spüren, wie er sämtliche Muskeln anspannt und kurz davor ist, ihm eine reinzuhauen.

„Mr. Collins, es gibt da nur ein paar kleine Ungereimtheiten in ihre Version.", übernimmt Richard das Gespräch. Denn auch er hat bemerkt, das Kyle kurz vorm Ausrasten ist. Vorsorglich stellt sich David auf seine andere Seite, damit er im Notfall eingreifen kann.

„Die da wäre, Mr. Borough?" Er sagt das in einem so überheblichen Ton, dass er uns nur zu deutlich zeigt, dass er keine Ahnung hat, mit wem er sich hier angelegt hat. Denn wir sind eine Familie und wir halten zusammen, immer! Auch wenn Rich als der Kopf erscheint, haben wir im Hintergrund alle zusammen gearbeitet.

„Die besagte Nacht verbrachte Sophie zu Hause bei unseren Eltern. Unsere Mutter hat sich um sie gekümmert, da sie einen schweren Magen-Darm-Infekt hatte. Ich bezweifle es sehr stark, dass sie mit Ihnen intim sein konnte, wenn sie noch nicht einmal Wasser bei sich behalten konnte."

„Amanda, vielen Dank das du dich an dem Abend so rührend im meinen Mann gekümmert hast."

„Was willst du von mir?" Scheinbar gelangweilt betrachtet sie ihre, in einem knalligen Pink, lackierten Fingernägel. Aber der Schein trügt. Ich kann ihre hektischen Augenbewegungen sehen und ihr Brustkorb hebt und senkt sich auch immer krampfhafter.

„Komm schon! Ich war am Boden zerstört und du hast noch richtig in die Kerbe gehauen. Warst nicht du es, die mir erzählt hat, dass Sophie schon immer von einem Mann zum anderen gewandert wäre?"

„Na und? Schließlich hast du doch mit mir an dem Abend geschlafen, oder nicht?"

„Ja das habe ich und das war wohl der größte Fehler meines Lebens." Ich streiche Kyle über den angespannten Rücken, denn er macht sich deswegen noch heute Vorwürfe. Die anwesenden Gäste haben wir schon längst vergessen.

„Da wir das jetzt geklärt hätten, will ich wissen warum? Warum habt ihr diese Intrige gesponnen?"

„Warum? Das fragst du noch?", keift Amanda.

„Ja das frage ich, da ich es nicht verstehe.", gebe ich ruhig zurück.

„Ganz einfach, weil ich ihn wollte! Du wusstest, dass ich mich in ihn verliebt hatte, aber trotzdem musstest du ihn dir unter den Nagel reißen!"

„Bitte was? Woher soll ich das denn bitte schön wissen?"

„Drei Wochen, bevor du mir Kyle als deinen Freund vorgestellt hast, habe ich dir von einem Mann erzählt, den ich in einem Club gesehen habe und das ich mich auf den ersten Blick in ihn verliebt habe. Das war er.", giftet sie mich an.

„Woher hätte ich das wissen sollen, außerdem kannte ich ihn da schon weitaus länger!"

„Das ist doch egal! Du hast ihn mir weggenommen!", kreischt sie und will sich auf mich stürzen. Blitzschnell schieben sich Rich, Kyle und David vor mich und bilden eine undurchdringbare Mauer. Bevor Amanda uns aber erreichen kann, wird sie von den bereit gestellten Securities gepackt und galant des Saales verwiesen. Lautes Gemurmel macht sich im Saal breit.

„So nun zu Ihnen Mr. Collins.", ertönt wieder Richards kalte Stimme. Da ich nichts sehen kann, schiebe ich meine Leibgarde ein wenig zur Seite. Nur mit Widerwillen machen sie Platz.

„Was?"

„Was sind ihre Gründe?"

„Nicht solche wie bei Amanda, wenn Sie das wissen wollen."

„Welche dann?", donnert er ihm entgegen. Er zuckt zusammen.

„Sie hat mir eine Menge Geld geboten, dafür dass ich Wallace diese kleine Story erzähle."

„Auf Geld haben sie es ja schon immer abgesehen, habe ich Recht?"

„Kann sein." Er bringt sogar ein Schulterzucken zustande.

„Weißt du Bryan, dass dir deine Gier nach Geld heute das Genick brechen wird?", verkündet Kyle. Er hat sich wieder unter Kontrolle.

„Was willst du denn Wallace? Du kannst mir gar nichts anhaben!" Höhnisch lacht Bryan auf.

„Ich vielleicht nicht, aber die Steuerfandung." Wie aufs Stichwort kommt eine kleine Gruppe Polizisten und Anzugträger zu uns. Sie packen Bryan sofort an den Armen und noch ehe er etwas sagen kann, haben sie ihm Handschellen angelegt.

„Bryan Collins, Sie sind hiermit wegen Steuerbetrugs verhaftet. Alles was Sie sagen kann und wird vor Gericht gegen Sie verwendet. Sie haben das Recht zu Schweigen." Damit wird er abgeführt. Kurz wird die Prozession aber noch von Richard aufgehalten.

„Ach bevor ich es vergesse Mr. Collins. Sie sind gefeuert."

„Hä? Sie können mich nicht feuern Borough, ich arbeite nicht für Sie."

„Das stimmt, Sie arbeiten nicht für mich, zumindest nicht mehr. Die kleine Investmentfirma, für die Sie gearbeitet haben, habe ich heute Morgen aufgekauft und somit kann ich Sie sehr wohl feuern." Dann wird der wild fluchende Bryan Collins abgeführt. Unsere Gäste sind völlig verwirrt und aufgeregt und die Presse kann nicht genug Fotos schießen. Ein Großteil hängt hektisch am Handy um die Topnews des Tages an ihre Redakteure weiterzuleiten.

„Da brauchen wir die anderen Bilder ja gar nicht.", meint David hinter mir.

„Sieht so aus." Richard zuckt mit den Schultern.

Erschöpft lasse ich mich gegen Kyle fallen. Er legt von hinten seine Arme um mich und stützt mich.

„Es ist vorbei.", sagt er leise hinter mir.

„Na dann können wir ja jetzt feiern!" Vergnügt klatscht David in die Hände und wir verlassen alle die Bühne um uns an unseren Tisch zu setzen.

Nachdem das allgemeine Entsetzen über Amandas und Bryans Taten abgeflaut, sind wird es noch ein ganz lustiger Abend.
„War das so mit Amanda geplant?" fragt mich meine Mutter.
„Nein eigentlich nicht. Aber sie hat sich selber ins Aus geschossen, da müssen wir uns nicht mit den Leichen in ihrem Keller befassen. Das werden die Geier von der Presse schon machen."
Damit war für uns alle das Thema Amanda und Bryan beendet. Wir haben uns vorgenommen, nie wieder darüber zu reden.

Kapitel 14 - Hochzeit

Lachend öffne ich die Haustür und ziehe Lisa und Lena in meine Arme, soweit unsere Bäuche das zulassen.
„Hallo! Schön, dass ihr endlich da seid! Wir warten schon alle auf euch und wollen endlich anfangen. Himmel, wo will dein Bauch denn noch hin?", begrüße ich sie.
„Wir haben Rich noch bei deinem Zukünftigen abgesetzt. Da dort der Alkohol heute wahrscheinlich in Strömen fließt, habe ich den Fahrdienst übernommen. Ach hör auf, ich kann und will nicht mehr. Ich mache drei Kreuze, wenn das Baby endlich raus ist. Noch drei Wochen, dann ist es hoffentlich überstanden."
„Na hoffentlich saufen sie sich nicht ins Aus. Immerhin will ich morgen keine Schnapsleiche, die mehr tot als lebendig ist, heiraten."
„Das werden wir dann wohl morgen erfahren. Lena, geh schon mal vor und begrüße deine Großmutter." Fragend sehe ich Lisa an. Wir sehen dem kleinen Mädchen hinterher, wie es vergnügt ins Wohnzimmer hopst.

„Hier. Rich hat mir das für dich mitgegeben. Da du dir ja, seit eurer Verlobungsfeier, ein paar Gedanken zu viel machst." Damit drückt sie mir einen Umschlag in die Hand. Ich weiß genau, worauf sie anspielt und meine Finger zittern ein wenig.

Am Abend unserer Verlobungsfeier, als Bryan und Amanda endlich weg waren, war noch alles wunderbar, aber am nächsten Morgen habe ich dann begonnen, mir Sorgen zu machen. Wir haben Amanda mächtig in ihrem Stolz verletzt. Sie ist nun einmal eine hinterhältige Schlampe und ich habe Angst davor, dass sie sich nun wieder an uns rächen will. Damals habe ich ihr unwissend den Mann weggeschnappt. Kyle, Sam und ich mussten zehn Jahre lange unter ihrer Intrige leiden. Nach so einer öffentlichen Bloßstellung könnte es schon gut möglich sein, dass sie nun völlig austickt.

Mit etwas zittrigen Fingern öffne ich Umschlag und ziehe eine Reihe von Dokumenten, darunter auch verschiedene Fotos, heraus.

„Was ist das?", frage ich Lisa. Auf den Bildern erkenne ich zwar Amanda, weiß aber jetzt nicht so wirklich etwas damit anzufangen.

„Sie ist weg, Sophie. Du brauchst dir keine Sorgen mehr machen."

„Wie, sie ist weg?"

„Nach dem in allen Zeitungen über den Abend und das, was die Beiden getan haben, berichtet wurde, wurde sie von ihren Eltern nach Europa zu einer Verwandten in Frankreich geschickt. Das war wohl nun doch der berühmte Tropfen, der das Fass zum Überlaufen gebracht hat. So wie Richard mir erzählt hat, hatten die Geschäfte von Mr. Michals schon unter dem Verhalten seiner Tochter gelitten. Damit sie nicht für noch mehr Ärger sorgen kann, haben sie sie weggeschickt."

„Wie groß ist der Anteil meines Bruders daran?"

„Du weißt, dass er nicht sehr oft mit mir über seine anderen Geschäfte spricht. Ich kenne zwar den Rahmen, aber die Details behält er für sich. Was auch ganz gut ist, mit meiner Arbeit und der Familie habe ich keine Zeit mehr, mich um seine Geschäfte zu kümmern."

„Das weiß ich auch Lisa, aber das nehme ich dir in dieser einen Sache nicht ab. Also, habe ich Recht und er hatte seine Finger im Spiel?"

„Möglicherweise.", antwortet sie mir ausweichend. Wahrscheinlich werde ich keine befriedigende Antwort aus ihr herausbekommen, also schnappe ich mir das Festnetztelefon und wähle Richards Handynummer, noch bevor Lisa reagieren kann. Mit einem Schulterzucken und einem entschuldigenden Lächeln lässt sie mich alleine und folgt ihrer Tochter in das Wohnzimmer, um von den Anderen erfreut und laut begrüßt zu werden.

„Sophie, anscheinend hat Lisa dir den Umschlag gegeben.", begrüßt er mich gleich.

„Du hast ganz genau gewusst, dass ich dich anrufen werde, wenn ich die Dokumente gesehen habe, stimmt's?"

„Ich kenn dich Schwesterchen. Also fang schon an."

„Danke.", sage ich leise.

„Was?... Kein Aufstand?", fragt er mich perplex und ich muss lächeln.

„Heute mal nicht. Danke, dass du dafür gesorgt hast, dass sie weg ist."

„Nicht ich habe sie weggeschickt, sondern ihre Eltern."

„Offiziell schon, aber wir wissen Beide, dass du doch bestimmt ein ernstes Wörtchen mit Mr. Michals geredet hast, denn immerhin macht ihr zusammen Geschäfte und du bist in der weitaus besseren Position, Forderungen zu stellen, als er."

„Du bist also nicht sauer?"

„Nein bin ich nicht. Nur erleichtert und dankbar."

„Wow, dass ich das mal noch erleben darf." Ich kann die Belustigung in seiner Stimme hören.

„Ist David schon da?", wechsle ich das Thema. Wenn ich schon einmal am Telefonieren bin, kann ich auch gleich mit meinem anderen Bruder ein ernstes Wörtchen reden.

„Ja ist er. Willst du ihn sprechen?"

„Ja, will ich." Ich höre im Hintergrund männliche Stimmen und Lachen. Dann raschelt es in der Leitung. Davids dröhnende Stimme dringt an mein Ohr.

„Schwesterchen, was gibt es denn? Wir sind hier bei einem Junggesellenabschied und da sind Frauen nicht erlaubt, auch nicht über das Telefon."

„Ach Frauen sind nicht erlaubt und was ist mit der Stripperin, die du für Kyle bestellt hast?"

„Verdammt Molly! Wieso kann die Frau nicht ihren Mund halten?!", flucht er. Wenn er wüsste, dass ich gerade ins Blaue geraten habe.

„Deine Frau hat gar nichts gesagt. Aber ich kenn dich, großer Bruder. In dieser Hinsicht bist du das Klischee schlechthin.", lache ich.

„Machst du mir jetzt die Hölle heiß?"

„Nein mache ich nicht. Sorge einfach dafür, dass die Striperella ihre Finger bei sich behält."

„Mann, sie ist ein Profi. Glaubst du, ich habe für meinen Schwager eine x-beliebige Bordsteinschwalbe gebucht?", entrüstet sich mein Bruder.

„Nein, das nicht, aber es gibt so einige Frauen, die bei ihm schwach werden würden und meinem Zukünftigen vertraue ich da, zumal er weiß, dass ich ihn kastrieren würde, wenn er mich noch einmal betrügen würde. Aber ich vertraue der Frauenwelt nicht."

„Okay, ist einleuchtend. Wir werden auf ihn aufpassen. Noch irgendwelche Vorgaben für den heutigen Abend?"

„Ja. Erstens, die Stripperin kommt erst, wenn Sam und Max im Bett sind und Zweitens, wenn ihr euch heute Abend die Hucke voll sauft und morgen einen Kater habt, dann garantiere ich euch, dass ich euch heimsuchen werde und das Leben zur Hölle mache. Ich werde garantiert Unterstützerinnen haben. Deine Frau wird eine davon sein. Ich hoffe wir haben uns da verstanden?!"

„Ja, haben wir.", antwortet mir David etwas kleinlaut. So sehr, wie er Molly auch liebt, vor ihrem Zorn hat er echt Bammel.
„Gut, dann gib meinen beiden Männern einen Kuss von mir."
„Vergiss es, Sam okay. Aber Kyle werde ich bestimmt nicht küssen!"
„Na gut, wie du meinst. Wir sehen uns morgen bei meiner Hochzeit."
„Bis dann Kleines."

Zufrieden mit meinem Telefonat gehe ich ebenfalls ins Wohnzimmer, wo meine Gäste auf mich warten.
Als ich den Raum betrete, bleibe ich völlig geplättet stehen. Hier sieht nichts mehr so aus, wie zu dem Zeitpunkt, als ich in den Flur bin, um Lisa und Lena zu öffnen. Die Möbel stehen zwar alle noch an Ort und Stelle. Aber überall hängen Girlanden in weiß und rosa. Ab und zu blitz der Schriftzug „Baby-Girl" in metallic auf. Außerdem stehen lauter kleinere und größere Geschenke herum. Am meisten verschlägt es mir mit der *Torte* aus Windeln und Babyfläschchen die Sprache, welche auf dem geschlossenen Deckel des Flügels steht.
„Oh mein Gott, was habt ihr denn hier veranstaltet?" Fragend sehe ich in die strahlenden Gesichter.
„Wir dachten uns, dass wir deinen Junggesellinenabschied ein wenig erweitern und noch eine Babyparty mit dran hängen." Verschwörerisch zwinkert mir Molly zu. Ich weiß genau, was sie mir damit sagen will. Denn garantiert wird der Abend heute nicht ganze jugendfrei bleiben und Jessy, Mai und Lena müssen das noch nicht wissen. Damit können sie später ihre Väter in den Wahnsinn treiben.
„Danke. Ihr seid echt der Wahnsinn." Etwas schwerfällig lasse ich mich auf die Couch fallen.
Lisa steht am Fenster und reibt ihren Bauch. Sie wirft mir ein strahlendes Lächeln zu. Ihre Babyparty ist vor ein paar Wochen gewesen. Nur haben wir bei ihr in grün und weiß dekoriert, denn

sie und mein Bruder wollen erst bei der Geburt erfahren, ob es ein Junge oder ein Mädchen ist.

„Jede von uns hat ein Geschenk für Knöpfchen dabei und die sollst du dann natürlich jetzt gleich auspacken, weil wir unwahrscheinlich gespannt auf deine Reaktionen sind. Dann haben wir hier, dank Sandra und Marie, wunderbar kleine Baby-Snacks. Wir können noch Bodys bemalen und Babybrei verkosten."

„Ihr seid echt die Besten!", schniefe ich und wische schnell die Tränen der Rührung weg. Als ich mit Sam schwanger war, wollten Molly, Lisa und Mom eine Babyparty für mich ausrichten, aber ich war damals dagegen.

„Das wissen wir und nun fang endlich an!" Aufgeregt wie ein kleines Kind hibbelt Marie herum und hält mir ein mittleres Paket hin. In freudiger Erwartung nehme ich es in die Hand und reiße das silberne Geschenkpapier herunter. Knöpfchen scheint meine Freude und Aufgeregtheit zu spüren, denn sie tanzt gerade ganz wild in meinem Bauch und schlägt Purzelbäume.

Ich öffne das Paket und zum Vorschein kommt ein Babyphone.

„Wow, danke Marie und Mai." Ich umarme sie. Ich freue mich riesig darüber, denn wir haben bisher noch keines gekauft. Wenn ich die Beschreibung auf dem Karton richtig deute, dann hat es eine große Reichweite. So können wir auch mal im Garten sein.

Nach und nach öffne ich alle Geschenke. Von Kerry bekomme ich, oder besser gesagt wir, kleine, silberne Schlüsselanhänger. Auf dem für Kyle steht *Daddy's Princess* eingraviert und auf meinem *Mommy's Prince*. Bei meinem Anhänger sehe ich sie etwas verwirrt an, aber dann klärt sie mich auf.

„Naja, bei Sam gab es nie einen Babyshower und damit habe ich das ein wenig nachgeholt. Außerdem solltest du auch einen bekommen."

Von Rina bekommen wir einen Strampler, auf dem folgender Spruch steht: 50 % Mommy, 50 % Daddy, 100 % Princess. Verzückt lege ich mir das rosa Kleidungsstück auf den Bauch.

„Na ein bisschen muss sie schon noch wachsen.", lache ich.

Von Lisa und Lena bekommen wir eine bunte Zusammenstellung. Da sind eine Rassel, ein paar Mützchen, Söckchen und zwei Türanhänger, mit der Aufschrift *Pssst... The Baby ist sleeping* auf dem einen und *Mommy Time* auf dem anderen.
Von Molly und Jessy bekommt Knöpfchen ihren ersten Schnuller und ein Kuscheltuch mit einem Bärenkopf. Wenn wir mögen, können wir noch ihren Namen einsticken lassen. Aber dafür müssten wir uns erst einmal auf einen einigen. Wir haben schon ein paar Mal drüber gesprochen, es ist aber jedes Mal in einem Streit ausgeartet. Leider haben wir völlig unterschiedliche Ansichten, was den Namen unserer Tochter anbelangt.
Zum Schluss ist Mom an der Reihe. Sie hält mir zwei kleine Schachteln hin.

„Die rote ist für dich. Die rosane für Knöpfchen, aber auch für Sam, Kyle und dich." erklärt sie mir. Als erstes öffne ich die rote. Zum Vorschein kommt eine silberne Kette mit einem Medaillon.

„In das Medaillon kannst du dann Fotos von Sam und Knöpfchen tun. So trägst du sie immer bei dir." Ich spüre schon wieder neue Tränen aufsteigen und dränge sie schnell zurück. Ein Schächtelchen habe ich ja noch. Also öffne ich das andere. Zum Vorschein kommen zwei kleine Karten und eine weitere silberne Kette zum Vorschein.

„Die Kette ist für Knöpfchen, wie du siehst, hängt ein kleiner Anhänger daran. Im Moment ist er noch ganz schlicht. Ihr könnt dann selber entscheiden, was ihr darauf gravieren lassen wollt."

„Ich habe auch so eine Kette.", schlucke ich.

„Genau. Jessy und Lena haben auch jeweils eine." Meine liegt oben im Schlafzimmer in meinem Schmuckkästchen. Auf der einen Seite des Anhängers steht *Du bist unser Stern* und auf der Rückseite stehen die Vornamen meiner Eltern und die meiner Brüder.

„Was sind das für Karten?" Ich halte die beiden Visitenkarten in die Höhe.

„Die sind nur symbolisch gesehen und ich hoffe, ich nehme jetzt nicht etwas vorweg."

„Wie meinst du das?"

„Na ja, also die eine ist für ein Fotoshooting. Wenn Knöpfchen dann auf der Welt ist, geht ihr alle vier zum Fotografen und lasst wunderbare Familienfotos von euch schießen. Die andere Visitenkarte gehört zu einem Tätowierer."

„Tätowieren?"

„Ich weiß jetzt nicht, ob Kyle schon mit dir darüber gesprochen hat." Verwirrt schüttle ich den Kopf.

„Hm... das hatte ich mir schon fast gedacht. Aber ist jetzt auch egal. Wenn die Kleine da ist und einen Namen hat, dann wollte er sich die Namen und Geburtsdaten seiner Kinder unter die Haut stechen lassen."

„Woher weißt du das?", frage ich verblüfft, denn es ist mir völlig neu, dass er sich gerne ein Tattoo stechen lassen würde.

„Er hat mich vorgestern darauf angesprochen. Er wollte wissen, was ich von dieser Idee halte."

„Aha... Na gut... Ähm...", stammle ich.

„Du bist nicht begeistert, oder?", fragt Kerry.

Kurz überlege ich, schüttle dann den Kopf und lache wieder in die Runde.

„Nein, eigentlich ganz im Gegenteil. Ich war im ersten Moment nur ein wenig überrumpelt. Aber ich finde es großartig. Es sind seine Kinder und sie werden immer ein Teil von ihm sein. Also warum nicht? Es ist sein Körper und ich finde Tattoos eigentlich ganz sexy."

„Warum hast du dann keines?", fragt Kerry.

„Ich hätte schon ganz gerne eines, aber ich habe einfach zu viel Angst vor den Schmerzen, damit komme ich nicht gut klar." Ich zucke mit den Schultern. „Nun verratet mir aber, von wem die Windeltorte stammt."

„Das ist ein Geschenk deiner Brüder.", erklärt mir Mom.

„Von Richard und David? Ihr verarscht mich doch!" Ungläubig schüttle ich den Kopf.

„Doch, sie ist von ihnen. Aber wir haben die ausdrückliche Anweisung bekommen, sie erst zu sehr später Stunde zu öffnen." Dabei sieht Kerry vielsagend auf die jungen Mädchen, welche auf dem Boden um den Tisch sitzen und kleine Muffins, Brownies und sonstige Süßwaren in sich hinein schaufeln.
Skeptisch beäuge ich die *Torte* und frage mich, was meine Brüder wohl da reingepackt haben. Ein Stripper wird es nicht sein. Erstens wäre sie dafür viel zu klein, zweitens wäre er bis zur späten Stunde schon längst erstickt und drittens wäre der Flügel unter dem Gewicht eines ausgewachsenen Mannes schon zusammengebrochen.
Nach dem Geschenkeauspacken bemalen wir Bodys und kosten Babybrei. Leider schmeckt das Zeug noch genauso widerlich, wie vor zehn Jahren. Wie können kleine Kinder das nur essen? Da koche ich doch lieber selber.

„So Mädels, unsere kleinen Mädchen schlafen tief und fest und jetzt kommen wir zum erwachsenen Teil des Abends!", vergnügt klatschen Lisa und Molly in die Hände. Und setzten sich im Schneidersitz auf den Boden.
Bevor es richtig losegehen kann, klingelt Kerrys Handy. Sie springt auf und verlässt den Raum.
„Wo...?", beginne ich. Doch Mom nimmt mir schnell die Verwirrung.
„Rina ist da. Sie konnte leider nicht eher kommen."
„Oh, das ist ja toll." Ich kämpfe mich in eine stehende Position. Sobald sie das Wohnzimmer betritt, begrüße ich sie mit einer Umarmung.
„Schön, dass du da bist.
„Schön wieder hier zu sein. Wir haben das ja schon ne Weile nicht mehr gemacht." Auch die Anderen begrüßen sie und dann kann es weiter gehen, was auch immer da noch kommen wird.
Mom steht wie aufs Stichwort auf und kramt aus einem Schrank weitere Geschenke hervor.
Diese sind etwas bunter eingewickelt als die Babygeschenke.

„Hier." Molly drückt mir mit einem breiten Grinsen ein längliches Päckchen in die Hand. Ich schüttle es sacht, aber darin bewegt sich nichts. In ihrem Gesicht kann ich keinen Hinweis auf ihr Geschenk ablesen, nur ihre Augen blitzen. Ich bin wieder total gespannt auf den Inhalt und reiße es auf. Mir stockt der Atem.

„Heilige Scheiße!", rufe ich aus und starre auf das Geschenk, während sich die Damen vor Lachen auf dem Boden kugeln. Sie hat mir doch tatsächlich einen Vibrator geschenkt.

„Unsere Shoppingtour ist damals ja leider ins Wasser gefallen.", kichert sie.

„Ähm... Okay, aber wie kommst du darauf, dass ich sowas brauche?" Ich wedle gespielt empört mit dem Teil vor ihrer Nase herum. Ich weiß ja, dass man die Geschenke auf einem Junggesellinenabschied nicht allzu ernst nehmen soll.

„Na weiß man es? Ich weiß ja nun nicht, wie die Qualitäten meines lieben und guten Freundes im Bett sind. Vielleicht kannst du so einen Freudenspender irgendwann mal brauchen und wenn es nur als Druckmittel ist. Außerdem darf ich dich daran erinnern, dass du auf meiner letzten Party als ledige Frau mir einen Gutschein für einen Stripkurs geschenkt hast?" Genüsslich trinkt meine Schwägerin von ihrem Champagner. Man merkt ihnen schon an, dass sie einiges intus haben. Lisa und ich sind die einzigen Nüchternen. Erst wollten sie alle aus Solidarität zu uns auf Alkohol verzichten. Aber wir fanden, das wäre totaler Quatsch.

„Na da muss ich mir ja mal was zu eurem fünfundzwanzigsten Hochzeitstag einfallen lassen."

„Hier ist mein Geschenk." Marie reicht mir einen silbernen Umschlag rüber. Schnell ist er geöffnet und ich halte einen Gutschein für ein erotisches Fotoshooting in den Händen.

„Da hat Kyle immer was zu gucken."

„Mag sein, aber du hast mir einen Gutschein bei einem Fotografen geschenkt und nicht bei einer Fotografin. Wenn er erfährt, dass die Fotos dann von einem Mann gemacht wurden, wird er ausrasten.", lache ich.

„Ach was. Was er nicht weiß, macht ihn nicht heiß. George hat auch solche Aufnahmen von mir und er glaubt bis heute, dass die von einer Frau gemacht wurden."

„Oh meine Süße, du hast mir gerade ein wundervolles Druckmittel gegen dich in die Hände gespielt."

„Das würdest du nicht tun, du hast mich viel zu gerne, um das gegen mich zu verwenden."

„Auch wieder wahr. Welches Geschenk soll ich als nächstes öffnen?"

„Hier, nimm meines." Meine Mutter gibt mir ein Päckchen, welches in verruchtes schwarzes Papier gewickelt ist und gekrönt wird es von einer sinnlich roten Schleife.

„Mom?" Mit erhobenen Augenbrauen sehe ich sie an.

„Mach schon auf Spätzchen. Wir sind hier doch unter uns!", kichert sie. Himmel, sie kichert, sie muss echt schon einiges getankt haben.

Ich reiße also die Verpackung auf und halte ein Hauch aus Spitze in der Hand.

„Für morgen.", zwinkert sie mir zu. Ich halte weiße Spitzenunterwäsche in den Händen und zwar das komplette Programm, BH, Tanga und halterlose Strümpfe. Ich hatte mir früher immer vorgestellt, dass ich mal eine Korsage unter meinem Brautkleid tragen würde, aber Knöpfchen wird sicher etwas dagegen haben, wenn ich mich in so ein Teil zwänge.

„Oh… mein großer Bruder wird begeistert sein. Aber ich fürchte, dass er es nicht zu würdigen wissen wird. Denn er wird dir das schneller ausgezogen haben, als du bis drei zählen kannst.", lacht Kerry

„Na dann zieht sie es später halt nochmal für ihn an.", quietscht Rina und nickt bedeutungsvoll mit glasigem Blick. Anscheinend hat sie vergessen, dass ich ihren Boss heiraten werde.

„Jetzt bin ich dran.", drängelt Lisa und schiebt mir ihr Päckchen rüber. Hastig packe ich es aus.

„Himmel!", fluche ich. Sie hat mir Handschellen geschenkt und zwar nicht nur ein Paar, sondern gleich acht, wobei vier davon mit so einem Puschelzeugs bezogen sind.

„Will ich wissen, warum du mir gleich acht schenkst?"

„Lass deiner Fantasie freien Lauf und du kommst alleine drauf."

„Hm... also jeweils vier, denn die hier sind ja anders..." ich deute auf die Plüschhandschellen, wenigstens haben sie schwarzes Plüsch „...bleiben also noch vier. Zwei für die Hände und zwei für... Oh mein Gott..." Mit großen Augen sehe ich sie an und sie nickt. Ich liege also richtig, zwei Paar für die Handgelenke und zwei Paar für die Füße.

„Ich will nicht wissen, was du und Richard so alles im Schlafzimmer treibt.", sage ich fassungslos. Auf Kommando wird sie knallrot. So hätte ich sie echt nicht eingeschätzt. Bei meinem Bruder kann ich mir so etwas vorstellen, aber bei Lisa? Niemals! Aber jeder, wie er es mag. Ihnen scheint es ja zu gefallen und mal sehen, vielleicht gefällt es uns ja auch. Wobei ich mich sicherlich erst einmal herantasten muss.

„Rina, was hast du für mich?" verlangend halte ich meine Hand auf und sie reicht mir eine kleine Tüte.

„Bitte schön und ich wünsche euch viel Spaß." Wieder kichert sie wie ein kleiner Teenager. Ich spähe in die Tüte und wieder stockt mir der Atem. Ich habe meine lieben Freundinnen und Mom echt unterschätzt. Meine Hand wandert in die Tüte und ich ziehe eine DVD-Hülle heraus. Als erstes springt mir ein nacktes Pärchen ins Gesicht. Ich spüre, wie ich rot werde.

„Hilfe! Ein Porno!", kreischen Molly und Lisa und lachen lauthals los.

„Pack weiter aus!", fordert Kerry. Ich komme dem sofort nach und fördere noch ein Massageöl, welches irgendwie Wärme auf der Haut entwickeln soll, eine Schlafmaske, wie man sie aus Hotels und Flugzeugen kennt und ein Dose Sprühsahne zu Tage.

„Danke, wir werden unseren Spaß haben.", lache ich, nachdem ich meine Fassung wieder gefunden habe.

„Das letzte ist von mir." Kerry hält mir ein rechteckiges und relativ flaches Geschenk hin und als ich es in die Hände nehme, spüre ich, dass es mit Abstand das Schwerste ist. Gierig reiße ich das lila Papier ab und halte das Kamasutra in den Händen – mit anschaulichen Bildern, wie im Kladdentext steht.

„Oh Gott.", stöhne ich. Meine Güte, was ist heute nur mit mir los? Ich bin doch sonst nicht so prüde, was Sex betrifft, aber wahrscheinlich ist es der Umstand, dass es hier detailliert um mein Sexleben mit Kyle geht.
Das wirst du garantiert sehr oft sagen, wenn es dir mein Bruder so richtig besorgt."

„Wann haben sie dann alle Stellungen durch? Will jemand wetten?" Molly ist heute echt gut drauf.

„Ich setzte zehn Dollar auf ihre Flitterwochenrückkehr!" Damit zückt Kerry einen Schein und wirft ihn ihr hinüber.

„Ich setzte auch zehn Dollar auf die dritte Nacht der Flitterwochen." Lisa macht ihren Einsatz.

„Ich sage in fünf Tagen." Molly zückt ebenfalls einen Schein. Man muss dazu sagen, dass unsere Flitterwochen erst in einer Woche beginnen.

„Zehn Dollar auf die erste Nacht der Flitterwochen."

„MOM!"

„Was denn, glaubst du ich bin taub oder was? Wir haben hier zwar ein großes Haus, aber ihr seid trotzdem nicht zu überhören." Sie zuckt mit den Schultern, als wäre es völlig normal, seine Tochter und deren Verlobten beim Sex zu hören.

„Ich tippe auf drei Tage, dann sind sie durch." Auch Rina hat ihren Einsatz gemacht.

„So Sophielein, wir haben hier 50 Dollar. Du musst uns natürlich mitteilen, wann ihr das Kamasutra durch habt und als unser aller Freundin beziehungsweise Tochter wirst du ehrlich sein. Diejenige von uns, welche am nächsten dran ist, bekommt den Pott." Molly angelt sich eine der vielen, leeren Pappkartons und wirft das Geld hinein, verschließt ihn und reicht ihn an Mom weiter.

„Sandra, du wirst unsere Schatzmeisterin und wirst die regelkonforme Durchführung unserer Wette überwachen."
Oh Mann, die haben echt einen im Trichter. Wenn ich es nicht besser wüsste, würde ich sagen, dass sogar Lisa besoffen ist. Vielleicht ist es aber auch nur die Atmosphäre an sich, die sie alle so mitreißt.
Ich sehe mich morgen schon vor dem Altar stehen und in der ersten Reihe und direkt neben mir stehen nur Schnapsleichen. Lisa und ich werden die Einzigen sein, die nüchtern sind und keinen Kater haben.
„Wisst ihr was?" Molly ist heute wirklich wie ein Aufziehhase.
„Was denn?", fragt Kerry, wobei sie schon ein wenig zu lallen beginnt.
„Wir rufen jetzt bei den Männern an."
„Warte! Apropos Männer, was ist in der Windeltorte?", frage ich und deute auf den Flügel.
„Ach ja, die hätten wir ja fast vergessen!" Mom springt auf und schwankt etwas, bevor sie rüber geht und die *Torte* anschleppt. Ächzend lässt sie sie auf den Boden fallen. Erwartungsvoll beugen wir alle unsere Köpfe darüber und ich beginne, die Rasseln, Waschlappen, Badetücher, Windeln, Pflegeprodukte und Bettwäsche abzubauen.
„Das haben sie aber nicht selber gemacht, oder?"
„Wo denkst du hin! Sie haben sie in Auftrag geben lassen. Ich glaube Richards Sekretärin hat die Zusammenstellung übernommen.", klärt mich Lisa auf. „Aber ich glaube den Inhalt haben sie selber hinein gepackt."
Als ich alles abgebaut habe, stehen vor uns zwei übereinander gestapelte Kartons. Auf einem steht *Sophie* und auf dem anderen *Kyle*.
„Los mach auf. Ich will wissen, was mein Mann da zusammengewürfelt hat.", hetzt mich Molly. Kurz überlege ich, ob ich sie nicht doch weiter auf die Folter spannen sollte. Habe dann aber Erbarmen, denn ich kann es selber nicht erwarten. Also schnappe ich mir meinen Karton und hebe den Deckel ab.

„Ui!", kommt es von Rina und der Rest macht „Oh." oder „Ah." und wider brechen alle in lautes Gelächter aus, während ich mit großen Kulleraugen in den Karton starre.
Stück für Stück nehme ich alles heraus und breite es auf der Couch neben mir aus. Da wäre ein weiterer Dildo, eine Erotik-Zeitschrift für Frauen, Gleitgel, wofür auch immer ich das gebrauchen soll und Kondome mit Geschmack.

„Hier tun sich heute Abgründe auf." Ich schüttle den Kopf und packe alles wieder in den Karton.

„Los, mach Kyles auf!", ruft Marie

„Das ist seine, also soll er sie auch aufmachen."

„Ach Quatsch! Du musst ihm doch nicht auf die Nase binden, dass wir rein geguckt haben.", bestimmt sie. Das Telefonklingeln unterbricht meinen Protest. Als fast einzige Nüchterne muss auch ich ran gehen.

„Sie sind verbunden mit der Jungesellinenparty im Hause Borough. Sie sprechen mit der Braut Sophie.", melde ich mich.

„Hallo Schätzchen, hier ist Shila. Ich wollte mal hören, wie es bei euch so läuft."

„Shila, oh Gott du glaubst gar nicht, wie froh ich bin, deine Stimme zu hören und du bist nüchtern!"

„Was ist denn los?"

„Die sind alle total durchgeknallt, vor allem deine Tochter und sie sind besoffen! Naja nicht alle, Lisa darf ja auch nicht trinken, aber sie benimmt sich deswegen nicht weniger albern.", beschwere ich mich.

„Ach Schätzchen, sie haben dir also schon die Geschenke gegeben?"

„Du wusstest davon?"

„Na klar, wenn ich heute schon nicht da sein kann, dann wollte ich wenigstens wissen, was sie dir schenken. Meines bekommst du dann morgen Früh."

„Schaffst du es auch pünktlich?"

„Mach dir keine Sorgen Sophie. Ich bin vor zehn Minuten in Chicago gelandet und fahre jetzt ins Hotel. Morgen komme ich dann zu euch."

„Willst du nicht lieber jetzt schon kommen? Ich brauche Unterstützung.", jammere ich. Ich finde es total schade, dass Shila nicht da sein kann. Aber sie hatte heute ein sehr wichtiges Meeting in New York. Eigentlich wollte sie es sausen lassen, ich habe sie aber dazu gedrängt, hin zu fliegen.

„Tut mir leid, da musst du alleine durch. Ich bin total erledigt und will nur noch schlafen. Was glaubst du, warum ich mir ein Hotel nehme? Bei uns zu Hause feiert eine Horde Männer."

„Na gut. Ein Versuch war es wert. Schlaf gut, damit du morgen ausgeruht und pünktlich bist."

„Für nichts auf der Welt würde ich mir die Hochzeit meines Sohnes entgehen lassen. Viel Spaß noch und grüß die gackernden Hühner im Hintergrund."

„Mach ich. Bye."

Shila hat Recht, meine Damen hören sich wirklich wie eine Horde wilder Hühner an.

„Wer war es?"

„Shila."

„Kommt sie noch her?"

„Nein, sie fährt jetzt in ein Hotel und schläft, sie ist erst vor zehn Minuten gelandet und dem entsprechend müde."

„Na gut, aber jetzt rufen wir bei den Kerlen an!" Molly schnappt sich das Telefon und versucht eine Nummer einzutippen. Mehrmals muss sie von vorne beginnen, aber irgendwann hat sie es geschafft und wir hören es tuten, da sie auf Lautsprecher geschalten hat.

„Sophie, was ist denn jetzt wieder?!", geht David genervt an sein Handy.

„Hier ist nicht Sophie, sondern deine reizende Ehefrau.", grölt besagt reizende Ehefrau.

„Molly? Bist du das, Schatz? Hast du getrunken?"

„Nur ein gaaaaanz kleines bisschen." Zur Demonstration zeigt sie einen minimalen Abstand zwischen Daumen und Zeigefinger, wobei sie vergisst, dass er es nicht sehen kann.

„Ja sicher. Du bist betrunken, Schatz."

„Kann sein, aber wir haben hier ganz viel Spaß, vor allem mit den Vibratoren und dem Stripper!" Sie muss sich den Mund zu halten, um nicht laut los zu lachen.

„Was? Stripper? Vibratoren?", ruft David und die Hintergrundgeräusche bei ihm verstummen.

„Vibratoren?", ertönt Kyles Stimme aus dem Off.

„Stripper?", kann ich Richard fragen hören.

„Ja, wir haben hier jeeeedeeee Menge Stripper und Vibratoren!!!!" Meine Mädels fangen alle an zu grölen. Molly schnappt sich den Vibrator, den sie irgendwann in den letzten Minuten ausgepackt und mit Batterien versehen hat.

„Hier, hör mal.", sagt sie und schaltet die Nachbildung des männlichen Geschlechtsorgans ein.

„Die haben da echt Vibratoren!" David scheint ehrlich entsetzt zu sein.

„Klar haben wir das und nackte Kerle, jede Menge nackte Kerle, stimmt's Ladies?" Molly hält die Ausgabe des Playgirl in die Luft. Der Mittelteil klappt auf und wir sehen in Postergröße einen nackten, braun gebrannten Adonis mit gestählten Muskeln. Wir alle kreischen auf und amüsieren uns. Ich habe jetzt auch meinen Spaß an diesem kleinen, aber sehr gemeinen Telefonat gefunden.

„Molly! Was zur Hölle macht ihr da?" Er scheint wütend zu werden.

„Aber weißt du was Baby, dein Penis ist viel größer und schöner."

„Woher weißt du das?", knurrt er.

„Ich habe eigenhändig nachgemessen. Sag mal Lisa, ist der Penis deines Mannes auch so oder auch größer und schöner wie bei David? Und Sophie, wie sieht es bei Kyle aus?" Sie ist jetzt richtig in Fahrt.

„Was machen die da?" Kommt die Stimme meines Vaters gedämpft durch das Telefon.

„Sie unterhalten sich über die Penisse von Rich, Kyle und mir."

„WAS?!", brüllt uns ein Männerchor entgegen und wir müssen uns echt zusammenreißen. Lisa wedelt mit der Hand, als hätte sie sich verbrannt.

„Nicht nur das – Molly meinte gerade, sie hätte eigenhändig nachgemessen."

„Leg auf David." Richard hört sich verdammt wütend an.

„Was? Nein, warte!" Das ist das letzte, was wir von meinem Bruder hören. Molly drückte den roten Knopf um das laute und monotone Tuten abzustellen. Wir lachen alle aus Leibeskräften. Schon nach kurzer Zeit laufen uns die Lachtränen in Strömen über die Wangen und ich muss mir den Bauch halten, da ich schon Muskelkater bekomme.

„Die armen Männer!", brülle ich vor Lachen. Eigentlich sollten sie mir leidtun, tun sie aber nicht. Schließlich haben sie eine echte Stripperin und wir nur das Bild eines nackten Mannes.

„Die haben uns verarscht!", reißt uns Davids Stimme aus unserer Fröhlichkeit. Mit weit aufgerissenen Augen starren wir auf die Tür des Wohnzimmers, wo David, Kyle, Dad und Richard schwer nach Atem ringend stehen. Molly, besoffen wie sie ist, nimmt das Telefon in die Hand und schaut es ungläubig an. Immer wieder wandert ihr Blick zwischen dem Telefon und den Männern hin und her.

„Baby? Wie habt ihr das gemacht?"

„Was gemacht?", knurrt er. Er ist eindeutig noch auf 180 und wenn ich mir seine Begleiter ansehe, dann steht es um deren Gemütsverfassung nicht besser. Ihre Augen blitzen wütend.

„Na wie seid ihr aus dem Telefon raus gekrochen, ohne dass wir es gemerkt haben?"

„Du bist betrunken Molly! Sophie, was soll das? Wieso passt du nicht auf meine Frau auf?"

„Was? Wieso fährst du mich jetzt hier an? Das ist meine Party und deine Frau ist alt genug. Ich werde ihr doch nicht vorschreiben, was sie zu machen hat." Ich rapple mich auf und baue mich vor meinen Brüdern, meinem Verlobten, der mich diese Nacht nicht sehen sollte und meinem Vater in meiner ganzen schwangeren Pracht auf.

„Ich soll auf Kyle aufpassen! Da hättest du doch auf Molly aufpassen können!"

„Das ist was völlig anderes!"

„Wo ist das anders?"

„Ich heirate morgen Kyle und nicht deine Frau! Du hast doch nen Schatten!" Ich zeige ihm den Vogel.

„Jetzt beruhigt euch doch mal!", leiert Mom angedüddelt, rappelt sich von der Couch auf und kommt auf uns zu gewankt.

„Sandra! Wie konntest du nur?" Mein Vater ist eindeutig auch sauer.

„Ach komm schon Mitchell! Unsere Tochter heiratet morgen. Als meine Söhne Junggesellenabschied gefeiert haben, durfte ich ja nicht mit."

„Also musst du es bei Sophie gleich übertreiben?"

„Ein wenig. Aber wir haben jede Menge Spaß"

„Jaaaaa, mit nackten Kerlen und Vibratoren.", grölt Molly aus dem Hintergrund und schwenkt die Zeitung und ihr Geschenk wie zwei Fahnen durch die Luft.

„Ich fass es nicht! Du haben uns sowas von verarscht" Kyle schlägt sich mit der flachen Hand gegen die Stirn. Ich bemerke Richards wütenden und stechenden Blick, der unverwandt auf Lisa gerichtet ist. Angriffslustig funkelt sie zurück.

„Hey, lass deine Frau in Ruhe!" Ich schlage ihm gegen die Schulter und lenke somit seine Aufmerksamkeit auf mich.

„Guck mich nicht so an! Darf ich dich und David daran erinnern, dass in meiner Kiste in der Torte die nackten Kerle waren?"

„Aber kein Vibrator!"

„Oh Mann, ihr habt mir einen Dildo da rein gepackt. Der einzige Unterschied ist, das der eine batteriebetrieben ist!"

„Ihr habt meiner Zukünftigen einen Dildo und nackte Männer geschenkt?!" Um Fassung ringend sieht Kyle seine zukünftigen Schwager an.
„Ja und? Molly hat ihr einen Vibrator geschenkt.", versucht sich David aus der Affäre zu ziehen.
„Ihr glaubt echt, ich hab es nicht drauf, oder?"
„Na ja... also... wir..."
„Mensch David, jetzt denk mal scharf nach. Sie ist schwanger! Sophie wird ja wohl kaum mit mir in die Kiste steigen, wenn ich mein Handwerk nicht beherrschen würde."
„Ich glaube, es ist besser, wenn ihr jetzt wieder geht.", meine ich und mache mich daran, sie aus dem Wohnzimmer zu schieben.
„Wir wollen aber noch nicht gehen!", beschwert sich Dad.
„Nein, ihr verschwindet jetzt! Das hier ist ein Mädelsabend und außerdem habt ihr Matt und George mit Sam und Max allein gelassen. Ihr wisst selber, dass man die Beiden Jungs immer im Auge behalten muss, auch wenn sie wie kleine Engel schlafen! Also verschwindet endlich!" Damit schiebe ich sie endgültig in den Flur und von da aus nach draußen. In der Einfahrt sehe ich Richards großen Audi stehen. Alle Türen sind sperrangelweit offen und aus dem Inneren dringt der nervige Piepton, der einen daran erinnern soll das die Scheinwerfer noch an sind.
Laut krachend schmeiße ich hinter ihnen die Tür zu und gehe zurück zu meinen betrunkenen Mädels, den nackten Kerlen, dem Dildo und dem Vibrator.

Nervös wache ich am nächsten Morgen auf. Die Sonne schielt ein wenig durch die zugezogenen Vorhänge. Schlagartig sitze ich kerzengerade im Bett. Heute ist es soweit! Heute ist einer der wichtigsten und schönsten Tage in meinem Leben. Heute heirate ich meine große Liebe Kyle Wallace und mit diesem Tag werden Sam und ich den Nachnamen wechseln.
Leise klopft es an meiner Tür.

„Ich bin wach.", mache ich mich bemerkbar. Langsam öffnet sich die Tür und Marie steckt ihren Kopf herein.

„Darf ich rein kommen?", fragt sie mich zaghaft.

„Klar, komm her Süße." Ich rücke ein wenig zur Seite, damit sie sich zu mir legen kann.

„Nervös?" Aufmerksam sieht sie mich an.

„Was glaubst du denn?"

„Dein Herz schlägt zum Zerspringen schnell und du weißt nicht wo dir der Kopf steht." Verständnisvoll sieht sie mich an.

„Mitten ins Schwarze." Ich habe keine Ahnung, wo das heute noch mit mir enden wird. Mein Herz schlägt jetzt schon so schnell. Was soll das dann erst werden, wenn ich mich auf den Weg zum Altar mache? Wobei Altar das falsche Wort ist, denn wir werden im Garten meiner Eltern getraut und nicht in einer Kirche.

„Ich kann mich noch sehr gut an den Morgen meiner Hochzeit mit George erinnern. Da ging es mir genauso. Erinnerst du dich? Damals bist du auch zu mir gekommen und wir haben fast das gleiche Gespräch geführt, nur dass jetzt du die Braut bist."

„Ja, ich erinnere mich. Aber es gibt einen entscheidenden Unterschied – du warst nicht schwanger und konntest ein Gläschen Champagner zur Beruhigung trinken."

„Stimmt."

„Es ist gerade einmal kurz vor sieben. Bis vierzehn Uhr ist noch so viel Zeit."

„Das sieht nur jetzt so aus. Wir werden jetzt gleich nach unten gehen und dann frühstücken wir alle gemeinsam, beginnen mit unserem Beautyprogramm und du wirst sehen, ganz schnell ist der Moment da und dein Dad führt dich durch den Garten zum Altar."

„Dein Wort in Gottes Ohr. Sind meine Schnapsdrosseln schon wach? Du hattest ja gestern nicht ganz so viel gebechert."

„Sie sind alle wach."

„Und? Sind sie sehr verkatert?"

„Molly ja und sie hat auch noch in der Nacht eine innige Freundschaft mit der Toilettenschüssel geschlossen, aber deine Mom und Kerry sind gerade dabei, sie mit Medikamenten und Hausmittelchen wieder herzurichten. Lisa ist fit, sie hat ja auch nichts getrunken und dem Rest geht es erstaunlicherweise gut."

„Sie hatte gestern auch einiges intus. Es hätte mich sehr gewundert, wenn es ihr gut gehen würde."

„Wollen wir runter?"

„Klar, ich könnte eine Tasse Kakao vertragen. Dem Kaffee habe ich ja abgeschworen."

Gemeinsam mit Marie gehe ich nach unten in die Küche und tatsächlich sitzen alle schon um den Esstisch herum. Mehr oder weniger sehen sie alle zerknautscht und etwas verschlafen aus – außer Molly, sie sticht am meisten heraus.

Ihre Haare sind strähnig und wurden in einem sehr unordentlichen und wirren Zopf zusammengefasst. Im Gesicht ist sie kalkweiß und leicht grün um die Nase. Tiefe dunkle Augenringe zieren ihre Augen, die selber gerötet sind. In den Händen hält sie krampfhaft eine dampfende Tasse Kaffee und vor ihr steht ein Teller voll Rührei, Toast und Speck. Skeptisch beäugt sie das Essen. Sie scheint zu überlegen, ob sie es wagen soll, etwas zu essen oder es doch lieber sein lässt.

„Guten Morgen.", begrüße ich sie und setze mich neben meine Mom. Sie hat sich mit dem Frühstück wieder selber übertroffen und der Tisch bricht fast unter all den Köstlichkeiten zusammen. Es gibt Obstsalat, Joghurt, Rührei, Speck, Toast, verschiedene Marmeladen, Müsli, Brötchen und noch einiges mehr.

Leise seufzend lege ich meinen Kopf auf Moms Schulter. Liebevoll küsst sie meine Stirn.

„Morgen um die Zeit wirst du eine verheiratet Frau sein."

„Ich weiß. Ich kann es gar nicht erwarten. Aber wird sich so viel verändern?"

„Du und Kyle habt in den letzten Wochen und Monaten schon wie ein Ehepaar zusammen gelebt, aber glaub mir, wenn ihr dann verheiratet seid, ist es dennoch anders. Ihr tragt dann den gleichen Namen, ihr habt euch vor Zeugen zueinander bekannt. Du wirst sehen, euer Zusammensein wird sich dann anders anfühlen."

„Ich freue mich schon drauf."

„Das ist das Wichtigste."

Beim Frühstück besprechen wir unser heutiges Programm und an was wir alles vor der Trauung denken müssen. Nur Molly hält sich anfänglich noch heraus, aber nachdem sie von uns zum Essen gezwungen wird, bekommt sie langsam wieder Farbe und beteiligt sich auch an unserer Planung.

„Aber das mit dem Kater bleibt unter uns. David würde sich auf ewig über mich lustig machen, wenn er davon erfährt.", bittet sie uns eindringlich, bevor wir alle aufstehen, um unsere Morgentoilette zu erledigen.

Wir versichern ihr, dass wir ihrem Ehemann nichts sagen werden und zerstreuen uns erst einmal. Wir haben uns beim Frühstück reichlich Zeit gelassen und es ist schon fast zehn Uhr, ehe ich oben im Badezimmer stehe. Kurz spiele ich mit dem Gedanken, mir ein Bad einzulassen. Aber in vier Stunden muss ich fertig sein. Außerdem kommen in einer Viertelstunde ein Make up- und eine Hairstylistin, um uns alle schön zumachen. Da muss eine schnelle Dusche jetzt reichen.

Ich bin gerade dabei, in eine von Kyles Jogginghosen zu schlüpfen, als mein Handy klingelt. Lächelnd stelle ich fest, dass es Matt ist.

„Hallo zukünftiger Schwiegerpapa.", begrüße ich ihn.

„Guten Morgen meine Liebe. Ich wollte nur schnell nachfragen, wie es dir und meiner Enkeltochter geht."

„Ein wenig aufgeregt, aber sonst geht es uns blendend."

„Das freut mich zu hören. Ist meine Göttergattin schon bei euch?"

„Noch nicht, aber sie müsste gleich kommen. Wie geht es Kyle?"

„Tut mir leid Sophie, aber von mir bekommst du keine Informationen."

„Sagst du das oder Kyle, der hinter dir steht?"

„Woher…?", fragt Matt mich erstaunt.

„Ich kenne doch meinen Zukünftigen."

„Selbst wenn ich noch nicht gewusst hätte, dass du die Richtige für meinen Sohn bist, spätestens jetzt hätte ich es gewusst.", lacht er.

Von unten höre ich leise die Klingel.

„Matt, es hat geklingelt. Ich muss mich jetzt schön machen lassen."

„Bevor du auflegst habe ich noch eine Frage."

„Die da wäre?"

„Wie geht es meiner Tochter? Ich habe da ja einiges über euren Abend gestern gehört." Ich kann das Schmunzeln in seiner Stimme nur zu deutlich hören.

„Du wünschst deiner Tochter einen ausgewachsenen Kater, habe ich Recht?"

„Was denkst du von mir?", fragt er gespielt empört.

„Nur das Beste. Aber ich muss dich enttäuschen. Kerry geht es wunderbar."

„Das glaube ich dir nicht."

„Mach es gut Matt. Ich muss jetzt nach unten." Damit lege ich auf.

Schnell ziehe ich mir noch eines von Kyles T-Shirts über.

„Hallo ihr Zwei.", begrüßt mich Shila und zieht mich sofort in ihre Arme.

„Hallo Shila."

„Deine Stylisten sind schon da und warten ungeduldig auf dich. Wir haben ja nicht mehr viel Zeit." Und damit scheucht sie mich auch schon durch das Wohnzimmer nach draußen auf die Terrasse. Da das Wetter schön ist, lassen wir uns draußen zurecht machen, so kann Marie gleich die Aufbauarbeiten und Vorbereitungen für die Hochzeit überwachen.

„Hallo Sweety.", begrüßt mich mein überaus talentierter und überaus schwuler Make-up Stylist. Meine Mädels haben alle schon ein Champagnergläschen in der Hand. Mir und Lisa wird eines mit Orangensaft gereicht. Noch ehe ich mich richtig umsehen kann, werde ich schon auf den bereitstehenden Stuhl geschoben. Die Hairstylistin und ihre Assistentin beginnen, meine Haare zu frisieren. Mit geschickten und schnellen Handgriffen drehen sie meine langen und vom Duschen noch nassen Haare auf große Lockenwickler. Sie sind ganz begeistert, dass sie noch so sind, denn so sparen wir ein wenig Zeit. Während ich unter einer Trockenhaube hocke, wenden sie sich meinen Mädels zu. Erst als meine Haare trocken sind, wird die eigentliche Frisur geformt. Nur die seitlichen Haarpartien werden an meinem Hinterkopf zusammengesteckt, die hinteren fallen in sanften und großen Wellen über meinen Rücken. Da meine Frisur recht schlicht gehalten wird, bin ich schnell fertig und mein Make-up kann aufgetragen werden.

Ich merke gar nicht, wie die Zeit rast und ich frage mich, was wohl Kyle tragen wird. Marie ist die Einzige, die wahrscheinlich unser beider Outfit kennt. Denn sie hat sowohl mit mir und Mom mein Kleid ausgesucht, als auch zusammen mit Matt Kyles Anzug zusammengestellt. Ich bin also genauso gespannt, wie hoffentlich auch Kyle es sein wird.
„So Sweety, wir sind fertig." Zufrieden betrachtet der Stylist mich und reicht mir einen Spiegel. Prüfend sehe ich mich an. Wie besprochen ist auch mein Make-up schlicht und natürlich gehalten. Auf meinen Lidern hat er einen Lidschatten in hellem Schokobraun aufgetragen, meine Wimpern sind kräftig in schwarz getuscht. Meine Lippen haben einen Rosaschimmer.
„Gefällt es dir?", fragt er mich.
„Natürlich. Du hast wunderbare Arbeit geleistet. Ich weiß schon, warum ich dich immer an unsere Bräute empfehle." Grinsend schaue ich ihn an und umarme ihn zum Dank.

Jetzt, wo ich fertig bin, kann ich mich ein wenig im Garten umschauen. Die Anderen bekommen jetzt noch die Haare fertig gemacht und natürlich das Make-up.

Mein Blick schweift durch den grünen und blühenden Garten, das Wasser glitzert in der Ferne. Überall schwirren geschäftig irgendwelche Menschen herum. Einige kümmern sich um die Blumen, andere Bauen das Küchen- und das Partyzelt auf und wiederrum andere stellen die Stühle für die Trauung auf und rollen den Teppich aus, über den ich am Arm meines Vaters schreiten werde.

„Es klappt alles wie am Schnürchen.", reißt mich Marie aus meinen Beobachtungen.

„Es wird wundervoll werden." Versonnen lächle ich sie an.

„Du hast doch gar keine Ahnung, wie es werden wird.", zieht sie mich lachend auf. „Wir sollten langsam dein Hochzeitskleid anziehen."

„Ist es echt schon so spät?" Etwas entsetzt sehe ich sie an.

„Ja, es ist jetzt halb eins. In einer halben Stunde werden die Männer da sein. Kyle soll dich ja nicht vor der Trauung sehen. Außerdem muss dein Schleier noch befestigt werden und es wäre besser, wenn du da schon dein Kleid anhast, damit er sich dann nicht wieder lockert."

„Na dann los." Ich hake mich bei ihr unter und gemeinsam gehen wir nach drinnen. Mom und Shila, sind schon oben und warten auf mich, denn sie möchten unbedingt mit dabei sein, wenn ich in mein Kleid schlüpfe. Lisa, Kerry und Molly bekommen noch ihr Make-up und werden dann nachkommen.

„Mein Baby wird heiraten.", schnieft meine Mutter als ich das Schlafzimmer betrete. Das Kleid liegt auf dem Bett bereit.

„Mom, bitte nicht. Denn wenn du weinst, dann muss ich weinen und wir müssen unser Make-up erneuern lassen.", bitte ich sie und wir atmen gemeinsam tief durch, um unsere Nerven unter Kontrolle zu bekommen.

„Hier, schlüpf in deine Unterwäsche." Shila hält sie mir entgegen. Schnell nehme ich sie an mich, um im Bad verschwinden zu können.

Mit zittrigen Fingern ziehe ich Kyles Sachen und meine Unterwäsche aus, um die andere anzuziehen. Ausgiebig begutachte ich mich im Spiegel und hoffe, dass ihm mein Anblick gefallen wird.

„Bist du fertig?", dringt Maries Stimme durch die Tür. Da sie schon etwas ungeduldig klingt, gehe ich schnell zurück ins Schlafzimmer.

„Mein Bruder wird es aus den Socken hauen." Kerry pfeift anerkennend. Sie, Molly und Lisa sind inzwischen auch mit da. Jetzt sind Jessy, Mai und Lena beim Friseur. Wenn ich halbwegs angezogen bin, werden sich Kerry und Molly darum kümmern, dass meine kleinen Blumenmädchen ihre hübschen Kleider anziehen.

„So, hier ist dein Strumpfband." Shila geht vor mir in die Hocke und hält es mir so hin, dass ich mit dem Bein hindurch schlüpfen kann. Es ist aus Spitze und mit einem hellblauen Band durchzogen.

„Damit hätten wir etwas Blaues.", stellt Marie zufrieden fest.
Nun ist mein Kleid dran. Ich brauche die Hilfe von Shila, Mom und Marie, um hinein zu kommen, denn mein Bauch ist im Weg. Nach einigem Hin und Her haben wir es dann endlich geschafft. Meine Mutter lässt es sich nicht nehmen und schließt die kleinen Kugelknöpfe am Rücken.
Das Kleid ist schulterfrei und liegt eng an meiner Brust an und fällt dann in einer weiten A-Linie. Es endet kurz über meinen Füßen, da ich flache Schuhe tragen werde. Auf eine Schleppe habe ich verzichtet, da es komisch aussehen würde, wenn das Kleid vorn über meinen Füßen endet und hinten auf dem Boden aufliegt. Es besteht aus einen leicht glänzenden, weißen Stoff und über die Brust, bis zur Mitte meines Bauches verlaufen feine Blütenranken, welche mit einem silbernen Faden gestickt wurden. Eigentlich ist weiß bei einem Hochzeitskleid das Symbol der Jungfräulichkeit und das bin ich ja eindeutig nicht mehr. Aber bei

mir muss mein Kleid einfach weiß sein, denn eine andere Farbe und sei es nur Elfenbein gewesen, hätte mir nicht gefallen.

Fast schon feierlich steckt mir Mom den Schleier am Hinterkopf fest und drapiert ihn so, dass er fließend meinen Rücken hinab fällt.

„Damit haben wir auch etwas Neues.", murmelt sie leise. Versonnen lächle ich vor mich hin.

„Fehlt nur noch etwas Geliehenes und etwas Altes."

„Etwas Geliehenes hätte ich, wenn du willst.", sagt Molly.

„Was ist es denn?"

„Das Diadem, welches ich bei der Hochzeit mit David getragen habe." Sie greift nach einer Schachtel, welche auf meinem Schreibtisch steht. Ich hatte sie gar nicht bemerkt.

„Oh.", hauche ich gerührt.

„Willst du?"

„Natürlich!" Schnell nicke ich. Denn das Diadem hat mir schon damals gefallen. Lächelnd kommt sie zu mir und steckt es in meinem Haar fest. Es passt perfekt zu dem Kleid. Denn es besteht aus einer Blumenranke und sie sehen fast genauso aus wie die auf meinem Kleid.

„Hast du dir etwas für das Alte überlegt?" Marie ist darauf erpicht, den letzten Haken auf ihrer imaginären Liste zu setzen.

„Ja, habe ich. Meine Ohrringe." Ich gehe hinüber zu meinem Schmuckkästchen und hole die heraus, die ich von meinen Eltern zum achtzehnten Geburtstag bekommen habe.

„Ihr müsst euch auch anziehen.", stelle ich fest und sehe meine Mädels an. Sie alle tragen noch bequeme Sachen. Schnell sehen sie sich gegenseitig an und brechen dann in Gelächter aus.

„Kommst du hier kurz alleine klar?", fragt Lisa. Vielleicht ist es ganz gut, wenn ich mal kurz fünf Minuten für mich habe. Ich bekomme von jeder einen Kuss auf die Wange und schon sind sie verschwunden. Ich werfe einen Blick auf die Uhr. Es ist jetzt kurz nach ein Uhr. Das heißt, Kyle dürfte inzwischen da sein und unsere Gäste sollten auch bald eintreffen.

Langsam drehe ich mich um die eigene Achse. Diese Minuten bis zur Trauung werden die letzten sein, die ich als ledige Frau in diesem Raum verbringen werde. Heute Nacht werden wir die erste in unserem Haus verbringen. Unsere Sachen befinden sich schon in unserem neuen Heim. Hier haben wir nur noch ein paar Klamotten und das, was ich für heute benötige. Dieser Tag ist wirklich einer der Veränderungen.

Es klopf leise an der Tür und ich drehe mich gerade um, als sie geöffnet wird und mein Vater seinen Kopf herein steckt.

„Dürfen wir rein kommen?", fragt er mich.

„Wer sind wir?"

„Deine Brüder und ich."

„Kommt rein."

Die Tür öffnet sich weiter und sie schlüpfen hinein.

Mit ausgebreiteten Armen kommt Dad auf mich zu und drückt mich an sich.

„Du siehst wunderschön aus mein Spätzchen.", raunt er mir gerührt zu und ich atme tief den bekannten Duft ein.

„Danke Dad." Ich kämpfe schon wieder gegen die Tränen an.

„Kyle wird es umhauen.", lacht David, als er mich in die Arme nimmt.

„Bloß nicht, wie soll er denn dann ja sagen?"

„Zur Not halten Richard und ich ihn. Das wird schon klappen."

„Danke."

„Hallo Kleines." Richard umarmt mich und küsst meine Stirn.

„Hallo.", hauche ich. Mein Dad und meine Brüder sind da, das heißt auch mein Bräutigam wartet unten auf mich. Damit wird die Hochzeit immer realer und ich immer nervöser. Das macht sich bemerkbar, indem ich beginne, mein Kleid zu traktieren.

„Hey, lass das. Wenn nachher dadurch deine Finger geschwollen sind, bekommt er nicht mehr den Ring drüber." Sanft löst Rich meine Finger.

„Du schaffst das. Es wird alles gut werden." Dad legt seinen Arm um meine Schultern und drückt mich an seine Seite.

„Wie geht es Kyle?"

„Er ist genauso nervös wie du, wenn nicht sogar mehr.", grinst David schadenfroh.

„Hat er an den Brautstrauß gedacht?"

„Er steht unten im Wohnzimmer in einer Vase und wartet auf dich."

Richards Handy beginnt zu klingeln und er wirft kurz einen Blick darauf.

„Komm David, wir sollten nach unten gehen. In zwanzig Minuten schreitet unsere kleine Schwester in den Hafen der Ehe." Sie drücken mich noch einmal fest an sich und dann bin ich mit Dad allein.

„Wie geht es dir?" Vor meinen Brüdern wollte ich ihn nicht danach fragen, denn er macht einen sentimentalen Eindruck.

„Mein kleiner Spatz wird heiraten.", murmelt er.

„Ja Dad, aber ich werde immer dein Spätzchen bleiben. Auch wenn ich Kyle heirate, werde ich immer deine Tochter sein und du immer mein Dad."

„Ich weiß, aber trotzdem fällt es mir nicht leicht, dich gehen zu lassen."

„Ich werde nicht gehen."

„Doch das wirst du. Du und Kyle werden mit Sam und Knöpfchen in dem neuen Haus wohnen und deinen alten Dad vergessen."

„Oh Daddy!", schluchze ich und werfe mich in seine Arme.

„Wir werden ganz oft her kommen. Du wirst sehen. Wir sind eine Familie und wir halten immer zusammen."

„Die Boroughs gegen den Rest der Welt."

„Genau, nur das jetzt auch die Wallaces dabei sind. Du verlierst heute nicht deine Tochter, sondern du bekommst einen Sohn dazu.", versuche ich ihn aufzumuntern.

„Du hast Recht." Tapfer nickt er und versucht seine Tränen zu verbergen. Ich tue so, als würde ich sie nicht bemerken.

„Es ist Zeit." Mom kommt ins Zimmer und nimmt Dad in den Arm.

„Los mein Spätzchen, ich bringe dich zu deinem Verlobten." Dad lächelt mich an und küsst Mom. Sie geht vor uns die Treppe herunter. Im Wohnzimmer wartet sie auf uns und reicht mir meinen Brautstrauß. Der Strauß verschlägt mir den Atem. Kyle hat meine Lieblingsblumen, Tulpen, ausgesucht. Sie sind in rot und gelb gehalten und sind kunstvoll mit Efeu arrangiert.

„Danke Mom." Sie küsst meine Stirn und eilt dann nach draußen, um ihren Platz in der ersten Reihe einzunehmen.
Dad sieht ihr hinterher und wartet darauf, dass sie sich setzt, dann kommt er zu mir zurück und reicht mir seinen Arm, damit ich mich bei ihm einhaken kann.
Langsam treten wir nach draußen auf die Terrasse. Die Musik setzt ein. Mit den ersten Klängen von *All you need is Love*, welches von einem Chor gesungen wird, erheben sich die anwesenden Gäste. Noch kann ich keinen Blick auf Kyle erhaschen.
Als wir um die Ecke biegen und den ersten Schritt auf dem ausgebreiteten Teppich machen, sehe ich ihn endlich. Er trägt einen dunkelgrauen Anzug, mit weißem Hemd und hellgrauer Weste und hellgrauem Plastron. Neben ihm steht sein Trauzeuge, unser Sohn Sam. Auch er trägt einen ähnlichen Anzug wie Kyle. Ich muss bei ihrem Anblick schwer schlucken und kämpfe tapfer gegen meine Tränen an. Dad hat seine Hand auf meine gelegt und drückt sie. Langsam gehen wir nach vorn und die ganze Zeit sehe ich meine beiden Männer an.
Kurz bevor wir bei ihm sind, kommt Kyle uns zwei Schritte entgegen.

„Du siehst wunderschön aus.", murmelt er und lächelt mich liebevoll an.

„Pass gut auf mein Mädchen auf.", sagt Dad zu ihm und löst meinen Arm, um mich offiziell an Kyle zu übergeben. Bevor er sich zu Mom setzt, küsst er meine Stirn.

„Ich hab dich lieb Spätzchen."

„Ich dich auch Daddy." Ich lächle ihn an.

„Wollen wir?", fragt mich Kyle leise und ich nicke. Wenn ich jetzt noch mehr sagen muss, breche ich in Tränen aus. Gemeinsam gehen wir Hand in Hand nach vorn und bleiben vor Pastor Brown stehen, welcher uns trauen wird.

„Sehr geehrtes Brautpaar, sehr geehrte Gäste. Wir haben uns heute hier versammelt, um Sophie Borough und Kyle Matthew Wallace in den heiligen Stand der Ehe zu erheben. Wer übergibt die Braut?"

„Das sind wir." Damit stehen Mom, Dad, Richard und David auf.

„Ähm… gut…" Das scheint den guten Pastor Brown ein wenig aus dem Konzept zu bringen, aber schnell fängt er sich wieder und fährt mit seiner Rede fort.
Während er spricht sehe ich Kyle an und er erwidert meinen Blick.

„Ich liebe dich.", flüstere ich

„Ich dich auch", formen seine Lippen.

„Ich frage Sie, Kyle Matthew Wallace, wollen Sie die hier anwesende Sophie Borough zu ihrer rechtmäßig angetrauten Ehefrau nehmen? Sie lieben und ehren, bis an das Ende aller Tage, so antworten Sie mit Ja." Ich habe gar nicht mitbekommen, dass wir schon so weit sind.

„Ja.", kommt es laut und deutlich von Kyle und mir fällt ein Steint vom Herzen. Ich merke erst, dass er da war, als er weg ist.

„Ich frage Sie, Sophie Borough, möchten Sie den hier anwesenden Kyle Matthew Wallace zu Ihrem rechtmäßig angetrauten Ehemann nehmen? Ihn lieben und ehren, bis ans Ende aller Tage, so antworten Sie mit Ja."

„Ja." Ich war noch nie so glücklich darüber, diese zwei kleinen Buchstaben zu sagen.

„Wer ist der Ringträger?"

„Das bin ich.", meldet sich Sam, kramt in der Innentasche seines Jacketts und fördert zwei Ringe zutage und legt sie in Pastor Browns ausgetreckte Hand.

„Diese Ringe sind das Symbol ihrer gegenseitigen Versprechens. Sie haben sich dazu entschlossen, ihre Gelübde zum Ringtausch selber zu verfassen. Lieber Bräutigam, bitte."
Schnell übergebe ich meinen Brautstrauß an meine Brautjungfer Marie, die ein langes grünes Kleid trägt.
Erwartungsvoll sehe ich Kyle an. Auch Knöpfchen scheint gespannt zu sein. Leicht stuppst sie mich von Innen an, ganz so, als würde sie ihren Daddy auffordern, sich zu beeilen.

„Ich habe sehr lange überlegt, was ich sagen kann, welche Worte das Ausdrücken, was ich für dich und unsere Kinder empfinde. Ich bin zu dem Schluss gekommen, dass jedes noch so große und bedeutungsvolle Wort nicht annähernd das ausdrücken kann, was ihr mir bedeutet. Ihr seid alles für mich. Ihr seid mein Leben, meine Liebe, mein Sein. Ich liebe euch von ganzen Herzen und nichts auf der Welt kann das ändern. Nimm diesen Ring von mir, als Symbol meiner Liebe, meiner Treue und Verbundenheit. Ich liebe dich." Hemmungslos schluchze ich auf, als er mir den schmalen weißgoldenen Ring, in dessen Mitte drei kleine Diamanten eingelassen sind und mit der Sonne um die Wette funkeln, an den Ringfinger steckt. Mein Make-up ist mir in diesem Moment total egal.

„Liebe Braut, bitte." Damit reicht mir Pastor Brown Kyles Ring, der genauso schlicht Weißgold wie meiner ist, nur das seiner breiter und ohne Steine ist. Ich atme tiefe durch und versuche mich an die Worte zu erinnern, welche ich mir bereit gelegt hatte.

„Kyle, du bist mein Freund, Gefährte, Liebhaber und Vater unserer Kinder. Du bist die Liebe meines Lebens und egal was geschieht, ich werde dich immer lieben. Ich werde dich in guten und in schlechten Zeiten lieben. Ich werde zusammen mit dir lachen, weinen und streiten. Gemeinsam werden wir unseren Sohn und unsere Tochter aufwachsen sehen und eines Tages werden wir zusammen in unserem Garten sitzen und als Groß- und Urgroßeltern auf den Sonnenuntergang sehen. Gemeinsam werden wir alt und ich werde dich noch immer so lieben, wie am ersten Tag." Meine letzten Worte sind kaum noch zu verstehen, denn ich bringe sie nur noch unter Schluchzen heraus. Auch zittern meine Hände so stark, dass ich kaum den Ring über seinen Finger bekomme. Als ich es endlich geschafft habe, sehe ich nach oben und begegne seinem lächelnden Gesicht. In seinen Augen kann ich die grenzenlose Liebe zu mir und unseren Kindern sehen.

„Nun, da sie meine Frage mit Ja beantwortet und die Ringe getauscht haben, erkläre ich sie für Mann und Frau und sie dürfen die Braut küssen."
Das lässt sich Kyle nicht zweimal sagen. Schnell beugt er sich zu mir hinab. In meinem Bauch explodiert ein Feuerwerk und ich kann gar nicht richtig erfassen, dass es unser erster Kuss als Ehepaar ist. Mom hat Recht. Es fühlt sich ganz anders an.
Nur ganz am Rande nehme ich den Applaus und die Jubelrufe unserer Gäste wahr. In diesem Moment zählen nur Kyle und ich. Als er sich von mir löst, kann ich nicht anders, als breit zu grinsen.

„Meine Damen und Herren, es ist mir eine Freude ihnen Mr. und Mrs. Wallace vorzustellen."

„Mrs. Wallace. Das hört sich echt gut an.", murmelt Kyle neben mir und grinst ebenfalls.
Als erstes fällt uns Sam um den Hals.

„Na mein Kleiner, jetzt sind wir eine Familie mit gleichen Namen."

„Ich find es toll, Mom.", strahlt er.

„Ich weiß." Ich küsse seine Stirn und wende mich dann unserer wartenden Familie zu.

„Meinen Glückwunsch, Spätzchen.", schluchzt Mom und ich breche erneut in Tränen aus. Heulend klammern wir uns aneinander. Wie in Trance werde ich dann an Dad weitergegeben. Er sagt nichts zu mir, drückt mich einfach und sagt damit mehr als es Worte tun können. Außerdem kämpft er selber mit seinen Emotionen.

„Hey Mrs. Wallace." David lacht mich an und unter Tränen erwidere ich es. Es ist, als wären bei mir alle Schleusen geöffnet geworden und ich bin nicht mehr in der Lage, zu sprechen, denn wenn ich es versuchen würde, dann kämen nur Schluchzer.

„Hey Kleines, nicht weinen." Richard zieht mich an sich und streichelt meinen Rücken.

Nach meiner Familie werde ich von meinen Schwiegereltern und meinen Schwägerinnen beglückwünscht und gedrückt. Kerry ist jetzt auch eine von ihnen. Endlich ist auch sie offiziell meine kleine Schwester.

Schon nach kurzer Zeit schwirrt mir der Kopf und ich bin froh, als alle Gäste durch sind. Hand in Hand gehen Kyle und ich zum Partyzelt. Nachdem ich mich auf meinen Platz in der Mitte der Haupttafel gesetzt habe, kann ich endlich ein wenig durchatmen und mir die Zeit nehmen, um mir die Dekoration anzusehen.

Marie hat wirklich ganze Arbeit geleistet. Bis auf unseren sind alle Tische rund und auf der rechten Seite des Zeltes befindet sich eine kleine Bühne, wo später eine Band spielen wird. Die Tische sind mit weißen Tischdecken verhüllt, die Stühle haben weiße Hussen. In der Mitte der Tische stehen hohe Vasen, die vor roten und gelben Tulpen fast überlaufen. Unter den Blumen befinden sich Lichterketten in den Vasen.

„Alles okay?", fragt mich Kyle leise. Er hat sich neben mich gesetzt und gemeinsam warten wir darauf, dass sich unsere Gäste im Zelt einfinden und auch darauf, was als nächstes kommen wird. Denn auch beim Ablauf haben wir Marie freie Hand gelassen.

„Ja, es könnte gar nicht besser werden.", lächle ich ihn an und beuge mich rüber, um seinen Mundwinkel zu küssen.

„Mit meiner kleinen Prinzessin auch alles Bestens? War sie während der Trauung ruhig?" Sanft streichelt er meinen Bauch.

„Sie schläft gerade. Während der Trauung war sie eigentlich relativ ruhig, nur ab und zu hat sie mich ein bisschen gestupst."

Immer mehr Menschen strömen in das Festzelt. Auch unsere Familien finden sich an unserem Tisch ein. Neben Kyle sitzt Sam als sein Trauzeuge und neben mir Marie als meine Brautjungfer. Daneben kommen dann unsere jeweiligen Eltern. An einem Tisch direkt vor unseren sitzen meine Brüder mit ihren Frauen und Kindern und meine Großeltern. Am Tisch daneben sitzen Kerry und seine Oma und sein Opa.

Als alle Plätze belegt sind, erhebt sich mein Vater und klopft kurz mit einer kleinen Gabel gegen sein Glas.

„Eigentlich ist dem Bräutigam die erste Rede vorbehalten, aber ich denke, Kyle wird es mir verzeihen, wenn ich ihm zuvorkomme."

„Tu dir keinen Zwang an.", lacht er. Er hat ja so wieso schon gejammert, dass er eine Rede halten soll. Da ist er jetzt bestimmt froh darüber, dass Dad ihm so noch ein wenig Zeit schenkt.

„Viele Wissen, dass meine kleine Prinzessin und mein Schwiegersohn eine lange Geschichte haben. Ich muss gestehen, dass weder ich, noch meine Söhne Richard und David, begeistert waren, als Sophie uns Kyle als den Mann an ihrer Seite vorstellte. Mit der Zeit und den Engelszungen unserer wunderbaren Frauen haben wir aber erkannt, dass es keinen besseren Mann für sie als ihn geben kann. Wie jeder Vater einer Tochter war auch ich heute Morgen sehr betrübt, aber dann hat Sophie gesagt, dass ich heute keine Tochter verliere, sondern einen Sohn bekomme. Ich muss ihr Recht geben. Ich bin stolz darauf, Kyle meinen Schwiegersohn zu nennen. Ich möchte ihn von ganzem Herzen als unser neues Familienmitglied begrüßen. Ich wünsche euch Beiden alles Glück der Welt und ich hoffe, dass Sandra und ich, aber auch Matt und Shila, neben Sam und Knöpfchen noch viele weitere Enkelkinder in den Armen halten dürfen. Danke." Schniefend falle ich meinem Vater um den Hals und drücke ihm einen dicken Kuss auf die Wange. Mein Hals ist wie zugeschnürt. Mal wieder hat sich ein fetter Kloß gebildet.

„Ich danke meinem Schwiegervater und auch meinen Schwagern dafür, dass sie mich in ihrer Familie aufgenommen haben. Ich will jetzt auch gar keine lange Rede schwingen, denn ich glaube, Sie warten alle auf das Anschneiden der Torte. Ich möchte meiner wunderschönen Braut danken, dass sie mich heute zum glücklichsten Mann auf dieser Erde gemacht hat, als sie ja sagte und ich danke auch Sam, der der wundervollste Sohn ist, den man sich wünschen kann und der schon jetzt ein ganz toller großer Bruder ist. Ich danke auch Euch allen, liebe Gäste, dass Ihr heute hier so zahlreich erschienen seid und diesen Tag mit uns feiert." Bevor Kyle sich wieder hinsetzt, beugt er sich zu mir herab und küsst mich lange und ausgiebig, was von unseren Gästen mit Jubel und Applaus quittiert wird.

Ich sehe mich immer wieder im Zelt um. Es macht mich noch glücklicher zu sehen, dass unsere Gäste fröhlich sind und sich angeregt unterhalten. Ich nippe an meinem Orangensaft und lehne mich zurück. Kyle unterhält sich angeregt mit Sam und so wende ich mich Marie zu.
„Was kommt als nächstes?"
„Wir haben jetzt ein bisschen Zeit. Mal sehen, ob Rich und David ihre Reden jetzt halten wollen, oder ob erst Matt seine hält. Dann kommen die Torte und der erste Tanz. Dann haben wir noch den Vater-Tochter-Tanz und ich nehme mal an, dass Sam, deine Brüder und Matt auch mit dir tanzen wollen, aber das hat Zeit. Schließlich wollen wir dich nicht überanstrengen."
„Ob Sam mit mir tanzen will, wage ich zu bezweifeln. Du vergisst, dass er kurz vor der Pubertät steht und da findet er es sehr uncool, zusammen mit seiner Mutter gesehen zu werden."
„Wir werden sehen. Ich bekomm deinen kleinen Mann schon dazu." Verschwörerisch zwinkert sie mir zu, denn Marie weiß ganz genau, dass es mir viel bedeuten würde.

Die kleine Verschnaufpause tut mir gut und schon ist es an der Zeit, die Torte anzuschneiden.
„Komm Mrs. Wallace, ihr Typ wird verlangt." Mein Ehemann reicht mir seine Hand und hilft mir beim Aufstehen.
Wir gehen in die Mitte des Zeltes, wo sich keine Tische befinden, denn dieser Platz wird später zum Tanzen benötigt. Auf ein Zei-

chen von Marie hin wird die linke Seite des Zeltes geöffnet und unsere Hochzeitstorte wird herein geschoben. Sie besteht aus drei Stockwerken, welche mit gelbem Fondant überzogen sind. Von oben nach unten verläuft ein Band aus roten Tulpen. Ich nehme an, dass sie aus Zucker sind. Ganz oben drauf steht ein Brautpaar und die Braut ist eindeutig schwanger und der Bräutigam hat seine Hände auf den Bauch gelegt. Vor dem Paar sitzt eine weitere Figur, welche Sam darstellen soll.

„Gefällt sie euch?", fragt Marie hinter uns. Ihr Blick ist gespannt auf uns gerichtet.

„Du bist ein Genie im Formen von Figuren. Sie ist einfach perfekt." Verzückt betrachte ich ihr Meisterwerk. Ich hatte keine Ahnung, was ich mir für eine Torte wünsche und wie sie aussehen soll und Marie wusste mal wieder besser, was ich will. Es gibt keine, die besser passen würde.

„So, hier habt ihr das Messer und denkt dran, wer beim Anschneiden der Torte die Hand oben hat, hat auch in der Ehe die Oberhand.", lacht sie und drückt uns das lange Kuchenmesser in die Hände. Schelmisch grinst Kyle zu mir herunter. Er schickt sich doch tatsächlich an seine Hand auf meine zu legen. Aber nicht mit mir, mein Freundchen. Ich schubse ihn mit der Hüfte zur Seite und ziehe gleichzeitig meine Hand unter seiner hervor und lege sie obendrauf. Lachend lässt er mich gewähren.

„Der Klügere gibt nach.", raunt er mir zu. Wir schneiden die Torte an und teilen uns anschließend das erste Stück des leckeren Kunstwerkes.

Kurze Zeit später ist unser erster Tanz an der Reihe. Sanft zieht mich Kyle in seine starken Arme. Langsam beginnen wir uns zu Eva Cassidy's *Songbird* zu bewegen. Seit ich dieses Lied zum ersten Mal gehört habe, gehört es zu meinen absoluten Lieblingsliedern. Meine Arme habe ich um seinen Nacken geschlungen. Wir tanzen so nah beieinander, wie es mein Bauch zulässt. Wir blenden die anderen Anwesenden völlig aus, es gibt nur uns Beide und die Melodie, zu der wir uns sanft im Takt wiegen.

Liebevoll legt er seine Lippen auf meine und wir verschmelzen in einem innigen Kuss. Seine Zunge streicht über meine und auch sie beginnen, im Takt miteinander zu tanzen.
Viel zu schnell ist das Lied zu Ende. Ich muss ein paar Mal zwinkern, um wieder in die Wirklichkeit zurück zu kommen.

Erschöpft falle ich auf meinen Stuhl. Kleine Schweißperlen laufen zwischen meinen Brüsten hinab. Ich habe jetzt einen wahren Tanzmarathon hinter mir. Nach Kyle habe ich mit Dad getanzt, dann mit Sam, Matt, David und Richard. Jetzt brennen meine Füße höllisch und sie sind geschwollen. Leicht schüttle ich meinen Kopf, denn ich kann immer noch nicht glauben, dass mein kleiner Sam mit mir das Tanzbein geschwungen hat. Aber jetzt bin ich einfach nur erledigt.

„Geschafft?", fragt Lisa und setzt sich neben mich. Fürsorglich schenkt sie mir Orangensaft nach.

„Ja.", schnaufe ich und wische mir über die schweißnasse Stirn.

„Das glaube ich dir, meine Füße bringen mich gerade um." Sie schlüpft aus ihren flachen Ballerinas. Leise seufzt sie auf und wackelt mit den Zehen. „Es wäre vielleicht das Beste, wenn ihr euch langsam zurückzieht."

„Wir können doch jetzt nicht die Feier verlassen!"

„Warum nicht? Es ist eure Hochzeit, ihr bestimmt, wann ihr geht und außerdem bist du schwanger. Schon in einem normalen Zustand ist so eine Feier anstrengend. Außerdem willst du doch sicher die Hochzeitsnacht miterleben und nicht vor Erschöpfung einschlafen."

„Stimmt.", lache ich.

„Na ihr vier Hübschen." Richard kommt zu uns herüber und beugt sich zu Lisa, um ihre Stirn zu küssen. Die Beiden sind auch noch so verliebt, wie am ersten Tag. Ich habe keinerlei Zweifel, dass das bei Kyle und mir auch so sein wird.

„Ich versuche gerade, deine Schwester dazu zu überreden, dass sie und Kyle sich vom Acker machen."

„Warum das denn?" Verständnislos sieht er sie an.

„Na du bist gut. Schau sie dir mal an. Sie ist total fertig. So eine Hochzeitsfeier ist anstrengend und dazu ist sie auch noch schwanger."

„Bist du doch auch." Als er ihre finster zusammengezogenen Augenbrauen bemerkt, küsst er sie schnell beschwichtigend.

„Aber bevor ihr geht, wollen Lisa und ich euch noch unser Hochzeitsgeschenk geben.", wendet sich Richard an mich.

„Wo ist Kyle?", frage ich nach, denn ich will es nicht alleine bekommen.

„Ich bin hier.", ertönt es von hinten und schon spüre ich seine Hände auf meinen Schultern. „Du bist müde.", stellt er fest und küsst meinen Kopf.

„Natürlich bin ich das. Ich habe letzte Nacht kaum geschlafen und dann ist heute so viel passiert.", lache ich.

„Willst du gehen?", raunt er in mein Ohr. Ich bilde mir ein, ein wenig Hoffnung in seiner Stimme mitschwingen zu hören.

„Könnt ihr gleich machen, aber erst müsst ihr unser Hochzeitsgeschenk öffnen." Damit drückt Rich uns eine kleine rote Schachtel in die Hand.

„Danke.", sagen wir gemeinsam. Ich überlasse es meinem Angetrauten, die Schachtel zu öffnen. Mit leicht verwirrtem Blick zieht er einen Autoschlüssel und einen Anker hervor.

„Ähm... Ja... Danke.", stammelt Kyle. Er weiß genauso wenig wie ich damit etwas anzufangen.

„Nichts zu danken, aber erst solltet ihr wissen, für was ihr uns dankt.", lacht Lisa über unsere Verwirrung.

„Der Autoschlüssel gehört zu eurem neuen Familienwagen."

„Familienwagen?"

„Na nicht mehr lange und ihr seid zu Viert und da braucht ihr schon ein Auto mit ordentlich Platz. Also schenken wir euch einen. Sophie, ich weiß mit welchem Modell du geliebäugelt hast." Mit offenem Mund sehen Kyle und ich uns an, um dann anschließend Lisa und Rich anzustarren.

„Und wofür ist das?" Ich halte den Anker hoch.

„Das gehört zur *Lisa Lena*. Sie steht euch, samt Crew, für die Flitterwochen zur Verfügung und wartet im Hafen auf euch." So schnell wie ich kann erhebe ich mich und umarme meinen Bruder und meine Schwägerin.

„Danke.", murmele ich. Denn eigentlich hatten Kyle und ich geplant, in ein Hotel in der Nähe zu fahren.

„Wow, ihr seid echt... Danke." Kyle ist immer noch fassungslos.

„Na los jetzt, schnappt euch euer neues Auto und dann macht euch vom Acker.", lacht Rich über unsere Sprachlosigkeit. Das lässt sich mein Ehemann nicht zweimal sagen und nimmt meine Hand.

„Meine lieben Gäste, ich wünsche euch noch eine schöne Feier und lasst es ordentlich krachen, aber ich schnappe mir jetzt meine einzigartige Ehefrau. Wir machen unsere kleine Privatparty." Damit legt er seinen einen Arm unter meine Kniekehlen und den anderen über meine Schultern und hebt mich schwungvoll hoch. Erschrocken quieke ich auf, breche dann aber in Gelächter aus, während Kyle mich nach draußen zum Auto trägt.

Tatsächlich steht in der Auffahrt eine nagelneue Mercedes V-Klasse in schwarz. Auf der Motorhaube prangt ein Gesteck aus roten und gelben Tulpen. Kyle betätigt die Zentralverriegelung und stellt mich ab, damit ich einsteigen kann. Galant hält er mir dabei die Tür auf. Schnell eilt er um das Auto herum und schwingt sich auf den Fahrersitz.

„Ich liebe dich.", sagt er und küsst mich anschließend.

„Fahr endlich, bevor noch einer auf die Idee kommt, uns aufzuhalten.", lache ich und er kommt meiner Bitte nach. Gerade als die ersten Gäste um das Haus herum kommen, gibt Kyle Gas. Ich lehne mich in dem weichen Ledersitz zurück und genieße den Duft nach neuem Auto. Aus dem Augenwinkel sehe ich etwas rosanes und wende mich in die Richtung.

„Oh Richard!"

„Was denn?" Kurz sieht Kyle fragend zu mir hinüber und konzentriert sich dann wieder auf den Verkehr.

„Auf der Rückbank ist eine rosa Babyschale geschnallt."

„Dein Bruder denkt aber auch an alles."

„Ja, aber wenn Knöpfchen doch ein Junge werden sollte, haben wir ein Problem."

„Meine Prinzessin wird kein Junge.", bestimmt er.

Die Fahrt zu unserem Haus verbringen wir in einträchtigem Schweigen. Seine Hand liegt auf meinem Oberschenkel und meine Hand auf seiner. Welch ein Glück, dass der neue Wagen ein Automatikgetriebe hat. Immer wieder ertönen Hupen und Passanten winken uns zu, schließlich ist das Auto dank der Blumen eindeutig als Hochzeitsgefährt zu identifizieren.

„Wir sind da, Mrs. Wallace." Langsam rollt der Mercedes vor dem Haus vor und kommt zum Stillstand. Kyle steigt aus, ich aber bleibe sitzen und warte, bis er mir die Tür öffnet.

Arm in Arm gehen wir auf unser neues Heim zu. Der Duft der Blumen im Garten und Vorgarten hängt in der Luft und vermischt sich mit dem des Meeres. Tief atme ich diese berauschende Mischung ein und fühle mich sofort heimisch.

„Home Sweet Home", lacht Kyle und nimmt mich wieder auf seine Arme, um mich über die Schwelle zu tragen. Ich schlinge meine Arme um seinen Hals. Mit einem gezielten Tritt schließt er die Haustür und setzt mich an der Treppe ab.

Verlangend presst er seine Lippen auf meine. Seine Zunge nimmt meine gefangen. Ich bin Wachs in seinen Händen und erwidere mit dem gleichen Verlangen und Hunger den Kuss. Seine Hände beginnen, den Schleier und das Diadem aus meinen Haaren zu lösen. Nach und nach zieht er die Haarnadeln heraus. Zufrieden brummend fährt er mit beiden Händen durch mein offenes Haar. Seine Fingerspitzen laufen über meinen Nacken und finden die Knöpfe des Kleides. Während er damit beschäftigt ist, die kleinen und kniffligen Knöpfe zu öffnen, beginne ich, Kyle auszuziehen. In hohem Bogen fliegt das Plastron durch den Hausflur und

kommt irgendwo zum Liegen, wo ist mir egal. Leise flucht Kyle vor sich hin, da er Probleme hat, die Knöpfe meines Kleides zu öffnen und immer wieder unterbreche ich seine Arbeit, weil ich ihm Jackett, Weste und Hemd ausziehe. Gierig wandern meine Hände über seinen nackten Oberkörper.
Sacht beißt er mir in den Hals, als meine Fingernägel über seine Schultern kratzen. Als die Knöpfe endlich auf sind, streift er mir das Kleid von den Schultern und tritt einen Schritt zurück, um mich zu betrachten.
„Du siehst verdammt heiß aus. Aber ich muss dir diese verführerische Wäsche jetzt ausziehen, denn ich halte es echt nicht mehr aus.", raunt er kehlig und drückt seine Lippen auf den Ansatz meiner Brüste.
„Nicht hier.", keuche ich und schiebe ihn sanft von mir. So schnell wie meine geschwollenen Füße mich tragen, gehe ich nach oben und ziehe Kyle an der Hand hinter mir her in unser Schlafzimmer. Die untergehende Sonne taucht alles in ein sanftes orangenes Licht. Aber dafür habe ich keinen Blick übrig.
Schnell entledigen wir uns unserer restlichen Klamotten. Er setzt sich aufs Bett und lehnt mit dem Rücken an das dunkelbraune Kopfteil. Ich bin kurz davor, wahnsinnig zu werden vor Lust und ohne großes Zögern klettere ich auf seinen Schoß und nehme ihn in mich auf. Wir stöhnen Beide bei unserer Vereinigung auf.
Meine Bewegungen werden immer schneller und unser Stöhnen und Keuchen ersticken wir mit unseren Mündern. Ich habe keine Ahnung, wo der Eine aufhört und der Andere anfängt. In diesem Moment sind wir Eins.

Kapitel 15 – Ein unvergessliches Weihnachtsfest

"Sam! Räum endlich deinen Fußball weg!", rufe ich durch das Haus und trete gegen den Ball. Er rollt durch den Flur. Unser lieber Herr Sohn ist vor einer Stunde vom Training nach Hause gekommen und wie immer hat er seine Sachen im Flur in eine Ecke geschmissen, lässt sie an Ort und Stelle liegen, wo sie wahrscheinlich verrotten würden, wenn er mich nicht hätte, die hinter ihm her räumt.
Wir wohnen jetzt seit drei Monaten in unserem Haus und es fühlt sich an, als hätten wir nie woanders gelebt.
Kopfschüttelnd gehe ich zum Kühlschrank, hole ein Wasser heraus und reiche es Kyle, der an der dunklen Theke sitzt und in einer Vertragsakte liest.
„Danke, Mrs. Wallace. Bekommst du eigentlich immer noch eine Gänsehaut, wenn ich dich so nenne?", fragt er mich verschmitzt lächelnd. Um seine Frage zu beantworten, hebe ich meinen Arm und ziehe den Ärmel meiner Strickjacke hoch. Eine ausgeprägte Gänsehaut ziert ihn.
Seit 4 Wochen kann ich nur noch weite T-Shirts und Strickjacken tragen, denn mein Bauch ist inzwischen sehr ausladend geworden. Manchmal habe ich das Gefühl, dass ich bald platze. Zwei Wochen sind es noch bis zum errechneten Termin. Aber meine Frauenärztin hat uns schon darüber aufgeklärt, dass es im Prinzip jetzt schon jeden Moment mit der Geburt losgehen könnte, da unsere kleine Prinzessin schon so weit entwickelt ist. Lisa hatte es da besser. Sie und Richard sind nur zwei Tage nach unserer Hochzeit Eltern eines kleinen Jungen geworden. Sie haben ihn Leo genannt, da er immer so laut brüllt wie ein Löwe.

Lächelnd erinnere ich mich an den Samstag vor einer Woche zurück. Da hat Kyle, zusammen mit Matt, Sam, Dad, und meinen Brüdern die Babyzimmermöbel aufgebaut. Wir Mädels und der kleine Leo haben ihnen lachend zugesehen, wie sie mit Anleitungen, Werkzeugen und diversen Einzelteilen gekämpft haben. Man sollte meinen, dass diese Männerschar es in kürzester Zeit hinbekommen würde, ein paar Möbel aufzubauen. Aber weit gefehlt, sie haben einen kompletten Tag benötigt. Wir Frauen haben dann halt kurzentschlossen einen Mädelstag mit Filmen und ungesunden Leckereien eingelegt.

Wir treffen uns alle sehr oft. Mindestens alle zwei Wochen sehen wir uns und Dads Befürchtung, dass er uns nicht mehr so oft zu Gesicht bekommt, hat sich, wie von mir erwartet, als sehr unsinnig herausgestellt.

Mein Blick schweift hinüber ins Wohnzimmer. Aus dem Augenwinkel sehe ich, dass es schon wieder begonnen hat zu schneien. In einer Woche ist Weihnachten und in der Garage wartet schon der große Baum darauf, dass Sam und Kyle ihn aufbauen. Im Kamin prasselt ein behagliches Feuer.

Kyle legt seinen Arm um meine Taille und zieht mich an sich.

„Du machst dir schon wieder Sorgen.", murmelt er und sieht selber mit gerunzelter Stirn durch die Fensterfront nach draußen in den Garten. Fast schon sekündlich werden die Flocken immer größer und das Schneetreiben wird dichter.

„Hoffentlich lässt sich Knöpfchen so lange Zeit, bis kein Schnee mehr liegt. Ich habe keine Lust darauf, dass sie kommt, wenn wir hier fast eingeschneit sind."

„Wir können immer noch für die nächsten Wochen zu deinen oder meinen Eltern ziehen. Sie wohnen näher am Krankenhaus."

„Nein, ich will hier Weihnachten feiern. Es ist das Erste in unserem Haus. An dieses Fest werden wir uns immer erinnern."

„Ach Süße. Du und dein Dickkopf." Sacht küsst er mich erst auf den Mund und dann den Bauch. Ich weiß, dass ihn dieselben Sorgen wie mich quälen und er würde es lieber sehen, wenn wir bei unseren Eltern wären. Schon seit Wochen versucht er, mich dazu zu überreden.

„Mom, was gibt es zum Abendessen?", fragt Sam und kommt herein gestürmt, wobei er seinen Fußball vor sich her dribbelt. In den letzten Monaten hat er einen richtigen Wachstumsschub bekommen und überragt mich jetzt um drei Zentimeter und das mit zwölf.

„Samuel Mitchell Wallace, ich sage es dir jetzt zum letzten Mal. Im Haus wird kein Fußball gespielt!", ermahne ich ihn. Grinsend sieht er mich an. Als er aber meinem strengen Blick begegnet, bückt er sich und hebt den Ball auf.

„Tschuldigung Mom."

„Danke. Zum Abendessen gibt es Spagetti Bolognese."

„Schon wieder Nudeln?", mault er und ich kann ihm noch nicht einmal böse sein, denn bei uns gibt es im Moment alle zwei Tage Pasta.

„Tja Sam, wir Beide sind zwar in der Überzahl, aber deine Mutter ist schwanger und hat damit den stärkeren Willen. Sie macht uns mit ihrem dicken Bauch schwach und zwingt uns, ihre Gelüste zu teilen."

Ich sage lieber nichts zu diesem Thema. Ich kann doch auch nichts dafür, dass ich immer Appetit auf Nudeln in allen möglichen Variationen habe.

Ich löse mich von Kyle und sehe nach meiner Nudelsauce. Gierig schlecke ich den Löffel nach dem Umrühren ab und schließe voller Genuss die Augen. Gott, das ist so lecker! Auch Knöpfchen scheint es zu schmecken, denn sie tritt mich kräftig. Inzwischen beult mein Bauch immer aus, wenn sie mich tritt oder boxt.

„Dad hat mich heute Morgen im Büro angerufen.", reißt mich Kyle aus meinen Gedanken.

„Und? Du kannst übrigens zusammen mit Sam den Tisch decken, die Nudeln sind gleich al dente."

„Sie würden gerne an Weihnachten herkommen, aber nur unter einer Bedingung."

„Die da wäre?" Ich reiche Sam das Besteck und die Servietten.

„Du sollst nichts machen. Sie kommen nur her, wenn wir anderen uns um das Essen kümmern."

„Aber…", will ich protestieren, aber Kyle erstickt ihn mit einem Kuss.

„Nichts aber. Wenn du willst, dass sie alle hier sind, dann wirst du das so akzeptieren." Eindringlich sieht er mir in die Augen. Mir bleibt nichts anderes übrig, als es so hinzunehmen. Auch Lisa, Molly und Mom haben diese Bedingung gestellt. Ich werde das Gefühl nicht los, dass sie sich alle abgesprochen haben. Verlogene Bande! Aber ich liebe sie trotzdem.

Die nächsten Tage vergehen wie im Flug. Ich bin mit den Vorbereitungen für unser Weihnachtsfest beschäftigt und ehe ich mich versehe, ist es da. Ich habe das Fest der Feste schon immer gemocht. Ich kann gar nicht sagen, was ich daran so liebe. Aber wahrscheinlich ist es die Kombination aus Gerüchen, Liebe, Zusammensein und Gemütlichkeit.
Ich erwache am Weihnachtsmorgen relativ früh. Es ist noch dunkel draußen und vorsichtig taste ich nach dem Schalter meiner Nachttischlampe. Irgendwo hier muss er doch sein! Hoffentlich stoße ich das Glas mit Wasser nicht um. Eine Pfütze am Morgen kann ich echt nicht gebrauchen.
Endlich finde ich ihn und kurz muss ich meine Augen vor der plötzlichen Helligkeit zusammen kneifen. Neben mir grummelt Kyle etwas Unverständliches und dreht sich unruhig auf die Seite. Seine Hand sucht nach mir und als sie mich nicht findet, öffnet er vorsichtig ein Auge.

„Musst du schon wieder?", fragt er mich verschlafen. Seine Frage ist berechtigt, denn das Baby liegt inzwischen so tief, dass ich pausenlos auf die Toilette muss.

„Nein, ich kann nicht mehr schlafen."

„Komm her. Ich mach dich schon wieder müde." Anzüglich grinst er mich an.

„Heute nicht." Lachend wehre ich seine forsche Hand ab, die zwischen meine Beine schlüpfen will.

„Muss ich jetzt auch aufstehen?"

„Nein, schlaf noch ein wenig."

„Wehe du machst irgendetwas."

„Keine Sorge. Ich verspreche dir, dass ich mich unten auf die Couch legen werde und mir einen Weihnachtsfilm ansehe."
„Wann kommen denn Alle?"
„So gegen neun Uhr."
„Und wie spät ist es jetzt?"
„Kurz vor sechs."
„Gott Sophie, das ist eine echt frühe Zeit.", knurrt mein lieber Ehemann.
„Ich weiß und darum darfst du auch noch zwei Stunden schlafen."
„Danke, sehr gnädig von dir."
„Ich weiß, aber nur, weil heute Weihnachten ist." Damit stehe ich auf, mache mein Nachtlicht wieder aus und gehe nach unten.

Nun sitze ich auf der Couch, eingewickelt in eine dicke blaue Decke, eine dampfende Tasse Kakao in der Hand uns sehe lächelnd auf den geschmückten und hell erleuchteten Weihnachtsbaum. Meine beiden Männer haben ihn gestern aufgestellt und geschmückt. Die Geschenke liegen auch schon darunter bereit und warten darauf, ausgepackt zu werden.
Im Haus ist es vollkommen ruhig und ich genieße die Stille. Heute wird ein ganz besonderer Tag, das habe ich einfach im Gefühl.
Gegen acht Uhr kommen zwei verschlafene Gestalten in die offene Küche geschlurft und murmeln mir ein „Morgen" entgegen. Lächelnd stelle ich ihnen ihr Frühstück hin und warte ab, bis sie halbwegs unter den Lebenden weilen.
Gegen halb neun ist es dann soweit und sie können sich halbwegs gut verständlich machen.
„Na los ihr Morgenmuffel. In einer halben Stunde kommt die Familie und ihr müsst euch noch umziehen."
Ich selber habe mich schon in Schale geschmissen, als Sam und Kyle schweigend vor sich hin gefrühstückt hatten.
Mein Weihnachtsoutfit fällt dieses Jahr recht unglamurös aus. Ich trage eine Umstandsjeans und eines von Kyles Hemden. Vielleicht hätte ich in einem Laden etwas Passendes gefunden, aber

ich hatte keine Lust dazu. Außerdem wird meine Familie es verstehen.
Kurz vor Neun klingelt es an der Tür und als Kyle öffnet, wird er freudig von Matt und Shila begrüßt.
„Hallo meine Liebe." Ich werde von ihnen in die Arme genommen.
„Hallo, schön das ihr da seid." Ich will mich vom Sofa hoch kämpfen, aber Matt drückt mich zurück in die Polster.
„Du bleibst sitzen und ruhst dich aus.", ermahnt er mich.
Kurz nach meinen Schwiegereltern kommen meine Eltern, sowie Rich, Lisa, Lena und Leo. Der Süße ist ganz dick gegen die Kälte eingepackt und schlummert in der Babyschale.
„Da fehlen ja jetzt nur noch David, Molly, Max und Jessy.", stelle ich fest. Es ist toll, alle hier zu haben. Ich genieße es in vollen Zügen, dass ich einfach hier auf der Couch liegen kann, die Beine hochgelegt und bedient werde.
Gegen halb Zehn klingelt es erneut und völlig verschneit weht mein Bruder samt Familie herein.
„Himmel, wie seht ihr denn aus?", rufe ich aus und betrachte sie. Auf ihren Mänteln und Mützen liegen dicke weiße Flocken.
„Hast du mal raus geschaut, Schwesterchen?" David küsst mich zu Begrüßung auf die Wange und deutet mit einem Kopfnicken nach draußen. Da ich mit dem Rücken zur Fensterfront sitze, habe ich es natürlich nicht getan. Aber als ich es jetzt tue, verschlägt es mir die Sprache. Auf der anderen Seite der Fenster tobt ein Schneesturm sondergleichen.
„Nur gut, dass wir hier genug Platz haben.", murmle ich und gehe schon einmal in Gedanken durch, wo ich sie alle unterbringe. Denn es kann schon gut möglich sein, dass sie hier bleiben müssen. Traurig wäre ich nicht darüber, denn dafür habe ich sie viel zu gerne um mich herum.
Eine Stunde später haben wir dann Gewissheit – wir sind eingeschneit. Aber davon lassen wir uns die Stimmung nicht vermiesen und versammeln uns alle im Wohnzimmer und beginnen mit der

Bescherung. Die Kinder sind wie jedes Jahr total aufgeregt und reißen ihre Päckchen auf.

„WOW!", ruft Sam und hält vor Freude strahlend ein paar Fußballschuhe hoch, welche von seinem Lieblingsprofi signiert wurden. Verschwörerisch lächle ich Kyle an. Seit fünf Wochen ist *CCS* der neue Sponsor der Fußballmannschaft von Chicago.

„Hier meine Süße." Kyle hockt sich vor mich hin und reicht mir eine längliche Packung. Zum Dank küsse ich ihn. Bevor ich es öffne, setzte ich mich etwas bequemer hin, denn seit zwei Stunden schmerzt mein Rücken.

„Geht es?", fragt er nach und beobachtet meine Mühen, die richtige Position zu finden.

„Weiß nicht. Kannst du mir mal eine Kissen in den Rücken stopfen?", bitte ich ihn und beuge mich ein wenig nach vorn, damit er nicht so viel Arbeit hat.

„Besser?"

„Ja, danke." Jetzt kann ich endlich sein Geschenk öffnen. Unter dem weihnachtlichen Geschenkpapier kommt eine schwarze Schatulle zum Vorschein. Mit zittrigen Fingern öffne ich sie. Darin liegt eine silberne Kette, an deren Ende ein diamantenbesetzter Eifelturm baumelt.

„Oh Kyle! Die ist ja wundervoll." Ich strahle ihn an und nehme die Kette aus der Schatulle, um sie mir umzulegen.

„Als Erinnerung an Paris."

„Als ob ich das je vergessen könnte.", lache ich und recke meine Arme nach oben, um die Kette in meinem Nacken zu verschließen. Plötzlich verspüre ich einen drückenden Schmerz in meinem Bauch und gleichzeitig breitet sich Feuchtigkeit zwischen meinen Beinen. Erstarrt halte ich in meiner Bewegung inne und sehe Kyle aus weit aufgerissenen Augen und mit wild klopfendem Herzen an.

„Sophie? Was ist los?", fragt er sofort alarmiert und da er nicht gerade leise gesprochen hat, haben es alle gehört. Sofort ist Mom an meiner Seite. Sanft berührt sie meinen Arm.

„Spätzchen, was ist los?" Sie versucht ruhig zu sprechen, aber ich kann die Sorge in ihrer Stimme hören.

„Nein!", hauche ich und lasse meine Arme sinken. Das kann nicht sein! Das darf nicht sein! Zumindest nicht jetzt! Wieder spüre ich dieses Druck und meine Unterwäsche ich vollkommen durchnässt.

„Sophie! Was ist los?", fragt Kyle panisch und nimmt mein Gesicht in seine Hände. Alle haben sich um mich versammelt und sehen mich an.

„Die Fruchtblase... sie ist... eben geplatzt.", stammle ich und merke, wie jeder im Raum die Luft anhält. Dann bricht das Chaos aus.

Dad rennt vor zur Haustür und reißt sie auf, nur um sie dann mit einem Fluch wieder zu zu donnern.

„Eingeschneit."

„Mom." Panik kriecht in mir auf und ich kralle mich in Kyles Hand.

„Ganz ruhig Spätzchen. Wir bekommen das hin.", beruhigt sie mich. „Mitchell, versuch einen Krankenwagen hierher zu bekommen. Kinder, ihr geht nach oben."

„Mommy?" Sam taucht neben mir auf und sieht mich voll Sorge an.

„Keine Angst mein Kleiner. Deine Schwester möchte heute auf die Welt kommen." In dem ich Sam beruhige, beruhige ich auch mich selber. Ich kann wieder normal atmen und darauf achten, in welchen Abständen meine Wehen kommen.

„Heute? Aber..."

„Sam, bitte geh mit deinem Cousin und deinen Cousinen nach oben in dein Zimmer. Du musst keine Angst haben, alles wird gut."

Entschlossen nickt mein tapferer Junge und geht gemeinsam mit Lena, Jessy und Max nach oben. Ich höre meinen Vater im Hintergrund schreien.

„Es ist mir scheißegal, wo wieviel Schnee liegt! Bei meiner Tochter haben die Wehen eingesetzt und die Fruchtblase ist bereits geplatzt!"

„Hast du schon Wehen? Dein Vater scheint es einfach anzunehmen, dass sie bereits eingesetzt haben.", fragt mich Mom

„Ich denke schon. Seit etwas mehr als zwei Stunden habe ich Rückenschmerzen."

„Oh, na dann sollten wir uns schnell etwas überlegen." Ich weiß, dass sie für mich ruhig bleiben, aber in ihren Augen flackert die Panik auf.

„Ich denke auch." Wieder wallt Schmerz in mir auf. Jetzt bin ich mir ganz sicher. „Mom, es sind Wehen." Kyle neben mir zieht scharf die Luft ein.

„Wieso hast du nichts gesagt?", fragt er mich.

„Mein Gott, ich dachte es sind nur Rückenschmerzen. Was soll ich euch allen das auch auf die Nase binden?"

„Weil es sich dabei um Wehen handelt?!"

„Das weiß ich jetzt auch!", fauche ich. Es macht mich wütend, dass er mir meinen Irrtum vorwirft.

„Beruhigt euch wieder. Es nützt keinem, wenn ihr euch jetzt streitet. Ihr werdet die Kraft noch brauchen. Glaubt es mir, ich habe drei Kinder auf die Welt gebracht."

„Was jetzt?" Richard sitzt blass im Sessel. Lisa ist mit Leo nach oben zu den Kindern gegangen.

„Mitchell, wann kommt der Krankenwagen?", ruft Mom und kurz darauf kommt Dad wieder zu uns.

„Im Moment gar nicht. Durch den Schnee kommen sie ganz schlecht voran und auf der Interstate kam es zu einer Massenkarambolage. Alle Fahrzeuge sind im Einsatz."

„Okaaaayyyy", sage ich und ziehe das Wort in die Länge. Ich sehe mich um und begegne überall blassen und sorgenvollen Gesichtern.

„Dann bekomme ich das Baby halt hier.", bestimme ich. Kyle keucht erschrocken neben mir auf.

„Was? Nein, das geht nicht!" Er springt auf und tigert im Raum herum.

„Du bist gut! Unsere Kleine will jetzt auf die Welt! Die Geburt lässt sich nicht aufhalten, nur weil du ein Machtwort sprichst. Mom wird mir helfen." Fassungslos und zweifelnd sieht der werdende Vater mich an. Ich weiß nicht woher ich das Wissen nehme, aber ich glaube ganz fest daran, dass sie das schafft.

„Mom? Kannst du das?"

„Schätzchen, ich bin Designerin, keine Ärztin."

„Du hast doch selber gesagt, dass du drei Kinder bekommen hast."

„Das heißt aber nicht, dass ich das kann. Aber ich könnte eine alte Freundin anrufen, sie ist Gynäkologin, vielleicht kann sie uns helfen. Mitchell, gib mir bitte mein Handy und dann kümmerst du dich zusammen mit Matt, Rich und David um Kyle. Er muss sich beruhigen. Sophie wird ihn brauchen. Molly und Shila, ihr sucht bitte alle Handtücher zusammen, die ihr finden könnt und wir brauchen literweise abgekochtes Wasser!" Keine Ahnung woher sie das weiß, aber ihre Anweisungen geben mir Kraft und innere Ruhe. Ich weiß, dass alles gut werden wird. Ich wünschte Kerry wäre hier. Aber sie ist über die Feiertage in die Karibik geflogen.

„So Spätzchen, du legst dich jetzt flach auf den Rücken. Kann man die Couch ausziehen? Ich würde dich jetzt ungern nach oben bringen müssen und auf dem Boden ist es viel zu unbequem."

„Ja, einfach unten unter die Couch greifen und ziehen und…"

„Wartet, ich mach das." David ist aufgesprungen und zieht die Couch aus. Sie ist jetzt so groß wie ein Doppelbett. Moms Handy liegt inzwischen neben ihr. Sie tippt eine Nummer ein und um uns herum laufen alle beschäftigt durch die Gegend und erledigen ihre Anweisungen.

„Hallo Anabel, hier ist Sandra. Du musst mir einen Gefallen tun."

Ich höre die Stimme der Frau, mit der Mom spricht, kann aber nicht verstehen, was sie sagt.

„Wir sind eingeschneit und bei Sophie haben die Wehen eingesetzt. Die Fruchtblase ist auch schon geplatzt und du musst mir jetzt eine Schnellunterweisung in Geburtshilfe geben." Sie löst das Handy von ihrem Ohr und schaltet auf Lautsprecher.

„Oh… na dann. Ich nehme an, ein CTG hast du nicht zu Hand?", kann ich die Stimme klar und deutlich hören.

„Nein, haben wir nicht. Woher denn auch?."

„Ja ich weiß. Sollte ein kleiner Scherz zur Auflockerung sein. "

„Ich habe hier gar nichts, von dem ich glaube, dass man es für eine Geburt gebrauchen könnte."

„Dann müssen wir improvisieren. Mit deinem Zeigefinger und Mittelfinger kannst du Sophies Puls am Handgelenk messen. Den Herzschlag des Kindes werden wir nicht überwachen können, aber wenigstens den Kreislauf deiner Tochter haben wir so etwas im Blick. Weißt du noch, dass du mal Geburtshilfekurse an der Uni besucht hast?"

„Ich habe dich begleitet, weil es sich für mich nicht gelohnt hat, zwischen zwei Vorlesungen zurück ins Wohnheim zu fahren, aber das ist schon so lange her."

„Glaub mir, nach und nach wird dir wieder einfallen, was du dort gehört hast. Du musst jetzt nachsehen, wie weit der Muttermund geöffnet ist. Du musst das per Hand machen…" Anabel erklärt Mom, was sie zu machen hat.

„Gut, warte einen Augenblick." Vorsichtig zieht sie mir die Hose und die Unterwäsche aus. Eigentlich sollte es mir peinlich sein, dass ich jetzt unten herum völlig nackt bin, aber es ist mir egal. Schließlich haben das alle schon einmal gesehen. Außerdem ist im Moment nicht der Zeitpunkt für falsche Scham. Ich spüre, wie sie mich untersucht.

„In etwa zwei Finger breit.", verkündet sie.

„Gut, dann ist er 3 bis 4 Zentimeter geöffnet. Du solltest den Stand in regelmäßigen Abständen überprüfen. 10 Zentimeter brauchen wir und natürlich die Presswehen. Auf die Wehenstärke und die Abstände solltet ihr auch achten."

„Werden wir machen."

„In welchen Abständen kommen die Wehen momentan?" Fragend sieht Mom mich an.

„Alle sieben bis acht Minuten. Aber sie sind noch nicht sonderlich stark.", beantworte ich die Frage.

„In Ordnung. Mehr könnt ihr momentan nicht machen. Sandra, ruf mich alle 30 Minuten an und hab keine Angst, wir bekommen eure Kleine schon gesund auf die Welt."

„Dank dir schon einmal."

„Nichts zu danken. Bis später."

„Wer war das?", fragt Kyle von der Küche aus.

„Das war Dr. Anabel Jennings. Sie ist die Leiterin der Geburtshilfe des L.A. County. Während des Studiums haben wir uns ein Zimmer im Wohnheim geteilt und sie wird mich jetzt anleiten."

Mom breitet eine Decke über mir aus und ich spüre die nächste Wehe kommen. Kontrolliert atme ich in den Bauch, so wie ich es während des Geburtsvorbereitungskurses gelernt habe.

„Kyle?"

„Ja Süße."

„Komm her." Schnell ist er bei mir.

„Wie kann ich dir helfen?"

„Setzt dich so hin, dass ich meinen Kopf auf deine Beine legen kann."

„Okay, warte." Mom ist mir beim Aufrichten behilflich und ich kann meinen Kopf auf seine Beine betten. Liebevoll streichelt er meinen Kopf. Ab jetzt können wir nur noch warten.

Während ich Wehe für Wehe weg atme und Mom immer wieder den Muttermund kontrolliert, welcher sich zwar langsam, aber kontinuierlich weiter öffnet, fällt mein Blick auf das Sideboard auf der rechten Seite des Wohnzimmers. Darauf stehen jede Menge Fotos und in Gedanken schweife ich durch manch eine Geschichte, welche auf diesen Fotos erzählt wird.

Eines dieser Bilder ist unser Hochzeitsbild und unsere erste Nacht als Eheleute kommt mir in den Sinn. Den ersten Sex als Ehemann und Ehefrau hatten wir sehr stürmisch. Wir waren fast wie zwei Teenager und konnten es gar nicht erwarten, dem anderen so nah wie möglich zu sein. Aber zum Glück zählt die ganze Nacht und nicht nur das eine Mal. Nach dieser stürmischen Vereinigung war Kyle unendlich zärtlich. Mit aller Ruhe hat er meinen Körper mit seinen Lippen, der Zunge, den Zähnen und seinen Händen erforscht und das Verlangen rauschte siedend heiß durch meine Adern. Stöhnend und Keuchend habe ich mich unter ihm hin und her geworfen und wusste nicht mehr, wo oben und unten war. Er hatte sehr viel Spaß daran mich zu quälen. Sehr große Aufmerksamkeit hat er meinen Brüsten geschenkt. Als seine Zunge meine aufgerichteten Brustwarzen umspielte und er sanft daran geknabbert hat, trieb er mich an den Rand der Klippen. Aber er ließ mich nicht springen. Sein Mund wanderte über meinen Bauch und hinterließ eine heiße und kribbelnde Spur. Meine Hände krallte ich fest in die Laken und mein Atem kam nur noch stoßweise.

Als ich seine Zunge an meiner Klitoris spürte, konnte ich nur noch meine Lust heraus schreien. Sacht drang er mit den Fingern in mich ein und bewegt sie langsam und träge. Denken konnte ich da schon lange nicht mehr. Ich wand mich immer stärker und reckte ihm fordernd meine Hüften entgegen. Aber alles was er machte, war zu lachen. Der tiefe Ton brachte mich zum Vibrieren.

„Bitte… Bitte… Erlöse… mich.", flehte ich ihn stöhnend an und wieder lachte er, hatte dann aber Erbarmen und setzte sich auf und zog mich auf sich. Mit einem Stoß war er in mir und ich genoss das Gefühl, wie er mich komplett ausfüllte. Langsam begann, er seine Hüften zu bewegen und ich krallte mich in seinen Schultern fest. Meine Fingernägel hinterließen kreisrunde Male. Nach und nach beschleunigte er seine Stöße und ich kam seinen Bewegungen entgegen. Die Muskeln in meinem Unterleib zogen sich zusammen und ich spürte das Kribbeln, welches meinen ganzen Körper erfasste. Kurze Zeit später erlangte ich einen Orgasmus, der einem Urknall zu gleichen schien. Kyle folgte mir kurz darauf mit meinem Namen auf den Lippen. Nach Atem ringend habe ich ihn geküsst und unser Schweiß vermischte sich miteinander, als ich mich an ihn presste. Beschützend hielt er mich im Arm und legte mich sanft auf dem Bett ab. Ich war immer noch nicht im Hier und Jetzt und kämpfte mit den Nachwehen meins Höhepunktes. Sacht streichelte er mich und ich dämmerte in den Halbschlaf ab. In dieser Nacht haben wir nicht sehr viel Schlaf bekommen. Immer wieder weckte mich Kyle, oder ich ihn. Es war so, als würden wir gerade den Körper des Anderen zum ersten Mal entdecken. Natürlich verlief der Sex mal stürmisch und schnell, aber auch langsam und unendlich liebevoll.

Eine neue Wehe reißt mich aus meiner Erinnerung. Erschrocken keuche ich auf, denn ich war nicht darauf gefasst. Ich greife nach Kyles Hand und drücke sie fest.
„Sollten wir nicht besser den Raum verlassen?", fragt David. Er, Dad, Matt, Rich, Molly und Shila wollen gehen.
„NEIN!", rufe ich und halte sie somit auf. „Ich will nicht, dass ihr geht! Ihr sollt hier bleiben!", flehe ich und nachdem sie einen Blick mit Mom ausgetauscht haben und sie genickt hat, setzen sie sich wieder. Langsam lässt die Wehe nach und leise werden wieder die Gespräche aufgenommen.
„Es wird nicht mehr allzu lange dauern. Der Muttermund ist bei 8 Zentimeter und die Wehen kommen alle fünf Minuten und nehmen an Stärke zu. Ich bin unendlich stolz auf dich." Mom reibt mir mit einem feuchten Waschlappen über die schweißbedeckte Stirn. Ich nicke, allmählich fühle ich mich erschöpft und schließe kurz meine Augen. Die nächste Wehe wird sicher nicht lange auf sich warten lassen. Ich muss die Ruhepausen nutzen, die im Moment noch zur Verfügung stehen.
Meine Gedanken nutzen die Pause auch und schweifen wieder ab.

Unsere Flitterwochen waren wunderbar. Wir waren zwei Wochen lang auf der *Lisa Lena* und haben unsere Zweisamkeit genossen. Wir waren nicht einmal an Land. Nur die Crew musste immer wieder, um Vorräte nachzukaufen. Wir haben jeden Tag lang ausgeschlafen und ausgiebig gefrühstückt. Die Tage, wir hatten wunderbares Frühherbstwetter, haben wir immer an Deck verbracht. Wir haben uns gesonnt, gelesen und wenn wir mal unter Deck waren, haben wir einander genossen. Soviel Sex hatte ich noch nie hintereinander. Das Kamasutra hatten wir übrigens zu Hause gelassen und den Wetteinsatz des Junggesellinnenabends haben wir um 4950 Dollar aufgestockt und einem Verein gespendet, der sich um vernachlässigte Kinder und Jugendliche kümmert.

Ein Lächeln schleicht sich auf mein Gesicht, als ich an den dritten Tag auf der Yacht denke. An diesem Tag haben wir nicht einmal die Kabine verlassen. Wir waren unersättlich und Kyle hat mich mal wieder mit allem verwöhnt, was er zur Verfügung hatte. Er ist da sehr einfallsreich gewesen und hat mich von einem Orgasmus zum nächsten gejagt. Am Ende war ich total erschöpft und am nächsten Tag konnte ich nur unter Schmerzen laufen. Ihm hat dieser Umstand sehr gefallen.

Ich würde gerne weiter in meiner Erinnerung verweilen, aber die Wehen kommen jetzt alle zwei Minuten und sind sehr stark geworden. Hilflos wimmernd quetsche ich Kyles Hand. Nach fünf Minuten übernimmt Richard kurz den Part, denn Kyle muss kurz seine Hand schonen.

Meine Augen halte ich geschlossen. Ich will nichts mehr sehen, nichts mehr hören und vor allem nichts mehr fühlen. Selbst fluchen kann ich nicht mehr. Denn mir fehlt schlicht und ergreifend die Kraft.

„Wie sieht es aus?", erschallt die Stimme unserer Ferngeburtshelferin.

„Wir haben jetzt zehn Zentimeter."

„Wie kommen die Wehen?"

„Alle zwei Minuten."

„Hat sie Presswehen?"

„Sophie? Hast du das Bedürfnis zu pressen?", dringt relativ undeutlich die Stimme meiner Mutter durch den dunklen Schleier des Schmerzes und der Erschöpfung. Irgendwer tupft mit einem kühlen Lappen über meine Stirn. Kurz nicke ich. Seit drei Wehen muss ich mich zusammen reißen, nicht zu drücken. Irgendwie klammere ich mich an diesen einen Satz aus der Geburtsvorbereitung: *Erst pressen, wenn der Arzt es sagt und der Muttermund bei zehn Zentimetern ist.* Es ist aber sehr schwer, diesem Drang zu widerstehen und es fordert meine ganze Konzentration.

„Ja, sie hat welche."

„Gut, dann warten wir darauf, dass der Wehenabstand noch ein wenig kürzer wird und dann kann sie pressen. Ich werde jetzt am Telefon bleiben."

Noch kürzer? Ich habe jetzt schon das Gefühl, dass sie ununterbrochen kommen.

„Ahhhhh", schreie ich. Das Bedürfnis zu pressen ist so stark!

„Nur noch ein bisschen meine Süße! Du hast es fast geschafft.", raunt Kyle in mein Ohr.

„Du verdammter Bastard! Ich werde dich nie wieder an mich heran lassen!", schreie ich ihn an. Ich habe keine Ahnung, woher diese Wut kommt, aber die muss jetzt einfach raus.

„Mach dir keine Sorgen Kyle. Molly hat bei Jessys Geburt fast das Gleiche gebrüllt und hat dann einer Schwester befohlen, dass sie mich Entmannen soll."

„Halt deine verdammte Klappe David!", brülle ich den Schmerz meinen Bruder entgegen.

„Na endlich sagt sie mal was. Die ruhige Sophie hat mir Angst gemacht." Er hat doch echt die Frechheit, zu glucksen.

„Wie sind die Abstände?", wird wieder nachgefragt. Moms Antwort höre ich nicht, ich bin in meinem Strudel des Schmerzes gefangen.

„Dann kann es los gehen", dringt es zu mir durch.

„Süße, du kannst bei der nächsten Wehe pressen." Endlich! Hoffentlich ist es bald zu Ende. Ich quetsche mit aller Kraft Kyles

Hand. Ich muss ihm zu Gute halten, dass er es ohne einen Laut über sich ergehen lässt.

„Wenn die Wehe voll da ist, legst du dein Kinn auf die Brust und drückst mit aller Kraft nach unten.", instruiert mich Mom. Als die Presswehe dann da ist, mache ich es, wie sie mir gesagt hat. Irgendwann muss Kyle hinter mich gekrochen sein, denn er stürzt meinen Rücken und flüstert mir aufmunternde Worte ins Ohr.

„Sehr gut Sophie, weiter so!", feuern mich die Anderen an. Als die Wehe vorbei ist, lasse ich nach Atem ringend meinen Kopf nach hinten an Kyles Schulter sinken.

„Du machst das grandios. Ich liebe dich.", flüstert er und verteilt kleine Küsschen auf meiner Stirn. Ich nicke nur.

„Oh Spätzchen, das Köpfchen guckt schon und ich sehe lauter blonde Haare.", verkündet Mom verzückt. Sacht nimmt sie meine Hand, zieht sie zu sich und führt sie zwischen meine angewinkelten Beine. Meine Fingerspitzen berühren etwas Warmes, Rundes und recht Haariges.

„Das ist das Köpfchen.", flüstert sie. Tränen kullern über meine Wangen.

„Wehe.", keuche ich und entziehe ihr meine Hand, auch wenn ich gerne weiter am Kopf des Babys herum getastet hätte.

„Okay. Kyle, leg deine Arme um sie herum und ziehe ihre Knie zu euch nach oben." Er macht wie ihm gesagt wird, packt in meine Kniekehlen und zieht sie nach oben. Da er nun meine Hand nicht mehr halten kann, reichen mir meine Brüder ihre zum Quetschen. Ich drücke wieder mit Kraft zu.

„Pressen!", ruft Mom und ich spüre einen ungewohnten Druck auf meinem Oberbauch. Als ich meine Augen einen Spalt breit öffne, sehe ich, wie Mom mit ihrem Unterarm auf den Bauch drückt.

„Weiter! Weiter! Weiter!", ruft sie und ich beiße die Zähne zusammen.

Auf einmal ist sämtlicher Druck weg.

„SIE IST DA!", kreischt Mom. Kyle lässt meine Beine los und schließt mich in seine Arme.

„Geht... geht es... dem Baby gut?", fragte ich keuchend. Der Schweiß brennt in meinen Augen.

„Warte, Mom wird gerade gesagt was sie machen soll.", sagt Richard zu mir, ohne den Blick abzuwenden.

„Es geht ihr Bestens. David, Richard stützt eure Schwester und du Kyle kommst her und schneidest die Nabelschnur deiner Tochter durch. Matt, die abgekochte Schere, bitte." Kyle schlüpft hinter mir hervor und meine großen Brüder stopfen irgendwelche Kissen und Decken um meinen Rücken.

Wie in Zeitlupe nehme ich wahr, wie Kyle die wenigen Schritte zu meiner Mutter geht. Sein Gesicht kann ich nicht sehen. Keiner der Anwesenden achtet groß auf mich. Ihre Blicke sind auf einem Punkt zwischen meinen Beinen gerichtet und dieser fängt gerade an, aus vollem Hals zu brüllen.

„Oh Gott, danke!", hauche ich und schließe erleichtert die Augen. Es ist vorbei und das Baby schreit. Es ist alles gut.

„Molly komm mit den Handtüchern her, wir müssen sie warm halten." Molly tritt zu Mom und sie hantieren mit Handtüchern. Dann hebt Mom ein kunterbuntes Bündel an und legt es Kyle in die Arme. Kurz bleibt er stehen und sieht darauf. Dann endlich dreht er sich um und kommt zu mir. Mit Hilfe von Dad und Matt richte ich mich weiter auf. Kyle setzt sich neben mich. Vorsichtig legt er mir das brüllende Bündel in die Arme und ich sehe zum ersten Mal das total zerknautschte Gesicht unseres Babys.

„Sie ist perfekt.", haucht Kyle.

„Sie?"

„Unsere Prinzessin." Ich sehe ihm ins Gesicht und seine Augen schwimmen genauso wie meine.

„Unsere Tochter.", flüstere ich und er küsst mich sanft.

„Ja, unsere Tochter." Völlig verzückt betrachten wir sie.
Ganz sacht und vorsichtig drapieren sich unsere Familienmitglieder um uns und sehen die Kleine an.

„Habt ihr schon einen Namen?", fragt Shila so leise wir möglich, denn unsere Tochter ist eingeschlafen.

„Ja.", hauche ich nur.

„Und der wäre? Wie heißt meine Enkeltochter?", fordert Matt mit Nachdruck.

„Abigail Shila Wallace.", verkündet Kyle den Namen.

„Der Name meiner Mutter?", fragt Dad verwundert. Kyle und ich nicken.

„Ja, wir würden sie gern nach Gran Abby benennen."

„Das ist wundervoll, danke." Dad schluckt schwer. Er hat seine Mutter sehr geliebt und es war ein großer Schock für ihn, als sie vor einigen Jahren gestorben ist.

Sacht streiche ich mit dem Finger über Abbys Wange. Schmatzend öffnet sie ihren Mund, lässt die Augen aber geschlossen.

„Da hat jemand Hunger.", lächelt Molly.

Da Mom mich noch einmal untersuchen soll, gebe ich Abby in die starken und beschützenden Arme ihres Daddys. Molly und Shila helfen Mom beim Beseitigen der Sauerei. Als alles halbwegs wieder geordnet ist und ich unter einer Decke auf der Couch sitze, Kyle mit dem Baby im Arm neben mir, meinen Kopf an seiner Schulter, geht Matt nach oben, um die Kinder und Lisa zu holen.

Langsam und zögerlich kommt Sam zu uns. Schüchtern bleibt vor der Couch stehen.

„Komm her.", sage ich und strecke meine Hand aus.

„Setz dich neben deinen Dad." Etwas zögerlich setzt sich Sam hin und starrt aus großen Augen seine kleine Schwester an.

„Hier.", sagt Kyle sanft und reicht die schlafende Abby an Sam.

„Aber ich...", stottert er und schüttelt den Kopf.

„Doch du kannst. Du wirst deinen Eltern in Zukunft helfen müssen. Komm, ich zeig es dir." David setzt sich neben Sam und hilft ihm beim Ausrichten der Arme. Vorsichtig legt Kyle Sam seine Schwester in die Arme und er drückt sie zärtlich an sich.

„Deine kleine Schwester Abigail.", stelle ich sie vor.

„Hallo. Ich bin dein großer Bruder Sam. Eigentlich heiße ich Samuel, aber du kannst mich ruhig Sam nennen. Ich werde dich einfach Abby nennen. Ich werde immer auf die aufpassen.", flüstert er und bei seinen zärtlichen Worten heulen wir Frauen alle los wie Schlosshunde.

Kyle nimmt mich fest in die Arme und streichelt meinen Rücken.

„Wie viele Kinder bekommen wir noch?", fragt er mich leise.

„Frag mich in ein paar Jahren noch einmal.", lache ich.

„Okay, ich nehme dich beim Wort." Damit küsst er mich sanft und voller Liebe.

Epilog

„Mommy!" Kreischend und mit strahlendem Gesicht kommt Abby auf mich zu gerannt. Schnell gehe ich in die Hocke und fange sie gerade noch auf. Schwungvoll stehe ich auf und wirbele sie im Kreis herum, was sie ausgelassen kreischen lässt.

„Wollen wir nach Hause fahren?"

„Ja! Was machen wir da?"

„Hm… mal sehen, was willst du denn gerne machen?", stelle ich die Gegenfrage.

„Mit Sam spielen!", ruft sie und reißt ihre Arme in die Luft.

„Da musst du aber noch ein wenig warten. Dein Bruder hat heute Training."

„Okay." Sie zuckt mit den Schultern. Ich stelle sie wieder auf dem Boden ab. Schnell wie der Wind rennt sie durch die Räume des Kindergartens. Gemütlich schlendere ich ihr hinterher. Unsere Abby wird in drei Monaten schon vier Jahre alt. Die Zeit vergeht so schnell, kaum war sie auf der Welt, begann sie schon zu krabbeln und dann machte sie ihren ersten Schritt und sagte ihr erstes Wort, welches übrigens nicht Mommy oder Daddy war, nein, bei ihr war es Sam. Sie und ihr Bruder haben schon von Beginn an eine sehr innige Beziehung. Ich wage es, sie mit meiner zu Richard zu vergleichen. Als ich im Vorraum ihrer Gruppe ankomme, ist sie gerade dabei, sich ihre Schuhe anzuziehen. Sie ist für ihr Alter schon recht selbständig und nur bei ihrer Jacke benötigt sie noch etwas Hilfe. Als ich den Reißverschluss schließen will, weicht sie mit einem Schritt nach hinten aus.

„Nein, ich mach das.", bestimmt sie und ich sehe ihr lächelnd dabei zu, wie ihre kleinen Fingerchen an der Jacke herum fummeln.

„Fertig?", frage ich sie, als sie es geschafft hat und mich voller Stolz anstrahlt. Glücklich nickt sie, schnappt sich ihren Rucksack und saust schon wieder davon in Richtung Ausgang.

Draußen verstaue ich sie ihn ihrem Kindersitz und schwinge mich hinter das Steuer unseres Hochzeitsgeschenks. Es ist fast so als hätten Richard und Lisa schon damals gewusst das sich ein so großes Auto, knapp drei Jahre nach Abby, vollkommen bezahlt machen würde.
Während ich zusammen mit ihr durch den Nachmittagsverkehr nach Hause fahre, lausche ich ihren Gesängen. Singen und Tanzen sind ihre Welt. Seit ihrem dritten Geburtstag geht sie in einem Verein einmal die Woche tanzen.
Als ich meinen Wagen in der Garage abstelle, wandert mein Blick, wie immer, auf den Parkplatz neben unserem neuen Audi. Aber er ist leer, was ja nicht sonderlich verwunderlich ist, denn immerhin hat Sam noch Training. Aber was soll ich machen? Ich bin eine Mutter und Sam hat seit ein paar Monaten seinen Führerschein. Ich bin immer besorgt, wenn er unterwegs ist. Ich kann es immer noch nicht fassen, dass ich mich von Kyle habe überreden lassen, dass Sam seinen alten Audi zum sechzehnten Geburtstag bekommt. Wahrscheinlich werde ich mich nie an den Gedanken gewöhnen können, dass mein kleiner Sohn erwachsen wird. Seit einem Jahr spielt er auch in der Jugendauswahl der Chicago Bullets und ist damit seinem Traum, Profifußballer zu

werden, einen riesigen Schritt näher gekommen. Auch die U21-Nationalmannschaft schielt schon auf unseren Sohn.
Ich befreie Abby aus ihrem Sitz und gemeinsam gehen wir ins Haus. Na ja, was heißt gemeinsam, sie rennt und gehe ihr hinter her.
„Daddy.", höre ich sie kreischen und gleich darauf ertönt Kyles Lachen.
„Hallo schöner Mann.", begrüße ich ihn und wie immer küsst er mich sanft und liebevoll, während Abby ihm von ihrem Tag erzählt. Ich gebe dem Vater-Tochter-Gespann die Zeit, die sie benötigen. In der Zwischenzeit gehe ich hinüber ins Wohnzimmer und nehme erst Paula Sandra und dann Timothy Matthew auf den Arm. Am Anfang, kurz nach der Geburt, hatte ich sehr große Probleme, unsere Zwillinge gleichzeitig auf dem Arm zu nehmen. Zum einen lag es daran, dass die Geburt sehr anstrengend war und zweitens hatte ich da die kleinen, geheimen Kniffe noch nicht raus. Inzwischen klappt es ganz gut. Wobei ich aufpassen muss, denn mit ihrem halben Jahr werden sie, zusammengenommen, recht schwer.
„Na meine beiden Süßen! Wie war euer Tag mit Daddy?", frage ich sie. Als Antwort strahlen sie mich sabbernd an. Wir erwarten langsam ihren ersten Zahn, denn seit zwei Wochen sabbern sie ununterbrochen und wir sind ständig damit beschäftigt, ihnen neue Sachen anzuziehen, da diese in immer kürzeren Abständen durchgeweicht sind.
Tim ist das Einzige unserer Kinder, welches nach mir kommt. Er hat meine braunen Augen und auch meine schwarzen Haare. Abby und Paula schlagen wie Sam extrem nach Kyle. Sie haben blonde Haare und die gleichen grünen Augen. Ich weiß jetzt schon, dass sich bei unseren Kindern später einmal sowohl die Männer-, als auch die Frauenwelt auf etwas gefasst machen muss. Bei Sam sehen wir es ja jetzt schon. Die Mädchen rennen ihm in Scharen hinterher und ich muss gestehen, dass ich froh darüber bin, dass er sich momentan mehr auf die Schule und den Sport, als auf Mädchen konzentriert. Kyle meint immer, ich würde mir

da nur etwas vormachen. Aber so lange ich mit dieser eventuellen Selbstlüge nachts schlafen kann, belüge ich mich lieber noch ein bisschen länger.

Tim greift mit seinen nassen Fingern in mein offenes Haar und zieht daran. Bei meinem schmerzverzerrten Gesicht fängt er an, zu glucksen. Seine Zwillingsschwester finde es ebenfalls lustig und macht es ihrem Bruder nach.

„Sollen wir dir helfen?", fragt Kyle. Er und Abby schauen belustigt auf unser Schauspiel.

„Es wäre nicht schlecht, danke."

„Abby, ich glaube ich habe gerade das Garagentor gehört.", raunt er ihr ins Ohr und sofort beginnt sie, wie auf Befehl wild zu zappeln. Er stellt sie auf dem Boden ab und sie rennt los.

„Komm ich nehme dir einen ab." Langsam löst er Paulas Hand und nimmt sie auf den Arm. Im Hintergrund höre ich die Tür zur Garage zuschlagen und Abby kreischt gleich wieder los.

„SAM!", brüllt sie.

„Hey kleine Prinzessin." Seine Stimme ist tiefer und männlicher geworden. Ich lege mir Tim an die Schulter und erhebe mich.

In der Küche lehnt Sam am Tresen und hat seine kleine Schwester auf dem Arm. Nicht ohne Bedauern betrachte ich ihn. Er ist jetzt fast so groß wie Kyle, nur noch zwei Zentimeter trennen sie. Durch den Sport ist seine gesamte Statur breiter und muskulöser geworden. Es wird Zeit, dass ich mich daran gewöhne, dass er ein Mann wird.

„Hallo Mom." Er beugt sich zu mir herunter und küsst meine Wange.

„Hey Sportsfreund." Auch Tim bekommt seinen Kuss auf den Hinterkopf.

„Hallo kleine Fee.", begrüßt Sam Paula und küsst ihre Wange.

„Na Dad, wie war dein Tag mit den Zwillingen?"

Ab und zu bleibt Kyle einen Tag zu Hause, damit auch ich mal wieder raus komme und im Büro vorbei schauen kann. Marie und Rich bestehen darauf, dass ich zu Hause bleibe bis die Zwillinge ein Jahr alt sind. Aber ganz kann ich mich nicht daran halten. Schließlich will ich mich ja auf dem Laufenden halten. Immerhin haben wir zwei Zweigstellen, eine in Los Angeles und eine in New York. Ich muss dann ab und zu bei den einzelnen Filialleitern anrufen, wie es so läuft. Marie hat genug mit unserem Stammhaus hier in Chicago zu tun.

„Wie war dein Training, Großer?", frage ich ihn, als Sam Abby absetzt und mir Tim aus den Armen nimmt. Er ist ein wundervoller großer Bruder und er würde alles für seine drei kleineren Geschwister tun.

„Lief ganz gut. Am Samstag haben wir ein Heimspiel gegen New York und so wie Coach Carl heute gesagt hat, sind wohl dann auch wieder Talentsucher der U21 dabei." Er zuckt mit den Schultern.

„Bist du deswegen aufgeregt?", fragt Kyle nach.

„Nö, warum sollte ich? Ich will nur auf dem Platz stehen, spielen und das eine oder andere Tor machen. Mehr nicht." Ich stelle mich auf die Zehenspitzen und küsse seine Wange. Auch an das Gefühl seiner kratzigen Wange und den Duft von Aftershave an meinem kleinen Sam, habe ich mich noch nicht gewöhnt.

„Ihr könnt jetzt noch ein bisschen spielen und in der Zwischenzeit mache ich das Abendessen."

„Au ja, Wir spielen Puppen!", freut sich Abby und rennt gleich rauf in ihr Zimmer, um alles zu holen. Sam und Kyle stöhnen gequält auf, aber unsere Zweitgeborene kennt kein Erbarmen.

Glücklich beginne ich mit den Vorbereitungen für das Abendessen, während mich die Geräusche meiner Familie im Hintergrund begleiten.

-ENDE-

Danksagung

Es ist vollbracht! Der letzte Teil der Seifenblasentrilogie ist fertig. Ich beende eine Geschichte immer mit einem lachendem und einem weinendem Auge. Es ist schön ein Projekt abzuschließen und sich neuen Ideen zuzuwenden. Aber es ist auch immer ein Abschied. Die Figuren wachsen mir immer sehr ans Herz. Vielleicht kann ich sie aus dem Grund nie ganz loslassen. Früher oder später gibt es immer ein Widersehen und wenn es nur ein ganz kleines ist.

Ich danke allen Menschen, die mich auf dem Weg der Entstehung begleitet haben. Namen werde ich dieses Mal nicht nennen. Bei meinem Glück vergesse ich jemanden und der fühlt sich dann auf den Schlips getreten ;-).
Vor allem meiner Familie möchte ich danken, dafür das sie alle immer sehr viel Verständnis gezeigt haben, wenn ich mich mal wieder in meine Ecke verzogen habe um zu schreiben.
Danke an meinem Betaleser für das Korrigieren meiner, manchmal wirren, Gedanken.
Meine fanfiktion.de – Leser deren Unterstützung mich immer weiter vorangetrieben hat. Ohne sie hätte ich nie auch nur ein einziges Buch zustande gebracht.

Vielen Dank auch an die Leser dieser Buchreihe. Es ist wunderbar zu wissen das es da draußen Menschen gibt, denen ich mit meiner Geschichte eine Auszeit vom Alltag schenken konnte.

Werde Fan auf Facebook und erfahre als erstes was es Neues von mir gibt.